雪闇

藤沢周

河出書房新社

目次

雪闇

一 出張

エドワード・フォックスが構えていた銃は、モーゼルだったか、ドラグノフだったか。はっきり思い出せない。それとも、もっと細身の銃だっただろうか。

まだ学生だった頃に観た、テレビ映画劇場の『ジャッカルの日』の映像が脳裏に瞬いて、高木幸彦は顰《しか》めていた眉間を開くと、重いハードケースを持ち直した。計算されたドルリューの音楽は、はっきりと覚えているのだが。

盲人誘導用の物寂しげなシグナル音を耳にしながら、階段を下り、またケースを持ち替える。この中に、分解された狙撃銃でも入っていると誰か思わないか、と胸中呟《つぶや》き、そんな幼稚な想像に、自嘲の小さな笑いが泡になって喉の奥をくすぐった。

錆《さび》色のワイシャツに黒いスーツを着て、緩く締めたネクタイも、細かなドットが入っているが、黒っぽい。そして、だぶついて年季の入った灰色のコートに、一メートルほどのハードケース……。誰も一通行人の自分など見てはいないのに、三十一歳《ばんだい》にもなって自意識過剰になっているのが恥ずかしく、高木は俯《うつむ》きながら、新潟駅万代口の改札を抜けた。

「……だとして、大体、俺は、誰を狙《ねら》う気だ？」

夕方近い駅前の東大通《ひがしおおどおり》の喧騒や、無秩序に建てられたビルの犇《ひし》きが、構内の人々の頭越しに見えるが、何処か空気の中に、藁《わら》焼きのにおいが残っているのを感じ、高木は一、二度鼻を鳴らした。

「下川部長か？　それとも、自分をらかや？」

稲刈りが終わった後にやる藁焼きは、確か、公害の一つだとかで禁止されたと聞いたが、懐かしいにおいを覚えたのは、単に自分自身の感傷だろうかとも思う。それに、もう秋も終わりに近くて、越後平野に広がる田圃《たんぼ》の稲刈りなど、とうに終わっているはずだ。

九年、いや、十年ぶりに帰ってくる田舎の空気のにおいにうろたえ、矩形《くけい》の黒くて長いハードケースをぶら下げている自分を、無意識のうちにも、外者のように思おうとしているのだ。だが、胸中呟く言葉が、すでに、昔、話していたように新潟弁になっていて、苦い笑みが唇に浮かぶ。

「みんな、これ、南魚沼産のコシヒカリですよぅ。おいしいよぅ」

ふと、出口近くにある売店の棚を覗いた時、血色のいい中年過ぎの女が笑いかけてくる。

「お客さん、これから、東京に、お帰りですかぁ」

「え？　いや……こっちに帰ってきたんですわ」と、高木も目尻を柔らかくした。

得意先だった新大久保と高田馬場の不動産屋に挨拶に回ってから、急いで乗り込んだ上越新幹線の中でも、何も口にしていない。

すすめられるまま鮭の押し寿司とペットボトルのお茶を買って、ロータリーに出ると、高木はケースを体に立てかけて、コートのポケットから煙草を取り出した。

付け待ちしているタクシーの夥《おびただ》しい表示灯のむこうに、渋滞の続く新潟駅前の東大通が広がり、ホテルや保険会社、銀行などの大型のビル群が挟んでいる。照明の入り始めた巨大な地酒の看板や銘菓の広告に、ぼんやり視線を彷徨《さまよ》わせながら、高木は煙草の先に火をつけた。

やはり、十年前とはかなり違うように見えるが、自分自体が、そこにあった風景を忘れているだけのことかも知れない。

バスロータリーや駅南に繋がる通路への階段を眺め、記憶を追うが、粗いホワイトノイズのような粒子が階段の形をしたり、白く霞《かす》んだりして、はっきりしない。

ただ、雨の降り出しそうな湿った空気の何処かに、藁焼きのにおいが混じっている気がする。

高校時代に、日本海と水田に挟まれた内野《うちの》という町に住んでいた親友がいて、よく遊びにいったが、茫漠と広がる、刈り入れ後の枯れた田圃から、少し黄みがかった煙が幾筋も斜めに上がっていたのを思い出す。煙の柱が所々に散在し、薄い霧のような層が地平線にまでわだかまって、空爆後の街の廃墟を遠景で眺めている感じだった。その煙が夜になると、繁華街の路地裏の暗い隅にまで忍び込んできて、ひっそりと夜気を焦げつかせていたのだ。

「お客さん、これから、東京に、お帰りですかぁ」という、売店の女の声がまた耳の中で開いて、高木は目を伏せた。瑣末《さまつ》なことだとは思いながらも、「出張で、新潟にきたんだよ」と答えれば良かったかとも後悔する。

新宿副都心の超高層ビルに入っている不動産会社から派遣された渉外課の男、と肩書上はなるのだろう。故郷とはいえ、出張には違いない。

だが、一年間の出張、転勤、というより、自分をリストラするための、会社側のアリバイ作りではないかと、高木は思うのだ。

この秋、すでに、自分より一、二年上で、同じ独身の者が一人、妻子持ちが二人、クビを切られた。

モーゲージ証書の問題を期限内に解決できなかった者と、営業成績が三カ月不振な者と、十二指腸潰瘍《かいよう》で三日間休んだだけの者。

そして、自分は支社も、出張所すらもない新潟で、ただ一人、競売物件や空ビルを査察、買い取りをやるという仕事を命じられ、放り出された。

「部長、出張の件ですが、新潟だけは、勘弁して下さい……」

「何故だ？　高木君、君の故郷だろう？」

「いえ、ちょっと、帰れない事情がありまして……」

「そうか、じゃあ、新潟だな。決定」

会社の応接室で下川部長とやり取りした会話はそれだけで、即十年ぶりの帰郷が決まったのだ。

直属の上司である清田課長は、「いいんじゃないか？　新潟越後の、酒と女と魚と涙、なんてな、ああ？　羨《うらや》ましいかぎりだよ、高木。こんな新宿のヤーさんの絡んだ物件扱うより、よほどマシだろ」と、スポーツ新聞のイチローの記事から鈍い視線を上げて、くわえていた楊枝《ようじ》の先をクルリと回していた。

酒と女と魚と涙だと？

アホか、清田ッ。

思わず腹の底で唸《うな》っていて、高木は煙草のフィルターを噛み締めた。片肘をついているハードケースの中に、本当にモーゼル銃でも入っていたら、自分は何かしでかすだろうか……。ふとそう考え、何者かを殺《あや》めるほどの執着など、ひとかけらもないのだと思い、緩く息を漏らした。もう、そんなことを妄想する年でもない。

「ねえ、プラーカ、寄る？　なんか、このストラップ、キモくなってきたんだあ」

「ていうか、これ、可愛くない？」

目の前をルーズソックスをはいて、幼女のような足を剝き出しにしながら、二人の女子高生達が歩いていく。携帯電話を見せ合っては笑って、互いの肩をぶつけている女の子達の言葉は、さっきまで自分がいた新宿の街とまったく同じだ。

「あ、マジ気？　超気分じゃん」

彼女達のイントネーションを、ぼんやり胸の中で繰り返してみる。何処か仄暗《ほのぐら》くくすんだ体の奥に、若く粘った青臭い塊を飲み込んだようで、さらに煤《すす》け、黒く潰れる気分だ。

皺の入った額に汗を光らせ、急ぎ足でいくサラリーマンがいて、薄汚れた学ランをわざとルーズに着ている男子高校生が過《よ》ぎる。

派手な赤いショールを肩に巻き、携帯電話を耳にあてながら歩くＯＬ。その後ろをちびた煙草をくわえた初老の男がゆっくりと蟹股《がにまた》で続き、ランドセルにぶら下げた定期ケースを左右に振って走る小学生、ロータリーのタクシーを誘導する男は白い手袋をはめた手を回す。茶髪の母親が押すベビーカーが路面の突起に引っかかり、バスセンター前ではギターをかき鳴らして歌う青年達がいて、くすんだカーキ色のパーカーを着た女子高生がデイパックを担ぎ、黒塗りのクルマの長いクラクションが鳴り、信号が青に変わって、夥しい数の人が、歩き出す……。

「……難儀らぜや……」

また、ふと漏らしている方言の呟きに、体の底に潜んでいた別の呼吸の仕方が、駅前の空気に反応して息を吹き返しているのかとも思う。

十年間、ほとんど口にせず、たまに呑み屋でふざけて喋る程度の方言だったが、細胞に染みついているような、あるいは、肉にへばりついたにおいのようなものが、自分と同じ濃度の空気を見つけて、一気に漂い出す感じだ。ひょっとして、新宿にいる間も、自分が気づかないだけで、雪国生まれの田舎臭さを滲ませていたのか。

「……冗談じゃねえぜ」

高木は駅前の雑踏から目をそらし、短くなった煙草をもう一口吸って、脇の灰皿に捨てた。タクシー乗り場に向かおうと、ハードケースを持ち上げた時、コートのポケットに突っ込んでいた携帯電話が鳴る。押し寿司の入ったポリエチレンの袋ががさついて、取り出そうとする手の邪魔をした。

「お待たせいたしました。高木でございます」

液晶表示に表われた非通知の文字に、営業用の声で出ると、一回がさついたような雑音が耳を粗く撫でたが、「どう？　着いた？」と、落ち着いた女の声が聞こえてきた。

ふと、柔らかく湿った掌に包まれた感じで、予想もしなかった声に、一瞬、力が抜ける。無意識のうちにも、ロータリーに背を向けていて、高木は焦点の合わない視線をペーブメントに落とした。馴れ親しんでいるはずなのに、クリスタル系の香水のにおいが、頭の奥の薄闇に開いた感じもして、小さな眩暈《めまい》を覚える。

「……ああ、順子か……。非通知になってるからさ」

足元のペーブメントにへばりついていた小さなチラシを、靴裏で擦《こす》る。

新潟駅前の喧騒が一瞬遠のいて、東京にいるのと同じ気分で話している自分がいたが、視線を上げて振り返れば、見慣れない街があって、そのすぐ後、いつか見たことがある街だという既視感に変わり、そして、紛れもなく自分の生まれ育った街だと知る。

順子の声を聞いただけで、頭の中を一巡するように現実がやってくる遅れが、情けない。意識している以上に、故郷への出張の重圧を感じているのかも知れないと、高木は思う。

「……今、編集部からなの。だから」

ロータリーに背を向けた自分の顔が、すぐ前のハーフミラーのガラスドアに映っている。コートの肩を怒らせ、眉を顰《ひそ》めて上目遣いに睨んでいる目や頬に影ができているせいか、三十二歳の男には見えない。体の脇には、黒いハードケースをぴったりと寄せている。

「今、着いたところだよ……。ちょうど、新潟駅前。まっすぐいくと、万代橋……。前、話したろう?」

空港からきたのか、タクシーのトランクから、ロシア語のステッカーが貼られた大きなスーツケースを取り出している大柄の外国人が二人、ハーフミラーの反射で見える。ハバロフスクからだろう。

「……信濃川、だっけ? あ、阿賀野川だった?」

「信濃川……」

名古屋で生まれ育った順子には、信濃川でも、阿賀野川でも、変わりはしない。三日前に会った時と同じ、かすかに笑いを含んでいるようないつもの声に、東京と新潟の距離を無視しようとしている順子の気持ちが逆に覗いて、湿って聞こえる。高木は視線をハーフミラーのガラスドアから外すと、またペーブメントについている、悪趣味な色遣いの小さなチラシを靴先で擦った。

「ねえ、そっちは、寒いの？」

全身コース、九十分一万五千円。リラックスコース……。

「東京と変わらないよ」

招福萬来。台湾式マッサージの風俗広告のチラシ……。

「どんな感じ？　父親に勘当されている故郷に、戻った気分は……？」

高木は靴先で風俗広告のチラシを軽く蹴ると、「うるさいよ」と電話に低く唸《うな》る。電話を当てている左耳に、小さく喉の奥で笑う順子の声が聞こえ、高木も思わず口元を緩めた。

「その声だったら、大丈夫みたいね、幸彦」

大型バスの長く引きずるようなクラクションが響き、続いて、タクシーだろうか、短いクラクションが数回鳴る。振り返ると、ロータリー付近の交差点で、バスやタクシー、他の乗用車が数台固まっているのが見えた。

「ずいぶん、賑やかじゃない」

「何処も同じだよ」

鉛色の車体に派手な赤いルーフのバスがゆっくりと動き出す。今は貼られてないかも知れないが、まだ新潟にいた頃は、自分の父親が経営している整形外科病院の広告ステッカーが、どのバスの車窓にも貼られていたのを思い出す。

「私も、いってみたいわ、新潟……、あ、これは、リライトかけたら、すぐにファックスしてね」

順子の声音《こわね》がいきなり変わって、高木も駅前の風景を見渡し、腕時計を確かめた。求人と賃貸物件の情報誌の編集をやっている順子が、乱雑に資料の積まれたデスクで仕事を進めている姿が浮かぶ。

「俺は、不動産関係の仕事には、向いていないいんだよ。たぶん、誰よりも向いていない」といいながら九年も勤めていて、いつのまにか、取引先の中に、そんな愚痴を零《こぼ》せる者とも知り合いになっていた。そして、「本当に、あなた、向いていないわね」といってくれる、子持ちだが独り身の女性編集デスクと付き合うことにもなったのだ。深くも、浅くもない。互いに、会いたい時に会うだけの、だらしのない付き合いだと高木は順子に言い、順子は順子で、シンプルでお馬鹿な付き合いだといっていた。

「こなくていいよ、新潟なんて」

「誰よ、新潟の雪の音とか、海の音とか、さんざんいってたのは……」

「まあな……」

「嫌よ、そんなの」

「新幹線で二時間だぜ」

「……もう、幸彦、何か、戻ってこないような……気がするわ……。なーんてね」

高木は目を閉じて息を吹き上げると、「こっちから、またかけるよ」と携帯電話のスイッチを切った。

単に出張じゃないかよ。

コートのポケットに電話を滑らせると、高木はタクシー乗り場に向かった。


駅前の渋滞を抜けると、東大通はそれでもクルマが流れていて、流作場《りゅうさくば》五差路のゆっくり左にカーブしていく横Ｇの感覚が、体の奥底の記憶を呼び覚ます。

高木はさっきまで携帯電話を当てていた左耳に手をやって、耳の穴に指を繰り入れた。

新潟の雪の音、海の音、か……。

保険会社のビルが立ち並ぶ通りを走り、左にレインボータワーと呼ばれる観覧用の高い塔が唐突に現われる。とてつもなく長い煙突のような塔に七色を塗っただけに見えるが、円盤型の観覧車がいらつくほどゆっくり昇っていく。窓には人影もない。

熱くなった耳朶《みみたぶ》や耳殻《じかく》を引っ張りながら、横を見ると、ショッピングモールのある万代シティのイルミネーションが、日の落ちた通りに煌《かがや》いている。

順子には自分の中で焦げついていた夢のようなものを、それほど語っただろうか。

夢、などという言葉を思い起こすこと自体、自分自身で鼻白んでしまい、一気に疲れが粘り出してくる。そんなものは、順子の、四歳になる息子……もちろん会ったこともないが、それくらいの子供達が持つものだ。

　バスの運転手になる？　宇宙飛行士になる？　お嫁さんになる？　会社員になる？　野球選手になる？　芸術家になる？　サッカー選手になる？　生物学者になる？　それとも外国に出て、実業家になる？　医学部に入って親の病院を継ぐ？　音楽に取り憑《つ》かれて、ドロップアウトする？　新宿歌舞伎町の競売物件の空ビルに立て籠もったサラ金業者を追い立てる、渉外課の男になる、か？

　くだらない。こんなことをいまだに考えるのは、単に自分が独身で、子供もいない能天気さがさせるのだ。

　ふと、タクシーの中に届いた光が、ハードケースの上に置いた左手を照らし出す。街灯の光の加減で、次々に表情を変える手に見入りながら、指紋が消えてタコになっている指先を親指の腹で撫でた。

「……お客さん、あれかね。三味線でも、弾くんかね？」

「え？」と、顔を上げると、四角いルームミラーの中に、前のクルマの赤いテールランプに目を細めた、初老の運転手の顔があった。

　ちょうど万代橋を渡るところで、黒々とした広大な信濃川が開け、ライトアップされた川岸のホテルが白く浮かび上がっている。まだ、西の方には、わずかに仄明るさが残って、ビル群で矩形の起伏を作った地平線が黒く凝り固まっていた。

　テールランプで赤く照らされた運転手の顔の輪郭に、目尻からの皺が広がっている。

光のせいなのか、酒焼けのせいなのか、硬そうな耳殻の縁が赤黒く光ってもいた。

「ほれ、そのケース、お客さん、大事に抱えて、トランクにも入れなかったすけ」

新潟弁が露わな男の喋りに、高木は口元を緩めて、眉を開く。誰も自分の持っているハードケースの中に、狙撃銃が入っているなど想像もしないのだと、馬鹿な妄想を抱いた自分の子供っぽさにおかしさが込み上げてもくる。

「ああ、そういうことですか……」

掌でケースを擦って、また、闇をたっぷりと湛《たた》えた信濃川に視線をやると、濃く冷えた水のにおいがしてきそうで、高木はウインドウをわずかに開けた。

バックに流した短めの髪を、湿った風が撫でて、クルマの中に川の水のにおいが膨らんでくる。日中の温《ぬく》みを残した中に、夜を待っていたはるかに膨大な水の冷たさが、体じゅうに染みてくる感じがした。

「……ねえ、運転手さん、藁焼き、というのは、もうずいぶん前に終わったんですよねえ。二カ月前くらいに」

「藁焼きかねえ。そうだねえ。……大体、藁焼き自体、あんまり、しなくなったねえ。昔は、万代橋まで、靄ん中になってしもうたさ」

小さな体だが、いやに姿勢が良くて、それこそ昔農業でもやっていた屈強な感じの運転手は、また深い幾重もの皺を横顔に広げる。

「藁焼きがどうしたね」

「いや、何か、そんなにおいがするもんだから」

「お客さん、こっちのモンじゃねえでしょう。東京らかね。ご苦労様ですねえ」といいながら、男は短く息を吸うと、車線を素早く変更する。

「……出張で、こっちに」

「出張かね？　じゃあ、プロの方ですか、三味線の……。ああ、それで、行き先が湊町通ねえ。昔は、あそこらへん、置屋さんが仰山《ぎようさん》あって、賑やからったんだろものう。……センセイは、中棹《ちゆうざお》ですか、太棹ですか。私も、ちょっとやったことがあってねえ、浄瑠璃物とかねえ。特に、義太夫にハマってしもて。ほれ、津軽もやりましたわ。じょんがら。……新潟は、津軽系の三味線弾きが多いんですわ。この前も初代の高橋竹山先生筋の人、乗せましたわ……」

　タクシーが万代橋を渡り切ると、高木はシートのヘッドレストに頭を預け、ウインドウをまた上げる。ホテルオークラ横の緩い傾斜の道を歩く高校生や通勤帰りの人々の姿を、目の端でぼんやり追いながら、ルーフへ向けて静かに息を吐き出した。

「古町《ふるまち》あたりでも、若いのが、路上で三味線、弾いてますわ。じょんがら節とか、ドダレバチとか、おしまこ節とかの。何、いうんだや、アレンジしてさ、まだまだ粗いけれども、頑張って弾いてるわね……」

　運転手がルームミラーを確かめ、ウインカーを右に出す。湊町通のある河口方向へと曲がろうとしているのを見て、高木はシートから上半身を起こして、「運転手さん、すみません……」と声をかけた。

「悪いんだけど、このまままっすぐいって、西堀通、ですか、呑み屋街の方を、迂回してから、湊町にいってほしいんですが……」

「おう、おう、じゃあ、柾谷《まさや》小路から東堀回って、西堀らな。いやいや、了解しました。センセイにいっても、分からんけど、この辺は一方通行が多くてさ、ちょっと遠回りになります……」

ウインカーを消すと、後続のクルマが短くクラクションを鳴らすのが聞こえた。高木はシートに体を戻し、手元のハードケースをずらして、さらに体をシートに沈める。広い柾谷小路に沿って、雁木《がんぎ》のようなアーケードが続くのを見やり、バスを待つ人の長い列や路駐したクルマやタクシーのハザードに目を細めた。犇いて並ぶ店の照明が、昔よりも明るくなったのか、暗くなったのか、比較しようにもその記憶自体が曖昧だが、通りはよく知っている。子供の頃からどれだけ歩いたか分からない。さっき運転手にいった、「西堀通、ですか」という、余所《よそ》者を演じた自分のいい方に気分が塞ぎ込みそうになる。

「だけど、センセイねえ。西堀通いうても、古町通とか西堀前通とかねえ、そっちの方が呑み屋がいっぱいあるんですわ。すぐ近くですけどねえ。まあ、でも、変わったんですわ。なんだ、地上げ屋やら、不動産屋やら入ってしもうて。今は、若いモンは、みんな、駅南の方いきますがね。……センセイは新潟、初めてですかねえ。昔は、古町と柳堀とさ、芸者とさ、この辺も賑やかでねえ、センセイ。芸者さん、みんな、三味線、上手らったわねえ」

　知ってるよ、運転手さん。知ってますがね。俺の死んだ婆ちゃんも芸者だったから、三味線は本当に上手だったよ、と高木は胸中呟いてみる。

　ヘッドライトや通りの明かりを反射したフロントガラス越しに、デパートや保険会社のビルのシルエットが紛れる。

　そのむこうに、ぼんやりと薄青い光を溜めた、尖塔のような高層ビルが聳《そび》えていた。巨大で鋭利な万年筆のペン先を思わせる頂きと、総ガラス張りの幾何学的な起伏が複雑に織り込まれたビルだ。飛行機の衝突防止用の赤いライトがゆっくり呼吸するように点滅している。

　何だ？

　高木はまったく覚えのない建物に目を凝らし、首を竦《すく》めて見上げた。そこだけ見ていると、競売ビル改修の研修で一度だけいった、フィラデルフィアの新しいビル群を思い出しもする。じっと建物を見ていると、ルームミラーの中で、運転手の目がチラリと動くのが分かった。

「ああ、ＮＥＸＴ21だわね、センセイ。いろんなイベント、あそこでやるんですわ。確か、地唄の三味線のコンサートもやったわねえ」

「いつ頃……できたビルですか？　なんか凄いね、あのまま空に発射していきそうな感じだな」

「平成の六年、いや、五年ですわね。元々、市役所があってですね……」

十年前の柾谷小路が脳裏を過ぎり、灰色にくすんだ市役所がぼんやりと浮かんでくる。一瞬、頭の中が捩《よじ》れて、既視感が空回りしている空白に、虹色のホログラムが揺らめいてビルになった感じだった。

「どんどん、変わりますわね……。まあ、賑やかになるのはいいんですけどね、寂れてしもういうのがねえ。古町なんて、センセイ、店がいくつも潰れてしもて、それを、東京とか大阪の悪徳不動産やらヤクザやら、買っては転がしてさ。ちゃんと建て直してくれる所もあるけども、なかなかねえ。街の人間は、頑張ってるんだけどもねえ……」

タクシーは東堀通を左に曲がり、迂回して西堀通に出る。渋滞して犇いたクルマのテールランプが赤く燃えて、タクシーの中にいる自分の顔を火照らせるほどだ。昔よく歩いた西堀通を進みながら、風に揺れ、水銀灯に光っている街路樹の柳の枝を見つめる。

「……運転手さん……。俺は、じつはさ……その、不動産屋なんだ、新宿の……。三味線弾きじゃないんだよ……」

ルームミラーに映った運転手の目が一瞬泳いでから、「ああ」と低い嗄《しわが》れた声が返ってきた。

二　繭《コクーン》

　夜の湊町は、濃い闇に冷えた湿気が帯びていて、何処となく潮の混じった水のにおいもする。そして、恐ろしいほど、ひっそりと静まり返っていた。

　古い水銀灯が疎《まば》らに灯っているが、青白く震えた光がよけい闇を煮詰め、凝らせているようで、高木は路地に並ぶ家々の影を見ながら、コートの襟を立てる。路の端に細かくささくれ立って、硬い光を反射させているのは、家々の前に置かれた鉢植えだろう。すでに眠った植物のいきれすらも静かに冷えている感じだと高木は思う。

「……あんまり、街を、荒らさんで下さいよ、お客さん……」

　レシートを渡しながらいった初老の運転手の声を思い出し、高木は一回大きく深呼吸した。冷えた夜気が肺に染みて、思わず咳き込む。出し抜けに吠えたような音が路地に響き渡るのを聞き、場違いな自分に、さらに陰鬱《いんうつ》な気分にもなった。

「……俺だって、食っていかなきゃならないんだよ、運転手さん……」

　高木はハードケースを体に立てかけ、コートの内ポケットから皺になって縒《よ》れた紙片を取り出す。これから住むことになる借家の住所と地図が書かれているが、水銀灯の光が手元にまで届かず、よく見えない。押し寿司の袋を手首に引っ掛け、不器用にライターの火を翳《かざ》して、大家がファックスで送ってくれた地図に目を凝らす。五軒ほど先のはずだ。

「……まさか、俺も、新潟になるとはな……考えも、しなかったよ……」

紙をポケットに突っ込み、ハードケースを持つと、古い杉板の塀や壁が続く暗い路地をゆっくりと歩く。まったく明かりのない玄関や、雨戸を閉め切った家、朧《おぼろ》に奥の部屋の明かりを玄関の格子戸に映している家などがあって、少しすると、乳白色の丸いガラス灯が玄関に点る家の前までできた。

五十嵐、という表札の文字が読める。大家の家がここで、隣の、やはり年季の入った杉板壁の古い家が、自分の借りることになる家だろうと分かった。

築六十年の３Ｋ、家賃四万二〇〇〇円。

高木は路を挟んで家の正面にある狭い空き地を見る。両隣の古い家屋の間に、錆びた鉄条網がたるみ、闇の奥には枯れた雑草がかすかな水銀灯の明かりに光っていた。土の湿ったにおいがするのを感じながら、借家の玄関を見ると、格子の曇りガラス戸に白熱灯の灯りが柔らかく当たって、ガラス戸越しにぼんやりと緑色の影が膨らんでいる。二、三日前に、宅配便で送った自分のトラベルケースだとすぐにも分かった。

玄関脇には、申し訳程度のスペースの土に、背の低いナンテンが植えられている。細かい葉が家の中からの明かりで濡れたように光っているのを眺めながら、大家に先に挨拶にいくべきか、と高木が思っていると、曇りガラス戸越しに人の影が過ぎった。

ケースを持って玄関に近づき、ゆっくり戸に手をかける。重いと思っていた格子のガラス戸が拍子抜けするほどすんなり開いた。目を上げると、狭い框《かまち》から延びた廊下に、焦げ茶色のセーターを着た老女が佇んで、やはり、こっちを見ていた。

七十歳過ぎくらいだろうか。短めの白髪を淡いブラウンに染めていて、スエットパンツのような細いズボンの腰に両手をあてがいながら、皺ばんだ目を見開き、じっと自分を窺っている。猛禽《もうきん》類を思わせる顔だと、高木も女の口角を下げた唇や皺の寄った目元を見つめていたが、タタキに置かれたトラベル用のスーツケースに視線を落とした。

「……何でしょうかねえ」

女が少し低めの声で、新潟訛りのイントネーションで聞いてくる。また、高木が女を見やると、はだけた自分のコートや錆色のワイシャツ、黒いネクタイに視線がうろついていた。

「……ああ、どうも。……高木……幸彦と、申しますが、五十嵐……さん、で？」

そういうと、老女がいきなり相好を崩し、それまで気づかなかったが、首に巻いていた白いスカーフを取って、手の中に慌てて丸めた。

「いやー、誰かと思いましたわ。こんな若い人だとは、思わなかったもんですから……。いや、高木さん、よくきなさって……」

さっきまでへの字に結んでいた口が笑みに変わって、奥歯のクラウンが覗いて光ってさえいた。膝が痛むのか、ゆっくりと屈《かが》んで正座しようとするのを、高木は片手を上げて制するが、廊下の板場に座り、深々と頭を下げる。白熱灯の光に、染めた髪の色とは違う真っ白な旋毛《つむじ》が見えて、高木も慌てて敷居を跨ぐと、上がり框に手をついた。

「いやー、しかし、あんた、電話では、もっと年配の方かと思いましたわ。何処の人かと思いましたわね。いや、たまげた……」

女は細い静脈が浮き出た片手で口を覆って笑い、もう片方のスカーフを丸めた手で宙を掻いて見せる。

新潟駅のウインドウに反射した自分の顔を見て、年相応に見えないと思っていたというのに、よほど電話線を通した声が老けていたのだろう。借主のために部屋を点検していたら、いきなり玄関が開いて、黒いスーツを着た、無愛想な顔の男が現われたわけだ。この家を買い上げる地上げ屋の残党とでも思ったのか……。

大家の後についていきながら、高木は決まり悪さに唇の片端を上げる。

「布団袋や段ボール箱は、一階に運んで貰ったままですよ」

古くて黒光りしている廊下は、歩くたびに少し軋《きし》んで、襖戸《ふすまど》や窓のガラスを震わせた。無意識のうちにも足音を忍ばせている。天井についた白熱灯の円筒形の鞘《さや》……。帯のように七宝《しっぽう》の黒い紋様が入っていて、地の白いガラスは灼《や》けて黄ばんでもいた。

廊下にケースを置いて、鴨居に頭を下げて入ると、床の間や違い棚のある和室になっていて、雰囲気が何処か、中学校に上がるまで住んでいた古い家を思い出させた。海にすぐ近い二葉町《ふたばちょう》という町にあった家で、よく遊びにきた友達と縁側から裸足のまま海岸へいったことや、幼い頃、庭に面した曇りガラス戸に鉛筆で落書きしたドラえもんの絵まで、ふと脳裏に浮かんでくる。

「ここは、元々、置屋さんだったんですよ。下町《しもまち》は、こういった感じの家が多いんですよぅ」

「置屋、ですか……」

「芸子、というよりも、娼妓の方みたいですけどねえ」

流しは取り付け型の給湯器で、風呂はガスの釜式のものだった。くすんだ珪藻土《けいそうど》の壁につけられた古いクーラーや台所にあったガスストーブは、ずいぶん前に住んでいた高校の美術教師が置いていったらしい。

「まあ、とにかく、静かな所ですよ。大火や地震からも免れて、ずっと残った家ですがね……」

大家は目尻に皺をさらに寄せると、ゆっくりと瞬きして襖戸や障子に目を移す。そして、また鳥を思わせる顔つきになって、握っていた白いスカーフを首に緩く巻き始めた。

「二階も、二間続きの和室になっています。同じようなもんですけど、日当たりは悪くないですよぅ。……後、何か、聞きたいことありますかねえ」

「ああ……、音、……は、どうですか。たとえば、音楽かけたりするのは……」と、高木は廊下に置いた黒いハードケースを見やった。

「音、かねぇ。ああ、どれだけ出しても大丈夫ですがね。大っきい音でレコードかけても、ラジオ聞いても、高木さん。この辺は、ほら、隣の家も今、空き家で、三軒先の古俣さんの所も二カ月くらい前に人がいなくなってしもうて、いるのは、私らみてな、年寄りと猫ばっかで、音が出ても聞こえねえんだわね。好きにしてください。火だけ気をつけて貰えれば、何してもいいですがね……。後、私は隣らすけ、何でもいってきてください」

そういって出ていった大家の五十嵐の声に頷きながら、高木はネクタイを緩め、コートを脱いだ。

老いているとはいえ、瞳が黒く鷹のような目に皺を寄せて笑う大家の顔に、何か懐かしさのようなものを覚えている自分がいて、やはり、心の奥底に帰郷したという感傷が顔を覗かせているのかと思う。

古い蛍光灯ペンダントの光に沈んだ一階の和室をぼんやり見渡し、奥の階段へと向かう。三十ワットくらいしかない白熱灯に照らし出された階段は、キャラメル色にトロリと光っていて、梯子《はしご》を少し大きくしたような急勾配な作りになっていた。横の漆喰《しっくい》の壁も、どれだけの人々が触れたのか、茶色く汚れ、脂で光っている。

昔、この家に住んでいたという女達や、通った男達の足音の軋みと同じなのかと、高木はゆっくり一段ずつ階段を上った。薄暗がりの中、着物から覗いた赤襦袢《じゅばん》に、白い女の足が現われる気がして、ふと白粉《おしろい》のにおいを想像してみる。それが順子のつけている

がらせていた。

香水と繋がって、高木は一人、静かに目を伏せた。

二階は、まだ昼の温さが残っていて、柔らかく籠《こ》もった空気が体を包んでくる。遠い繁華街の光か、疎らについた街灯か、仄かな光が、磨かれた狭い廊下をぼんやり浮き上がらせていた。

「……なんか、大正ロマン、だな……」

低く独りごちた声は響きもせず、二間続きの和室の闇に吸い込まれる。高木は窓からのかすかな光を頼りに鴨居を潜り、ぶら下がった電球の一つをつけた。

六畳と四畳半。襖戸で仕切るようになっていて、六畳の方には、やはり、小さな床の間がついていて、四畳半の方には書院風の障子窓があった。黒檀を思わせる黒い欄間《らんま》は、流水模様に刳《く》り貫かれている。

高木は六畳の部屋の真ん中に胡座《あぐら》をかいて座ってみた。床の間の隅や竿縁《さおぶち》の端、天井や部屋の四隅に蹲《うずくま》る仄かな闇が、むしろ気持ちを落ち着かせる。そして、耳の中に綿でも詰め込まれたように、静かだった。

高木は一階の和室に戻ると、買ってきた鮭の押し寿司をモソモソと食っては、部屋に耳を澄ます。また、箸をつけて、口に運ぶ。耳を澄ます。

自分が今日の朝までいた東京の阿佐ヶ谷とは、まるで静けさが違う。商店街の少し外れにあるマンションということもあるが、たえず、青梅街道や中杉通りを走るクルマの音が、空全体を覆っていて、巨大なパイプの中を通る風の音を連想させた。

体じゅうの細胞に染みてくる静寂に、高木は廊下に置いたままのケースを手にしようと立ち上がる。

たぶん、どんな微妙な撥先《ばちさき》のタッチも逃さず、この置屋だった家は鮮明な音にしてくれるだろう。幼い頃に見た万代橋に斜めに降りしきる雪や、日の沈んだ水平線上に金色に輝いて綻《ほころ》んでいた雲……、あるいは、自分を通過していった夥しい人々の呟さ……。

横にしたケースの取っ手を摑もうとした時、いきなり、高い電子音が静けさを破って、高木は反射的に体を震わせた。すぐにもコートのポケットの中に入った携帯電話の呼び出し音だと分かったが、振り返った瞬間、何故か、季節も時間も知らされない藺の中で、静かに糸を吐き続ける幼虫の姿が過ぎる。

俺、だ。それは、俺の姿になるんだろう？

高木は無意識のうちにも、部屋の隅を覆い始めた銀色の膜の気配を覚えながら、コートのポケットを探る。

「ああ、高木さんっすか？　内藤っす」

受話ボタンを押したと同時に、耳の奥に荒い声を突っ込まれ、高木は顔を顰めて電話を耳元から離した。同じ渉外課にいる後輩の出し抜けの声に、時計を確かめると、まだ八時を回ったくらいだった。藺は時間の感覚を狂わせる。

「……内藤かよ」

「もう、新潟、着いたんすよね？　どうっすか、越後」

越後、だ？　内藤は御茶ノ水にある大学の政経学部を出たばかりで、アメフト部だったともいっていた。能天気な、放埒《ほうらつ》ともいえる声に、高木は目を閉じる。

「……内藤、おまえさ、エドワード・フォックスが構えていた銃、何か知ってるか？」

「はい？　……何っすか、それ」

「おまえ、新潟を馬鹿にしてるんだろ。越後って、何だ、おまえ」

高木は目尻にわずかに笑みを溜めて、廊下に置いたケースを見やった。

内藤がクルーカットにした髪のフロントを、掌でしきりに撫で上げている姿が見える気がする。社会自体が疲弊しきっているとはいえ、まだ、二十三歳で、不動産業の悪質なカラクリや、何をやっても達成感のない倦《う》んだ生活など、生身で知るわけもない。休日になると、湘南までウインドサーフィンに出かける奴だ。

「馬鹿にしてるのは、高木さんの方っすよ。さんざん、新潟は、夢のない所だ、とか、文化がない所だとかっていってたじゃないっすか。生まれ故郷なんて、そんなもんっすよ。自分のいた岐阜なんて……」

「内藤、おまえ、それ、本気でいってんのか？」

「本気っす」

下川部長に新潟への出向を命じられてから、そんな青臭いことを十歳近くも年下の内藤に喋ったのだろうか。それとも、前から話していたのか。

「で、何だよ。新潟の女について聞きたいのか、酒についてか」

「いえ、何か、清田課長がとりあえず自分にかけろというもんで……。でも、良かったっす。高木さんの声が聞けて。……で……どうなんすか、新潟の女の人って」

「もう最高だよ、内藤。ビンビンだよッ」

自分が自棄《やけ》っぽく張り上げた声に、廊下の窓ガラスが共鳴して、恥ずかしさと虚しさが混じった気分になる。「マジっすか?」と、電話の奥で素っ頓狂な声を上げている内藤が羨《うらや》ましくもあった。もちろん、馬鹿な後輩を演じている声音だろうが、そんな演技が成立すると思っている舐め方が羨ましいのだ。むこうはむこうで、くだらぬ冗談の底に澱《よど》み始めた、疲れの脂《やに》みたいなものに気づいているのだろう。

「じゃ、清田に代わってくれよ、内藤。後、エドワード・フォックスが持っていた銃の名前、調べろよな。『ジャッカルの日』っていう映画だからな」

内藤の気のない返事の後、保留メロディのグリーンスリーブスが、ノイズ混じりに聞こえてくる。

すでに、頭の中には、薄いアイスグレーのオフィスの風景が広がっていく、観葉植物のベンジャミンの鉢植えやコピー機や、壁に張られた都内の地図、ノルマ表、成金趣味の入った異様なほどふっくらした革張りのソファが見える。女子社員の、ストライプが入ったベストタイプの制服や、何か気圧が低いような超高層エレベーターの、階数表示ランプまで見えてきて、電話の奥から意識を戻した時、目の前の古びた廊下に一瞬小さな眩暈がきた。

「おう、高木。古町の方は軽く回ってみたか、ああ？」

廊下や床の間の薄暗がりに彷徨わせていた視線が、清田の野太い声に断ち切られる。

「……ええ。西堀通近辺と……」

「西堀通の―、海側の方か？　あの、何だ、イタリア軒という、老舗ホテルのある……」

また清田は楊枝をくわえ、その先を宙に小さく回しているのか、声の大きさに不明瞭さが加わって、喋る言葉が潰れて聞こえた。

「はい。その辺と柾谷小路の辺りを少し歩きましたが、確かに、十字路を中心にした昔の古町という感じではなくて、古い店がいくつか閉じられていましてですね、空ビルも散見されます。今は、駅南の方がかなり元気になりつつあるようですが……」

タクシーから見た風景や運転手の言葉から適当なことをいっていたが、自分の話している内容に、土地の澱《おり》を吸い込んできた年季の入った家が軋んで、圧迫してくる気がした。

「そんなことは分かってるよぅ。高木、おまえ、本当に、回ったのか？　ああ？　明日、さっそく、いくつか登記簿を当たれよ。直で融資銀行の担当者と膝交えてな、うちの名前出せば、大丈夫だ。俺から先にＴＥＬ入れてもいいから、何重にも蜘蛛《くも》の巣が張ってる物件だろうが何だろうが、一本一本、網をほどいていけよ」

競売物件の背景にある事情の群がりを、清田はいつも蜘蛛の巣といっていたが、下手をすれば、こっちが蜘蛛の餌になって身動きが取れなくなることもある。一本一本ほどくより、マトモで綺麗な物件を探した方が利口だろう、とは思う。だが、利口よりも狂っている方を取るのが、清田課長だし、下川部長で、自分の勤めている会社の渉外課のやり方だ。

「でなあ、高木。都立家政の大室さんの家、銀行が代位弁済を請求した。すぐ競落するからな。……しかし、大室さんもなあ、まだ小さい娘さんが二人もいて、俺と同じ齢だよ、高木、ああ？　ありゃ、死ぬかも知れんなあ。いや、死ぬわ」

清田はこともなげにそういって、奥歯の間に強く息を吸い入れ、奇妙な音を立たせる。間違いなく楊枝をくわえているのだろう。そして、たぶん、スポーツ新聞の野球の記事に、鈍い視線を落としているはずだ。

伝えることだけいうとすぐにも清田は電話を切ったが、高木も同じようなタイミングで携帯電話のＨＯＬＤボタンを押していた。

「……簡単に、人を殺すなよ、清田……」

小さく悪態をつくように、さりげなく口にしてみたが、自分の声が古く静かな部屋に吸い込まれて消えていく。阿佐ヶ谷のマンションで馴染んでいた反響と違って、声の尻尾が薄暗い天井や壁に消え入る感じに、むしろ、高木は自分の呟いた言葉を剝き出しに聞いた気がして、体に鳥肌を立てた。

こっちは土地を転がして生きていき、相手は訳も分からないまま家屋を失い、絶望の底に陥る。自己破産という手段に気づいたならば、まだそれでも楽なものだ。生きていける。

だが、そんな方策にさえ気づかず、混雑した中央線のホームから、衝動的に線路の奈落へと飛び込んだり、幼い子供まで巻き添えに、競売にかけられたマイホームに火をつけ無理心中した客達を見てきて、何か途方もなく空っぽで、だだっ広い寒さそのものに客もろとも放り込まれた気分になった。しかも、何処を手探りしても掴み所がないほど茫漠としているのに、入口はほんのちょっとした現実の裂け目なのだ。

「スイッチを切ろ、高木。何も考えない。落とした、売った、それでいい。スイッチを切ろ」と、清田はまだ新人だった頃の自分にいっていた。

「おまえが食えなくなるか、高木？　おまえが死ぬか、ああ？　どっちでもいいぞ、俺達は」

都立家政に住んでいた大室という客の件は、クビになった川井という奴の代わりに担当していたものだが、要するに、銀行の住宅ローンが保証会社に転売され、住んでいる本人が知らないうちに家が競売にかけられているという、まだこの業界ではシンプルなものだ。銀行も、不動産業者も、スイッチを切って……いや、何処の会社も、世界も、スイッチを切っているのかも知れない、か。

「好き好んで、スイッチを入れて、人を殺める奴もいるんだよな……」

高木は携帯電話の電源を切って、畳の上に放り投げる。さっきまで清田課長の野太い声を粘らせていた携帯電話が、小さな空箱のように転がって、乾いた音を立てた。

「……ツテツツ、テツトト、チリ、チテンレ、……」

廊下のケースをぼんやり見つめながら、高木は撥《ばち》を持った手つきだけで空を弾き、左手で闇を押さえてみる。

遠く、パトカーのサイレンの音がかすかに聞こえた。

三　アリバイ

実家に戻っているのか……。

　ぼんやりと薄目を開けた時に、まだ夢を見ていると思っていて、すぐにも視野に入ってきた古い欄間の流水模様に実家に帰ってきたのかと思う。

　親父とどう和解したのか、どうやって実家の敷居を跨いだのかと記憶を探っているうち、一瞬、母親やすでに亡くなった祖母の姿が過ぎり、欄間があったのは二葉町の昔の家で、今の実家にはないはずだと気づいた。

　障子を透かした光に、部屋の中も頭もはっきりしてきて、元置屋の家の二階にいるのだと分かり、高木は布団の縁に低い笑い声を籠もらせる。目を細めて明るい障子を見やると、夜には気づかなかった外の木の枝が影になって映っていた。布団から腕を伸ばして開けると、朝の光が目を射ってくる。

「……こういう、光も、あったか……」

　柿の木だろう、節くれ立った枯れ枝が日光にハレーションを起こしたようで、所々途切れては光を放射している。何処からか、かなりのボリュームでテレビのニュースの音が聞こえ、高木は小さく呻《うめ》きながら体を起こした。耳の遠い年寄りが近くに住んでいるのだろう、島根の方でマグニチュード3の地震があったと報じるアナウンサーの声が聞こえる。

ふと、夢の残像が見えてきて、三味線の音緒《ねお》に糸が入らないといって、一心に俯いている祖母の後ろ姿に、「婆ちゃん、針の穴じゃないんだからさあ」と声をかけている、まだ高校生くらいの自分の声が蘇る。

「おっかしいわねえ。入らないわねえ……」

死んだ人間は夢に出てきても喋らないはずだと思いながら祖母を見ると、ゆっくり振り返ったのは、いつもひっつめにしている髪をほつれさせた順子で、顔は若いのに口元だけ何故か皺ばんで、歯が何本か抜け落ちていた。

「俺が、悪ぃんだ。俺が悪ぃんだわや」としきりにいっている自分の後ろで、紺色の着物を羽織った父親が、「おまえごときに、何が分かるッ！」と怒鳴り声を上げていたのだ。

地元の国立大の医学部を中退しようとした時に、父親にグラスのウイスキーをいきなり氷ごとかけられ、罵声《ばせい》を浴びた時と同じ声だ。あの時、自分は親父に馬乗りになって、半狂乱で殴ってしまっていて、母親は泣き叫んでは自分のセーターを夢中になって引っ張り、五歳下の弟はグローブや軟式のボールを投げて戸棚のガラスを割った。

「若い頃のあなたって、何、ずいぶん、優しいというか、ナイーブだったのね。お父さんを殴ってしまうだなんて、普通、そんな真剣に関係を持とうとしないもの……」

順子はそういって何か含みのある複雑な笑みを浮かべていたが、三十二歳にもなって、未だにそんな父親とのことを思い出したりする自分もどうかしている。

高木は口角を引き攣《つ》らせ、軽く頭を横に振る。突然、歯の抜けた婆さんになってしまった順子に電話でもしようかと、枕元に投げ出したままの腕時計を確かめると、まだ七時を回ったばかりだ。

奇妙な夢の断片が脳裏に残っているのに、何か久し振りに熟睡した感じで、不覚にも田舎の空気に体の芯が緩んだのか。自分の中にある土地のにおいに、くすぐったさというか、羞恥に似た気分を覚える。

掛け布団を剥ぎ、立ち上がろうとした時、階下で玄関戸が開く音がした。それとも、他の家の音かと思っているうちにも、「高木さーん、高木さーん」と女の呼ぶ声が聞こえてくる。

湊町の自治会関係の人が、早速何か連絡事項を持ってきたのか、それとも、電気やガスの係員かと、急き立てられる気がして、声を上げると、「五十嵐ですてえ」と返事が返ってきた。

昨夜と声の感じが違うと思いながら、急勾配の狭い階段に体を斜めにして下りると、やはり、大家の五十嵐が老いて痩せた鷹を連想させる顔つきをして立っていた。だが、奥歯の銀色のクラウンが覗いた口元は、笑みの皺を寄せている。夢で見た順子の唇はこれだったかと妙に得心している自分がいて、おかしさに思わず高木も口を捻じ曲げた。

「高木さん、あんた、ほれ、朝、何も食べるもん、ないでしょう？」

「……はい？　ああ、まあ……」

「ちょっと、多めに作ったすけ、食べませんか？　大したもんはないけどもさ。米だけはいいもんだから。東京では食べらんね」

単に世話好きなのか……？　だが、一体、何の狙いがあるのだろうと、高木はまず思う。飯を食わせながら、不動産業の自分がどの辺りの物件を探っているのか、知ろうとしている？

「いや、いいですよ、五十嵐さん。適当に、何処かで……。申し訳ないです」

「そんなこといわないでさ。遠慮しないでいいよ。……あの、高木さん、あんた……関係ないけどさ、あんた……あの川岸町のさ、高木医院さんの、倅《せがれ》さんじゃねえろっか。上の方の……」

五十嵐の何気なくいってきた言葉に虚を衝かれ、高木は一瞬、素のままの視線を投げていた。

まるで、隙だらけだ。

玄関口で外の光を背にして立っている五十嵐の表情は、細かい所までは分からないが、さほど他意はないように見える。昨晩と同じ焦げ茶色のニットを着て、少し猫背気味の姿勢で、見据えるように瞳の大きい目を自分に向けているだけだ。

「え?」と、反射的に聞き直している自分の間抜けさに、耳の端が熱くなる。

「あの、整形外科のさ、高木医院さん……清一郎先生の……」

「……高、木、医院ですか?　いや、私は……まったく関係がないと……」

答える刹那《せつな》に、逡巡《しゅんじゅん》している自分がいて、こんな沈黙自体が何か示しているようじゃないか、と思いながらも、そう口にしていた。

清一郎……間違いなく自分の父親の名前だ。

「ああ、そうですよねえ。東京から仕事できなさった人がねえ。違いますわねえ」と、五十嵐は顎先に皺ばんだ手を宛てがいながら、畳み掛けるようないい方をして、何度か頷いて見せた。

「いやー、名前とかさ、顔とかさ、何か、昨日、お宅さん、見た時に似てるわと思ってさ……といっても、相当、昔の話だから……。今は、私、小針《こばり》の方の病院へいってるんだけど、膝が悪くてね、よく高木医院さんに通ったんだわ」

実際に、まったくの他人だとしたら、どう返事をするのか……。

まだ二十歳以前の自分を、何処かで覗き見されていたような恥ずかしさに、ふと不機嫌な小さな塊が腹の底に生まれる。そこからゆっくりと燻《くすぶ》り上がる黒い煙の筋を思っていて、あまりの馬鹿馬鹿しさに高木は眉間を開いた。

「よくある顔ですから。何処へいっても、見たことがあるとかいわれて……。五十嵐さん、それより、膝、かなり、痛むんですか?」

胸中で思い描いた黒い煙の軌跡も、若い頃の自分が抱えていたもので、今の自分が感じる類のものではない。

旭町通にあった医学部の大学キャンパスを、研修用の白衣を着つつもギターケースやアンプを抱えて歩いていた自分の姿が過ぎる。ついでに、浜風に掃かれた層雲の白さまで見えてきて、高木は短く息を吸った。

軟骨が磨り減った。膝の皿が浮いている。老人性変形膝関節症なんだわ……。

五十嵐は悪い膝の話をしばらくしていたが、やはり、「似ている人というのは、いるもんだねえ」ともいった。

執拗なほど一緒に朝食を食べないかといってくれるのを、高木は仕事の打ち合わせがあるといって何とか凌《しの》いだが、それでも顔を洗っている間に、大家の五十嵐は布巾で覆った盆を持ってきた。

おにぎりと味噌汁、焼いた鮭の切り身、お新香、お茶。

「食べたら、玄関脇にでも置いといてくれればいいから。高木さん……あんた、仕事でこっちにきたっていったけれどもさ……、どうぞ、ゆっくりして下さい。婆の戯言《ざれごと》だけれども、ゆっくりして下さい……」

自分の目の底でも確かめるような鋭い目つきをしてから、五十嵐はまた目尻に皺を寄せて微笑むと、静かに玄関を出ていった。

洗い晒《さら》しの、よく乾いた紺色の布巾を取って、何気なくそのにおいを嗅ぐ。布の吸った日差しのにおいや大家の家や味噌汁や米や、複雑だが優しいにおいがした。賽《さい》に切った豆腐がひっそりと静まっている味噌汁に、ぼんやり視線を落とし、ああ、この感じは……と脳裏の奥に潜む朧な感触を探っているうちにも、昔の二葉町の家が仄見《ほのみ》えてくる。記憶の縁側に差し込んでいた柔らかな光に、無意識に瞳孔を絞っていた。

「……十年以上も、思い出さなかったにおいなのに、な……。勘、弁、してくれよな……」

おにぎりを頬張ると、耳の下が痛くなるほど唾が出てくる。

「……うまいよ、おばちゃん……」

指先についた米粒を啄《ついば》んで、高木は穿いていたジャージーで指を拭う。廊下に置きっ放しにした黒いハードケースに目をやると、ゆっくりとそっちへ向かった。

廊下に跪《ひざまず》き、ケースの錆びついた銀色のフックを静かに外す。密封を解かれたケースの中が、紙を指で弾いたような音を立て、一気に大きく深呼吸するのを感じる。

濃い茶色の胴かけの皮革が、とろりとした光を反射しているのが見え、灰白色の皮が覗く。三本の黄色い弦……。紫檀《したん》の太棹《ふとざお》が年季の入った艶《つや》を発していて、花魁《おいらん》の簪《かんざし》を思わせる黒檀の糸巻が、武骨に突き出ている。

祖母の形見の三味線が、湊町の元置屋の空気に触れて、何か息を吹き返したように見えた。

「……言葉、以前の世界なんだよな。だからさ、世界が世界になる一歩手前の音を、本当は鳴らしたいんさ。荒れ狂った時化《しけ》の中に、微風の一筋って摑めるかってこと考える。みんな、笑うかも知れないけどや、俺、それをやったの、ドビュッシーだけだと思うんだよな。ドビュッシー。フランス印象主義のさ。アーチー・シェップも、アルバート・アイラーも、好きらぜ。『オン・ディス・ナイト』、『ザ・マジック・オブ・ジュジュ』、『ライヴ・アット・ドナウェッシンゲン』……みんな、好きらけど、もっとさ、獣の聴力というかさ、人間になる前の、対象と同化するくらい、自分を落としていってさ、そのものになりきる音みたいな……だから、今は、オーネット・コールマンしか聴いていないんだよな。バップみたいなコード展開、関係ねえもんな。調性もさ。オーネット自身が、自然そのものでさ。……で、俺、最近、一つの音を、どれくらいのヴァリエーションで出せるかって探してるんだけどや……」

学生時代に所属していた、「フリー・ブルーズ」というチープな名前のジャズ・サークルで、必死になって喋っていた若い自分を思い出していた。

ケースの中の、三味線の弦に指先を触れると、まだ駒をつけていないせいで、ただ短く滲んだ音を立てるだけで響かない。ベッコウの撥を手に取り、才尻《さいじり》近くを右手の小指と薬指に挟んで、ヒラキに親指の腹を当てる。背筋に一本芯が通った感じで、高木は一、二度、鋭いヒラキの切っ先で空を切ってみる。耳元を風が掠《かす》めるような音が心地いい。

「……人の声は、何種類もの音質を表現できる最たるもんだけどさ、楽器だとさ、何だと思う？　俺のやってるギターも、かなり色んな音出せるけど、つまり弦楽器だけどさ……、なあ、三味線、どう思う？　津軽三味線の三味線。細棹でも太棹でもいいんだけど、凄いんだよ、音の種類が。もう、ありゃ、楽器じゃねえんさ、自然の音そのものでさ。なあ、右手の撥だけで、単純に、叩き撥、掠め撥、爪弾き、掬《すく》い撥、押し撥、転《こか》し撥。な、それから、裏撥、掛け撥、早掬い……全部、音が違うんだぜや。人の声も、風の音も、波の音もさ、出せるんだよ……」

高木はトレモロのような音を出す早掬いを空でやってみると、撥をケースに戻した。三味線を弾き出したら、大家の五十嵐は、ますます自分を、高木整形外科の者だと確信するかも知れない。いつも、病院裏の実家で、祖母が三味線を弾き出し、その漏れた音に父親が仕事の邪魔だといって怒っていたからだ。

四　初日《しょにち》

高木はスーツケースからペイズリーの入ったネクタイを取り出したが、結局、締めなかった。

ノータイの白いワイシャツにスーツジャケット、地味なコートで歩いた方がまだいい。東京から仕事できた人間が、半日空いて少し街をぶらつく感じが自然だと思う。

空きビルや空き地の前を不動産業者が歩いていると、すぐにも雰囲気から知れる。明らかに体温の違う者が、新たに行動を起こす前のにおいのようなものを発散してしまうのだ。質にかかわらず、金になる扱いやすい物件に目を光らせながら、滲み出る生臭さをかっちりとしたスーツに閉じ込めている悪趣味さ加減に、自分自身でも嫌気が差す。

「いいか、高木。スーツは、量販店のものはやめてくれや。分かるんだよ。客が足元見るんだよ。安心させちゃ駄目なんだ、ああ？　見ろよ。これ。高くはないが、クリッツァ・ウォモのダブル、オーダーだよ。笑うな、おまえ、ああ？　おまえのは、それ、モード系だろ。なんで、そんなシンプルなもん、着てるんだよ、土地転がしが、ああ？　客に諦めさせるんだよ。それが大事なんだよ、この商売……」

清田課長は左手の金のロレックスと、右手の水晶のブレスレットという、あまりにステロタイプなアイテムを覗かせていっていたが、要するに、堅気に見られない方が、仕事が楽だということをいいたいのだ。事務所フロアにある、神棚の横に掛けられた「信頼、誠実、熱意」の額縁が笑っている。

「……真面目にやっている不動産屋が、いい迷惑だってさ、清田……」

高木は玄関戸の簡素な鍵を閉じ、大家の家の玄関脇に、洗った食器と盆を置いた。小石を敷き詰めた戸の前が、綺麗に掃除されていて塵《ちり》一つ落ちていない。五十嵐の性格なのか、それともやはり、以前、置屋関係の者だったのか、白茶けて古い木戸も長年かけて丁寧に扱ってきたのを感じさせる。

夜にはまるで見えなかったが、狭い路地に残る他の古い家々も、手入れのいき届いた落ち着きを見せていた。起きた時に聞こえていたテレビニュースの音も消えて、すでにこの路地だけ、正午前の気怠《けだる》い温みに微睡《まどろ》んでいるようにも思える。

継ぎ接ぎだらけのコンクリートや下水溝、擦り減ったマンホールの蓋を跨ぎながら、こんな時間に、祖母はゆったりと三味線を弾き始めたのだと高木は思い出す。調子を二上りに合わせて、端唄《はうた》の春雨だったたか、静かに響かせるのだ。

「ドン、テン、テーンツ、ツンツン、チチリツ、ツン……」

小さく口ずさみつつ、高木は路地を振り返り、後ろ向きに歩いては、また体を戻す。コートがはだける感じに少し恥ずかしさを覚えたが、誰も見てはいない。

「テントンツントトン、ツテツツ、ドン……」

ふと、板塀の上に何か気配を感じて視線を投げると、首に鈴をつけた真っ黒な猫が、鉤針《かぎばり》のような目を細めて背中を丸めている。その遥かむこう、古い家の庇《ひさし》の陰から、白い巨大な噴煙が覗いていて、高木は足を止めた。

「何だや、あれ……」

目の錯覚かと思ったが、すぐにも赤白の煙突の先が何本か見えて、竜が島にある石油精製所の煙だと分かる。蒸気とも煙ともつかぬ、純白のガスが朦々《もうもう》と立ち上っていて、目を凝らさないと積乱雲のように固まって見えるが、少しずつ形を変えて、海風に流れていた。

一瞬、川崎の生麦《なまむぎ》あたりの工場地帯を思い起こし、いや、確か最初に東京に出て、横羽線をレンタカーで走っている時に見た生麦の風景に、竜が島の煙突群を連想したのだ。記憶の順番が違う。

「紅茶に、牛乳入れた時、雲みてになる……」といったのは、幼い頃の自分だったか、それとも、痴呆の始まった祖母だっただろうか……。

紅茶の好きだった祖母がミルクティーを飲む時。いつも祖母に必ず声をかけて貰い、カップの中の風景を見入っていた幼い自分がいて、その時に漏らした言葉を、呆け始めた祖母が繰り返していた気もする。テーブルに小さな拳《こぶし》を二つ重ね、その上に顎を乗せてカップの中を覗き込み、婆ちゃんはニコニコしながら温めた牛乳を紅茶に混ぜていた……。まだ、小学校に上がる前の話だ。

石油精製所の煙に、紅茶の中の牛乳を思い出している自分もどうかしている。コートのポケットに手を突っ込んで歩き始めたが、祖母の弾く三味線の音一つ一つが鮮明に蘇ってくるのを感じもする。

そして、呆け始めた頃の祖母の方がさらに好きだったとも思う。喋ること、なすことが少しずつ崩れ始めたのは、自分が大学に入った頃からで、それでも、三味線だけは弾いていたのだ。父親に何度注意されようが、正午前ののんびりした時間に、座椅子の背の上に、重い三味線のヘッドの海老尾《えびお》を凭《もた》せかけ、弾いていた。左の眉根をわずかに上げた顔まで、はっきり浮かび上がってくる。

仏壇のあった六畳の部屋で三味線を弾いていた祖母の影の輪郭を思いながら、高木は湊町通から下《しも》の方を通って、広小路へと出る。

古い自転車に乗った中年の女や、紺色の作業アノラックにゴム長靴を履いた初老の男と擦れ違い、何気なく彼らの顔を見ると、やはり、視線が微妙に引っかかってくるのを感じる。雰囲気がどうしてもそぐわないのだろう。

高木ははだけていたコートのボタンを閉じて、襟を立てる。また、両手をポケットに突っ込むと、携帯電話が指先に当たって、無意識のうちにストラップを指先で玩《もてあそ》んだりもした。

どんな顔をして歩いていいのか、分からないのだ。正午前の広小路近くを十数年ぶりに歩いていて、空気の鄙《ひな》びた感じや、近くにある海の茫漠とした空の大きさというのか、容量のようなものが体を押してくる。すでに自分自身が、その感覚を記憶していること自体に、戸惑いがあった。

高さがそれぞれわずかに違う雁木の下を歩き、シャッターを閉め切った店や、サッシの掃き出し窓の奥が空っぽの家を通り過ぎる。古くからやっている呉服店や菓子屋……。ツバメの巣を点々と残した雁木の軒下の暗さと、日の差したアスファルトの白さが同時に目に入ってきて、季節が一瞬遠のくが、間違いなく空気の落ち着き方が、新潟の十一月なのだと高木は思う。

奥歯を嚙み締めるようにして、狭い歩道の空気を思い切り深呼吸してみる。昨夜の藁焼きのにおいは何処かに消えていたが、自分の体から早くも新宿のにおいが抜け落ちて、異質に感じていた故郷の空気にすでに馴染んでしまったのか。

「……まさか、な……」

胸の中で低く声を唸らせて顔を上げると、さらに細い路地の角から、宅配便のユニフォームを着た若い男が、小型の段ボール箱を抱えて飛び出してきた。箱の角が高木の腕に当たり、反射的に小さく舌打ちする。

「ああッ、すみませんッ」と若い男が声を上げ、帽子を被った頭を軽く下げた。

返事をしようとしていて、またどういっていいのか分からず、結局、男をわずかに睨む格好になってしまう。だが、自分の喉元には、あまりにも自然に故郷の言葉がせり上がってきていたのだ。

おう、いいて、気にすんなや……。

まったくの他人に対して、不意に出そうになった言葉だからこそ、うろたえた。

角を曲がると、狭い路地の両側に、呑み屋の看板が犇いている。

幅三メートルほどの道に、酔客一人一人の数だけ店があるのではないかと思われるほど、様々な大きさの看板に、違う書体の文字が夥しく並んでいる。夜になって灯りがつけば、路地全体がイルミネーションのようになって続くのだろう。

学生時代にはほとんどきたことがない西堀前通という道で、小料理屋や割烹、スナック、バーの並ぶ路地だ。憂鬱や駆け引きや失望、野心やら疲れた夢やらが路面に染み込んでいる。店に働く者すらまだ出ていない午前中の空気が、よけい鉛色のアスファルトに沈んだものを、ひっそりと凝《こご》らせているようだ。

コートの左ポケットに入った白地図を取り出そうとして、すぐにまた手を引っ込める。すぐ近くの店から、トレーナー姿の男が白い大きなビニール袋を引っ張り出してきて、戸口の脇に置いている。ナイトイン・桜。袖口から喜平のブレスレットが光って覗くのを高木は目の端で捉えながら、男の顔に何気なく視線を移した。

これから仕込みをするというよりも、徹夜明けなのだろう、白髪の混じったパンチパーマの下にむくんだ顔があって、むこうも憮然《ぶぜん》とした表情で自分を見ている。いつまでも根を張ってカウンターに寝込んでいた客の、遅過ぎる朝帰りにでも見えるか。それとも、営業不振の店を買い漁《あさ》る不動産屋に見えるだろうか。

おう、お疲れらな、マスター……。

腰を屈めてゴミ袋の口を縛っている男に、今度は意識的に新潟弁で胸中呟いてみる。パンチパーマの男はおもむろに開いた手を鼻のあたりにやって、一回、大きなクシャミをした。

割烹・一力。ＪＯＹラウンジ・ミルキーボックス。バー卑弥呼。ＪＣＢカードの看板。向かいの小さなビルには、タイル地の壁に長い矩形の看板が取りつけられている。スナック・アポロ。バー友紀。タベルナごっつぉう。くらぶイスタンブール……。

何十本もの電線が空を走り、無作為に立てられたような電柱に絡まって、またあちこちに放射している。風に破れ、小枝に引っかかった蜘蛛の巣のようだ。

塗装の剝げたビルが見えてきて、清田課長にいわれた競落する建物の一つだと、高木はわずかに目を細めて見上げる。看板のマスのいくつかが塗り潰されているのが分かった。

四階建てのシンプルな矩形のビルだが、元々はクリーム色だったのだろう、鉛色のコンクリートが所々剝き出しになっている。滲み出た錆色の雨水の痕が、細い舌を垂らしてもいた。

「……一、二、三……六、七、八……」

高木はゆっくりビルに近づきながら、看板の黒く潰されたマスを数える。十六店舗あるうち、すでに半分ほどが消されているが、さらに今現在はその半分くらいだろうと思う。

ビルの横には、やはり小さな呑み屋が寄り添い、道を挟んだ正面にも、それぞれ独立した店がぴったりと並んでいる。店の雰囲気を過剰なほどアピールしたドアと看板が、何か映画スタジオのセットを思わせた。一つの店のドアを開けたら、犇いた店の並び全体が倒れてきそうでもある。

ショーケースに、ただ木彫りの鯛が飾ってあるだけの、寿司量。優良指定店という金文字の安っぽいステッカーの貼られたピンクオアシス・オリオン。雪椿だろうか、鉢植えが並んだラウンジ司。玄関脇に盛られた塩が崩れたままの割烹五千石。キリル文字だろう、真鍮《しんちゅう》製の小さな文字が木のドアに打ちつけられていて、下にカタカナ文字がふってある、ダローガ99……。

高木は立ち並ぶ店のドアから、またゆっくり振り返り、看板の一番上にある小袋谷ビルという名前を見上げた。持ち主は新潟の者ではなくて、神奈川の横浜にあるレジャー産業だと聞いた。確か、横浜、保土ヶ谷、戸塚にパチンコ店を出していて、健康ランドを二つ持っている。

ビル一階奥にある薄暗いエレベーターに視線をやると、脇に添えられた灰皿にティッシュやゴミが溢れ、下の床にも紙片やビニール袋が落ちていた。視野の隅に、まださっきのパンチパーマの男が、店の前で袋を縛っている姿がある。小袋谷ビルの中を覗きにいくタイミングを計っていると、突然、コートのポケットの携帯電話が高い電子音を立てた。

「……何だよッ」

小さく声を上げて高木は視線を路地に走らせる。パンチパーマの男が、やはりこっちを見ている。あまりに俗っぽい着信音が、路地に眠りかけていた酔いや粘った疲れを引き摺り上げたようで、高木は慌ててコートから電話を取り出した。

小袋谷ビルの前から何気なく歩き出し、液晶画面を見ると、「ジュンコ」と表示されている。

「ああ……」と、高木はいつものように無愛想な声を電話に籠もらせた。

腕時計を見ると、まだ十一時少し前で、子供を保育園に送り出して、一息ついている時間帯か。これから出版社のある新橋に出るのだろう。

「どう、ですか……？」

少しハスキーな、鼻にかかった声がすぐ耳元で囁《ささや》かれているように近くに聞こえて、笑みのかすかな混じりが耳の奥を湿らせる。ふと、順子の裸の肩にかかった髪が過ぎり、西堀の路地を歩いている自分の輪郭が薄くなる気分だった。

「何が、さ……」

そう答えると、順子が喉の奥で小さく笑い声を立て、漏れた息がまた耳を撫でる。

「今は何処？　新しいお宅、ですか？」

新しい、という言葉に、まるで違う色の空が互いの上にあるのを感じ、屹《そばだ》った超高層ビル群の影が脳裏を掠める。順子は順子で、写真で見たことのある万代橋や日本海の夕日でも思い浮かべているのかも知れない。

「外だよ。もう、仕事してる」

「まあ、熱心ー」

「……竜太君は、保育園か？」

路地を振り返ると、ゴミ袋を縛っていたパンチパーマの男の姿も消えていた。犇く店に挟まれた、狭くて細いパースペクティブが、仮死したように静まり返っている。路地のはるかむこうに、白い箱を荷台に載せた自転車と小さな人影が見えるが、今度は、早い仕込みに入った割烹の者だろう。

「新潟にいった人に、そんなこと、心配して欲しくないですけど……いつもの通り、おじゃるを見て、いないばあ見て、元気に出かけていったけど」

「元気に、か……。いいな」

小袋谷ビルを反対側から見ると、壁の罅《ひび》に漏出防止の処理があちこちに施されていて、寸断された迷路図のようだ。このビルの他にも候補に挙がっているのが七件。さらに、法務局や裁判所で競売物件や抵当物件を探し回らなければならない。

「……ええ、元気に……。何か、私も……元気、貰いたいって感じ。昨日も遅くて……。ねえ、幸彦、今、どんな感じの所、歩いているの？　信濃川のあたり？　それとも、海の見える所?」

　順子の声が仄めかす疲れに、高木は一瞬視線を宙に彷徨わせる。順子の覗かせた気怠さが演技なのか、本気なのかは分からない。

「ああ、海の真ん前だよ。日本海の……佐渡島がはっきり見える。最高だよ」

　高木は小料理屋の横に植えられているヤツデを見る。酒や人いきれの澱む路地なのに、艶々とした葉が奔放に広がり、かすかな風に揺れていた。ほんの隅にできた茂みだが、路地の澱を貪婪《どんらん》に吸い込んでも葉を伸ばす、逞《たくま》しい暗さを醸しているようだ。

「嘘……」

「……呑み屋街の路地だよ。新潟の古くからの呑み屋街」

　人一人が通れるほどの小路を左に曲がる。トンネルのようなひんやりとした暗い小路にも、四角いプラスチックの呑み屋の看板が大きさも高さもまちまちに並び、蒔いている。何処かで水が漏れているのか、小路のむこうにある古町通の明るさにコンクリートが濡れ光っていた。

「……で、昨日、遅いって、仕事か?」

　自分の声が路地の薄暗さもあるのだろうが、あまりに親密な湿りを帯びているようで、隙だらけだと高木は思う。女への声を露わにしているのが自分の脆《もろ》さにも感じ、耳の端が熱くなる。

「……田村さんに、お酒に誘われたわ。ほら、方南地所の……」

東京・笹塚にある不動産屋の、まだ四十歳ほどの社長だ。中野区の分譲マンションを中心に扱っている不動産屋で、何度か会ったことがある。さらりと流した前髪にメッシュを入れ、ヴェルサーチか何か着た気障《きざ》な野郎だ。清田にいわせれば、土地転がしとしては相応しい格好かも知れないが。

「良かったな。こっちは、大家の、七十過ぎのおばちゃんに朝飯を作って貰った」

電話の奥で、また順子のクスクス笑う声がする。

「その後も、誘われたのよ、幸彦……」

「京王プラザホテルか？」

よく自分達がいく所を口にしていて、一気に新宿の街が懐かしくなっている自分がいる。昨日の昼過ぎまでいた所なのに、懐かしさを覚えるもないだろうとも思う。いや、やはり、自分の体は新潟を呼吸し始めたのか。

「馬鹿……。怒るわよ」

携帯電話の奥でざらついたノイズのような音が紛れたが、順子が体勢を変えたのかも知れない。

「私は……あなたが思ってるほど、軽くは、ありません」

「初めから、くだらんことというなよ」

狭い小路から古町通に出ると、眩《まぶ》しさに目の奥を突かれたようで眉根を寄せる。街全体の音がアーケードを通って聞こえてくる。多くのクルマが路駐して、立ち並ぶ商店街を人々の歩いている姿が見えた。

「……いいお仕事、できそう？」

「まだ、一件しか見てないよ。……だけどな、なんか、難しそうな予感がする」

「……同郷人として、情が絡む、とか？」

「何、いってんだよ。仕事は仕事だよ。買い漁るさ」

「どうだか……」

古くからある酒屋の、煙草の自動販売機横に立ち、通りを眺める。昔から賑やかな通りとして知られていて、幼かった自分もよく父親や母親と一緒にやってきたが、今は、何店も老舗が潰れていると聞いた。

綺麗に整えられたペーブメントや、街灯の柱に取り付けられたJ2リーグ・アルビレックス新潟のフラッグや、磨かれたショーウインドウのガラスが目に入ってくる。古町の十字路までずっとアーケードは続いていて、そのむこうの柾谷小路を走るクルマの煌きが連続して過ぎっているのが見える。

「……お母さんとか、新潟のお友達とは連絡、取ったの？」

「まだだよ」

「三味線は、弾いた？」

「まだ……」

鼻から軽く漏らした順子の息が耳をくすぐる。

「……しかし、不動産屋さんが仕事で地方回るのに、一体、誰が三味線なんて持っていくのかしら。もう、それだけで、失格」

「うるさいよ」

「……ねえ、幸彦……。あなた……私に、逢いたい？」

「……逢いたいよ。凄く……」

順子はまた小さく息を漏らして、「お仕事、無理しないで」と電話を静かに切った。

耳に火照りを覚えながら、落ち着いた佇まいの蕎麦屋の前を通り、スナックがいくつも入った共同ビルを過ぎる。

派手な電子音が店から溢れ出てくるゲームセンター。大型、小型のゲーム機が極彩色の光を放って瞬いている。学校をサボったのか、女子高生達がプリクラ機のカーテンの下から、ルーズソックスの足を覗かせ、今、起きたばかりのような乱れた髪をした青年が背を丸めて、しきりにゲーム機のボタンを叩いていた。

信濃川のあたり？　それとも、海の見える所？　か……。

順子のいった言葉を思い出し、高木は唇の片端を上げて俯いた。路面にはキャッシュローンのチラシや煙草の吸い殻が落ちていて、耳に入ってくる騒音も、東京の喧騒とたいして変わりがない。ただ、アーケードの下にいても、いつも厖大《ぼうだい》な空を頭上に感じ、虚無なのか、果てのなさなのか、体を上に引っ張られる感じを覚える。

鉛色の空がどんよりと覆い被さっている、と何処の本を見ても形容されている土地だが、新潟の暗さはそんな単純な所にはない。巨大な平野や日本海に広がる空の、際限のない奥行きの白みに気づいた者だけが、たぶん、人間が生きて在ることの不可解さに直面して、内省的になるのだ。

そんな風景の秘密などまったく無視しても、そのまま享受しても、あるいは、引っかかっても、生きることに変わりはない。だから、淡々と明るく済ます知恵を学んだのが、この土地の人間だろう。新潟の人間が持つ、何か度外れたような明るさが、じつは屈折したものなのだということを、他の土地の人間は知らない。

「織り込まれた音……だけど、存在の消尽点に霞んでいる薄紫色をした音……それを出さんば、駄目らろう。なあ、空気を奏でねば、駄目らろう」と、若い自分が熱くなって、サークルの仲間達にいっている言葉が蘇ってきて、高木は思わず一人小さく吹き出していた。

コートのポケットから、また携帯電話を取り出して、登録からグループ呼び出しで新潟の項目を開く。

二十二件。

学生時代や高校時代の仲間達の名前が五十音順に表示されたが、もうほとんど連絡も取っていない。自分が西新宿にある不動産会社に勤めていることを知っている者も、二、三人くらいだろう。

古町十字路に近いアーケードに入ると、すぐ右に白ペンキの鉄板で覆われた建物が現われる。

テナント募集の広告が貼られているが、明らかに何かのアリバイにしか見えない。借り手や買い手がつかないのを見込んでの表示だ。そのまま宙吊りにして、建物を腐らせる。価値的に朽ちれば、改修費や管理費、維持費よりもまだ解体建築費を出して、テナントを募った方が得策だ。

「肥やしを撒け。水を撒け。なあ、おい、高木。本当はなあ、店がバンバン入って、バンバン潰れるというのが、理想だよなあ、高木、ああ？」

清田は「ミミズを忍ばせろ」という奇妙ないい方をしていたが、ビルや店舗はブツじゃない。中にいるのは、生き延びようとする人間だ。たとえミミズとして入っても、逞しく、したたかな手強い蛇にも、竜にもなる。

昼食時間が近いのか、通りを歩くサラリーマンやOL達の人影が多くなり、デパートや店舗から漏れてくる音楽や、片側三車線の柾谷小路を走るクルマの音が近くなる。廃《すた》れてきたといっても、まだかなり賑やかで、スクランブル交差点をタールが流れ出すように、人々がゆっくり歩いているのが見えた。

また、白い鉄板がガードした建物がある。地元出身の漫画家が描いたワールドカップのイメージキャラクターが踊っているが、やはり完全に閉鎖されている。自分も昔よく通ったビルで、清田課長が喉から手が出るほど欲しいといっていたカミーノ古町というビルだ。競売にかけられても、管理維持費が高くついて誰も手を出せないというのが現状だろう。十字路近くの最高のロケーション、しかも建物もしっかりしていて、まだ充分に使える。

　視線を移すと、カミーノの角から二人組のスーツ姿の男達が顔を顰めながら現われて、やはり建物を見上げては指差し、持っていたクリップボードに何か記している。一人は清田のようなダブルのスーツに悪趣味なネクタイを締め、もう一人は虹色の光沢を帯びたスーツを着ていて、明らかに同業の奴らだと高木は気づいた。鈍い目つきの底に、金への執着が光っている。

　高木はわざと俯きながら、ビルを値踏みしている二人組の間に割って入った。わずかにコートの肩が、ダブルスーツを着た中年男にぶつかる。

「おい、何やッ。何処、見とんねんッ」

　関西弁？

「……ああ、悪いな。気づかねかったぜや」

　高木は気怠そうに眉を開いて、関西系の土地転がしだろう二人組を一瞥《いちべつ》し、背を向けた。

「おい、ちょっと、待てや、兄ちゃん」

　男の低く潰れた声がして、高木はゆっくりコートの肩越しに振り返る。日の端に、男達のずんぐりしたシルエットが重なって、視線を二人の足元から静かに上げていった。

　一人は黒のエナメルのシューズを履いていて、もう一人は濃いブラウンの革靴。プレッサーの利いたパンツを揺するようにして、こっちに爪先を開いてくる。風の加減で、シトラス系の整髪料と少し埃臭いにおいがした。

「何や、人にぶつかっておいて、よう謝れんのかい？」

四十歳過ぎだろう、ダブルスーツを着た男が、金の印台の指輪が光る左手で鼻先を擦りながらいってくる。袖口にも派手な腕時計が光って覗いていた。

「ああ？　謝ったねっかや」

自らの口から出てくる新潟弁が、自然になのか、計算でなのか、自分自身でもよく分からない。ただ、目の前の二人組が街を物色する様を見て、燻った気持ちが腹の底から立ち上ってきただけだ。それとも、単に、同業である自分の姿を見るようで不快だっただけかも知れないが。

「新潟の人間は、そういう謝り方しか、できんのかいッ、いうとんのじゃ、こらッ」

「あんたらも、こんな道の真ん中で、ボサッと立ってんじゃねえっや」

どちらの男の襟にも、「西」と刻まれた星型の社章がついて、鈍く銀色に光っている。古町通のアーケードを歩いている人達が、少しずつ、自分と二人組を遠巻きにしながらも澱み始めるのを感じていると、クリップボードを持った方の男が、ダブルスーツの男の腕を軽く押さえた。

「……何や、見とるがな。やめときや、な。……兄ちゃんも、すまんかったのう。せやけど、お互い様やで、分かるか？」

ダブルスーツの男はズボンのポケットに手を突っ込んで、貧乏揺すりじみたことをすると、鈍い目つきで見据えながらも唇を捻じ曲げる。通行人がいなかったら、殴りかかってくるくらいはしただろう。

ふと、もう一方の男が手にしたクリップボードの紙が捲《まく》れて、平米と坪の数字や縮尺された簡単な見取り図と展開図が覗く。西阪観光商事の者達に違いない。アミューズメントセンターとマンション売買で鳴らしているが、自分が仕事をする新潟にまで進出してきたのか……。

ますます、面白くない。

五　西堀ノクターン

「……新潟の人間は、そういう謝り方しか、できんのかいッ……か」

高木は唇に笑みを溜めて、弦の下に駒を挟み、撥先で軽く一の糸を弾きながら黒檀の糸巻を回していく。

「……俺の問題じゃ、こらッ。おまえら、西阪の顔見て、胸糞悪うなったんじゃ、こらッ」

緩んでいた腸《はらわた》が、一の糸の音を搾り上げるたびに、引き締まっていく気がする。高木は、一の糸を神仙、Cの音に合わせ、二の糸へと撥を移していく。乳袋《ちぶくろ》といわれている津軽三味線のネック裏に、東さわりという突起が出ているが、それを回すと糸全体が共鳴して、シタールのような音で唸りを上げる。さらに、三の糸へと調子を合わせていった。

撥を挟んだ右手の薬指と小指、ヒラキに添えた親指の感触。撥先で叩くようにして手首を動かすたび、直接、聴覚自体に響くような音を立ち上げる。

「……最高の、部屋だな……」

元置屋の二階は、やはり、三味線の音に部屋の空気が目を覚まして、弾いたと同時に隅々にまで反応する感じだった。繭自体が大きく共鳴し、自分の体をも震わせて、輪郭を消し去っていく。三味線の音そのものになるようだ。

西阪観光商事の二人組と出食わした古町通から、十字路に出て、柾谷小路を少し流して、結局、あれからどんどん西へと歩いていき、海へと出てしまっていたのだ。中学に上がるまで住んでいた二葉町横を通って、西海岸公園の松林の中に入った時、まったく昔と同じ松や砂のにおいがして、胸を塞がれ、大きな眩暈を覚えた。

少し前までいた古町繁華街の喧騒が嘘のようで、波風や松林のざわめきと一緒に、自分の顔を松の影が撫でる感触に気が遠くなる。乾いた砂埃やハマボウフウや落ちて朽ちた松葉の、微細なものまでが、肺の奥に染み込んで、記憶を一気に炙《あぶ》り立てた。その脳裏や体の中を巡る記憶の速度があまりにも速くて、自分はうろたえてしまったのだろうと高木は思う。

一の糸を強く撥で叩きながら、東さわりを回して、太く滲《にじ》んだ音を響かせる。二の糸、三の糸とテンポよく五回ほどずつ強弱をつけて打ち下ろしていって、腹の底に溜まった想いを膨張させて、一気に一の糸の低い音を爆発させる。

津軽じょんがら節の曲弾き。

もう六、七年も前に文化譜を見ながら我流で覚えた曲だが、それでも自分の得意とする曲の一つだった。

撥で打ったと同時に、左手の薬指で弦を弾き、また撥で掬いつつ、左手でトリルのように音を躍らせる。

烈風の吹きつける海近くの雪原に、地吹雪《じふぶき》が起きて大きな渦を巻いているような音……。

一つ一つの音に微妙にスリをかけてビブラートさせながら、一の糸の低い音から、二の糸、三の糸へと上り詰めていく。雪混じりの旋風が雪面を立ち上り、また停滞し、また立ち上っては、白い霧を放散するのが見えた。夕刻か、夜かも区別のつかぬ雪の、仄明るい中を、小さな竜巻のような雪渦が巻き、低い空には、荒れ狂った日本海の怒濤が響き、震える。

叩き撥、掬い撥、掠め撥、そして、早掬い。切迫するほどの高音にきて、撥のヒラキの突端で叩き、荒く掬い上げる。一の糸が張って、耳に痛いほどのビートを放つが、それをまた打ち消すかのように、左手で弾かれ下る音が、体の中にある澱んだ塊を削っていく感じだ。

雪煙を上げる雪面に、いくつもの旋風が生まれたと思うと、不意に風が止まって、間断なく斜めに降りしきっていた雪が、スローモーションをかけられたように薄闇の中を彷徨う。一つ一つの雪片が蛍火の乱舞していると思えるほど、不規則にあちらこちらへと迷い、また一陣の風に巻かれ、大きな渦を描いて雪面を回るのだ。

高木は目を固く閉じながら、叩き撥の先が皮に当たって立てるリズミカルな音と、弦の上で繊細に踊っては揺れる音を聴き入り、さらに響かせる。一の糸を連打し、二の糸で雪降る様々な表情を描き、三の糸の音で雪片が限界まで舞い上がり、止まると見えるその刹那を弾いてみようとした。

まだ、それでも指が動く。撥のヒラキの先端が時々、綺麗に入らなくて砂をまぶしたような音を立てるが、イメージしている雪の軌跡を何とか追うことはできる。

だが、津軽三味線という既成の曲調は、あまりに津軽の音を連想させて、自分の求めている音楽ではないような気がした。

まだジャンル化されていない音……。

学生時代にもそんなことをいったな、と思い、オーネット・コールマンと三味線の野性や自然《じねん》めいたものを繋げようと、必死になっていた若い自分の姿が見える。

「……幸坊。……幸坊や……」

じょんがら節の、一瞬、静寂にも近い柔らかなフレーズにきた時、自分を呼ぶ声がして、うっすらと高木は目を開けた。鉛色の雪雲の合い間に、日の光が零れ、斜めに差す光景が目の前を過ぎる。

誰の声かと探るまでもなく、すぐに祖母の影がぼんやり浮かんできた。まだ、しっかりしている頃の祖母が見えて、痩せて引っ込んだ眼窩《がんか》の目尻に、皺をたくさん寄せて微笑んでいる。静脈の浮いた華奢《きゃしゃ》な手だったが、撥先の力を抜き、腹の底の力と腕の力を同時に合わせて叩いた時の三味線の音は、驚くほど大きな音が出て、音にも模様があった。

「また、ギターらかて、幸坊？　……いいんだよ。いいこてさ。幸坊は、お父さんみてに偉くならんても、いいんだよ。……優ーしい、気持ちの温《あった》かい男になればいいんだよ。……ほら、こんげ婆ちゃんの三味線の音でも、色んな音があるろう？　哀しさや優しさや、寂しさや嬉しさやら、色んなもんがあるろう？　そういうもんが分かる男の方がいいんだよ、幸坊……」

信濃川沿いにある新潟明訓高校という私立校に通っていた頃の話だ。数学はそれでも嫌いな方ではなかったが、分数関数の不定積分や循環小数の計算やら勉強に飽き飽きしていて、ギターとアンプを抱えては、表の病院から最も遠い所にある祖母の部屋に入り浸っていた。母親はそんな自分を「またお婆ちゃん詣で？　勉強もしなさいよ、あんた」と笑っていたが。

その頃からだ。祖母から三味線という楽器に触らせて貰ったのは。何かアナログで、ダサい楽器だと思っていたのに、自分がハマっていたギターよりも一つ一つの音が繊細でディープだった。それに気づいて、焦ってギブソンモデルのギターをかき鳴らし、ジミヘンやツェッペリンを弾きまくっていたのだ。

だが、祖母の眠くなるような三味線の音が、だんだん腹の方に響いてきて、隠れていた模様が聴こえ始める。どう自分がロックを追いかけようとも、摑めない音が、三味線にはあるんじゃないか。街が新しく変わっていこうが、あるいは、目新しい情報に染まり切ろうが、三味線の音の方が正直に自分の周りの空気に伝わっていくのを感じて、苛立たしくも思った。

「……風の音らすけ。光の音らすけ、幸坊。人の声でもあるんだよう」

婆ちゃんは、漣《さざなみ》の音を出せたが、俺のギブソンモデルは、水溜まりに煙草を落とした音も出せねえ。婆ちゃんは女の忍び泣きする音を出せたが、俺は女がセックスして上げる声も出せねえ。

婆ちゃんの三味線の音は、要するに、ブルースだった。

祖母の三味線を借りて、最初はギター用の硬めのピックで弾いていた自分……。撥の握りがどうしてもしっくりいかなくて、こんな不自然なグリップは邦楽器特有の師弟制度というのか、伝統の嫌がらせみたいに感じたのを覚えている。

そんな若い頃の姿を脳裏に浮かべて、高木は喉の奥に笑いの泡をぶつけては、じょんがら節の最終段に入った。

二階の和室は、古い壁や天井の隅などから、忘れていた共鳴の息が滲み漏れてくるようで、昔、暮らしていたという何人もの娼妓や芸者達の白粉のにおいが漂ってきそうだ。男達は優しかったのか？　熱かったのか？　外には、港からの強い風に運ばれた雪が吹き荒れていて。

三の糸を左指で弾《はじ》き、打ち指、スリ、弾き、弾き、弾き、早掬いの連続がきて、二の糸で今までの音の盛り上がりを受け止めると、三本の弦を同時に撥で叩いた。

唸りを持った余韻があってから、耳の穴に綿でも詰め込まれた感じで、部屋の中は一瞬のうちに静寂に包まれる。神経に直接叩きつけていたようなビートだけが、頭に残り、半分麻痺《まひ》した感じさえする。この放心にも似た解き放たれ方が、津軽じょんがら節の魅力の一つでもあるだろう。

高木は部屋にたゆたう昔の女や男達の息を想像しながら、しばらく、三味線を抱え、耳を澄ましていた。いつのまにか、朝と同じように、テレビニュースの音が何処からか聞こえ始めていて、東名高速道で起きた玉突き事故について報じるアナウンサーの野太い声がした。

腕時計を見ると、六時を少し回っている。すでに外は暗くて、窓ガラスには三味線を持った自分の影が少し歪んで映っている。小さく嗚咽《おえつ》するような声を上げて、高木は三味線の棹を持って立ち上がると、廊下に置いたケースを一瞥し、部屋の中を見渡した。床の間がいいだろうと思う。ケースに入れる必要もない。

黒くトロリと光った床の間に三味線を立てかける。ちょうど天神や突き出た糸巻近くの壁に、白く抉れた傷がついていて、昔の芸子達もここに三味線を立てかけたということもあるのだろうか。まさかな……。妙な想像をしている自分がおかしかった。

左手から指すりを抜き、糸巻きにかける。

「……いい早退だったが、これから、西堀だよ、清田。小袋谷ビルで、呑んでくるさ……」

高木は髪を掻き上げて、眉間に力を込めた。

一坪ほどのエレベーターの中は、煙草ときついフローラル系の香水のにおいがした。汚れた薄い緑のマットが敷かれているが、縁がめくれ、接着剤の乾いた黒いフバーが所々剝き出しになっている。弾痕のように黒く焦げたいくつもの穴は、煙草を落としたせいだろう。

階数表示の上に店の看板が出ているが、ガムテープで雑に覆われたものが半分ほどで、三階はすべての店が貼り潰されている。

「……まあ、色々あるよなあ……」

一階の狭いエレベーターホール脇の通路には、まだ三軒、店の看板に明かりがついていたが、共同ビルの価値を見るには二階から上がいい。何処の不動産屋も、まずは一階に入ったテナントの良し悪しを確かめるが、一旦、傾き始めたビルの場合は、上から衰えていって、それぞれの店にあった雰囲気や力が下へ下へと沈澱していく。良かれ悪しかれ、運も不運も吸収して何とか最後まで惰性でしのいでいくのだ。

もちろん、逆の場合もあるが、その時は、残った上の店は徐々にではなくて、ある日一気に潰れることが多い。煙《スモーク》が降りてきてるか、上がっているか、と会社ではいっている。

高木は店がまだ三つは残っている四階の表示ボタンを押してみた。エレベーターのモーターがかなり消耗しているのか、それとも元々そういう速度なのか、恐ろしくゆっくりと上がっていく。変色したアイボリーの壁に寄りかかり、唸るようなモーター音をしばらく聞いているうちに、派手な衝撃がきてボックスがひと揺れし、ドアが開いた。

草書体の文字で、「ひとみ」。ゴチックのアルファベットで、「Angel」。ナール体の文字で、「サンセット」。それぞれの看板が見える。すでに閉めた店は、プラスチックの看板にフットマットが掛けっぱなしになっていたが、「エルドラド」と読めた。何処の店か、かすかにカラオケの音が漏れてくるが、おそらくすべての店に通信カラオケくらいは置いているのだろう。

高木はそれぞれの店のドア前に立ってみる。中がうっすらと見えるスモークガラスも木製のドアも、しっかりと磨かれていて、「ひとみ」などはドア横に、祝三周年という紅白の札が添えられた盛り花が置いてあった。それこそ塩の盛り花よりは、本物の花の方が、立ち退きを要求してくる奴らにとって黒いジョークになるのだろうと高木は思い、目尻を緩めた。

「ひとみ」の扉を開くと、カウンター奥一面の壁にボトルが煌いて、まだ三十代だろう、バーテンダーがグラスを磨いていた。

「いらっしゃいませ」と華やかな声を投げてきたのは、項《うなじ》あたりまである髪を品良くボブスタイルにしている五十歳近い女だ。前髪にプラチナ色のメッシュを入れている。

奥には壁に沿って、茶褐色のソファが並んでいて、すでに三人のサラリーマン達がほろ酔い顔で、店の若い女の子と冗談をいい合っては、肩を左右に揺すっていた。地味なコートを着て、ふらりと現われた一見《いちげん》の客である自分を、気に留めることもない。

「カウンターでいいよ。軽く一杯だけ」

オールド・グランダッドのロックをオーダーして、またゆっくりと店を見回す。酒の種類も豊富で、カウンターも綺麗に磨き込まれている。壁も棚なども同じ艶のいいオーク材が使われていて、サラリーマン達が座っている上の壁には、年季の入ったクラシックギターが二棹、斜めにかけてある。ヘッドの装飾からして国産のものではない、かなり高価な手工ギターだ。

ドア脇に、祝三周年とあったが、これから、さらにビルや西堀の街に馴染んでいく店だと高木は思う。不動産屋がビルを落札したとしても、立ち退きに最後まで抵抗するタイプの店だろう。

「いいお店だね。落ち着いていていて……」

「ありがとうございます。そういってくださって……。お客さんは……初めてですよねえ。こっちの……新潟の人じゃないんですね」といいながら、ママが唇に笑みを溜め、コートを預かろうとするが、高木は軽く手を振って断った。

「……言葉もそうだけど……。このお店ねえ、落ち着き過ぎているのがデメリット。駄目なのよぅ。お客さんが定まっちゃって……。本当は有難いんですけどねえ」

奥のソファで愉快そうに笑っているサラリーマンを目の端で柔らかく受け止め、ママは微笑んで目を伏せた。バーテンダーは一瞬、高木に視線だけよこすと、黙ったままバーボンの入ったグラスを差し出し、「ママさん」とボソッとした声で牽制する。

「いってる意味が分からないな。三周年だなんて、めでたいじゃない」と、高木はしらばくれてグラスに唇をつけ、バーテンダーとママの顔を交互に見据えた。

「ああ、そうですよね。そうよね。このビルは、いいお店ばかりなんですよぅ。これからも贔屓《ひいき》にしてやってくださいよ。って、きたばかりのお客さんにいうことじゃないか……。あら、ちょっと、ごめんなさい」

ママはカウンターの上に置いていた携帯電話の着信ランプがついたのを見ると、素早くスツールを返し、電話を耳にしながらトイレ脇のロッカー前に姿を隠した。大袈裟なほど抑揚をつけた明るい声が籠もって聞こえる。

カウンターに肘をついて、もう一口バーボンを含むと、今日見た、寄居浜の風景がぼんやり頭の奥で浮かんでくる。晴れてはいたが、すでに佐渡島の方は濃い紫色の層雲がかかっていて、海も藍色とグレーを混ぜたような色をして、不思議なほど凪《な》いでいた。沖に並ぶ消波ブロックのあたりに白い飛沫《しぶき》が上がっているのが過ぎる。

「……ママは、あれ、まいってるんですよ……」

バーテンダーの声に顔を上げると、煙草を持った手に、ウイスキーの琥珀《こはく》色の液体が揺れるグラスを小さく傾けている。痩せた白い喉仏が上下するのを見て、高木は目を伏せた。

「……このビルが、売りに出されるっていう話があって……そんなこと、お客さんにいってもねえ……。まあ、ご時世でしょうけどねえ。他の店は、けっこう、見切りつけて早めに畳んだりしてますけど、ここは、ようやく軌道に乗ってきた所なんですよ」

「……そうか」と、高木はバーボンを口の中に回し、壁に並んで煌いている洋酒のボトルの列を眺めた。ボトルの首にかけられたネームカードや古いラベル、まだ封を切ってないモルトに視線を移しながら、自分の腹の底を盛んにノックされている気分になる。このビルを落札し、店の者達に立ち退きを迫るのが、自分の仕事なのだ。東京西新宿にある、三国不動産渉外課の高木幸彦の仕事……。

「……昨日も、何か、大阪の不動産屋だと思うんですけど、関西の、それっぽい人達がきたんですよ」

大阪の不動産屋と聞いて、高木は一瞬眉根を上げる。カミーノ古町前で擦れ違った西阪の奴らの顔がすぐにも思い浮かんだ。

自分よりも二、三歳上だろう、バーテンダーにしろ、ママにしろ、警戒心がまるでないのか、それとも、多くの人間を見つめてきたカウンター越しの勘で、自分の仕事に気づきカマでもかけてきているのだろうか。

おそらく、後者だと高木は思う。

「何、大阪からもくるわけ?」

「そりゃ、きますよ、色々。……お客さんは……どちらの方……」

バーテンダーが敢えて目の表情を変えずに聞いてくる感じに、やはり探りを入れているのだろうと思っていると、「ごめんなさいねえ」とママが慌てて戻ってくる。細いネックレスのトップが揺れて小さく瞬き、また、寄居浜の海に反射していた日の光が蘇ってきた。

「お客さんは、どちらからなの？　お仕事で？」

バーテンダーと同じことを聞いてきたが、単なる挨拶程度だと示すかのように、返事も待たないまま、「私もバーボン。炭酸でね」とバーテンダーに声をかけている。

どう答えたらいいか、と迷っているうちにも、まさかこんなことは口にしないだろうと思いながら、喋っている自分がいた。

「東京からだけど……下手な三味線弾きなんだよ。津軽とか太棹の。……まったく売れないけどね……」

下手な三味線弾き？　津軽とか太棹の？

そう口にしながら、右手で撥を叩く振りまでして見せている。ふと咄嗟《とつさ》に漏らした嘘に、不快な泡粒が腹の底から立ち上るのを感じる。二人が、さりげなくだが、自分の目の表情を確かめているのが分かった。

「えー、三味線のプロの方なの？　あらー、津軽三味線とか？　ほら、何だっけ兄弟の……」とママがスツールの上で体をさらに捩《ひね》って見つめてくる。

「ああ、吉田兄弟。うまいよね。音の模様というより粗さが持ち味で、もう俺はああいう撥捌《ばちさば》きはできないな」

「嫌だ、ほんとに三味線のプロなんだあ。素敵じゃない。……あーん、そういう方がねえ、うちで弾いてくれたりすると、引きになるのよねえ」

ママはバーテンダーにチラリと視線を投げて、カウンターに頰杖をすると、緩く瞬きしながらまた見てくる。コンタクトレンズを入れているのか、瞳に金環蝕のような輪が光って見えた。

「いや、新潟は、高橋竹山先生筋の演奏家が多いでしょう？　武者修行みたいなものか、な」

「いいのよ、何でも。……ねえ、どのくらいいるの？　新潟に……。昔、うちに、いいギタリストがいて評判だったんだけど、バイク事故で左手、複雑骨折して、弾けなくなっちゃったんですよう。……彼だけどねえ」と、ママは頰杖をついている手を指だけ動かして、バーテンダーを示した。

「ねえ、お名前、何ておっしゃるの？　差し支えなかったら……」

ママはそういって、カラーの切花が生けられた花瓶の横から名刺を取ると、カウンターの上に置く。

「ああ……ユキヒコでいいよ……」

そう答えて、ふと、自分の名前の字面が、違う漢字で頭の奥で明滅するのを高木は感じた。何処まで、この「ひとみ」の者達に演技をする気かと自分でも思う。

だが、仕事上だけの方便ではなく、何か胸の中でカチッと小さく硬い音が鳴った気がして、一瞬でも、若い頃から抱えていた夢に逃げることができるかとも考える。バーボンの一杯で酔うわけもなく、やはり、仕事に疲れた自分の脆さからだろうと高木はグラスに口を近づけながらも、呟いた。

「……スノーの雪、に、弥彦の彦……」

「雪彦、さん……。あーん、何か、いいじゃない。新潟っぽいといったら失礼かも知れないけど……三味線の演奏家の名前が、雪彦だなんて……」

ますます袋小路に嵌《は》まっていく。まったく背景も時間も分からない暗い袋小路の隅で蹲り、野垂れている自分を想像して、高木は一気にグラスに残ったバーボンを呑んだ。冷たい氷がグラスの中で回りながら、鼻先を擦る。歪《いびつ》な氷の中に乱反射している虹色の光に、若い頃の夢がだらしなく溶けているのかとも思う。だが、人って奴は、自分の青春を救うために一生を費やすんだろう？　そんなことをいった詩人がいたはずだ。

「また、くるよ、ママさん……」

「あら、雪彦さん。何、もういっちゃうの？　……でも、今度、三味線用意しておくわよ。弾いてくださいよ、本当に」

「高いよ、俺」

「どうだか」

ママはわずかに睨むような目つきをしたが、ルージュで光った唇に笑みを溜めて、スツールから滑らかに降りる。

「ほんと、聴かせてくださいよ」と、バーテンダーも初めて目尻を和ませた。

同じ階の「Angel」や「サンセット」、店がすべて閉じられた三階フロアも覗いてみたかったが、下まで送るといって聞かないママに、その夜はかなわなかった。

だが、恐ろしく長く感じるエレベーターから降りた後、エレーナというロシアの若い女に会ったのだ。

六　ロシアン・ブルー

最初、気分が悪くて、しゃがみ込んでいるのかと思った。

小袋谷ビル前の路地角で、プラチナに近い金髪のウイッグを被り、白いフェイクファーのハーフコートを羽織った女が屈んでいる。黒い革のパンツに、少しヒールのある黒のブーツ。

高木はコートから煙草を取り出して、一本くわえると、その女を後ろから見据えた。火をつけようとした時、手にフローラル系の香水がにおったのは、「ひとみ」のママが店で出してくれたオシボリのせいだろう。

ゆっくり近づいて女のすぐ背後までくるが、女はまるで気がつかない。ストレートのブロンドが、街灯やネオンで異様なほど輝いていて、垂れた髪は金砂が流れ落ちているようにも見える。あまりにも人工的な感じに、悪趣味なウイッグだと思いながらも、高木は「大丈夫か?」と女に低く声をかけた。

突然の声に驚いたのか、女はコートの肩を震わせて、反射的に見上げてくる。と、その反応というよりも、振り返った女の顔が日本人ではないのが分かって、高木は不意を喰らったように一瞬息を飲んだ。

「Ｏｈ、ビクリした。……驚きました」

まだ日本語をよく使いこなせていない抑揚で声を上げ、握り締めた両手の拳を胸の前に引き寄せて、もう一度女は首を竦める。右手にボールペンを持っているのを見て、気分が悪くて屈んでいたのではなく、何か書いていたのだと分かる。

ブロンドの髪もウイッグではなかったのかと思っていると、すぐに女は笑い声を軽く漏らしながら立ち上がった。顔にかかった髪を、ボールペンを持った右手で耳にかけて、またもう一度、愛想笑いなのか、照れ笑いなのか、わずかにパールの入った形のいい唇を緩ませる。

肩まであるブロンドの髪や、綺麗に整えられた眉、瞳の色は薄暗くて分からないが、はっきりした二重の目などが、いかにも日本の男が思い描くタイプの好みの顔で、西堀近辺の風俗かパブで働く女なのだろうと高木は思う。だが、まだ若くて、初心《うぶ》なにおいがあった。

「何してたんだ？　こんな所で」

眉も睫毛《まつげ》も染めているのか、髪とは違って淡い黒色だが、すっきりとした細い鼻筋や、何かアルビノを思わせるほどの肌の白さが、外国人特有の表情の濃さをまるで感じさせない。新潟の街で時々見かけるロシアの女だろう。

「ああ……ちょっと……勉強、です」

女は高木の顔を見上げ、ゆっくり胸元のあたりを確かめるように視線を下げると、またまっすぐに目を見詰めてくる。かすかにオゾンマリンの香水のにおいが、鼻先を掠《かす》めた。

羽織っていたフェイクファーのコートの下に、やはり黒のニットを着ていて、ノースリーブの左肩がわずかに覗いている。すぐ近くの店で働いているのだろう。彼女の手元を見ると、大学ノートよりも小さい判のノートを持っていて、キリル文字と日本語が、癖のある筆跡で交互にびっしりと書かれていた。紙の質が粗悪で、筆圧でページの縁が一様に捲れている。

「……偉いな」と、高木は何と答えていいか分からず、ぶっきらぼうに口にしていた。

新潟にやってきて呑み屋や風俗で働くロシア女性が、他の国の女達よりも高学歴だというのを聞いたことがある。春を売っている女が、母国では大学で経済学を教えていたり、女医をやっていたりするのだ。だが、偉い、などと間が抜けたことをいっている自分に、顔が熱くなる。生きているだけで、それで充分だ。

「ロシアからだろう？　ロシアの……何処？」

「モスクワ……」

「ああ……クレムリン？　ボリショイ？　トヴェーリ通り？」

そういうと、女の視線が揺れて、形のいい唇を緩める。二十五、六歳に見えるが、まだ二十歳を過ぎたくらいかも知れない。日本の若い女達よりもはにかむ仕草が自然で、商売上はそれがウケになるというわけだ。

　これからいきつけの酒場に向かうサラリーマンのグループや、すでに西堀の路地をほろ酔い加減で歩く男達が、何気なく視線を流してくる。女は伏し目がちにして、唇の端に笑みを溜め、酔客達の眼差しを受け止めていた。髪を綺麗に結って、置屋になっている三業会館にでも寄るのか、派手な振り袖を着た若い芸者も、自分達を一瞥して前を静かに通っていく。

　ロシアの若い女でも買っているように見えるのかも知れないと、高木は煙草を路面に落とすと、踏み躙《にじ》る。もう一度、小袋谷ビルの外観を確かめて、競売にかかっている次のビルを見にいこうとすると、女が声をかけてきた。

「……あなたは、この、ビルの人ですか？　それとも、このビル、買う人ですか？」

　一瞬、何をいっているのかと思い、高木は女の目を見据えた。

「ここで、何してると、怒りました……」

　街灯の光が、女の目の中に入り、濃い藍色に見える。その深い色に、自分の目の底にあるものを直接見入られているようで、高木は視線をそらした。

「いや、違う。別に怒っちゃいない。単なる客、呑みにきただけだよ」

　声というより、自分の顔や服の感じから、そんな風に聞こえたのだろうか。

　だが、それよりも、「このビル、買う人ですか？」といった女の言葉は、さっき寄った「ひとみ」で聞いた話もあって、やはり、小袋谷ビルが、この路地ではかなり逼迫《ひっぱく》した状態にあるのだろうことを教えてくれる。まだ、日本にきて、それほど経っていないロシアの女にまで知られているのだ。

「……そうですか。じゃあ、『nest』は、いきましたか？」

「ネスト？」

ビルに入った店舗の名前は全部確認したが、巣窟や隠れ家を意味する、そんな名前の呑み屋はなかったはずだ。

「何階にある？」

「三階」

三階はすべて店が閉められたフロアで、エレベーターの中にあった案内表示もガムテープで全て覆われていた。高木はビルの横につけられた看板の明かりを見上げる。やはり、そこにも、「nest」という名前はなくて、三階部分は黒ペンキで塗り潰されている。中の蛍光灯の明かりに文字が透けて見えるものもあったが、「nest」というロゴは見当たらなかった。

「……とても優しい、面白い、人がいます。私は、そこでピアノを時々弾かせて貰います」

看板灯の中の蛍光灯がいくつか古くなって瞬いては、光を震わせている。底に薄黒く溜まっているのは、羽虫か何かの虫の死骸だろう。

「……君は、ピアノを弾くのか……。どんなもの、弾く？　ジャズとか？」

「……ラフマニノフ、チャイコフスキー、バッハ、ドビュッシー……」

女の発音が急に滑らかになって、聞き覚えのある作曲家ばかりなのに、別の名前のように感じた。

「クラシックか……凄いな。その『nest』で弾いて、人に聴かせたり？」

「いいえ。ただの練習です。私は、ロシアで、音楽院、いました。……良かったら、私達のお店、いらっしゃいませんか？　すぐ目の前、そこです……」

女は長い指先を伸ばすと、真鍮製の小さなキリル文字が打ち込まれた木の扉を指し示した。

灰色がかった濃いブルーの目。

その中に漆黒の瞳孔が凝って、静かに見据えている。

バイカル湖に沈んだオニキスの原石……？　たとえば、そんな形容を与えられて、女は、新潟の男達や観光客達を楽しませるのかも知れない。

高木はエレーナと名乗った女の目から、「ダローガ99」という店の長いカウンターや奥にあるボックスシートを見る。やはり同じロシア人だろう、淡い茶色の髪と金髪の女が二人控えていて、マネージャーなのか、口髭を生やした、いかにも貧相な日本の男と話していた。

古いカウンターや壁のボトルの種類は昔からあるバーを思わせたが、音量は絞っているものの、店の中を落ち着かないユーロビートが流れていて、それが安っぽい雰囲気を醸している。

「エレーナさん……、この……」

「エレーナ、でいいです。エレーナ・モイセーバ……」

源氏名なのか本名なのかは分からないが、女はそういって、「水割り?」と目の端で聞いてくる。黒い睫毛の間に、深いブルーの瞳が何処か湖の浅瀬に反射している光を連想させる。

「この……ユーロビートは、一体、何だ? あんまり店に合わない」

「私も……そう思います」と、エレーナはピンクのルージュを塗った唇を緩めて、白い歯を覗かせた。マドラーでグラスのウイスキーをかき混ぜる手も、透き通るほど白く、肌が緻密《ちみつ》だった。エナメルの光る長い指先の動きが印を結んでいるようにも見える。

「だから、外で勉強してました。とても、気になる音。うるさい」

「ドビュッシーを、ピアノで弾くんだよね、エレーナは。CHILDREN'S CORNER とか、SUITE BERGAMASQUE とか?」

「それですッ。他にも色々なもの、弾きます。よく知ってます、あなた」

高木は軽く笑みを作って、グラスの縁をエレーナのものと重ねた。その時、奥にいるマネージャーの男と目が合って、一瞬牽制し合う。馬鹿馬鹿しいと視線を外したが、マネージャーが堅気でないのはすぐに分かった。

「エレーナは、新潟にきて、どのくらい経つんだ？」

「半年、くらいです。日本語、難しい。丁寧な言葉の時が、一番難しいです……」

「でも、上手だよ」と高木はウイスキーを一口舐める。

「……ところでさ、エレーナ……さっきのビルの話だけど……向かいの……」

エレーナが左の眉だけ上げて見せる。

緩いカーブを描いた初心な眉と、薄青い静脈が透けた瞼に、この女の歳はいくつなのだろうと思う。少女を残して成熟した大人にも、一気に大人びてしまった少女のようにも見える。

「Ａｈ……、『nest』のビル、ですネ」

「なんで、さっき、俺のことを見て、ビルの人とか、ビルを買う人とかって思った？……そんな風に見えたかな？」

エレーナが深いブルーの瞳で、自分の表情を探っているのを感じる。肌の色やはっきりした顔立ちもあるが、その目の色をじっと見入っていると、まるで自分とは違う空気を呼吸してきたのだと思う。モスクワから直接、新潟にやってきたのか、それとも、東京や関西の店にも回ってきたのか分からないが、まるで違う景色や音楽や人の中で生まれ育った外国の女なのだと、当然のことをしみじみ考えている自分がいる。彼女の目から見れば、自分はどのように映っているのか。フェイクファーのハーフコートを脱いだノースリーブの肩が、果実のように光っていて、その肌の反射さえもが見知らぬ光に思えた。

「違います。毎日、サスピシャスな人きますから」と、エレーナは眉根を寄せ、大袈裟なほど顰めて見せる。自分もその怪しいという一人には違いないのだ、と高木は胸中呟きながら、グラスを傾ける。

「ただ、『nest』のパパ、いってました。ビルの人とビル買う人は、喧嘩してるのではない。一緒になって儲けようとしている。私にはよく分かりません。店の人とビルの人、喧嘩して、店の人とビル買う人も喧嘩してます。『ダローガ』とは違います……」

高木はかすかに頷いて目を閉じる。エレーナが喋るたびに、つけているオゾンマリンの香水が淡くにおって、ふと、ボルガ河やモスクワ運河の水はどんなにおいがするのだろうと思う。

「ここは、私達のボスと、あのマネージャー達が、時々争います」

ボス？　ロシアから新潟に女達を送り込んでくるロシアン・マフィアのことをいっているのかも知れない。経済的に苦しい若い女達が、私費で日本にくるなど不可能だ。街の酒場や風俗で働くロシアの女達のほとんどが、ロシアン・マフィアルートで来港していると聞いたことがある。

高木が煙草をくわえると、すかさずエレーナが両手で百円ライターの炎を差し出してくる。白い手の甲にも薄紫色の静脈が透けて見えた。

この女も、偽装国際結婚や売春に関わっているのだろうか。食うためなら、人殺し以外の何でもやるということもあり得るだろうし、自分もそれを否定するつもりはない。むしろ、三国不動産など、人を殺してでも利益をあげようとし、自分をリストフする前提で、故郷の新潟に送り込んできたのだ。

清田課長のいっていた、都立家政の大室という男の姿が脳裏を過ぎる。幼い娘が二人いるというのに、銀行と保険会社が勝手に組んで、本人も知らないうちに代位弁済を請求され、家を失い、残るのは莫大な借金だけ。「ありゃ、死ぬかも知れんなあ。いや、死ぬわ」と、簡単に口にした清田の声が耳奥で蘇ってきもする。

「どうしましたか？」

「……エレーナ。……君は……、綺麗な目をしてる」

「スパスィーバ……。ありがとう」

男達にいわれ慣れている言葉だろう、エレーナは流すように囁いて、わずかに頷いて見せる。金色の砂が落ちて、目の前に光の帯が揺れたと思うと、エレーナの髪がノースリーブの肩を撫でて滑った。白磁の艶を思わせる耳に髪をかけ、唇の左側に錐《きり》で穿いたようなエクボを浮かべる。

「あなたの名前は、何といいますか？」

カウンターに、さっきまで抱えていたノートを置いて、エレーナはボールペンを握り、半開きにした唇から舌先を覗かせる。何処かの観光地で買ったものなのだろう、ボールペンの軸の中を鮫《さめ》がゆっくり昇っていって、泳いでいる小さなキャラクターを飲み込んでいるのが見える。

「……雪彦」

「ユキヒコ、さん……どう書きますか?」

ノートを見ると、すでに漢字の練習までしていて、びっしり書かれた文字の中に、「変化」や「移動」「速度」「停止」といった言葉まであった。何か知恵の輪を思わせる文字だ。

「スノーの雪、男を表わす彦……。こう書くんだ」と、高木はエレーナから鮫のボールペンを取ると、ノートの罫《けい》を無視して、「雪彦」とゆっくり記した。

自分でも初めて書いた名前だった。

雪彦という文字を覗き込むエレーナの顔がすぐ間近にあって、高木は柔らかい女の体の熱を感じる。手にも羽毛が触れたような感触で、かすかに吐息がかかった。ほんの少し酒が入っているせいだろう、順子のことを思い、また、違う国の女と関係し、恋仲になるというのもいくらでもあり得るなどと、若い男のようにも考えている。

エレーナの髪のむこうで、マネージャーやロシアの二人の女が何気なく窺っているのを感じて、高木はボールペンをノートの上に軽く投げ出し、ウイスキーのグラスに口をつけた。ユキヒコという音は同じだが、「ひとみ」でふと漏らした偽名を使っている自分に、嘲《あざけ》りや恥じらいの混じった屈折した燻りを覚える。

「スノーの雪、ですか……。雪彦、さんは、仕事、何をしてるのですか?」

「……ビルを買う仕事」

　そういって、目の端でエレーナを見ると、すでに青い瞳の底に冷ややかな笑いを隠していて、それが漣を起こし、顔全体に広がってくる。

「嘘です」

「ビルを持っている人だよ」

「……それも、嘘、ですね」

「……うーん、英語でいえば、ミュージシャンになるのかな、やっぱり」

「Ｏｈ」と、エレーナは唇を開いたかと思うと、二重のはっきりした目を見開いて、姿勢をさらに向けてきた。ピアノを演奏するという女に対して、何か、まるで興味を引くために嘘をついているようで、安っぽい気分にもなる。だが、三味線とジャズやドビュッシーについてなら、一時間でも二時間でも喋っていられると思う。嘘ではなくて、自分の若い頃の夢を漏らしているだけだ。

「雪彦さん、何をプレイする？　どんなインストゥルメントですか？」

「……三味線って知っているか、エレーナ？　三味線、弦があって、バラライカみたいな弦楽器だよ。日本に古くからある楽器なんだ」

「Ｏｈ、テレビで見た。ゲイシャさん、持ってる楽器です。後、古町で、若い人が弾いているのを聴いたことがあります。……雪彦さん、是非、弾いて聴かせてください。私……、仕事の言葉ではなく、何ていうのですか、本当に聴いてみたいです。私、モスクワ音楽院で、ピアノやっていました。サンクト・ペテルブルグにも、少し留学しました。私も弾きます……」

完全に体を自分に向けたエレーナの吐息が、軽く顔を撫でるのを感じながら、高木は女の目を見入る。

「エレーナ……。ダローガというのは、ロシア語でどういう意味なんだ？」

七　憂鬱な時間

道……か。

……道、ねえ。

昨夜、エレーナというロシアの女が教えてくれた言葉を反芻《はんすう》しながら、高木は障子戸に踊っている光の反射を眺める。何処か借家の近くに小さな池か手水鉢《ちょうずばち》でもあるのだろう、朝の日差しが水に跳ね返って、斑《まだら》模様に瞬いては揺れていた。

増殖するアメーバのような、あるいは、医学部時代にさんざん見せられたシナプスのような形の光をぼんやり見つめつつ、深いブルーの瞳に揺れていた漣を思い出している。

まるで、外国の女になど興味がなかったのに、エレーナが夢中になって、「ダローガ」という店の名前の意味を「道」だと説明し、彼女自身が抱いている夢を喋っている表情を思い出して、口元を微妙に緩めている自分がいた。

「……私は、本当は、ピアニストか、ピアノの教師になりたいのです。だから……勉強のための、お金がいります。まだ、これから。頑張ります。雪彦さんのように、プレイしてお金貰えたら、素晴らしいこと、と思います。でも、ロシアでは、とても少ない。

少しの人達だけです。だけど、きっと、できる……」

カウンターに、指先の長い両手を鍵盤に置くように開いたのを見て、その白くて、細い腱の浮き出た甲に、一瞬、男の背中をまさぐる手つきを想像してもみたのだ。「エレーナは……いくらなんだ？」と、喉元までせり上がってきた興味本位の言葉を飲み込んだ自分自身に、高木は小さく頭を振り、布団の縁に低く唸る。

「……雪彦さん、順子さんという人いるのに、悪い人です……だよな」

独り、愚にもつかぬことを口にしていたが、エレーナという初めて会った女に、胸の奥底を小さくノックされたような感触がいやに残る。単に、未知の国の女性であることや、若いロシア女性の透き通るような美しさという奴に、俗っぽくも、少し引っかかっただけだと思う。

「もーぞたれ、が」

高木は自らを嘲り、鼻先で笑いを漏らしてみたが、もう一度、静謐《せいひつ》な青、という言葉を胸に落とし、また、独り、肩を一回揺すって吹き出してみる。

馬鹿者を意味する「もーぞたれ」という新潟弁が不意に口に出たことに笑いながら、布団を蹴り上げる。ちょうどその時、枕元に投げ出していた携帯電話が鳴った。

「おぅ、高木かー。越後の朝はどうだ、ああ？　今、何処、回ってる？」

時計を見るとまだ八時半を回ったばかりで、携帯電話を震わせるほどの声で喋る清田課長に、高木は反射的に顔を顰《ひそ》めた。

清田の脂ぎった顔が浮かぶと同時に、一瞬過《よ》ぎった、静謐な青への夢が一気に壊される。その小さく弾けた果てに、雪彦と名乗った三味線弾きの自分もいて、現実のむこうへと掻き消える感じだった。

「ああ、課長。今は……東大畑通のあたりで……」

「アホか、高木ー。九時前に、おまえ、出社したことあるか。今、起きたという声だよー、ああ？」

　また黒のアウディで首都高速の一号線を飛ばしながら、電話をかけているのだろう。清田の苛立ち鳴らす、籠もったクラクションの音がかすかに聞こえる。

「……冗談ですよ」

「冗談ねえ……。高木、おまえ、九時には、街に出ろよ。タイムカードがないと思って、いい気になるな」

　高木は障子に躍っている波紋の反射に目を細めると、布団から足を伸ばして、爪先で戸を引っ掛ける。勢いが強過ぎて、戸は柱に派手な音を立てた。床の間の三味線がその音に共鳴して、ピーンという低い音をかすかに鳴らしもする。

「小袋谷ビルは、どうだ？　何処だ、西堀前だったか、あの戸塚のパチンコ屋所有の……」

「……昨日、少し見ましたが、半数以上の店は、もう立ち退いていますね。ビルの三階などはフロアごと、店がない状況です。修復の具合にもよりますが、転売してどれだけ入るかは、これからよく見て試算しないと……」

「試算は出てるんだよぅ。儲けがなくて、なんで落札するんだよ、高木ー、ああ？」

「……ですが、残っている店は、かなり厄介かも知れませんね、追い出しをかけるのは……」

「ほーぉぉぉ……」と、清田が妙な抑揚をつけて返事をする。低く痰《たん》を切るような音が聞こえ、その後、ざらついたノイズ音が耳を撫でた。

「高木……おまえ、ずいぶん、弱気じゃねえか、ああ？　……それは、おまえ、何か？　おまえ自身の労力の辛さをいっているのか？　それとも、個人的な感情からいっているのか、ああ？」

どっちもだよ、清田、ああ？　ああ？　ああッ？

「はい？　課長、ちょっと、おっしゃってることが分かりませんが……要するに、半数ばかり残っている店のですね、一軒一軒、立ち退きを要求する……」

「おまえ自身の労力の辛さだろう」

「……後、新潟の人間は、東京とは……、いや、いいです」

「ほぅ？　何だ？　高木、出たな。いよいよ、出たな、ああ？　俺がいおうか、高木ー。新潟の人間は、東京とは違って、金で動かされないです、か？　あるいは、根性が据わってますから、か、ああ？　それは、おまえの感傷だろう？　だから、個人的な感情だといっているんだよ」

「そんなことは、いってないですよ……」

高木は眉根を寄せて、天井を見上げる。

煤けて年季の入った天井板に、水面に反射した光が規則的に躍っている。大きく溜め息をつこうとしたのに、その柔らかな光の瞬きに、何か、幼い頃見たことがあると思っていて、デジャ・ヴュを呼び込みそうだと束の間放心する。祖母の部屋の天井に躍っていた光だったか、それとも、よく遊んだ稲荷神社の庇に反射していた光だったか……。

「……高木。……高木君、高木ちゃん……、俺は、おまえの味方だがな。下川部長、あれは、鬼だ。分かるだろう？　故郷を穴だらけにして、ひっくり返してこい、って奴だな。新潟をボロボロにしてこい。それができなければ、なあ、高木、リストラちゃん、って奴なんだよ。酷《むご》い野郎だぜ、下川はさ。いいか？　俺は高木ちゃんの味方なんだよ、ああ？　いいか、小袋谷ビルは、必ず、落とせッ」

「ビジネスですから」

「その通りだ。関西の、西阪の奴らも、新潟に入っているという情報があった」

「昨日、擦れ違いましたよ」

「仕事熱心な奴らだねえ。ヤキを入れといてくれや。それと、今日は、他の競売物件、確認な。調べ次第、すぐ連絡を入れろ。……おい、もうすぐ九時になるよ。高木、ネクタイは締めたか、ああ？」

清田はそういって、喘鳴《ぜいめい》のような音を立てて笑い声を上げると、電話を一方的に切った。

高木はＨＯＬＤボタンを押し、一回、深呼吸する。別にどうってことはない。ゆっくり布団の上に立ち上がる。どうということはない。廊下に出ようと、一歩前に足を出そうとして、次の瞬間、高木は、思い切り、掛け布団を蹴り上げていた。

髭を念入りに剃ってから、納豆や鮭の切り身を焼いた簡単な朝食をとる。

卓袱台《ちゃぶだい》の上には、新潟中心図と西堀通や西堀前通の白地図。西新宿の会社にいる時から何度も見ては、赤鉛筆を引き、小さな文字で落札の額などを書き込んだものだ。

飯を口の中に放り込みながら、清田のいった言葉を思い起こし、胃が硬くなるのを感じる。

「新潟をボロボロにしてこい。それができなければ、なあ、高木、リストラちゃん、って奴なんだよ」

清田も下川も、むしろ、自分が引き裂かれていくのを楽しんでいるのだろうと思う。こっちが、残酷なやり方で故郷のビル群の買い上げに成功しようが、失敗しようが、痛くも痒《かゆ》くもない。せめて、低能な部下がクビになり、自分に代わった奴が西堀の小袋谷ビルを落とす。たぶん、ビルを小突き、嬲《なぶ》り、三国不動産の手垢をつけて、資産価値を情報的にも下げる所までが、自分の仕事なのだろう。早いうちに、西阪の奴らが、落としてくれた方が楽というものだ。

そんなことをぼんやり思いながらも、高木は夥しい桝目の中に犇くビルの名を見つめた。俯瞰図の中に赤い丸がいくつもつけられていて、最も濃く何重にもマークされているのは、もちろん、小袋谷ビルだ。ここは三国不動産としては絶対に押さえておきたい、新潟進出の基点となるビルになる。

それから、本町通の二階堂ビル、東堀通の源氏ビル、坂内《ばんない》小路の台プラザビル……。いくつもの赤い丸印が、歪んだ北斗七星のようで、そのすぐ横にカシオペア座にも見える、赤い印がM字型に並んでいた。

カシオペア座は、北極星を挟んで、北斗七星の反対側にあるんだよな……。ぼんやり胸中呟き、自分の目の焦点が地図から浮いて彷徨《さまよ》うのを感じる。

小学生の頃に、親父と青い星座図を懐中電灯で照らしながら、寄居浜の夜空を見上げた時のことがふと浮かんできて、その時の、ランニングシャツ姿でいた父親の体臭まで蘇ってくる。

「あッ、今、俺、ハレー彗星《すいせい》見たれやッ。一瞬らけど、見えたれやッ」

「幸彦、どうしてや。ハレー彗星は、おまえが、十七か、十八くらいにならねえと、見えねんだわや」

そんなことをいい合って、親父は、「幸彦が、十八くらいになったら、どんなイイ男になってるろのう」ともいって、自分の頭を武骨な手だが優しく撫でてくれたのだ。

子供の頃の記憶を追っているうちに、箸の先に摘んだ梅干を白地図に落としていて、高木は我に返る。赤紫色の染みが白地図の第四銀行あたりについて、慌てて掌で拭うと、掃いたような痕がついて広がった。

地図についた痕を見るたびに、二十五、六年前の父親を条件反射のように思い出す気がして、いったん、そんなふうに想いを留めたことが、さらにその連想を強いものにするのだろうとも思う。

まだ、病院経営に妙な野心もなく、素朴な町医者だった頃の父親が描いていた、十七、八歳の息子のイメージとはどんなものだったのか……。

「くだらん……関係ねえさ……」

口の中に飯を入れたまま、自らの感傷めいた気分を唾棄するように呟いていて、高木は、独り、鼻息を荒くした。

味噌汁を口いっぱいに含むと、空の食器を古い流しに持っていき、蛇口を思い切り捻る。迸《ほとばし》り出た水が椀に当たり、細かい飛沫を上げて、焦った手で蛇口を絞っている。不器用というのか、苛立ち紛れというのか、点々と濡れたワイシャツを、流し下の取っ手にぶら下げたタオルで拭おうとして体を屈め、肘をぶつける。

「……冴えねえなあ……」

黙々と食器を洗って、また、二階の和室へと向かうと、高木は床の間に立てかけた三味線を手に取り、畳に胡座《あぐら》をかいた。腕時計を見ると、すでに十時を回っている。

二の糸巻を握り、わずかに緩め、撥で叩く。三の糸巻も緩めて、二上《あが》りの調子から三下《さか》りに合わせ、高木は姿勢を正した。

「もう一人の雪彦の方は……どう考えても、医者にも、土地転がしにも、向いてねえな……」

一拍強く息を吐いて、撥で一、二、三の糸の解放弦を、リズムを取りながら押さえ弾《はじ》いていって、低い音が唸りを上げる津軽三下りを弾き始めた。

ウィンウィンと短い扱《こ》きの唸りとともに、左手のハジキを加えて、気持ちを溜めていて、津軽民謡の中でも最も哀調の深いとされる曲を、撥で繰り出す。抑えた悲しみの籠もり方が複雑で、じょんがら節のように爆発させる曲よりも好みだ。想いは遠い地平線のむこうまで彷徨っているのに、目の前の現実が否が応でも人を押さえつけて、気持ちが捩れ、耐え、宥《なだ》め、生きていく音や声があると思う。

遠く吹雪いている中に人影が見えて、霞み、掻き消え、また朧に現われているのを追っているうち、唐突に鋭利な刃が、宙空に大きく光の弧を描いて過ぎる。

かと思うと、雪煙を上げた中に、ぽっかりとエアーポケットのような穏やかな春の景色が覗いた。雪原を歩む人の記憶の中にある風景だと、三の糸を柔らかく撥先でなめすようにいとおしんで丁寧に弾く。そして、また一の糸を激しく叩き、斜めに雪を降らせた。

小袋谷ビルの「ひとみ」という店で、ふと口にした偽名……。

何故、そんな嘘が浮かんだのかは分からない。

雪彦……。

大学を中退して、上京し、ジャズバンドを組んでライブハウスでギターを演奏したり、マイナーレーベルの小さなオーディションを受けたり、あるいは、小遣い稼ぎに新橋の郷土料理屋で津軽三味線を弾いた時も、雪彦などという名前は思いもつかなかった。津軽三下りを弾いていて、分身である三味線弾きの雪彦になり切っている自分がいて、奇妙な恥ずかしさと解放感を覚えている。昨夜、エレーナというロシア女性に偽って名乗った時も、確か、体の芯の方で何かカチリと音が鳴った感触があって、一時でも、若い頃からの夢に入り込めたのだ。

撥先のほんの先端で、かすかに弦に触れる所にきた時、一階に置いたままの携帯電話の鳴る音が聞こえてくる。雪彦から幸彦に一気に戻されて、高木は大きく三本の糸を叩くと、立ち上がった。

「今、何処だ、か？　もう、裁判所には着いたんだろうな、ああ、か？」

三味線を床の間に立てかけ、急いで狭い階段を、体を斜めにして駆け降りる。廊下や階下の窓ガラスが震動で音を立て、そこまで焦って駆け降りる自分の姿に、やはり、リストラを食らうことに脅えている本音という奴があるのだとも思う。

「情けねえッ」

声を放って、卓袱台の上の携帯電話を取り、受話ボタンを押そうとした時、着信音が切れた。

その間にも、学校町通にある地方裁判所にいて、競売物件を調べている所だと答えようとしていたが、液晶表示に残った着信者の名前は、順子だった。どれほど、鳴らしていたかは分からないが、自分が気づいてから、十回以上もコールし続けたしつこさに清田課長だと思っていたが、順子の名前にふと溜め息をつくと同時に、小さな胸騒ぎも覚える。

高木はしばらく液晶表示の順子の名前を見つめていたが、ワイシャツの胸ポケットに携帯電話を滑らせる。

スーツケースから、細かいペイズリーの入ったチョコレート色のネクタイを取り出し、素早く締めた。確か、順子が新宿のバーニーズ・ニューヨークで買ってくれたものだ。

浴室脇の洗面所にいって、硝酸銀が腐蝕している鏡を覗き込みながら、髪に手櫛《てぐし》を入れる。古いホーローのシンクは、色が染みついたのか、それとも中の色が出てきたのか、茶色いオーロラのような筋が、排水口へと薄くついていて、いつも穴から黴《かび》臭いにおいがする。

母親譲りの、二重だが、いやに尖って主張した目つきだけは、三十歳を超えても柔らかくならない。高木は少し険のある眉根を上げて、表情を開き、顎を上げる。無愛想に閉じられた唇や頬骨の影が、薄暗く震えた蛍光灯に、ますます寂れた感じに見えた。

「……雪彦、か？　幸彦か？」

そう口にして鏡を睨みつけ、すぐにも、演技じみたことをやっている自分に寒気が走る。息を漏らして嘲笑った顔が、鏡から消える刹那に残像になって、いかにも陰気な男の顔だな、と奥歯を噛み締めた。

卓袱台の上の白地図を、羽織ったコートのポケットに乱暴に突っ込んで、玄関戸を開ける。と、家の前を大家の五十嵐が掃除していた。

「ああ、高木さん、お仕事ですか?」

五十嵐は箒の手を止めて、屈めていた体をゆっくり起こして笑う。黙々と路面を掃いていた表情の余韻が、顰めた眉の皺に残っているが、口元は穏やかに笑みを溜めていた。

「あ、五十嵐さん、すみません。こっちは、私が時間のある時に、やりますので……」

「いいわよ、あんた。それより、まあー、あんた」

新潟弁特有の、下から上へ引き上げるイントネーションで、「まあー」という五十嵐の声に、一体、何をいわれるのかと、高木は内心構える。

「三味線ー」

五十嵐は猛禽類を思わせる目でじっと見据えつつ、深く頷いては、微笑んでいた唇をしっかり結んで、また頷いた。

「ああ、すみません。うるさかったですか?」

ビルを買い漁る仕事についていわれるのかと思っていたところに、「三味線」という言葉を聞いて、高木はふと安堵の溜め息を小さく漏らした。だが、騒音が借家関係のトラブルの大きな要因になるのは、自分が一番よく知っている。

「違うのよぅ。あんた、三味線、まあー、たまげるほど、上手だねえ。津軽三味線らわねえ。ほんにいい音で、私、懐かしなってしもた」

五十嵐は持っていた箒の先を何度も路面に擦りつけては、抑揚のある喋り方をする。

「いやー、音がうるさくて、迷惑だったんじゃ……」

「何ねえ。音は全然構いませんて。あんまり、うまくてさ、この湊町で、三味線なんて、あんた、久し振りで、涙が出るわねぇ……」

五十嵐は皺の寄った目をしばたたかせていたと思うと、涙腺が緩いせいもあるのか、実際にうっすらと目頭を光らせて遠い目をする。五十嵐の黄みを帯びた白目に、細い静脈が星雲のように広がっているのを見て、死んだ祖母の目が重なる。高木は落ち着かない気分になって視線をそらした。すぐ目の前の狭い空き地には、柵に白いプラスチックの札が斜めにかかっていて、「売り地」という赤い文字と電話番号だけが記されている。風雨や日に晒されて、電話番号など判読できないほど褪《あ》せていた。

「縁らろっかねえ……」

「はい？」

口元に手をやって、ぼんやりとした口調でいった五十嵐の言葉に、高木はまた視線を戻す。

「いや、いいんです、いいんです。高木さんは、姓は同じでも、高木整形外科さんとは関係ないですからねえ。……それにしてもねえ……」

「……五十嵐さん、その高木整形外科、さんと、三味線と、何か関係があるんですか……？」と、高木もさりげなく言葉を繋げた。

「いやねぇ……そこにいたイクさんという方がねえ、本当に三味線が上手な人で、私らが、半玉の時に、優ーしく教えてもろたんだわ。ああ、私も、昔、古町芸者をやってましたからねえ。一本の方でも、太棹の三味を弾く人は珍しかったんですわあ。イクさんは、高木さんの所に嫁に貰われていってても、三業会館いう、芸者の集会所みたいな所ですけど、そこまできて、しばらく教えてくれたわね。だいぶ前に亡くなってしもたけどもねえ……」

「イク」という名前にぼんやりしていると、「ああ、すみません」と五十嵐は宙を掻くように片手を振って、笑った。

「あんたの三味線の音が、何かねえ、イクさんいうか、昔の音を思い出させてくれて……。お仕事らいうのに、お引き止めしてしもて、すみませんねえ。今度、ほんと、良かったら、聴かせてください。お願いしますて」

五十嵐は膝に手をつくようにして深々と頭を下げて、旋毛の白髪を覗かせた。高木もワイシャツの胸ポケットに入れた携帯電話が落ちないように、胸元を押さえながら会釈する。

そのまま路地を古町方面に歩き出したが、まったくの他人の口から祖母の名前が出るのを聞き、土地に無数に結ばれている縁が露《あら》わになって、所々、歪《いびつ》な瘤《こぶ》を剝き出しにしているのが見える気がした。ひっそりとした湊町の路地だが、すでに自分が高木整形外科の長男で、東京の不動産屋の社員として古町の競売物件を漁りにきたという話が回っているのかも知れない。

　広小路から古町通に入り、昨夜寄った路地を歩く。狭い道の脇に犇く呑み屋の看板が、重なり、複雑な凹凸を見せながら続いているが、人の影は一つとしてない。眠っているというよりも、突然、人だけが消えてしまったようにも思え、うらぶれた背中を見ている感じだ。だが、じっと想いを抱え込み、突然、振り返り、刃を向けてくる静けさでもある。

　水漏れ防止の補修が施された小袋谷ビルの壁が見え始め、高木はそこに繋がる電線が、またいくつも分岐して、神経標本のように群がり、ぶら下がっているのを目で追った。

　小袋谷ビルの前までできて、奥のエレベーターホールを見ると、やはり灰皿の周りにティッシュやビニール袋などのゴミが散乱している。ホールの湿った暗がりが浅い洞窟にも見えて、視線を上げれば、いくつも黒く塗り潰された看板灯が、明かりの人らぬ安っぽいただのプラスチックの箱になっている。

　更地にしてペンシルビルを新たに建てても利回りは期待できないし、まだ安く修復した方がいいに決まっている。だが、「ひとみ」一つとっても、基本の立ち退き料だけでも問題だ。

　さらに、新潟人特有の頑固さからして、愛着のある店を金だけでまず手放すはずがない。清田が皮肉っぽくいっていた台詞が耳の奥に粘って、高木は目を閉じた。立ち退き請求のための、煩わしい雑務が頭の中を巡り、何年、同じことを繰り返しているのかと思う。

真っ当なやり方であれば、今までやっていた店と同じ内装レベルの、権利つき店舗購入をしてやらねばならない。引っ越しの費用。移転の際の伝票、封筒、印鑑などの作り直しなどの経費も上積みする……。それでも駄目なら……。

いや、仕事は何をやってもルーティンなものだ。ただ、同じことを繰り返して、実になるものもあれば、ただ消耗するだけのものもある。高木は息を強く吹き上げると、また視線をビルの看板へと上げた。

「……新潟をボロボロにしろっていうより、俺をボロボロにしたいんだろ、清田？……おまえ、ほんとに撃つぞ……」

ビル全体の立ち退き料は、常識的には実勢地価の二割から三割だが、地価の下落の度合いからして、その範囲で立ち退き料が収まるなど、どんな奇特な店舗でも無理な話だ。むしろ、地下げ、つまり、借地人に、底地の買収を請求する方が利口というものだろう。

高木はもう一度溜め息をついて、何気なく小袋谷ビル前のスペースと路地の交わる角を見やった。昨日、エレーナというロシア女性がしゃがみ込んで、ノートに何か一心に書き込んでいた所だ。

ゆっくり振り返り、小さな呑み屋が並んでいる中から木の扉を見つける。昼の光で見ると、がっちりとした黒い鉄の取っ手と蝶番《ちょうつがい》が、焦げ茶色の木材にマッチしていて、小ぶりのドアだが重厚な感じさえ与えていた。そして、扉の上部に、真鍮製の小さなキリル文字とカタカナで、「ダローガ99」と、打ち込まれている。

昨日の昼には気づかなかったが、店の構えはけっして悪くない。むしろ、独り静かな酒を呑めそうな店に見える。奥にあったソファを工夫して、気だるそうに座っていた他のロシアの女の子達や髭を生やしたマネージャーの控え場所を何とかすれば、それなりの店になるには違いない。もちろん、やはり、「ダローガ99」も、前の持ち主を立ち退かせて、転売した店なのだろう。

「ダローガ……か」

エレーナの青い瞳やブロンドの髪、肌理の緻密な白い肌を過ぎらせ、日本のことも、新潟のことも知らない外国の女の方が、ポジティヴに「道」というやつを開いていくこともあるか。

道、などという意味の名前を店につけた健全さというのか、スノッブな感じに、高木は疲れを覚え、ネクタイのノットを少し緩めた。

八　レフト・アローン

六車線ある柾谷《まさや》小路の渋滞を眺めながら、三井住友銀行や越路会館の並ぶ歩道を歩く。

銀色の車体を鈍く光らせたバスや付け待ちしているタクシーのアイドリングの音、クラクション、店舗から流れてくる音楽などが一緒になって耳に入ってきて、高木は眉間を捩《よじ》らせた。ついでに、右翼の街宣車が二台、日の丸の旗を斜めに突き出し、大音量で小泉首相の政策を批判しながらゆっくりと進んでいく。

西堀ローサと呼ばれる地下街から若い作業着の男が、両脇に裸のマネキン人形を二体抱えて出てきた。焼け焦げた死体のようだと思っていると、すでに昼前から一杯引っかけたのか、越路会館から出てきた初老の男の酒臭い息とぶつかる。カゴにミスタードーナツの紙袋を入れた自転車の主婦。白いマスクにニットキャップを被ったサラリーマン、赤いマフラーをちんまりと首に巻いた女子高生、晴れているのにビニール傘を持った老女、カーゴパンツをルーズにずり下げて、ゆっくり通りを流している若い男達……。

「誰かに会わねえだろうな……誰かに会わねえだろうな……」

胸の中で低く呟きながら、高木は擦れ違う人々の顔に短い視線を投げては、目をそらす。どうにも、さっき五十嵐から聞いた言葉が引っかかって、誰か知っている者に会いそうな予感がし、西堀通に出ると、裏の細い道へと入った。

幾台も並ぶ自動販売機や、いつのまにか駐輪場と化して自転車が重なっている路地に入ったが、人の数が一気に減って、高木は顔を上げる。無意識のうちに共同ビルや居酒屋の構えを確かめながら、胸元を探り、携帯電話を取り出した。着信履歴で順子の番号をピックアップすると、そのまま受話ボタンを押す。

三回、四回……と呼び出し音が鳴る。六回、七回……。また遠くで、街宣車の流す軍歌めいた音楽が聞こえると思った時、「あ、おはよう……」と順子の声が耳を擦った。

「今、電話、大丈夫か？」

「え？　あ、ええ、大丈夫、ナカメの駅に向かっている所……」

順子の住んでいる中目黒の街の風景が脳裏を過ぎる。

「何だよ……何か、含みがあるじゃないか。かけ直そうか？」

「……だって、大丈夫か？　だなんて、そんなこと、聞くの、珍しいから」

「笹塚の田村が、横にいるんじゃないかと思ってさ」

順子が鼻で笑って漏らした息が、耳の中を湿らせるようだ。

「幸彦こそ、隣に誰かいたんじゃないの？」

「さっきか。悪かったな、出られなくて。ご明察通り、新潟美人がいた」

冗談でいっているのに、ふと頭に閃《ひらめ》いたのが、新潟の女ではなくて、あのエレーナというロシア女性の顔で、そんなことを思い浮かべている自分に呆《あき》れ、独り苦笑する。

「今は、何処？」

「古町。これから、地方裁判所だよ。競売物件を確かめにな」

電話の奥から、東横線の電車が中目黒駅のガードを走る、軋《きし》んだ音が聞こえてくる。

「……どう？　もう新潟の空気に馴染んだんじゃない？」

「知らない街にいるより、孤独だよ」

「嘘ばっかり」

眉根を上げて尻目使いに涼しげな視線を流す、順子の顔が見えてきそうだ。そして、喉の奥で含んだように小さく笑うのだ。

そんな仕草を、銀座の広告代理店に勤めているという、別れた亭主にも見せ続けてきたのだろう。付き合い始めた頃はよくそう思ったものだが、嫉妬や猜疑《さいぎ》の小さな粒立ちさえ、自分達を疲れさせるだけだと知るようにもなった。

順子の項《うなじ》にある小さな黒子《ほくろ》を想像する。つけているオリエンタル系の香水のにおいが、鼻の奥で温かく開くようで、高木はわずかに目を細めた。一瞬、ぼんやりした焦点に、順子と他の男が絡んでいる影が見えて、小さく頭を振る。新潟と東京という、けっして遠くはない距離で、しかも、ほんの二、三日会わないだけなのに、くだらない疑心を抱いている自分が、本気なのか、楽しんでいるのかさえ、よく分からない。要するに、与えられた今回の仕事に苛立っているせいだと思う。

「俺なあ、順子……、三国不動産に、クビ、切られる気がするわ」

「……ずいぶん、弱気じゃない……。やっぱり、新潟って、遠い所なのか、な……」

「何だよ、それ、どういう意味だよ」

「ううん、別にいいの。……ねえ、幸彦……我慢しちゃ、駄目よ」

そう順子はいうと、「ああ、次の電車、入ってくるからッ。また後でねッ」と、呆気ないほど唐突に電話を切った。

切られた携帯電話をワイシャツの胸ポケットに戻しながら、高木は脇道から西堀通に滞っているクルマの列に視線を投げる。

「我慢しちゃ、駄目よ、って……そう簡単にいかないんだよなあ」

新潟が遠いといったのは、順子自身の想いから出た言葉だろう。仕事と郷里の狭間にいて逡巡《しゅんじゅん》している自分の甘さが分からないといっているのだ。本来なら、仕事なのだから、で済む話には違いない。それだけ、自分にとって田舎という奴が食い込んでいるのを感じて、順子は半ば距離を取る形で雫《こぼ》したのだ。「今、電話、大丈夫か？」などと、いったこともない言葉を無意識に口にしたのも、順子には、距離として感じるのかも知れない。

高木はかすかに笑みを浮かべてみて、それが自分に対してなのか、順子に対してなのか、よく分からなかった。と、同時に腹の底に、黒く燻《くすぶ》り上がるものを感じる。煙のように上がる不愉快さが、夥《おびただ》しい楔形《くさびがた》の粒子からなっている気がして、それが一つ一つ自分を刺してはいらつかせるのだ。

ぎらついて斜めに屹立《きつりつ》する光が見えて、すぐにも西新宿の超高層ビル群だと分かる。フロアにある仰々しい神棚が過《よ》ぎり、爪楊枝《つまようじ》をくわえている清田の脂ぎった顔、応接室のソファにうなだれ座る債務者のシルエットが浮かび上がる。会社が雇った暴力団の下っ端が立ち退き現場でほざく言葉、一家心中を図って燃え上がる四十年ローンの住宅、「信頼、誠実、熱意」の額縁、保証会社や自分達不動産屋と組んでいる銀行担当員の冷ややかな目の底……。

「……そこまでして、生き残りてえんか……？」

思わず、低く唸り声を上げていて、高木は小さく拳の中に咳払いした。

「……だけど、誰でも、生き残りてえさ、なあ。俺も、そうだろ……？　このご時世らもんなあ。なあ、ユキヒコさん……」

高木は一回深呼吸して歩き出したが、胸中呟いた「ユキヒコ」に、昨夜使った偽名の方の「雪彦」が紛れて、ザラリとした感触で抵抗するのも感じる。

「ありえない……。夢物語という奴だ……、もしくは、転落、らぜや」

高木はズボンの両ポケットに手を突っ込むと、大股で歩き始めた。学校町通にある地方裁判所へ向かわねばならない。高校時代、古町に出る時に、必ず通った白山神社のすぐ近くにあるはずだ。そして、幼い頃、神社の境内で飼われていた日本猿を何時間でも見ていたのも思い出す。ふと、手を握られる記憶が蘇り、誰かと追うと、婆ちゃんの乾いた手だった。におい袋の柔らかな香りまで、鼻先を掠める。

　物件種目—その他（建物系）。事件番号—平成一四年（モ）6号。所在地—新潟市西堀通7。交通、最低売却価格、築年月、土地面積、間取り……。

　高木は裁判所二階の書記官室前で、競売物件を一つ一つ調べていった。

　備考—第三者占有あり。

　白地図にマークされた北斗七星の上から二番目の星、梶原ビルの資料だ。ここも占有者、つまり、落札しても立ち退きに応じないだろう者がいて、訴訟や強制執行の手続きを取らなければならない物件だ。あるいは、三国不動産のいい方であれば、「カミソリ」。封筒の中にカミソリの刃を入れて郵送する古典的な悪戯《いたずら》から、誰がいい出したかは分からないが、会社では立ち退き請求の嫌がらせを、そう呼んでいる。チープというか、スノッブというか、「カミソリ、入れてやれ」という清田の下卑た声を聞くたびに、奴の吐き出した黒い脂の塊を、飲み込まされる気分になった。

　物件明細書や現況調査報告書、不動産評価書などをチェックしながら、重要項目だけメモっていく。そして、不動産登記簿謄本。

　とりあえずは、備考欄が空白の、第三者が絡まない物件だけを寄せ集めていく。単なる、健全な競売物件。単なるブツ。これが一番楽で、結局は、当り障《さわ》りのない商売ができる。もちろん、利益はさほど生まないが、嫌な後味も残さない。

閲覧室の中には、他に四人の男がいたが、やはり、不動産関係だろう。地元の者らしいノーネクタイのラフな格好をした者が二人、左手に金の印台の指輪をはめている小太りの男が一人。たぶん、関東の方からやってきた不動産屋だ。ジャケットの胸襟についたバッジまでは見えない。他に、カーキ色のジャンパーを羽織った老人が一人、銀縁の老眼鏡を鼻に引っかけて資料を覗き込んでいる。暇潰しというか、趣味に近い感じで、悠長に眺めては、への字に開いた口の端から息を漏らしていた。

高木は白地図の北斗七星に、ボールペンで小さく入札期間を書き込み、不動産評価書に記されたランクによって、A、B、C、Dとアルファベットを入れていく。この基準は参考程度に過ぎない。DをAにするのも、自分達の転売次第というわけだ。

ネクタイのノットを緩め、ふと、資料の地図の端にある「寄居浜《よりいはま》」の文字や海を示した細い線の列を見る。と、さっき、順子がいっていた言葉が、また耳の奥で聞こえてきた。

やっぱり、新潟って、遠い所なのか、な……。

含みのあるいい方をした順子の声を思い出し、高木は奥歯を強く嚙み締める。

「……ねえ、幸彦……我慢しちゃ、駄目よ」

子供の頃、夏になれば、毎日のように泳ぎにいった寄居浜を入札資料用の地図で見ていて、まさか自分が生まれ故郷の地方裁判所で、競売物件を調べるなどということがあるとはまず想像もしない。

まだ、他の地方都市ならば、事務的に淡々と事を進めるだろうし、地裁で資料をチェックするくらいは当然のことだ。陰鬱な顔をして、たえず路上を値踏みして歩いている自分の姿をぼんやり思い浮かべ、まったく未知の土地の通りだと思っていたのが、西堀通や東堀通、柾谷小路になっていくのを感じる。そこをうろつく陽炎《かげろう》のような長身の後ろ姿が見えた時、高木は無意識のうちに舌打ちした。

「……おい、勘弁してくれよな……」

胸中呟いてみたが、もしや声にしていたのではないかと閲覧室の中を見回す。誰も気づいていない。ただ、異様なほど静かに資料をめくっている。

一体、俺は誰になって、新潟の通りを歩く自分の背中を見ていたのだと思い、目を伏せる。単なる妄想に過ぎない。妄想には違いないが、ビルを見上げ、店舗を覗き、占有者に立ち退きを迫っている自分の背中が、いやにリアルに浮かんできて、何かその後ろ姿をわずかに下から見ている感じに、高木は唇を捻じ曲げた。

「……神経質に、なり過ぎなんだよ……。仕事じゃねえか……」

寄居浜でよく遊んだ幼い頃の自分が、今の自分の背中を見ているとか、白山神社によく連れていってくれた婆ちゃんが見ているのだとか、そんなことを少しでも連想した自分に反吐《へど》が出そうだ。こんなにも感傷的に傾《なだ》れてしまうこと自体が、信じられないのだ。

「……クールに、クールに、クール……」

念じるように呟きながらも、さらに胸の奥底で「ああ、三味線、掻き鳴らしてぇっや」と声を張り上げている自分がいる。

高木は一回、大きく息を吐き出すと、広げていた白地図を畳む。資料用のファイルを閉じ、ジャケットのポケットから煙草を取り出した。箱を振って、一本、無造作に口にくわえると、印台の指輪をつけた男が眉根を寄せて睨んでくる。高木も牽制《けんせい》して眉間に皺を刻ませながら、廊下に出た。

長椅子に座り、脱力したように壁に頭を預けて煙草を吸う。

ぼんやり廊下に視線を流すと、リノリウムの床が窓からの光で、凍った雪面のような反射を見せている。細かな凸凹の起伏に、無意識のうちにも足裏に感じる感触を想像していて、二葉町の路地の凍った雪道を、助走をつけては底の磨耗したゴム長靴で滑っていた幼い頃の記憶が過ぎった。

まだ、三歳くらいの弟をビニールの上に載せて引っ張って遊んだり、片方ずつミニスキーを履いて、もう片方の足で雪を蹴っては滑って遊んだあの頃……。自然に口元が緩んできて、高木は頭を小さく振る。

自分の代わりに、高木整形外科を継ぐことになるだろう弟の光弘は、同じ地元の新潟大学医学部を出て三年ほど前から親父の病院に勤めているが、電話でさえもここのところ話していない。自分が家を出る時に、「兄ちゃん、俺だって、やりたいことあるんだてッ」と、顔を真っ赤にして唐突に叫んだ光弘の声は、今でもはっきり記憶に残っている。

灰皿に煙草を押し付け、両手を頭の後ろに組んで、また壁に寄りかかる。靴を引き摺るような音に、廊下の端を尻目に見やると、光を背にした人影がゆっくり歩いてきた。地裁の者か、それともやはり、競売物件を調べにきた者だろうか。

細く見える影がハレーションを起こして、歪んだり、揺れたりするのを、目の端で捉えながらも、高木は足をだらしなく組んで、眉根を開く。いかにも地元を荒らしにきた東京の不動産屋だとでもいうような態度を取って見せたが、そんな牽制の仕方にも自ら嫌気が差す。

近づいてくる人影から視線を外し、壁の掲示板に貼られた知らせの紙をいくつか見ていると、靴を引く足音が緩やかになった。明らかに自分を見ている視線の強さというか、息遣いを感じる。すぐ近くで突っ立った影は、後ろの光のせいで顔も見えないが、間違いなく自分を見ているようだった。

一瞬、古町十字路近くで会った西阪観光商事の片割れかと思って構えた時、鼻に籠もった低い声がする。

「……高木……じゃねえか……？」

男の声に、頭の後ろに組んでいた両手を緩め、わずかに壁から背を浮かせた。佇《たたず》んでいる男の背後の光が眩しくて、高木は目を細め、黒い影に潰れた顔に焦点を合わせようとする。目の奥に攣《つ》るような痛みがきて、思わず目をしばたたかせる。

「……高木……幸彦、さん、らよな。俺らて、覚えてるか？」

痩せてはいるが、低い声がもう一度、自分の名前を口にしている。高木が光を遮るように片手を頭の横にやると、男も気づいたのか、「ああ」と少し動いて見せた。

「……明訓高校の……三年、五組で……」

唐突に出身校の名前が男の口から出るのを聞いて、眩暈のようなものを覚える。地裁の書記官室前で競売物件を調べていた自分に、まったく温度の違うものが滑り込んできて、体の中をマーブルのような模様を描いて混入してくるのを感じた。

男の顔半分が現われ、短く刈り上げた髪と、顎を薄く覆った髭、窪んだ眼窩に、見覚えのある二重の目が見開いている。そして、シャツの襟口から尖った喉仏を揺らしながら、頬に深く長いエクボを浮かべて笑っていた。

「……敦、らか？　……平野……敦？」

十数年ぶりだというのに、むしろ、突然だったからこそ、記憶の引っかかりのタイミングが合って、すぐにも男の名前が出てきた。組んでいた足を戻して、高木は思わず人差し指を突き立てていて、そんな自分の仕草に驚きもする。

と、一瞬後、妙な所で遭遇したバツの悪さが襲ってきて、重い鉛のようなものが体に沈み込んでもきた。だがすでに、しらばくれても無駄には違いない。

「高木、どういんだ？　おまえが、ネクタイらか？」

「敦らって、ネクタイ、してるねっかや」

「何してんだや、こんな所でさ」

「おまえこそ、何してんだや」

すぐにも、高校時代のように新潟弁を丸出しにして喋《しゃべ》っている自分達に、笑いの泡が弾ける感じや照れと一緒に、過剰なほど十数年の時間をシャットアウトしようとする無理が何処かにあるのも感じた。

平野がチャコールグレイのジャケットから煙草を取り出し、自分の隣に腰かけてくる。短い嗚咽じみた声を口から漏らして座ると、「うーん」と低く唸り、また、喉仏を揺らし、愛嬌のあるエクボを薄く髭の中に浮かべた。突然の再会に、どんな顔をしていいのか互いに分からず、今度はわざと野卑な感じを見せて、高校時代とは違う、世間になれた自分を見せようともする。

平野は今も瘦せてはいるが、昔はもっとスリムで、文化祭の時に銀色の鋲《びょう》がいくつも入った細いレザーパンツを穿いて、ベースを弾いていたのだ。そして、自分がリードギターを弾いて、当時人気のあったスティングやプリンス、シカゴよりも、さらに昔に流行ったツェッペリンやジミヘンやT-REXなどのコアな曲を演奏した。

「……マーク・ボラン、だってや」

「ルー・リード、とかや……」

「D・ボウイとかもさ、やった」

ミュージシャンの名前を挙げているうちに、まだ若かった平野がお道化《どけ》て弾き出したベースの音が蘇る。憑依《ひょうい》したような顔をしながら、アンプのコーン紙が破れるのではないかと思うほどの音で、チョッパー・ベースを何の脈絡もなく曲の途中で始めて、自分達を笑わせたのだ。

「今、俺、演歌しか歌わねぜ。若い奴らとカラオケいってもや」と、平野が煙草の先を上に向けて吸いながら尻目使いに見て、また喉仏を揺らして笑う。

「同じようなもんらさ……」

平野は天井を仰ぐと、溜め息混じりに煙を吐き出し、カクンと首を折るように俯いて短い髪を掻き乱した。

「何年振りらや、高木……。おまえは、新大の医学部いったんだよな」

「十……四、五年振りら」

「……今は、親父さんの、病院らか?」

「いや」と、高木は頭を振る。

高校を卒業してから、一、二度は、平野と会っているかも知れないが、大学を中退し、勘当されたまま新潟を出ていったのは知らないのだろう。まして、不動産屋に勤めていることを知るわけがない。

「医者でも、何でもねえ。ただのサラリーマン」

ふと、平野が眉を開く。自分の顔に視線を彷徨わせると、また目を伏せ、小刻みに頷いて見せた。

閲覧室から人が出てきて、その人影に高木も平野もゆっくりと顔を上げる。

悠長に競売物件の資料を眺めていた老人だ。長椅子に座る自分達を何か憮然とした表情で見ると、廊下の光の中に細い影になっていく。

平野は閲覧室の方をチラリと一瞥し、掲示板に貼られた知らせの紙に目をやっているようだった。競売物件入札のための、買受申出保証金についての事項が記されている。

「……敦は、こんな所で、何やってんだ」

「え？　俺？」と掲示板から視線を外すと、平野は眉尻を下げて、笑いの息を軽く漏らす。

「調停……。離婚調停だ。家裁の方でさ」

口を捻じ曲げて、自らを嘲るように、「なんね、面倒くっせてー」と茶化し、また笑って見せた。やはり、目元に疲れが滲んで見えるのは、単に少し年を取ったせいばかりではない。

「……離婚、か……。そうか……」

ふと、一瞬、順子の顔が過ぎり、電話の「我慢しちゃ、駄目よ」という声が耳奥で開く。

「まあ、いいこて。せいせいする。高木は、結婚は？」

頭を横に振ると、「独身がいっちゃん、いいて、高木。マジでや」と平野が目をしばたたかせながら、小刻みに頷いて、くわえていた煙草の先を上下させた。

「……で、おまえこそ、こんな所で、何してんだや」

平野は顎の先で閲覧室の方を示すと、目の端で見てくる。雪彦、という名前が脳裏に明滅したが、小袋谷ビルで嘘をいった安っぽさもあって、三味線弾きなどという気分にもなれない。しかも、明らかに、競売物件の資料がある部屋の前で、だらしなく煙草を吸っていたのだ。

「……俺な、不動産屋なんさ、今。東京の……」

「不動産屋ッ？　高木がか？」

平野は窪《くぼ》んだ眼窩の目を大きく見開き、素っ頓狂な声を上げる。廊下に声が響いて、慌てて煙草を持った手を口元にやり、頭を下げた。

「高木が、不動産屋さんか。いやー、おまえがそげん難儀な仕事、こなせるとはなあ。やっぱ、お互いに、世間並みになったかや」

平野は少し遠い目つきをして煙草をふかすと、目を細める。

平野の目尻に寄った笑い皺や、洒落たつもりなのだろう、顎を覆った薄い髭などに視線をうろつかせながら、高木もわずかに目元を緩める。

当然、高校時代の眩しいくらいの目の光は失せたが、逆に、仄暗《ほのぐら》い中に底光りするものを抱え始めたように思う。もちろん、少しずつ覚え始めた疲れや諦めが醸しているものだろうが、何処かにしたたかな粘りも帯びている。

「高木なあ、絶対に、医者になんてならねえ、とかいうてや。……おまえ、覚えてるか？　おまえ、ミュージシャンになるいうて、宣言したんだっや。俺達の前でや。ところがや、新大の医学部いってしもて、何だや、やっぱ、医者らねっかや、いうてな」

平野はぼんやり焦点の合わない目つきをしながらも、目元に笑い皺をさらに寄せて、ようやく顔をこっちに向けた。

「そんなこと、いうたか？」

「いうた」

「俺は、大学、中退して、東京出てさ。その、ミュージシャン、なろうと思ってさ」

一瞬、平野の目に短い光が過ぎったが、すぐにも「馬鹿らなあ」と笑う。すぼめた口に煙草をくわえ、煙い顔をしながら、ジャケットの内ポケットから名刺入れを取り出した。高木も慌てて名刺を取り出していて、「何か、嫌らな、名刺らてや」と互いにくすぐったい感じに照れ笑いをしている。

「俺、今、駅南のさ、建設中のビルの助監督みたいなことやっててさ。設計の方で、就職したんだけどや、現場らて……」

「駅南か……」

自分が入札しようと思っている古町近辺とは対照的に、建設ラッシュで新しい店舗も続々と出来ている地区だ。冬近くになると、けやき通りというストリートはイルミネーションなどをつけて夜の若者の客を集めていると聞いた。

「……あの、ほら、角田、覚えてるか？」

「当たり前だろ。違うクラスらけど、キーボード、やってくれた奴な」

「あいつな……、死んだ。……自殺……」

自殺……？　顔じゅう皺だらけにして笑ってばかりいた男の顔が浮かぶ。どうしても小指が一オクターブ先のキーに届かないといって、ショートホープの箱を小指に巻いて弾き、自分達を唸らせた男だった。その角田が、自殺……。

「半年くらい前らけどな。俺、けっこう、奴とは、連絡、取っててさ。あいつ、俺達の結婚式の司会、やってくれたんさ。……まあ、でも、俺、離婚らけどな」

平野はそういって乾いた笑いを弱く漏らし、口角を下げて見せる。まるで自分の知らない田舎のつき合いが、薄暗く浮かび上がってくる感じだ。高木はただ平野の喋る口元としばたたかせた目を交互に見つめる。

高校時代の話となれば、ずいぶん、昔のことには違いない。角田はクラスは違ったが、しょっちゅう自分達の教室に顔を出して、平気な顔をして無関係な授業も受けていった男だ。週のうち二日は貸しスタジオでバンドの練習を一緒にやっては、夜遅くまで騒いだ、気のいい奴だった。

「分からんもんらよなあ……。飛び込みらて、白新線……」

「飛び、込み……」

「……角田、あれ、実家の、ほら、割烹がうまくいかなくてや、宅配便の仕事もやってたんだよな。やっぱ、西堀に近い店らったすけな。客足がな。……まあ、俺の仕事も、間接的に絡んでいるんかも知れねえけどや。……俺、いったんだよ、割烹売ってさ、駅南で店舗やる方がいいんじゃねえか、いうて。よっぽど利益があがるはずなんさ。……でも、まま、老舗《しにせ》に近い店らったすけ、そうもいかねかったんだなあ……」

「で、その角田の所のさ、店はどうした？」

「分からん……。潰れんじゃねえんか。今、休業中らぜ……」

高木も平野も、しばらく黙ったまま、掲示板に記された入札書一式について書かれた文面を読むともなく眺めていた。そのうち、平野の方が煙草を備え付けの灰皿に押し付けて、先に口を開く。

「……まあ、でも、家のことが原因じゃねえかも知れねえし、分からんよなあ。こればかりはなあ。……あいつ、宅配便やりながら、トラックの中で、いつも、マル・ウォルドロン、聴いてたんだってよ。マル・ウォルドロン……、知ってるだろ？」

「平野が、マル、か……」

究極はソウルだ、といって、明訓高校を卒業する頃にはジェームズ・ブラウンばかり聴いていた男が、ジャズ・ピアノ、しかも、音の数が少なくて旋律もシンプル、静謐で内省的なマルのピアノを聴き続けた……。

それもアリだろうと高木は思う。

「……レフト・アローン。オール・アローン……」

「……ステイタス・シーキング。サーティーン」

「ワープ・アンド・ウーフ。ファイアー・ワルツ……」

「ザ・シーガル・オブ・クリスティアンサンド……。角田さ……、何か、薬もやってたみたいなんだよな」

マル・ウォルドロンの曲名を諳《そら》んじているうちに、胸の奥底に、あの寂しい音の一つ一つが降りてくる。自分の三味線にもマルのような音を出すことは可能かも知れない。寂れ鄙《ひな》びた音の中にも激越なものを封じ込めて、圧縮したまま、さりげなく流すこともできるかも……、とぼんやり思っている所に、平野の言葉が飛び込んできた。

「薬って……ドラッグのことか、おい……」

平野はチラリと視線を流すと、軽く頷いて眉間に皺を軽く刻ませる。

「馬鹿らな……」

「……馬鹿ら」

平野は暗い眼差しをして、リノリウムの床を見つめていたが、頬を覆った薄い髭を両手で擦り、ジャケットの内ポケットに入れたはずの名刺入れをもう一度取り出した。そして、自分の名刺を摘んで、電話番号を確かめているようだった。

「携帯は、この番号でいいんか、高木？」

「おまえのも、一応、教えておけや。俺は、すぐにも、東京に戻るかも知れないけど、うまく、いけば、一、二回、呑めるかも知れない」

湊町の居所については、まだ黙っていた方がいいだろうと思う。平野が口にしている数字を携帯番号に登録しながら、この男も、自殺した角田と同じように触れて欲しくないものを少しずつ抱え始めているに違いない。いや、そう思うこと自体、自分自身の気持ちの表われなのだ。

「敦……、子供は、いるんか?」

「ああ?　子供?」と、平野は椅子の上で大きく背伸びをした腕を止め、目の端で見おろしてくる。

「いるよ……。二歳。女の子……」

少し照れの混じった笑みを浮かべ、右の頬に長いエクボを刻ませた。親権がどっちにいくのか分からないが、たぶん、その女の子も父親と同じようなエクボを浮かべるのだろうと高木は思う。

九　nest

派手な反動と同時にエレベーターのドアが開くと、やはり、三階は暗くて静まり返っている。エレベーター内部の蛍光灯と、奥の階段の上についた非常口を示す緑色のライトの明かりで、かすかにホールが見える程度だ。

高木は階数表示のボタンを押したまま、ネクタイのノットを緩め、首を伸ばして様子を探る。何処にも開いていそうな店の明かりなどない。ただ、埃臭いにおいと、上下の階の暖房で暖められた温気が籠もっているだけだった。

そのまま四階に上がってしまおうかと思ったが、念のため、高木はエレベーターから一歩外に出ると、ドアが自動的に閉まるのに任せる。一気に暗くなって、靄《もや》のような光の塊の残像が瞼の裏に浮かんだ。

平野と別れ、地方裁判所を出てから、白山駅近くのドトールコーヒーで競売物件の資料を整理し、コンビニでファックスした。清田課長は打ち合わせで外出中だったが、内藤が電話口に出て、しきりに新潟の女性はどうなんですか、と前と同じような俗っぽいことを聞いてくる。

「新潟の女もいいけどな、内藤。ロシアの女も凄い美人がいる。肌が違うよ。セスクワだったか、ペテルブルグだったか、もう、俺、ハマりそうだよ」

「マジっすか？　それは、ロシアン・パブみたいなもんすか？　それとも、風俗系ですか？　え、素人っすか？　マジっすか？」

「音楽院の学生らしい。おい、内藤、こっちは、いわゆる、日露のな、粒揃いがいてさ、仕事なんかしてらんないよ」

「ええ？　俺、新潟、いくっす」

「……おまえ、それで、エドワード・フォックスが持っている銃の名前、調べたか？」

と最後に聞いたら、「何っすか、それ？」ととぼけた声を出していた。

地裁で聞いた角田の話に重い気分になっていたところに、内藤の無神経なほど若い声が少しは紛らしてくれたが、また、小袋谷ビルの暗闇に、満面を皺だらけにして笑う角田の顔が浮かんできて、高木は低く唸った。

腹の底から出てくる自らの声が、三階ホールの暗い空間に仄明るさを帯びて鳥の形を表わすのか、それともさらに黒く潰れた墨のようなものになるのか。そんなことを思っているうちにも、背後のエレベーターのモーター音が唸って、頭の中を捩らせる。

ほとんど真っ暗に近いフロアに、それでも熱を持った自分の腸《はらわた》の色が漏れた気がして、高木は拳を口元にやって一つ咳払いした。

階段上にある非常口を示す緑のランプに、ホールの隅に積み重ねられた段ボール箱が浮かんできて、すでに閉じられた店の前に、看板灯やスツールなどが捨てられたように置いてあるのが見え始める。

そのうち、残像だと思っていたオレンジ色の塊が、目の動きにかかわらずホール奥からの明かりだと気づいて、高木は目を凝らした。

「……何だよ……」

一歩踏み出した足元に新聞紙ががさつき、何か爪先に当たったと思ったら、ガムテープのロールらしい。床をうねって這うコード。魚の鱗《うろこ》のように煌くものが見えて、目を近づけると、やはり置き捨てられたソファの上に、スパンコールのついた女のドレスが捨てられていて、まるで脱皮した後の大蛇の皮のようだと思う。

「……ひでぇ所、だな……」

ようやく、うっすらと店舗のドアのいくつかが洞穴のように黒く見えてきた。その一番奥からオレンジ色の光が漏れてくる。間違いなく、中に人がいるのだろう。たぶん、エレーナのいっていた「nest」という店だ。

そこに近づこうとして、また足を出した時、すぐ横に人が寝転がっている気配があって、反射的に後退《あとずさ》りした。屈み込んで恐る恐る確かめれば、古いカーペットを丸め、紐で等間隔に縛ったものだと気づき、高木は息を吹き上げる。

光にさらに近づくと、木製のドアに覗き窓がついていて、そこから光は漏れてくる。息を潜め、クルマのルームミラーほどの小さな窓を覗く。乾いた古木のにおいと埃臭さが鼻先を掠めたが、窓のガラスは雲母のように曇っていて、光に罅《ひび》が入り、中はまるで見えなかった。

　と、かすかに音楽が聴こえた気がし、上か下の階のカラオケかと思っているうちにも、ドアの内側から低いウッドベースの音が漏れ聴こえてくる。野太いが温かみのある音で、バッハだろう、無伴奏チェロ組曲の「ブーレ」か何か、対位法の利いたフレーズ……。ジャズ・ベーシストのロン・カーターが弾くバッハだ。昔、何度も聴いたアルバムだ。

　高木は緩めていたネクタイのノットを少し上げると、ドアの取っ手を掴んだ。暗くてまったく見えないが、ひんやりとした武骨な感じで、鉄の棒を折り曲げただけの取っ手だと分かる。

　ドアの隙間から、ロン・カーターのベースと一緒に白熱灯の光が漏れてきて、暗さに慣れた目を眩しさに顰める。といっても、明るさとはほど遠くて、何か簡素なスタンドの明かりが一つか二つ灯ったほどだ。

「……すみません……」と、高木はドアをもう少し開いて、中に声をかけてみる。煙ったようなベースの音が、チェロ組曲の低い方の旋律を奏でていて、薄暗い店に沈んだ埃を重い足のタップで小さく巻き上げている感じだった。

「……すみません」

　やはり返事はなくて、飴色にトロトロと光ったカウンターやその上にのった真鍮《しんちゆう》製の灯油ランプが見え、その奥のボトルの列が眩しく光っている。積み重ねられた段ボール箱が二つ。東南アジア製だろう、細かい装飾の施された木製のスクリーンと、大きく成長したセロームの観葉植物が視野を遮って、中までは見えない。朴訥《ぼくとつ》なベースのピチカート奏法の音が籠もっているだけだ。

「……ロン・カーターだな。八五年、ニュージャージーでの録音だろう？」

たぶん、店の主人は外出中なのだろう、冗談のつもりで言葉を投げてみると、「ああ……」と、いきなり嗄《しわが》れた低い声が返ってきて、高木はかすかに体を震わせた。

「……呑んでも、いいですか？　それとも、休み？」

スクリーンに遮られて、灯油ランプと端しか見えないカウンターに、高木は声をかけてみる。

「……どちらでも……」

やはり、ハスキーな低い声が返ってきて、高木はドアを後ろ手に閉めると、セロームの大きな葉が顔に触れるのをよけて中に入った。

念入りに磨かれたカウンターと、年季が入って塗料が剝げている革製のスツールが六脚ほど。ウイスキーのボトルやモルトの樽が見え、カウンターの端にアルマイト製の傘がついた白熱灯スタンドが一つ灯っている。奥には、やはり、革製の古いシンプルな椅子と、曇った艶を発した黒いスタンドピアノ。口の開いた段ボール箱から、ビールの空き缶やボトル、雑誌などが乱雑に覗いてもいた。そして、ピアノ横にある一人掛け用の大きなソファに、黒いニットキャップを被った老人が座っていた。

銀縁のフレームの眼鏡をかけ、黒のタートルネックのセーターに、ブルージーンズ。眼鏡のレンズに薄青い光が反射しているのは、膝に置いたノートブックパソコンの液晶画面のせいだろう。

「……何処に、座れば？」

「……何処でも」

老人の無愛想な返事に、高木はもう一度視線を店の中に彷徨わせる。隅に積み上げられた何列もの本や、その上にのせられた古いタイプのカメラ、埃塗《まみ》れのギターケースが床に置いてもある。骨董品を放り込んだ納戸の中に、古いスタンドピアノと重厚なバーカウンターがあるといった感じだ。

高木はカウンターのスツールに座り、体を回すと、並んだボトルを見やった。どのボトルの肩もかすかに埃が覆っていて、ひっそりと琥珀《こはく》色の液体が眠っている。短く痰を切るような声を出して、老人がソファから立ち上がるのを視野の隅に感じ、高木は「何か、適当に……」と呟いた。ネクタイを緩め、素早くシャツの襟から抜くと、コートのポケットの中に突っ込む。

「ウイスキーでも、日本酒でも、焼酎でも、泡盛でも……あるといえばあるが……、ないといえば、ない」

老人はカウンターに入ると、銀縁の眼鏡の底からじっと見据えてくる。何処かで見たことのある顔だと思ってもみたが、七十歳近い、少し痩せた老人が黒のニットキャップに黒のタートルネックのセーターを着たら、皆、同じ感じに見えるだろう。そして、滅多なことでは愛想笑いなどしない。

「じゃあ、そこのマッカラン。18年の方。ロックで」

「……あんた、なんで、ここにきた？」

「やっぱり、この店は、失礼だけど、閉まってるんですか？」

「……俺にも、分からんなあ」

口の両端を下げ、深い皺を刻みながら、アイスピックで氷を刻み、グラスに放り込む。冷たく乾いた音が踊って、その上に慣れた手つきでウイスキーを静かに注ぎ、ボトルの口を切るように上げる。グラスの中に霜をつけて止まっていた水が華奢な軋《きし》みを上げ、ウイスキーに浮くと、ゆっくり回った。

「……何か、洞窟みたいな店だな」

「nest だよ」

「エレーナ……。『ダローガ』にいる、エレーナに聞きましてね……」

エレーナという名前に、カウンターの中の老人がわずかに反応する。

マッカランの入ったグラスを高木の前に置くと、老人はジーンズのポケットに突っ込んでいたのだろう、シンプルで小ぶりのパイプを取り出して刻み煙草を詰め出した。

高木はいかにも一癖ある老主人の典型を見ている気分になって、カウンターに置かれたウイスキーグラスを握ると縁を舐める。小さな眩暈を誘いそうな強い香気に噎《む》せそうにもなった。中の歪《いびつ》な氷が回って、鼻先を濡らす。

「……エレーナは、いい子だ……」

「俺も、そう思いますよ。……ここで、ピアノを弾かせて貰うっていってた」

「あんたは、新潟の人間かな？　……顔は、まあ、新潟っていえば、新潟っぽいが、何か居座り方がな、不安定だな。むこうで、どんな仕事をしてる？」

刻み煙草のバニラに似たにおいが膨らんできて、高木は目を上げた。老人は口の右端にパイプをくわえ、ニットキャップの下の眉間を振り上げている。

「いいたくないね」

ぶっきらぼう過ぎたかと思ったが、自分の返事に、老人が小馬鹿にしたように鼻から息を漏らして、笑みを浮かべるのが分かった。小袋谷ビルに何度かやってきているという不動産関係者だと疑っているのだろう。事実、その通り、俺はあんたの店を値踏みしにきたのだ、と高木は老人の眼鏡の奥を見据える。

まったく揺るぎのない視線が返ってくるのを見て、高木の方から先に目をそらし、グラスを傾けた。この老人も、長い間、古町で店をやっているにしても、言葉に新潟訛りが少しもない。白いものが混じっているが、しっかりした眉や目元の睫毛の濃さに、南の方の人間かと思う。

「ご主人こそ、こちらの人じゃないでしょう？」

「俺も、そんなことは、いいたくもない」

パイプを握ると、口角を下げた口をしきりに動かし、黄みがかった煙を吐く。たった一つしかついていない白熱灯に、煙の筋が異様なほどはっきりと浮き上がって、マーブル模様を描いたままゆっくりと形を変えていった。

「……今度は、ジーグか。ロン・カーター。下手だけどね」

「下手……か？　いい口、利くなあ、あんた。チェロの調弦は何だ？」

「ええ？」と顔を上げると、老人も同じマッカランのボトルをグラスに傾けていた。

高木はウイスキーを注ぐ老人の手を見つめながら、一音一音、チェロの解放弦の音を思い起こして答える。

「A、D、CG……だろ？」

「……そうだな。……じゃあ、ベースは？」

節くれ立った指や甲に浮き出た複雑な静脈の起伏が、手というよりも、何か一つの生き物のようにも思わせる。老いた手には違いないが、武骨な逞しい感じと、無駄のない動きがあった。

「何……マスターは、ベースとか弾くんですか？」

「ベースの調弦は？」

ウイスキーを注いだグラスの縁に唇をつけて、銀縁眼鏡の奥から尻目使いに睨んでくる。

「……G、D……、A、Eだと、思うけどね」

「うーん」と低く唸り、唇の両端を下げて小さく頷く。そしてまた、握っていたパイプの吸い口をくわえ、二、三度、黄みがかった煙の塊を吐き出した。

「ということは、左手の奏法が、とてつもなく複雑になると思わんか？」

高木もジャケットから煙草を取り出して、一本くわえる。

骨董屋的な呑み屋に、気難しい親父に、ジャズ。いかにもステロタイプだな、と思いながらも、高木は老人の挑発なのか、からかいなのか、その言葉に乗っている自分を感じた。昼に地裁で偶然会った敦や、自殺した角田がもしいるとしたら、カウンターに身を乗り出して親父の挑発に答えようとしただろうと思う。もちろん、まだ、音楽を愛していたらの話だが。

「調弦を変えるか、チェロそのもので弾けばいいんだよ。何か、ロックとかジャズとかのギターを、三味線とか三線《さんしん》で弾いているみたいで、面白くない」

「そうか？」

「このバッハは、単に、ロン自身の練習のための曲でさ、聴かせるほどじゃない、と俺は思うけどな」

「なるほどな」と、初めて老人が唇の片端をわずかに上げた。

「マスターさ。俺は、ロン・カーターというベーシストは嫌いじゃないけどな。あの……『マンハッタン・アフター・アワーズ』とかさ」

「ああ、ヘレン・メリルのヴォーカルとのデュオな。ニューヨークの溜め息だ……」

ニューヨークの溜め息、か……。西堀も、溜め息では負けてないな、親父。張った小鼻から唇の端へと深く皺を刻んだ老人の顔を見て、高木はウイスキーをまた一口舐める。

西堀の溜め息、と自分で言葉にしていて、この小袋谷ビルの「nest」自体がひっそりと溜め息をついていて、それを静かに酒に溶かし、様々な模様の酔いを味わう場所のような気もしてくる。

マスターの吹かすパイプの煙がゆっくり漂ってくるのを、ぼんやりした目つきで追っているうち、ロン・カーターのベースは、ガヴォットに移った。朴訥とした音の粒の中に、ロンの大事に奏でようとする指先の肉の感触までが音になっている。だが、けっして、バッハがイメージした音とは違うのだろう。ロンはロン自身のベースを弾くべきだ。

「……このnestというお店は別だけど……、三階の他の店は、みんな、クローズドみたいだね、マスター」

「うん? ああ……。商売ッ気のない者だけが、残る。……有線、変えるか? 俺もこのロンは、じつは、あんまり好きじゃない……」

老人は背を向けると、壁のボトル棚奥にある有線チャンネルのスイッチをいきなり切った。耳の奥に綿を詰め込まれたような静寂がきて、湊町の借家にそろそろ帰ろうかとも思う。仕事のことなど忘れ、三味線でも爪弾いて、寝てしまえばいい。

瞼の裏に角田の笑顔が過ぎって、高木は胸の奥底に低いけれども激越な音を想像する。

また、日本海の水平線上にある空の、まっすぐ抜けた渇きや虚無の膨大さを音にしようともしていた。自己満足には違いないが、ずっと古町を歩いていて、白新線に飛び込んで死んでしまった角田への歌を、イメージしている自分がいた。たぶん、自分の音でもあり、敦の音でもあるはずだ。何を懸命にやっても達成感がなくて、どうしたらいいのか分からないまま迷い、傾《なだ》れ、崩れていく自分達の想いは、これからまさに強く倦《う》んでいくに違いない。

「……同じベースだが……あんた、これはどう聴く？」

記憶の中で、角田の面影をぼんやり追っていた視線を上げると、老人が虹色に光るCDを持っていた。スツールから腰を上げようとしたところに、声をかけられ、高木は虚を衝かれた感じで黙っていた。

棚奥にプレーヤーでもあるのだろう、老人は背中を丸め、セットしている。と、思ううちにも、ベースを弓で弾くアルコ奏法の音がいきなり背後のスピーカーから聴こえてきた。

素朴だが、乾きにまぶされた哀感とでもいえるようなベースの唸りに高木はわずかに顔を動かす。

すぐにも透徹したギターの旋律が静かに追ってくる。そのギターの音……、大学に入ってからさんざん聴いてはコピーしたジム・ホール……。途中から、ピチカート奏法に変わって、スモーキーな音を立てるベースは、エディ・ゴメス、だと思う。夜に沈んだ疲れを慰撫《いぶ》するような成熟したベースは、聴き覚えがある。

「……ジム・ホールのギターと……、エディ……ゴメス？」

老人の顔を見ると、銀縁眼鏡の奥からじっと睨んで、唇の端に深い皺を刻んでいたが、カウンターの上に置いたマッカランのボトルの首を横から素早く掴んだ。そして、蓋を分厚い掌でしごくようにして勢いよく回すと、グラスの中にウイスキーを注《つ》ぎ足してくれる。

「で？　どう聴く？」

「……色彩が……、浮かぶ感じだな。単なるリリシズムよりは、ずっと複雑だ」

「シキサイ？　色のことか？」

「おかしいか、な。……青色の中に……黒い筋が混じっている……。青が恐ろしく深くて、溺死《できし》しそうなんだけど……とても、甘美な音、だと思う……。明日を、忘れたくなる……」

「それは、本気でいっているのか？」

「悪いか、マスター？」

グラスに注がれた新しいウイスキーを舐めながら、老人の目を睨み返す。と、老人はいきなり、噎せたように笑い、腰を折り、大きな片手を上げた。被っていた黒のニットキャップを取り、カウンターに置く。乱れた短い白髪を武骨な手で掻き毟《むし》ってもいる。

「いや、誤解するな。笑っているわけじゃない」と老人はいって、口角に力を入れて頷いた。その横顔を見ていて、やはり、何処かで見た顔だと高木は思い、頭の奥がくすぐったい感じを覚える。だが、どうしても思い出せない。

「……ただ、まあ、嬉しかっただけだ。ジャズが……好きなのか？」

「ジャズ、というよりも、音楽がね、好きだよ」

「あんた、本当は、仕事、何をやってるんだ？」

本当は、か？

老人の言葉に、高木が目を細めて見やった時、店のドアが開いて、「ドーブリ・ヴェーチェル！」と、ロシア語で挨拶する女の声がした。

一〇　ペテルブルグの夜

エレーナか？

ドアからの女の声に、エレーナ・モイセーバという名前を、すぐにも脳裏に明滅させていて、一瞬でも何か小躍りする感じを覚えている。

カウンターからゆっくり振り返ると、思ったとおり、白のフェイクファーのハーフコートを羽織ったエレーナがドア口に立って、目を細めていた。三階ホールの暗さに慣れた目を、カウンターの白熱灯スタンドの明かりに伏せ、また視線を上げている。無造作に丸めたノートを手に持っているが、たぶん、日本語を一心に書き込んでは練習していたノートだろう。

「おう、エレーナか。入りなさい」

老人がパイプの刻み煙草の灰を灰皿に空けながら、柔らかい声を出す。まるで自分に対しての無愛想な声とは違う、孫娘にでもかけるような声音《こわね》だと高木は思う。

喉の奥で捩れた笑いを抑え込みながらエレーナを見やると、カウンターにいる自分の影の造作が少しずつ見え始めたのか、眉根を開いて、半開きにした唇の左にエクボを作った。

「ああ、ユキヒコさん。あなた、ユキヒコさん、ですね」

肩で揺れているブロンドの髪が、スタンドの薄暗い光のせいで濡れた陰翳を帯び、溶け出した金属のようにも見える。

高木はエレーナの声に軽く頷いて微笑みかけたが、ふと自分の名前がエレーノにとっては雪彦の方なのだと気づいて、仄かに回った酔いを塊にして体の隅へと押しやった。無意識のうちにも体の中の色を変えようとして焦っている。

そんな奇妙な演技をやろうとして焦燥感を覚えること自体に、仕事に限らず自分という人間の脆さを目の当たりにするようで苦い気分にもなった。どちらかのユキヒコがいっそのこと暴走してしまえばいいのだ。そう思っていると、「ユキヒコというのか、あんた……」と、老人がまた低い地の声で呟いた。

「そうです、雪彦さん。スノーの雪ですね。雪彦さんは、ミュージシャンですよ、パパ」

「……ミュージシャン？」

エレーナにパパと呼ばれた老人は、濃い眉の片方だけ上げて、グラスを持った手を止める。眼鏡の奥に、嘲りに似たかすかな笑いと冷淡さがあった。

エレーナが羽織っていたコートを取り、いつもやるのか、慣れた仕草で東南アジア製のスクリーンに投げるように掛ける。

襟口が大きく開いて、体のラインが露わになるほどぴったりした深紫色のワンピース。白い肌に濃い紫色が似合っていたが、体を意識させる服が、やはり何処か、街角に立つ女を感じさせる。

高木は、エレーナが滑るように隣のスツールに座る動きを眺めていたが、カウンターの老人の視線を感じて目を伏せた。エレーナのつけているオゾンマリンの香水が、遅れて柔らかく膨らんでくる。

「……あんた、ほんとに、ミュージシャンなのか？」

老人を見ると、皺を刻んだ唇に複雑な笑みを浮かべ、じっと自分の目の底を窺ってい た。一体、どういう意味の絡み方なのか、と高木も老人を見返したが、無表情を装ってみる。

「どうしたんですか、パパ。今日は、ご機嫌、斜めですか？」

エレーナが老人と自分を交互に見ては、カウンターの空気を測っているのが分かった。「nest」という店でマスターをどのくらいの年月やっているのか分からないが、この老人も昔、音楽に取り憑かれて傾《なだ》れてしまった男なのだろうか。

高木は老人の凝視に圧《お》されて、ふと視線を落とす。音楽に狂って転落していく人間はこの世の中にゴマンといるだろう。自分もその一人には違いないが、他人が夢を実現させているのを見て、嫉妬に近い感情を持つほど若くはないと思っている。いや、もはや、自分一人のことだけで、他人の生活などを詮索する余裕がないといった方が正しいかも知れない。

「パパ。雪彦さんは、三味線のプロですよ。東京からきた、ミュージシャンです」

老人の眼鏡の奥で視線が揺れる。エレーナを見やると同時に、目元が優しくなり、また自分を見る時に厳格な色が帯びるのを高木は感じた。

「いや、どうって三味線弾きじゃないですよ。素人に毛の生えたようなもんだよ」

日本語の意味がよく分からないのか、エレーナは高木の顔を見て、また小さなエクボを浮かべるだけだった。だが、この女も自分を雪彦という名の三味線弾きだと信じているわけではないだろうと、高木は思う。

「エレーナ……、少しは呑めるのか？」

老人がカクテルグラスを節くれ立った指で挟んでカウンターに静かに置き、ドライジンのボトルに手をかける。

「あー、一杯だけ、です。また、お店、ターニャが大好きなユーロビートの曲かけてる。うるさいです」

エレーナが白い歯を覗かせて笑う。長い睫毛の間に青い瞳が霞んで、涼しい波紋が揺れたように見えた。

「……雪彦さん、か？　この子は、一杯だけといって、いつも何杯も呑むよ。酒豪だ」

大振りの手榴弾《しゅりゅうだん》のようなシェーカーに、素早くジンとライムジュースを入れる。カウンターにボトルや氷、よく磨かれたシェーカーが、白熱灯の柔らかい光を受け、煌《きら》めいて踊っている。店に流れているエディ・ゴメスのベースとジム・ホールのギターが……。目の前の光が夜の川に揺れているようにも思えた。

「ロシアの人は、強いからね」

「だけど、日本酒は、駄目なんだ。この前、潰れた」

エレーナが老人の言葉に顔を大袈裟に顰めて見せ、両肩を竦《すく》めながら高木に目配せする。老人がしっかりした手つきでシェーカーを小気味良く振り、滑らかな動きで、一気にグラスの口一杯に白濁した液体を注いだ。ムーンストーンのような光を孕《はら》んだギムレットが、エレーナの前に差し出される。

「あんた……三味線って、どんなものを弾くんだ？」

「……太棹《ふとざお》だよ。津軽系だけど、俺自身は、もっと違う音を出したいと探している所なんだ」

「聴きたいです。三味線という楽器の音を、ライブで聴いたことないです」

そういってエレーナがカクテルグラスを摘み、宙に掲げると、澄ました横顔で唇を添える。高木もグラスをわずかに上げて応えた。

「……エレーナ。俺は、このお客さんが、なんで、こんな店にやってきたと思ってな。nestにくる客は、新潟にはもういない。とっくに忘れられている店だからな」

老人もマッカランの入ったグラスを傾け、エレーナを見つめると、高木を一瞥する。

「……だけど、この客は、いやに、ジャズ……音楽に詳しくて、よく分からん奴だと思っていたんだ。……あんた、もし、ここに三味線があったら、どうだ？　弾いてくれるか？」

老人が眼鏡の奥から、また強い視線を投げてきた。老いて鈍い光を帯びているが、揺らぎもしない強靭な眼差しで、まっすぐ見つめてくる。

高木はグラスに口をつけながら、老人の目の底にあるものを確かめようと見つめ返した。かすかに酔いを覚えつつ、朝、薄暗い洗面台の鏡で見た自分の暗い顔が掠めもする。

競売物件の立ち退きを要求する仕事に疲れ、人の恨みを溜め続けている顔……。だが、無理にでもそんな仄暗い迷いを削いでいこうとする気持ちが、まだ少しは自分に残っている若さと一緒になって、邪悪な感じに見えさせているのではないかと思う。いや、それとも野心めいたものにでも見えるか。

「……今、ここで、弾く、ということですか？」

「あんた、三味線のプロなんだろう？」

「プロだから、弾かないということもある……」

横を見ると、体を向けたエレーナが目を丸くして、単純なほど期待しているのが分かった。ギムレットの入ったグラスを揺らして、表面に反射した光が青い目の中に躍っている。

「どうって、腕じゃないよ。……それに、三味線なんて、ないでしょう？」

高木はまた煙草を手に取ると、片目を細めて火をつける。そして、無造作にカウンターの上に百円ライターを軽くほうり投げた。

「マスター、そんなに、俺が nest にきたことが、奇妙なことか? 酔いたい奴は、酒のある所なら何処でもくるだろう?」

「オー、パパ。私が、雪彦さんに、ここを教えたのです」と、エレーナが表情から笑みを消して、言葉を挟んできた。カウンターを挟んだ雰囲気の、微妙な硬さに気づいたのだろう。

「弾いてくれるのか、くれないのか、雪彦さん……?」

「……私も、ピアノ、弾きます」

高木は老人の強要するようないい方の裏に何かあるのを感じながらも、エレーナと男の顔を交互に見やった。

「……あれば……弾くよ。酔わないうちに、持ってきてくれればの話だけど……」と、高木はウイスキーの入ったグラスを一気に呷《あお》り、老人の前に差し出す。

「……あんたが、弾いてくれたら、酒代はタダだ。ここは、そういう店なんだよ」

老人は素早い手つきでボトルの蓋を回し、空いたグラスにウイスキーを注いだ。

「……エレーナも、雪彦さんも、ちょっと待っててくれや。すぐに、戻る」

そういって、老人は無造作にニットキャップを被り、カウンターから出てくる。革張りのソファに置いたノートブックパソコンに屈み込むと、スリープ状態にしてディスプレイを閉じた。小さなオレンジ色のランプがコンピュータの縁で瞬いているのが見える。

「……エレーナ、好きなもの、呑んでいいからな。ゆっくりしていきなさい」

老人は大きな手でエレーナのワンピースの肩に軽く触れると、高木の顔を見て、深く頷き、店のドアを押してそのまま出ていった。

「……雪彦さん……。パパは、面白くて、優しい人です。だけど、難しい人……。本当は、とても、いい人。とっても、いい人」

相手を信用するまでは恐ろしく無愛想で嫌な爺なんだろうな、と胸中呟いてはみたが、エレーナにはただ微笑み返した。

留守録モードの携帯電話の着信履歴を確かめていると、エレーナがカウンターの奥に入って、エディ・ゴメスの音のボリュームを静かに下げていく。温もりのあるベースの音が遠ざかっていくにつれて、店に昔から染み付いていたような静寂が膨らんで体を包んでくる。

酒に酔い始めたこともあるのだろうが、その静謐が、今、何時なのか、あるいは季節がいつなのか、時間の感覚を麻痺させるほどで、新潟の古町にいることさえ、遠く頭の隅へと消失させる感じだった。そして、カウンターから戻ってきて、自分の横に座る女は、モスクワ出身の若いエレーナ……。

「……不思議な、気がする……」

「え？　何ですか？」と、エレーナがさっきよりも声を落として、囁いてくる。

「……ここが……新潟なのか、東京なのか、それとも……日本なのか、よく分からない、奇妙な感じがするよ。……酔ったな」

エレーナを見ると、ブロンドの髪を左の耳にかけながら、くっきりとした二重の目を細め、睫毛の中にブルーをそよがせる。薄青いアイラインが鱗粉《りんぷん》のように光って、肌の白さを浮き立たせていた。その下の静脈さえ透けそうな皮膚の光沢をぼんやりした目つきで見つめていても、エレーナはただ自分の視線を受け止めるように微笑んでいるだけだ。「ダローガ99」という店やホテルの部屋で、一緒にいる日本人の男相手に、いつもやる商売上の顔なのだろうと思う。

「……私も、ここに、くると、何処にいるのか、分からなくなります。ステイトレス？無国籍な、感じします。とても、落ち着く。ただ、好いパパと、好い音楽あります……」

エレーナはそういって、銀色に煙るギムレットに口をつけた。

「でも……新潟、なんだよな」

「……新潟……嫌いですか、雪彦さん？　私は、とても、好きです。第二の故郷《ふるさと》……。日本は、新潟、しか、知らないですが、いい所、です……」

しばらくの間、黙ってウイスキーを舐めては、エレーナの横顔や金色の髪を見つめていたが、その心地良さとは逆に、三味線を探しにいったのだろう、マスターの老人をじっとカウンターで待っていることの意味が分からなくなってくる。苛立たしい気分まで覚えてきて、エレーナと一緒にいるのならば、彼女の店で呑む方がはるかに自然だとも思う。

自分には、nestの好い客になろうなどという気持ちは端からないのだ。むしろ、悪い客にならなければならないはずだった。すべて他の店は畳まれているというのに、三階のフロアにいつまでもしがみついている者に揺さぶりをかけにきている二国不動産の男だ。

さっきチラリと確かめた携帯電話の液晶画面に、六件も会社からの着信履歴があって、昼にファックスした競売物件の資料に関しての連絡だろう。あるいは、すぐにも銀行と手を組んで漁《あさ》れというGOサインか。

「……エレーナ……。また、同伴出勤という奴をするか？」

あまりにも俗っぽいことを口にしたと思い、内心苦い気分になってエレーナの目から視線を外した時、店のドアが勢いよく開いた。

「……おう、それでも、まだいたか、雪彦さん……」

見ると、老人が紺色の風呂敷を巻いた長い包みを持って、銀縁の眼鏡レンズを店の温気に曇らせている。風呂敷の端から、津軽三味線とは違う、細い象牙の糸巻が覗いていて、長唄などに使う細棹の三味線だとすぐに分かった。

「パパ、あったんですか？　三味線ッ。ステキですねッ」と、エレーナが声を上げて、スツールの上から滑り降りる。

「上の『ひとみ』にあるかと思ったが、なくてな。……近くの店から借りてきた。……ただ、雪彦さん、撥《ばち》がない。それに、細棹だ。もし、何なら、三業会館までいってくるが……知り合いの芸子さんがいるんでな」

老人が曇りの薄くなった眼鏡越しに目元を緩ませている。少し息を切らしている老人に、高木は頭を振って、風呂敷に包まれた棹を握った。

風呂敷の布越しだが、握った棹の細さに、自分のものとはまた違った三味線の声を感じる。

沖縄の三線やベビーギターを持ったかのように軽い。一般に使われる細棹の三味線は、長さは変わらないが、津軽三味線の半分ほどの重さしかない。だが、高木はその軽さが逆に音への想いや親しみを強くするものだとも思う。楽器とはそういうものだ。どんな大きさでも、自分の懐に馴染み、納まればいい。ウッドベースでも、ピアノでも、あるいはハーモニカでも同じことだろう。

エレーナと老人がじっと見入っている中、高木は静かに風呂敷を解《ほど》いて、三味線を取り出した。とろりと艶を発した紅木の棹や、日に焼けて変色した象牙の糸巻。胴の上を覆った胴かけには、紫色の地に金色の牡丹《ぼたん》唐草の模様が入っている。

「古いものだけど……いい三味線だね」

老人を見ると、黙って革張りのソファに身を沈め、自分の手元を凝視している。エレーナは座ったスツールから三味線を覗き込んでいて、ワンピースの広い胸元から乳房の柔らかな兆しが露わになるほど屈み込んでいた。

棹の付け根の鳩胸と弦の間に引っかけてある駒を、胴の皮と三本の弦の間に滑らせる。ビーンと擦り上げるような音を立たせて音緒近くにセットすると、店の中の静寂が共鳴して緊張する感じを覚えた。

右手の爪で一の糸を弾《はじ》く。津軽三味線と違って、さわりのネジはついていないが、一の糸だけ直接、乳袋《ちぶくろ》の木に触れるようになっていて、うねるような倍音が波を打った。

高木は糸巻をゆっくり巻きながら、一の糸をドに合わせていく。

「ああ、雪彦さん。そこは、C、なんですね」

エレーナが垂れてくるブロンドの髪を耳にかけながらいった。ふと、エレーナのつけている香水と一緒に、白粉《おしろい》に似たにおいが鼻先を掠める。たぶん、三味線の胴かけに移った持ち主のものだろう。

「マスター……。爪弾きでもいいけど、ギターのピックか、小楊枝、あるかな？」

新内節《しんないぶし》でやるように、撥ではなく、小楊枝という手もある。撥なしで弾くよりは、音の立ち上がり方が違う。

「……ピックか？　あるよ、何枚でもな」

老人はソファから腰を浮かせると、床に置いてあったギターケースを開く。そして、黒や白の小さなプラスチック片を取り出し、分厚い掌にのせて見せた。

高木は老人の手から白いピックを取ると、ギターでも弾くように親指と人差し指に挟んで、弦を押さえていく。撥よりも音の厚みがないが、しっかりと腰のある音が立ち上がって、店の中の静けさを叩いては震わせた。

カウンターに置いたグラスの氷が華奢な音を立てて、回る。三の糸を合わせながら、高木はピックの先で一オクターブ違いの一の糸を交互に弾き始め、鈍いうねりを持った低い音から、せり上げていった。視野の端に、ソファに腰かけ、睨むように見入っている老人の姿や、すぐ間近で凝視しているエレーナの息を感じる。

高木は三の糸の解放弦までいくと、いきなり三本同時に叩いて、一気に高い音に移行して細かい単音を立てた。左手で弦を弾きながら、右手の押し撥で皮を叩くと、リズミカルにチッチッという硬い音が同時に空気を整えていく。

津軽あいや節。

九州のハイヤ節が北上して音色を変え、新潟で佐渡おけさになり、津軽であいや節に生まれ変わった曲だ。高木は目を閉じて、寄居浜から見える冬の日本海を思い描き、松林の葉先が一様に揺れては潮風にしなる動きをイメージしながら、一人の男が抱えている情念の重さを込めてみる。

白く泡立ち、獰猛《どうもう》に襲いかかってくる獣のような波濤に目を細めつつ、風に削り飛ばされた飛沫《しぶき》の中で立ち尽くしている男。自分でもあり、死んだ角田でもある。凄まじく荒く、連続し、重なってくる新潟の冬の海自体を、腹の中に通して、心を空っぽにしようとする。生きている時間の刻みを淡々と受け入れる諦念と、それに逆らう欲望や業が混じり合い、渦を巻いて、その大きな渦の周りへとさらに小さな渦をいくつも放散していく。遠く静かに渦を解いていく動きの微妙な緩みに、密かな安らぎを覚える音を、角田は見つければ良かったのだ。早まりやがって、角田の奴……。

角田が飛び込んだ白新線の軋みや、寸断された新潟駅前の雑踏の風景や、マル・ウォルドロンの老いた指が過ぎる。古町の路地の暗がりに澱《よど》んだ酔い、湊町の午睡《ひるね》したような静けさが訪れて、また多くの見覚えのある人影が、一の糸と三の糸に交互にのって浮かんできた。

無様で下手な三味線であれ、弾き、自らを解き、晒していくことでいいのではないかと、高木はさらに硬く目を閉じて音を探す。

巨大なノイズの渦に巻き込まれ、様々に歪み潰れた自分の姿が、静かな流れに乗って離れ始めた。

もう少し。

もう少しで、俺は離れていく。じわじわと引きずり込んで、二度と外に出ることのできない深淵の渦は、角田や俺といわず誰もが抱えているもので、巻き込まれながら、さらに自ら作っているものだ。

三味線の音になりきり、モノローグからも逸《はぐ》れようとしてみる。俺が解けて、何者でもなくなり、ただ、海の音や風の音や雪が当たり前に舞うような自然のあり方のようなもの……。

「……風の音らすけ。光の音らすけ、幸坊。人の声でもあるんだよう」

祖母の声が胸の奥底から聞こえてきて、高木は自分流にアレンジしていた節を、メジャーからマイナー調にグラデーションをかけるように変えていく。何も意識していないのに、ピックを持つ手が動いて、左手もハジキ、スリアゲ、コキと糸の上を泳ぎ、旋律を奏でていく。三弦同時の解放弦から、低く太い音を叩き、柔らかく澄んだ一の糸の音を重ねた。

仄暗い雪の路地から白く霞んだ世界へと歩いていく自分の後ろ姿を追っていると、水銀の玉でも転がるようなピアノの音が静かに被さってくる。

「……色んな音があるろう？　哀しさや優しさや、寂しさや嬉しさやら、色んなもんがあるろう？　そういうもんが分かる男の方がいいんだよ、幸坊……」

高木はうっすらと目を開ける。雪の地平線に霞む人影に、深紫色の後ろ姿が重なり、淡く溶け始めた。エレーナが奥のスタンドピアノの前に座って、鍵盤に柔らかく指をのせているのが見える。ブロンドの髪が三味線の音に合わせて、金色の液体のように光っては流れ、ピアノからはジャズコードに似た響きが漂ってくる。

高木が高い澄んだ音を奏でると、エレーナが低くスモーキーな音で支え、逆に低く唸りを持たせると、水の上を反射する光のように軽やかに躍らせた。硬く尖らせ、強度をもたせた音をピックで弾かせると、同じように楔《くさび》のような高音で一緒に削いでもくる。

自然にフリージャズのセッションのような掛け合いになったが、エレーナのピアノはいわゆるジャズコードとは違った音を奏でていた。和音にしても、旋律にしても、何処かにロシア独特の深い哀感を帯びた音が混じっている。ラフマニノフのピアノ……。エレーナだけが知っている異国の夜の音がする。

漆黒の膨大な河に揺らめく光が見えて、その光の破片が滑るように離れては、形を変える。

ネヴァ河？　サンクト・ペテルブルグの街にいくつもあるという運河の光……。高木は水面を柔らかく躍る光の動きを、三の糸にピックの先を引っかけながら、輪郭を浮き立たせる。と、エレーナが河の大きな流れを感じさせるような和音の塊で支えた。その十個もの音を重ねた和音にも、スラブ音楽特有の憂愁が孕まれている。

薄明かり……。紫の層雲が重なり、奥に銀色の光を溜めたような仄明るい曇り空と、その光を受け止めた大きな運河がパースペクティブを作っているのが浮かんできた。両岸の森や尖塔などの黒いシルエットが続き、運河を跨ぐ緩いアーチ状の橋……。

エレーナはそこを何度も歩いたのか、と思っているうちに、高い音で細かく下降する旋律のリフレインがきて、雪が一片、二片と落ちてくる。そこに風を吹かせて、舞わせ、躍らせるように、高木は左手で弾きを繰り返しながら、やはり音を下降させた。

エレーナが髪を揺らし、わずかに振り向きながら、高木を目の端で確かめる。伏し目加減の長い睫毛が覗き、青い瞳の光が瞬くのを見て、高木はまた強く糸を叩き、左手で音をうねらせ始めた。

雪が激しく降ってきて、河に斜めに吸い込まれていくのが見える。写真で見たことのあるエルミタージュ美術館……。そんな建物も、聖イサーク寺院の金色のドームも、ネフスキー大通りも、鉛色に吹雪き、影が遠く揺れるのだろう。

そして、エレーナが生まれ育ったモスクワも、雪が降りしきって、彼女の息を白くさせる。凍てついた通りに佇み、深いブルーの目で、その雪を見ていただろう幼い少女が、溜め息が出るほど綺麗な女になってピアノを奏でている。古町の雪の路地で遊び呆けていた自分もまた、それに合わせて三味線を弾いているのだ。まったく知りもしなかった道が繋がって、結ばれたかのようだ。

と、脳裏に広がっていたロシアの運河の雪景色に、見覚えのある風景が重なってくる。跨いでいた橋がいくつものアーチの暗がりを抱えて、雪に煙り始めた。自分がよく歩いた橋……。灰色に光る冬の信濃川が、体の中を通って、日本海へと滔々《とうとう》と流れていた。

エレーナが新潟の冬を奏でれば、高木は雪のロシアを奏で、また、高木が吹雪いた万代橋を弾けば、エレーナはロシアの運河を旋律にした。

時間にして、二十分くらいは演奏していただろうか。静かに収める形で、三味線もピアノも「nest」へと戻ってきたが、高木の額にはかすかに汗が光るほどで、自分でもこれほど音とそのイメージに膨らむ世界に没入したのは久し振りだった。仕事のことなどまったく忘れ、言い様のない昂揚感さえ覚えている。

「……雪、彦、さん……」

エレーナがスタンドピアノの椅子をゆっくり回す。紅潮した顔をして、白磁のような手を胸の前で合わせていた。

うまく弾けた、という余裕もなく、ただ、エレーナの過ごしたロシアの夜や自らの音に集中していただけで、自分でも分からない。エレーナ……、と、胸の中で呼びかけている自分がいたが、ソファに座って、じっと俯いていた老人の手前もあって、声に出せなかった。わずかに頷いて見せるのが精一杯だったが、何か、奥深くまで交わったような熱の熾《おこ》りを覚えて高木は目を伏せる。

「もう、私、とても、とても、感謝です。アー、私、こういう音、こういうピアノ、弾けたのは、初めてかも、知れません」

「……俺も、同じだよ」

そう答えると、エレーナは椅子から立ち上がり、高木の元までゆっくりと歩いてくる。エレーナが体を屈めるのを見て、何かと思っているうちにも、柔らかく湿った彼女の唇を頬に感じた。

「……雪彦さん、あんた、本当に、三味線弾きなんだな。悪かった……」と、嗄れた低い声で老人がいってきて、ようやく顔を上げる。皺の深い刻みに変わりはないが、眼鏡の奥の眼差しがずいぶん優しくなったように高木は思う。

「あんた、我流だと思うが、聴かせる。俺は、お世辞はいわんよ。……だが……、あんた、東京の人間じゃないな。新潟の男だろう、たぶん……」

老人は低く唸ると、ソファから立ち上がり、段ボール箱の上に投げ出していたジャンパーを手に取った。

「エレーナ……俺はしばらく出てくるからな。寄り合いがある」

「ああ、パパ。私も、お店に戻らないと……」

老人がカーキ色のジャンパーを着て、もう一度じっと見つめてきた時、高木は目の前が反転するような眩暈を感じ、息を飲んだ。

この男は……。

頭の奥にある記憶が明滅して、はるか昔、会った男だと錯覚している自分がいる。いや、すでに、あまりにも鮮明に記憶と目の前の男が一致したことに動揺し、その事実を拒もうとしているのだ。三味線弾きの雪彦と名乗っても、信用するわけがない。いやに絡んできた意味がようやく高木には分かった。

「nest」のマスターは、地方裁判所二階の閲覧室にいた老人だ。

黒のニットキャップやセーターで分からなかったが、今、カーキ色のジャンパーを着た姿を見て、競売物件の資料を憮然とした表情で見つめていた男だと気づいた。間違いない。そして、旧友の平野と廊下の長椅子に座って話していた時に、閲覧室から出てきて、自分達を一瞥していった男……。

高木が目を見開いた表情を読んだのか、老人は口角に力を込めて太い皺をさらに深めると、一回深く頷いて見せる。どういう意味なのかは分からない。口に出して、何の関係もないエレーナを混乱させるな、といいたいのか、それとも、おまえの正体は分かっている、ということか。

「……雪彦さん……、私、もっと、一緒に、いたいです。もっと、雪彦さんの三味線、聴きたいです。だけど、駄目。マネージャーがうるさいのです。そろそろ、お客さん、くる時間です……」

エレーナの声に我に返って視線を向けると、初心《うぶ》な形のいい眉を歪め、見つめていた。

高木は三味線の棹を握り、スツールから立ち上がる。すぐ近くにエレーナの少し上気した顔があって、生温かな女の息を感じると同時に、傾れてしまいそうなほど引き込まれるのを覚えた。と、「雪彦さん……。俺の名前をいってなかった」と、老人が自分の気持ちの揺れを遮るようにいってくる。

「渡辺だ……渡辺徳三。ナベでも、トクとでも呼んでくれ。エレーナと俺は、これから店を出るが、このまま、呑んでいてもかまわん。金はいらんよ。約束だからな。……ただ、必ず、また、ここにきてくれ。必ずだ。分かるな？」

念を押すようにいって、渡辺という老人は眼鏡の底から力を込めた視線で睨んでくる。競売物件を漁る不動産会社の男が、何故、新潟で三味線など弾いているのか、ということだろう。ならば、あんたの方は、何故、地裁の閲覧室になどいたんだ？　と高木も視線で示した。

ペテルブルグの夜に、古町の溜め息が混じり始めたのを感じる。

二　新宿よされチューン

九時ちょうどに東京駅に到着したMａｘあさひを降り、中央線快速に乗り換えて、新宿へと向かう。

すでに通勤ラッシュの時間帯になっている電車が、数時間しか寝ていない体に堪《こた》えた。高木は吊り革のバーにぶら下がるようにして、体のあちこちを圧迫してくる人々の動きに目を閉じる。

ＯＬの持った硬いケリーバッグの角が脇腹を突き、隣のサラリーマンが四つ折りにして読んでいる日経新聞の縁が首をくすぐる。シートに座って転寝《うたたね》している初老の男の髪は、車窓のガラスをポマードの跡で煙らせ、まだ振ったばかりの尖った香水のにおいが、鼻をついてもくる。後ろで、若いサラリーマン二人組が話している失業率の数字や、銀行の合併を報じる中吊り広告の太いゴチック文字などが、酒の残った頭の中を回った。

nestを出てから、そのまま湊町の借家に戻ったが、玄関戸に大家の五十嵐からのメモが挟まれていて、「清田さんという方、至急連絡くださいとの由。何時でも構わないとのこと」という文字を読んだのだ。

自分の携帯電話が通じないと見て、大家にまで連絡する執拗さに苛立ちを覚えつつも、焦って清田に連絡を入れれば、呂律《ろれつ》の回らない声が返ってきた。

「おいおいおいおいおいおーい、高木ぃ、もう馴染みの呑み屋ができたのかぁ。仕事熱心だなあ。感心するよぅ。ああ？　おまえ、送ってきたファックスな、見えないよぅ。コンビニのファックスなんて、駄目なんだよぅ。明日、いや、今日か？　会社にこい。用件は以上だぁ」

いつもの新宿三丁目近くの「ぶい」というバーで呑んでいたのだろう、電話の奥で、オカマのママさんの声が聞こえていた。エレーナの弾いてくれたピアノの音を大事にしようとしていた気持を躙《にじ》られたようで、返事もしないまま切ろうとしたら、先に清田の方から切られた。

代々木駅を通過するあたりで、超高層ビル群や都庁のビルが銀色に光って峙《そばだ》っているのが見え、高木はまた目を硬く閉じる。何本ものナイフのような残像が浮かんだ。

夥《おびただ》しい数の窓やゴチック風の堅牢さを帯びた矩形《くけい》のシルエットが、巨大な要塞を思わせる。

何年間も歩き続けていた北通りなのに、グロテスクなほど細かな直線が錯綜した都庁のビルを見るたびに、理由の分からない吐き気が込み上げてくる。トコブシのように、いくつもビル壁に張り付いた円形アンテナは、奇怪な行政が免疫不全を起こしてできた発疹だと、いつも思う。

三井ビル、住友ビル、第一生命ビル……新宿モノリス、NSビル……。唐突に発生したような高層ビル群が巻き起こすビル風に、ジャケットやネクタイが揺れはためいて、自分の顔を叩いてはいらつかせた。

ほんの数日間、新潟にいただけで、体じゅうの細胞が新宿の空気に違和感を覚えている。単なる錯覚だろうと思いつつ、都庁通りや公園通りを走るクルマや工事中の騒音を耳にして、胸の奥底に湊町の静寂の塊が沈んでいるのを感じた。

「……新、潟……か」

低い呟きを漏らし、自ら照れ臭さを呼び込んで嘲るつもりが、自分でも驚くほど地の声音になっていて、たじろぐ、というよりも諦める。同時に、峙ち寄り添うビル群の影が、箔でも剝がれるようにずれる感じがした。

もちろん、剝がれ落ちた超高層ビル群の影の背後には、やはり、当然のように同じビル群が林立しているのだろうが、その奇妙な隙間に滑り込もうとしている自分がいる。

ここは、俺の、場所じゃねえかもしらん……。

隙間にある空気が湊町や西堀の路地へと通じるのを感じながらも、あの小袋谷ビルの処理という現実に考えが及ぶと、気分が重くなる。

「……一体、俺は、何をやったら、いいんだよ……」

ふと大きく息を吐いた時、「nest」の渡辺という老人の顔が脳裏を掠め、高木は高層ビル群から視線を外した。

「……ただ、必ず、また、ここにきてくれ。必ずだ。分かるな？」

そういって強い視線で見つめてきた渡辺という男が、最初から自分を不動産関係の人間だと分かっていたのは間違いない。渡辺もまた、何故、地裁の閲覧室になどいたのか……。深い皺を刻んだ厳しい顔を思い浮かべるうちにも、柔らかな感触が訪れて、エレーナの指先が胸の奥を優しく叩きもする。

エレーナのピアノ……。

ロシア、スラブの音……。

昨夜のピアノの旋律を思い起こしながら、高木は巨大なペデストリアン・デッキから高層ビルに入ろうとした。と、ジャケットの内ポケットに入った携帯電話が鳴る。

総ガラス張りになったエントランスホールの壁に自分の影が映って、強いビル風にコートやネクタイを揺らし、髪を乱しているのが見える。慌てて携帯電話を取り出す姿が何か無様な感じで、いかにも営業のサラリーマンをしている。

液晶表示を見ると、順子からだった。

携帯電話を耳に当てがい、視線を上げると、ホールの中にいる警備員が無表情な顔で見つめていて、高木は背中を向ける。

「ああ、幸彦……。昨日はごめんね。あれから、連絡できなくて……」

ビル風のせいで、順子の声が小さい。何のことだったか、と思い出そうとして、中目黒駅に東横線が入ってきたといって切ったことかと辿り着いた。

順子からの電話が、いったん、新潟にいる自分を経由して入ってくる感じで、まだ距離があるような錯覚を起こしたが、今は、会社の入っている西新宿のビル前にいるのだ。

「何か、凄い風、ね……。今日は、そっち、風が強いの？　それとも海の近く？」

風のせいで、ざらついたノイズに掻き消えそうな順子の声に、高木は目の前に建ち並ぶ都庁やホテルなどのビル群に視線を彷徨わせた。一瞬、冗談のつもりで口にしようとした軽い嘘が、奇妙な音を立てて胸の中に落ちる。

「ああ。寄居浜の近く……俺が生まれ育った所……」

「……そうなんだ……」と、順子が声を落としていうのが電話の奥から聞こえる。すぐにも、本当のことをいって順子を驚かそうとしているのに、何処かで、妙に白々とした無感情の塊を抱えているもう一人の自分もいた。

一体、俺は、どういうひねくれ方だよ……。

もちろん、順子への気持が離れたなどということは少しもない。単純に、ファックスが不鮮明だからという理由で出社を命じられ、今、ビル前に従順にも佇んでいる不快さが思わせているのだ。

と、今日はクルマではないのか、その清田が遠くペデストリアン・デッキを歩いてくる姿が見えた。

「順子……悪い。取引先の人がきた。また、後で、かけるよ」

「あ、幸彦……私、今日、新潟へ……」

清田が自分の姿に気づいたのか、片手を上げているのが見える。丸めて持っているのは、いつも愛読しているスポーツ新聞だろう。

順子のいいかけた言葉の尻尾が引っかかったが、恰幅《かっぷく》のいいダブルのスーツを着た清田の姿が近づいてくるのを見て、そのまま電話のＨＯＬＤボタンを押した。

……いや、順子は、確かに、「新潟へ」といったのだ。「今日、新潟へいく」といいたかったのだろうか、と思うと同時に、小さな眩暈がきて、高木は目を閉じた。

すべてのタイミングは、悪い所で一致する。自分自身が呼び込んでいるのだろう、あまり有難くない要素が、当然のように自分の手元で束ねまとめられるのは、慣れてしまったといえば、いえるかも知れないが……。

「清田……あんた、俺に、新潟の物件は任せるんだろう？　ファックスが見えないから、来社しろ、だと？　ああ？」

清田課長の口調を真似て、胸中、唾棄するようにいいながら、近づいてくる男の姿に高木は姿勢を正して、無理にでも笑みを作った。

「……また、『ぶい』で、オカマ相手に呑んでたんか？　俺は、ロシアの若いピアニストとセッションらぜ。……おめえには、絶対に、分からねえことらっや。清田……」

清田が故意に下卑た表情をして、顔を顰めている。目の下にクマを作った鈍く粘った視線を向けてきて、もう一度、持っていたスポーツ新聞を軽く上げて見せた。

「おはようございますッ」と、高木は大袈裟なほど丁寧に頭を下げ、自分の靴先を見つめた。まるで体育会のガキだ。

「おぅおぅおぅおぅ……高木ぃ。今日は、どうした？　小袋谷、落ちたのか？　いい知らせ、だろうなあ、おい」

そういって、握っていた新聞で、自分の腰あたりを軽く叩いてくる。ォンジ色のチェーン柄のネクタイがいやに目立って、バランスが悪い。

「課長、新潟地裁の競売物件の資料をお持ちしました」

「資料……？　何だ、そりゃ」

肉厚の脂ぎった清田の顔を、いきなり張り倒してやりたい衝動が起きるが、高木はわずかに目を伏せて笑みを浮かべるだけだ。

スイッチを切る。そうだな、清田？　やりにくい客には、スイッチを切り、脳味噌をツルツルにして相手しろ、だった。

「一応、堅実に開発できるビルを、いくつかマークしてきました」

エントランスホールへの自動ドアに素早く手をかざして、清田の前で開く。清田は無視したまま、大理石を模した床にエナメルの靴音を大きく立てて、エレベーターホールに向かっていく。その間に、携帯電話の液晶を確かめたが、順子からの着信表示はなかった。

「高木、下川部長に挨拶しとけよ。小袋谷ビルは、すぐにも落とします、だ。分かったか？」

エレベーターの中に入ると、他のテナントの者も乗り合わせていたが、低い野太い声でいってくる。

エントランスホールから三十階まで途中通過のエレベーターが、かすかに横揺れしながら、一気に加速をつけて昇った。頭の芯が重力に引っ張られ、鼓膜を圧迫される。懐かしい感じだと思うほど、本社から離れているわけではないが、何か血管の中に細かな気泡でも発生しそうだ。

体自体はあの鈍い小袋谷ビルのエレベーターに慣れてしまったのか。内心、冗談を過《よ》ぎらせていたが、すぐに昨夜の「nest」での時間が蘇り、何処か夢に似た感触も混じってくる。新幹線に乗ってぼんやりしている時に、エレーナのピアノと自分の三味線が奏でた狂詩曲のタイトルを、色々考えてもいたのだ。

ロシアの運河と信濃川の川面に反射する夜の光や、青い漣《さざなみ》を連想させるエレーナの瞳、まったく異なる土地に降る雪の重なりなどをイメージさせるタイトル……。

「小袋谷ビルは、どの程度のカミソリが必要そうだ、高木？」

階数表示の点滅を見上げていると、清田が丸めたスポーツ新聞で口元を押さえながら囁いてきたが、他の者達の耳にもはっきりと聞こえただろう。

「……カミソリ、というより、牛刀あたりが必要ですね、清田課長」

清田と一緒に四十七階で降り、薄いアイスグレーの色調のフロアに、足を踏み入れる。

一時期流行ったポストモダン風のオフィスだが、三国不動産の場合は洗練とか清潔とは程遠い。むしろ、フロアの無味な感じが、逆に中にいる人間の底知れない俗臭というのか、金と土地に脂汗を流している者のにおいを濃くして見せる。

壁に貼られた地図やノルマ表、接客用のいやに豪華な革張りのソファ、北側の壁上に備えつけられた神棚、その横の標語を入れた額などが、目に飛び込んできて、高木は一気に疲れが粘って体が重くなるのを感じた。

「あれッ、おはようございますッ。どうしたんっすか、今日は？」

声に振り返ると、内藤が紙コップを持って給湯室から出てくるところだった。熱いコーヒーでも入っているのだろう、唇を歪めながら紙コップの縁を摘むように持ち、高木を見ては恐る恐る足を進め、またコップに目を落としている。昨日もよく寝たのか、短いＧＩカットの髪の下で、日焼けした顔を少し浮腫《むく》ませてもいた。

「高木、競売資料、コピーして、俺の所に持ってきてくれや」

清田がスポーツ新聞を丸めた手を軽く上げて、奥のデスクに向かう。すでに、ほとんど出社していた者達がいっせいに、気持ちの悪いほど健全な声で挨拶をしていた。これも変わらない。中には仕事《そとみ》の手を止め、立ち上がって挨拶する者すらいる。「信頼、誠実、熱意」の標語同様、外見の笑顔や健全さとはまったく対極のどす黒さを抱えているのだ。もちろん、自分もその一人には違いない。

「内藤、おまえ、また、ウインドサーフィンかよ。顔、焼けてるよ」

「稲村ケ崎……」と、内藤は白い歯を零《こぼ》して、首を前に突き出す。

「で、今日、どうしたんっすか？　もう、新潟のビルのどれか、落札っすか？」

内藤が交互に紙コップを持ち替えている手から、「悪いな」と高木は取り上げ、一口啜《すす》った。いつもと同じ、香りのしない薄味のアメリカンコーヒーが、飲まなければ良かったと後悔させる。自販機のコーヒーの方がマシだ。

「……熱くないっすか？」

「……熱くないよ」

あまりに無意味な内藤との会話も、いつもと変わらない。

紙コップのコーヒーと自分の顔に視線を往復させている内藤を見て、高木は思わず乾いた笑いを漏らす。

「内藤……おまえ、仕事、楽しいか？」

「……楽しい、わけ、ないじゃないっすか」

GIカットの額に奇妙な皺を作り、内藤が顔を顰めるのを見て、高木はもう一度唇を歪めて笑った。零細の不動産屋でも扱いかねる物件を集めて、ブラックなルートに回し、仲介料を取るという、フロアでも辺鄙《へんぴ》な仕事を担当している。清田達は「ジャンク」と呼んでいるが、そのルートが三国不動産では重要な下地の一つにもなるのだ。シノギに汲々《きゆうきゆう》としている暴力団は、いつでも立ち退きのための「カミソリ」役を買ってくれる。

「俺、それ、清田にチクるわ。内藤が仕事、楽しくないといってます。辞めたいといってます、ってな」

「やめてくださいよ……」

もう一口紙コップのコーヒーを啜り、内藤の手に返す。内藤からすれば、自分も清田課長のように見えるのだろうと思う。内藤はそれでも返されたコーヒーに口をつけて、「熱《あち》いッ！」と声を上げていた。

「新潟の競売物件の資料、ファックスが見えないんだってよ。それで、呼び出された」

「それだけで？　マジっすか？　……いや、でも、俺が高木さんからのファックス受け取って、えらい綺麗に出てましたけど……」

「清田の気分としては、よく見えなかったんだろうな……」

内藤が吹き出してから、その笑いを飲み込むように、真面目な面持ちを作って見せる。高木も肩を軽く竦《すく》めると、ネクタイのノットを緩めながら自分のデスクへと向かって歩いた。

と、西側の窓近く、奥から二番目にある自分のデスクに、川成という、ほぼ自分と同じ年の男が座っていて、何か一心にコンピュータのキーボードを叩いていた。何人かの者達が挨拶をしてくれるのに答えつつ、デスクに近づくと、すでに机上には川成の書類や六法全書などの辞書類やら、湯呑み茶碗までが置いてあった。いや、正確にいえば、自分の使っていたデスクではなくて、川成のデスクがそのまま、西側の奥二番目に移動されていたのだ。

つまり、三国不動産渉外課のフロアの何処を探しても、自分のデスクはないということだろう。

少なからぬ動揺を隠し、高木は自分のデスクのあった場所を素通りする。一瞬、川成の視線がコンピュータのディスプレイから上がったが、高木は軽く頷いて見せるだけだ。それでも、何処か川成の表情に微妙な色が浮かんでいるのを見逃さなかった。

緩慢なリストラを食らっている自分に対して、ある種の同情を川成は覚えているのだろう。いや、フロアにいる同僚全員がそう思っているに違いない。流れに任せて漂わされた浮子《うき》になった気分だ。一応、餌がついている限りは、いつまでもだらしなく流されて、そのうち餌が水にふやけて使い物にならなくなっても、あるいは、逆にでかい獲物をヒットしても、それと同時に浮子は捨てられる。

「課長。この資料をお渡しします。それと、こちらの方は白地図の控えにマークしたもので、大体の資産価値を付記してあります」

清田はアームのついた革張りの椅子に腰かけ、ふんぞり返った恰好で新聞を広げている。今度は日経新聞で、うるさそうに視線を投げてきた。机の上の巨大ともいえる湯呑み茶碗を摑むと、神経に障るほどの音を立てて茶を啜る。三丁目あたりの寿司屋で貰った茶碗なのだろうが、高木が調査部から渉外課に移ってきた時から同じものを使っていて、茶渋が縁にまでこびりついた年季物だ。

「ああ？　高木ぃ。……俺はさ、その四つ折りやら八つ折りやらが嫌なんだよ。だから、コピーなんだよ。ピンッと折り目のない奴をくれよ。それ、持ってきてくれたら、後はいいから。下川部長にはな、挨拶な」

高木が頭を下げて踵《きびす》を返そうとした時、「ああ、高木ぃ」と思いついたように声をかけてくる。

「他の物件は、まあ、良心的な処理ができるだろうがぁ、小袋谷ビルな、何としても落とせぇ。借家人の代替店舗とか、ビルの開発なんて、考えるなよぅ。分かるな、高木ぃ。……で、郵送でも良かったが、ついでだから、あれ、持ってけぇ。あのぅ、あれだ……」

口を歪め、煙草の脂《やに》で汚れた歯を剝き出しながら、拳で額を叩いている。

「あれだよ、高木ぃ……あれ……」

一人で苦悶の表情を浮かべ、やたら額を叩いては、自分を指差してくる清田の姿を見ていて、高木は目を伏せる。

知るかよッ、清田ッ。

一気に、目の前にいる清田から気持が逸れて、自分の中へと入り込んでいく。

胸中に浮かんでくるのは、やはり、昨夜の「nest」でのエレーナとのセッションだった。スラブ系の茫漠とした哀感や熱の昂ぶりをピアノで奏でたエレーナにも息を呑んだが、三味線の音自体になりきって、自分の居場所さえ忘れてしまうほど集中し、没頭していた自らに驚いたのだ。

今、自分がこうして、不動産会社の渉外課の人間として、上司の前にじっと立っていることの方が奇異な感じで、嫌な夢でも見ているのだろうかと本気で思ったりする。新しい音を編む三味線弾きを夢見ているのではなくて、三味線弾きの自分が、気紛れに不動産の営業をやっている男を思い描いているような感じでもあった。まるで、幼い頃、午睡から覚め、現実と眠りの世界とが溶け合ってよく分からず、朦朧《もうろう》としていたような状態に近い。

エレーナ……エレーナのピアノ……と、胸の中で呟いているうちにも、目の前に座っている清田の唸り声が強くなって、また高木は我に返る。

「……保証金証明書、のことですか？」

「あぁッ、それだッ、高木ぃ。……それ、持っていけぇ」

自分から口にして、ふと思い出していたエレーナと奏でた夜の豊かさに、煩雑な現実が戻ってくる。

入札参加のために必要な買受申出保証金の証明書……。三国不動産は銀行と支払い保証金委託契約を結んでいて、保証金の振込証明書を提出する必要がないかわりに、委託契約証明書を提出すればいい。

入札する物件を決定する前に、証明書を持っていって、何も考えず、取りあえず押さえろということだ。もちろん、売却代金は、元の物件に融資していた銀行が協力してくれるという、立ち退き人や所有者からしたら、とんでもなく理不尽なカラクリで事は進む。

「……高木ぃ。おまえ、この数日で、顔、変わったなぁ。何だ……酒と、女と、魚と、涙、だなあ。田舎に食われるなよ、おい。ああ?」

清田は新聞に目を落としたまま、こっちも見ずにいって、また大きな湯呑みで茶を啜った。

「課長、次にこちらにくる時は、新潟名物の笹だんご、土産にお持ちしますよ」

鈍い視線が一瞥してくる。

「涙で、しょっぱい笹団子だろうなぁ、高木ぃ。ああ?」

一二　Ｍａｘあさひ３１９号

東京駅ホームからも、何度、順子の携帯電話に連絡を入れても繋がらない。電源ＯＦＦか電波不達のメッセージが流れるだけだ。

おそらく、あの電話の切り方から想像して、すでにいくつか前の新幹線に乗っているということも考えられた。仕事以外では、ほとんど行動的とは対極的な順子の性格だが、唐突に閃《ひらめ》いたことに関しては、こちらが唖然《あぜん》とするほど動いたりする。

高木はデッキからシートに戻り、ネクタイを緩め、そのまま少し荒い手つきで襟から抜いた。車窓に大宮付近の街の混沌とした風景が広がってきて、高木は遠く、街とは無縁の層雲が空を掃いているのを眺める。

「……一体、この、有様は、何なんだ……」

真っ白な層雲の下を、夥しく重なり、矩形の鱗を思わせるビル群の街が、ゆっくりと角度を変えながら車窓を移動していく。犇《ひし》めき、群がり、高さもその欲望の大きさに比例して無秩序そのものだ。巨大な看板から、目を凝らさないと見えないほどの看板まで、ビルにへばりつき、突き出して、街をさらに雑にしている。

「……何処、も、同じ、か……」

まだ東京に出てきたばかりの頃、その人間の欲や動きをそのまま形にしたような街が面白くて仕方がなかった。垂れ下がり群がる電線や、広告灯やイルミネーションの悪趣味な色遣い、電話ボックスの中に貼られたピンクチラシ、ゴミ集積場を陣取る烏の群れ、そして、人、人、人……。

親に勘当されたことなど痛くも痒くもなく、ようやく自分の好きな音楽で生きていけると誤解した若い自分……。東京の街の猥雑《わいざつ》さや人々の息を深呼吸して、能天気にやたら元気になるだけだった。要するに、生活がない。バイトなど高が知れていて、すぐにも街に飲み込まれ、いつのまにか三国不動産に拾われていたようなものだ。

間近を過ぎるビルの窓から、会社のフロアの風景が見えて、整然と並べられたデスクに俯いているワイシャツ姿の人々が覗き、そうかと思うと、違うビル窓から、中華レストランのテーブルの間を赤いジャケットを着たウエイターが疲れたように歩いているのが見える。

すぐにもレストランの長い窓は、車窓を流れてしまったが、一瞬見えたウエイターの陰鬱な顔が何処か自分に似ている気がして、高木は「……危ねえ……」と奇妙な声を漏らし、目を伏せた。

「……かなり、きているよ。……ギリギリの所まできている……」

大宮駅近くの中華レストランの窓から、上を走る上越新幹線の影に視線を上げている自分がいても少しもおかしくはない。

不況のせいで客がほとんどこなくなった店で、赤いクロスに覆われたテーブルの間をぼんやり歩く。そして、十分置きくらいに新幹線の上下が通過するいつもの風景を眺めているのだ。

過ぎっていく車窓の中に、じっと同じような陰鬱な顔の男が見ているのを認めて、ニヤリとするのか、憮然とするのか。ただ、やはり、あいつは一体何を考えて、新幹線の車窓から自分を見下ろしているのかと、車内の男になりきって外から見えるレストランの風景を想像するのだろう。

捩《ねじ》れた想いが、自分とレストランのウエイターを逆転させ、迂回するように戻ってくる。

何でもありうる。どうやって食っていこうが、あまりにも自由で、また、食わないで野垂れ死にすることも、自由だ。リスクさえ考えなければ、すぐにも崩れへの誘惑に傾《なだ》れ込みそうな気持を抱えていて、中華レストランでウエイターをやっている自分も同じことを考えただろうと高木は思う。

「……涙で、しょっぱい笹団子、だと、清田？」

フロアから自分の机が消えていた風景が蘇り、むしろ、黒い笑いの泡粒が体の奥から立ち上ってくる。

「……甘くも、しょっぱくもねえさ。いっそ、何か悪いもんでも入れてやろうか、清田

「……ああ？」

笹団子をくわえながら、太い静脈の浮き出た首を押さえて、もがき苦しむ清田の顔が浮かんで、高木は頭を振る。ずいぶん、不穏な想像をする……。そんな子供じみた自分に疲れ、シートの上で体を少しバウンドさせると、大きく息を車輛の天井に吹き上げた。

清田や下川部長に恨みを燻らせること自体が、すでに会社に飲み込まれているようで情けない。食うために他人の家庭や店舗を壊してでも、土地家屋を転がし、扱ってきたが、それでも、あんたらのように非情ではない。あんたらと同レベルになるのだけはゴメンだ。

高木はジャケットの内ポケットからドライブモードにした携帯電話を取り出し、何気なく確かめる。と、順子からの着信が表示されていた。

デッキに出ると、遠く高圧電線が何本も空を切り、枯れた田園風景が広がっているのが見える。

本庄あたりか……。

高木は背を屈め、畑の中にある巨大な中古車センターやセメント工場などを眺めながら、電話に表示された順子の着信履歴から呼び出してみる。上越新幹線の同じ風景を見て、順子は何を思ったのだろう。新潟駅に着いて、ただ呆然と、タクシーの犇くロータリーを前にしている順子の姿が見えるようだ。

三回の呼び出し音が鳴ると、順子の遠い声が答えてくるのが聞こえた。

「ああ、朝は、悪かった……。取引先の者がきたもんだからな」

時々、ノイズが入り込み、速度を上げる新幹線のモーター音と線路の軋みが邪魔をする。

「で、今、何処にいるんだ？」

何の返答もなくて、電波が届いてないのかと思っていると、予想以上に鮮明な順子の声が一拍遅れて聞こえてきた。

「……あなたこそ、何処にいるわけ？」

「……電車の中、だよ。ちょっと、聞きづらいか？」

耳を直接擦《こす》られたような音が荒く聞こえ、順子の漏らした息の音だと分かる。

「……何、前、話していた新潟線、でしたっけ？　越後線？」

「でしたっけ？」というういい方が引っかかり、高木は眉根を振り上げた。明らかに機嫌の悪い時の順子のいい方だ。車窓の下を枯れたススキの群生が波打ち、カーキ色に濁って過ぎっていくのを見下ろしながら、高木は無意識のうちにジャケットから煙草のパッケージを取り出していた。

「越後線だよ」

「……その越後線に乗っているわけ？」

何か婉曲的ないい回しが、会社での清田とのこともあって、いらつかせる。高木は煙草をくわえ、頭をデッキの壁に預けると、配電盤のランプを見上げる。ふと、小袋谷ビルのエレベーターにある階数表示のランプを思い出してしまい、視線を外した。

「だから、順子は、今、何処だ？　新潟駅に着いたのか？」

「新潟駅？　……私は、今、東京、西新宿の、三国不動産さんが入ったビルの前で、風に煽《あお》られております……」

西新宿？　順子は新潟へ向かったのではなかったのか？

ざらついたノイズが聞こえ、高木は顔を顰める。

分厚い掌で荒く耳を擦り上げられたような音が、新幹線に乗っているこちら側の電波のせいだと思っていたが、西新宿のビル風のせいだとは考えもしない。すぐにも、順子が冷たく遠い目つきをしながら、都庁の建物を見つめている顔が浮かんだ。不機嫌に凝り固まった順子の顔は、ぼんやりと目元から漂う気だるさが抜けて、むしろ、凜とした表情になる。髪をビル風に煽らせながら、掻き上げ、見据えるような尖った視線を西新宿の風景に投げているのだろう。

「……なんで、西新宿になんて、いるんだよ。新潟へいくとか、いってなかったか？」

「……幸彦、あなた、新潟の、寄居浜近くにいるって、今朝、いったわよね。海風が強いだなんて……。私、電話、途中で切れたから、今日は諦めて、いつものように仕事に出たんです。高田馬場に用があったから、ついでに、三国不動産の広告の版下を取りにきたんですけど……」

「……何だよッ……」

そのまま会社近辺にいれば、順子にも会えただろうし、携帯電話で連絡が取れさえすれば、焦って下りの新幹線に乗る必要もなかったのだ。順子の右の項にある小さな黒子が掠めたと同時に、肌の熱で柔らかくなったクリスタル系の香水のにおいが鼻の奥に膨らむ。

順子への想いがせり上がってきて、高木はくわえていた煙草を口からもぎ取ると、電話口に強く囁いた。

「順子……今から、新潟にこいよ。新潟駅近くで待ってる」

鼻から息を漏らしたのか、それともビルの風がまた入ったのか、耳元を扇いだような音が聞こえてきた。

と、新幹線のスピードが一段、二段と減速して、高崎駅にまもなく到着するという車掌の声が流れ、録音された英語の案内も続く。はるかむこうに山脈の青い稜線を覗かせているが、灰色のビルばかりが立ち並んだ、捉えどころのない感じの街がゆっくりと車窓に流れ始める。

「……高崎、ですかあ」

順子の故意に力を抜いた呟きに、高木は目を細める。ついさっきまで、順子を感じたいと思っていた気持ちが硬く凝《しこ》って、腹の底に音を立てて転がるのを覚えた。

「でも、あなた、なんで、新潟にいるなんて、いったわけ？　会社にいたんじゃない。内藤君がいってたわよ。朝早くからきてましたって……」

　デッキのドアが開き、高崎駅で乗り降りする者達が、自分の脇を交差する。高木は携帯電話を耳に押し当てたまま、反対側のドアへと寄って、背中で牽制した。すぐにも発車ベルがホームに鳴り渡り、またそのうるさいほどの音が電話に入っていると思うと、バツの悪さに不快な気分がさらに捩れる。

「だから、冗談だよ。すぐに、西新宿にいると伝えて驚かそうと思ったんだ。だけどな、あいにく、清田課長がきたんだよ」

　新幹線が動き出したが、デッキから車輛へと遅れて入っていくサラリーマンに、自分の話し声が聞こえているのではないかと耳の縁が熱くなる。いい年こいた男がいい訳している電話に、誰が聞いても相手が女だと分かるだろう。「驚かそう」などという幼稚な言葉を耳にして、平和な悶着を起こしている男に、嘲りの笑いを胸中で零しているに違いない。

「……そんなことは、私、知らないわよ。大体、驚かそうだなんて、そんな、子供みたいな……いい趣味だとは思えませんけど、私には……」

「そう、かもな……」

　自分の声が自覚以上に不貞腐《ふてくさ》れていて、さらに、嫌な穴を掘っていく。順子と時々やる口喧嘩の、いつも経巡る重苦しいパターンだと思っているうちにも、東京土産や弁当を案内する素人っぽいアナウンスが流れる。

「……そう、かもな、ですか。……まあ、いいわ……。幸彦……、だったら、今すぐ、戻ってきて。上りの新幹線に乗り換えて、新宿に戻ってきてよ。京王プラザのロビーで待ってるから。何時間でも待ってるからッ」

少し語気の強い言い方をしてから、それを飲み込む息遣いに、順子が冗談ではなくて本気でいっているのは分かった。

「……何、いってんだよ。俺はこれから、また地裁にいって、すぐに入札書を提出しないといけないんだよ。今から、戻るっていってもな……」

「あなた……、新潟に転勤になってから、ずいぶん、元気そうになったって、内藤君が……」

と、いきなり目の前の車窓が闇に遮断されて、トンネル内の轟音が邪魔をする。呼びかける間もなく、電波が途切れ、電話はすぐにも切れた。

脂や空気の汚れが染みついた車窓の曇りが、トンネルの闇のせいで紫色に煙っているが、目の焦点を合わせれば、ガラスの角度でつんのめるように映った自分の姿がある。

携帯電話を耳に押し当て、深く眉間に皺を刻んだ顔が榛名《はるな》トンネルの闇を睨みつけている。ネクタイを外したシャツ襟の開きと、デッキの明かりの影になった顔が、いかにもすさんでいて、それが一五〇キロ近くの速度で走っている新幹線にただ乗せられて移動しているのだ。暗澹《あんたん》として寂びれた気分だ。

携帯電話に表示されたアンテナのマークには、一本も柱が立っていない。トンネル内の轟音に巻かれながら、闇の中に点滅して過ぎっていく明かりの残像が、形を変えていくのを見やるだけだ。

「……元気そうになったって……。そうだよ。俺は、おまえからも解放されて、元気にもなるさ」

唸るように口にした自分の声も聞こえない。ただ、体の中に鈍い響きが籠もったが、思ってもみないことを零した自分に燻る。

「……これが、いわゆる、距離、という奴か……」

また体に響くだけの声を出しながら、高木は何度も発信履歴を利用して、順子にかけ直した。電話を耳にも当てず、ただ、何度も受話ボタンを押しては、切るのを繰り返す。

「ロビーで待ってるから」と、苛立ち紛れに零した言葉のようでいて、順子は実際にそうするのではないか……。そんな疑念が頭をもたげてくる。

いや、むしろ、確信に近い。自分が今から乗り換えて戻るなどということは思ってもないだろうが、待っているという彼女自身のアリバイにこれからの付き合いを委ねたいと考えているのではないか。はっきりと自覚していなくても、順子という女は、何処かに残酷に近い若さを抱えている。

「……で、俺は、戻る、と思うか？　幸彦さんは、戻るかよ？」

不穏な泡立ちが胸の中に湧き上がってきて、妙に焦りを覚え始める。

普段なら笑って済ませるようなことに違いないのに、何か、順子との距離が一気に広がっていく気がして、高木はまた車窓に映る自分の顔を睨みつけた。

油粘土で作った塑像《そぞう》のような中に、目だけが異様に熱を帯びて濡れ光っている。腕時計を確かめ、次の越後湯沢あたりで乗り換えることを考えている自分に、舌打ちし、頭を振った。

と、いきなり、目の奥を摘まれたような眩しさに、高木は顔を顰めた。吾妻《あづま》川だろう、銀色に光って蛇行する川と紫色に霞んだ山間の風景が車窓に広がり、群生する木々の枯枝が煙ったように見えてくる。

もう一度焦る指で発信履歴から順子へとかけてみた。液晶表示に、順子の番号がゆっくり横に流れ始める。とにかく、京王プラザで待つなどということはするな、と伝えたかった。

繋がったか、と思った刹那、また轟音とともに闇が瞬時に降りて、電話が不通を知らせる。

「何だやッ」と短い声を上げ、強く握った携帯電話を宙に振り上げていて、その影が車窓に映っている馬鹿馬鹿しさにまたゆっくりと腕を下ろす。

「……こういうもんだろう。こういうふうに、世の中、動いているんだ……」

携帯電話の電源を切り、ジャケットの内ポケットに滑り込ませると、片方の手に握っていた煙草が汗で形を崩しているのに気づいた。インディアンペーパーが綻《ほころ》び、煙草の葉が掌にまぶしたようについている。さらに煙草を握り潰し、デッキに備え付けの灰皿に捨てた。

車輛に戻ると、さっきまで空いていた隣の席に、中年のサラリーマンが腰掛け、弁当を貪り食いながら、モバイルの画面を見つめている。青と赤のシンプルな色で分けられた棒グラフが並んで、その下に、二本の曲線が交差している座標軸も添えてある。靴を脱ぎ、女物の黒いストッキングのように踵が透けたソックスの足を投げ出した男に、隣に座る気にもなれず、高木は別シートに腰を下ろした。

「……電車に乗ってまで、仕事すんなやな。……世界はな……あんたが考えているほど、あんたを、必要としちゃあいない……」

ひねくれて呟いた言葉は、自分にこそ向けられるべきものだとも思う。だが、逆に、順子と別れても、会社をクビになっても、何処までも自由ということだ。

そうだろう? ユキヒコさんよ。ああ?

一三　成り行き

津軽三味線の撥《ばち》の音は、耳というよりも、体全体に残る。弦楽器であると同時に、打楽器に近いせいもあるだろう。

順子や清田課長のことを引き摺りながらも、湊町の借家に戻って、ふと、床の間に立てかけた三味線が目に入り、それから貪るように高木は弾き続けた。地方裁判所への用事を先に済ませるべきだと思いつつも、何か、胸に靄のように広がったものを払拭しようと、三本の糸を叩きに叩いた。

慌てて借家を出て、広小路を曲がった時には、すでに五時過ぎで地裁にも間に合わない。ただ、耳の奥で、鼓膜を直接叩くような撥音が硬く、鋭く、残る。糸を弾いたと同時に、撥先が皮を叩いて、チッチッとリズムを刻む三味線特有の音が、荒《すさ》んだ気持ちを削るようで心地良かった。頭の何処かを麻痺させる感じが、ある種のトリップに近いのではないかと高木は思う。

暮れ落ちた広小路の街灯が、アスファルト道路を鈍色《にびいろ》に反射させ、時折、ヘッドライトの眩しさが過ぎっては消えていく。信濃川からの風のせいだろう、水の濃いにおいが鼻先を掠め、サワサワとした乾いた音を追えば、街路樹の柳の枝々が一様に揺れていた。

「……京王プラザホテルロビーと……新潟広小路、か……」

極端に偏りながらバランスを保っている自分と順子を想像したが、もし、順子が本当にロビーで待っているとしたら……。すでに彼女は片方の極から降りているかも知れないとも思う。ロビーのソファに座りながらも、間違いなくまるで無関係な方向を見始めているだろう。

順子はまだしも、あれから年甲斐もなく意固地になって、電話を入れなかった自分に、また少しずつ苦い気分になってくる。重い測鉛《そくえん》でもぶら下げられて、気持を下に引っ張られる感じだが、その錘《おもり》の先には、すでに順子はいない。ただ、宙で虚しく揺れ動いているだけなのだ。

西堀前通に入ると、犇いた呑み屋の明かりと、店の換気扇から漏れてくるアルコールや煙草のにおいに、ふと力が緩むのを覚える。狭い路地を灯した多くの看板の明かりが柔らかく見えた時、高木は、コートの内ポケットに入札関係の書類を入れているとはいえ、今日の夜はただの客になろうかと思う。

借家を出る時に締めた地味なネクタイを抜き、ポケットに押し込む。ワイシャツの襟ボタンを一つ外すと、冷たい空気が喉元から胸に差し込んできて、高木は吠えるような大きなクシャミを路地に響かせた。

バー卑弥呼、スナック・アポロ、バー友紀、寿司量、ピンクオアシス・オリオン……。

看板の明かりに浮かんだ酔客達の影を見やりながら、高木はズボンのポケットに手を突っ込み、ゆっくり路地を歩く。黒い脂の垂れた換気扇から焼き魚の煙が噴き出し、店の奥から男達の酔った笑い声が聞こえてくる。少しいけば、カラオケのダミ声。出し抜けに上がる嬌声や、何処かの座敷で芸者を上げているのか、三味線の音も聞こえていた。

ラウンジ司、割烹五千石の前にきて、高木は、小袋谷ビルの薄暗いエレベーターホールに視線をやった。ちょうど、三人のサラリーマン達がほろ酔い加減でエレベーターに乗り込むところで、蛍光灯の震えた光に、何か男達が二度とビルから出てこないような、奇妙な終末観を覚える。

「……お互い、難儀らな……」

男達が、実際、どの店で呑むかは分からないが、何時間かして、まったく別人のような顔をしてビルから出てくるのだろう。機嫌が良くなろうが、悪くなろうが、酔いに潰れ、置き去りにされた様々な感情の澱だけが、小袋谷ビルに溜まっていく。

エレベーターの中に入った三人のサラリーマンが、ただぼんやり正面を向いて、扉が閉まるのを待っている。蛍光灯の光のせいで、眼窩や頬骨の影だけが見え、曇りガラスを通したような、仄暗い顔が並んでいた。

高木は左手をゆっくり伸ばして、木の扉を押しかける。掌に冷たい金属を感じて、ふと見ると、ちょうど、ダローガ99の真鍮の文字に触れていた。開きかけたドアの隙間から漏れてきたのは、ターニャだったか、店の女の子の一人が好きなユーロビートの煽るような安っぽい音楽だった。

「ああ、雪彦さんッ」

ユーロビートに紛れ、エレーナの声が聞こえてきて、店の中に視線を流すと奥のボックスシートから立ち上がろうとしている姿が見えた。さらに奥のボックスに二人連れのサラリーマン、カウンターには中年の客が一人いて、それぞれ、隣についた店の女の子達に手を取られたり、逆に肩を抱いたりしていた。

微笑みながら近づいてくるエレーナを見て、高木はふと軽く息を漏らす。客に対する営業用の顔だと分かっていても、体の底が温く緩んでいくのを感じた。

「雪彦さん、どうぞ、どうぞ。よく、いらっしゃい、ました」

客を招く決まり文句が、イントネーションの不自然さを露わにして、その拙《つたな》さが逆に可愛らしく聞こえさせる。黒のノースリーブのニットが、肌の白さを強く浮き立たせ、髪の色のせいもあって、ぼんやりとハレーションを帯びているようにも見えた。

「ちょっと、寄らせて貰ったよ、エレーナ」

「たくさん、いてください。もう、私、昨日の、音楽……三味線、エキサイト、しました」

両拳を握り締めて、胸の前にやっている。血の逃げた拳の白さに透けて、薄青い静脈がはっきりと見える。何か、大理石の小さな塊を磨き上げたような拳だ。

エレーナが一瞬表情を素に戻したと思うと、振り返り、ボックスに座るロシアの女の子に声をかける。座っていた黒い髪の女が目を見開いて、唇を「OK」と動かした。そして、高木を見て、大袈裟な仕草でギターでもかき鳴らすようにして見せる。たぶん、エレーナが自分の三味線の話をしたのだろう。

「アイラ、スパスィーバ」

アイラという女がシートを立ち、カウンターへと移る。口髭を生やしたマネージャーが、カウンターの中から一瞥してきたが、自分の目と合ってすぐに視線を落とした。客のにおいと、鉄板かパンクかを確かめているのだろう。つまり、財布の中身だ。

「どうぞ、雪彦さん。ここに、座ってください」と、エレーナが腕に華奢な手を通してきて、ボックスシートへと導いた。

「雪彦さん。昨日のお礼です。私、いっぱい、サービスします」

「……サービス？」

エレーナのつけている香水が鼻先を掠め、店に流れるユーロビートがさらに激しく電子音を重ねてくる。簡素な合板のテーブルには、さっきまで座っていたアイラのメンソール煙草や、ガラス瓶に入ったキスチョコレート、銀色のトレイにのったウイスキーのボトルや伏せたグラス、紙ナプキンが無雑作に置いてある。

エレーナの目を見つめると、青い瞳をわずかに上下させて、形のいい唇の横に小さなエクボを浮かべていた。

エレーナの口にした「サービス」という言葉が引っかかって、高木も彼女の顔に視線

のデートクラブを連れ出し、ホテルで数をうろつかせる。「ダローガ99」という店は、やはり、ロシア女性専門のようなものなのか。少し酒を呑んで、気の合った好みの女性を連れ出し、ホテルで数時間過ごすというシステムだ。新潟古町にも、風俗系の店がかなり多く浸透し始めたと聞いている。出張前に、そんな話を内藤と会社で馬鹿面を下げてしていた自分の愚かさを、いかにも中年の域に入ってきたもんだと頼もしくさえ思っていたが……。

一気に、若いロシアの女流ピアニストの顔が、客の欲望をくすぐり、駆け引きする商売の顔になった気がして、反射的に眉間を曇らせていた。

もちろん、食うための仕事を馬鹿にしているわけではない。単純に自分が、いわゆるロシアン・パブの客の一人として見られたことに失望したといえば、あまりにガキ臭くて、羞恥に黒ずんでしまう気分だ。

さっきまで、一酔客になるのだと思っていたというのに、自覚以上に残っていたプライドみたいなものが露わになって、むしろ、それに対して失望したといった方がいいかも知れない。三味線とピアノのセッションを交わした夜を、小さな革袋に入れた宝石のように大事にしているのは、自分一人だったと……。

「雪彦さん、どうしましたか？」

「……エレーナ。宝石の中で、一番好きな石は、何だ？　トレジャー・ストーンだよ」

エレーナの眉根が開いて、聡明さがさらに澄んで見えたが、宝石にというより、唐突な質問に対して反応しているのだとは分かった。

「……どうしましたか？　雪彦さん。音楽に、関係ありますか？」

「音楽に？　……あるといえば、ある」

「……アクア……マリン、です」

透明を重ねた果てに、薄青い光を秘めたような静かな石に虚を衝かれた感じで、高木がエレーナを見つめると、さっき覗かせた店の女の顔が消えている。

「エレーナ、サービスって、何だ？　この店のシステムのことか？」

一瞬、怪訝《けげん》そうな表情を見せ、エレーナが眉を寄せる。と、軽く半開きにした唇をさらに広げた。慌ててソファの上にあったノートを手に取り、ページを捲《めく》る指が、滑らかに鍵盤を踊っていた指遣いを思い出させる。

太字のボールペンで、ロシア語やひらがながびっしりと書き込まれたページが捲られていく。筆圧のせいか、ノートの紙が粗悪なせいか、ページが撓《たわ》んで乾いた音を立てた。

「どうした、エレーナ？」

「違うのです。サービス、ではなく、プレゼント……。ウーン、日本語の……、お酒、ただです。私がプレゼントするのです」

ブロンドの髪がノースリーブの肩に流れて、揺れている。砂金を零し続けているような光の奥で、眉間に淡い皺を寄せて、真剣に目を落としている顔がある。通っていたというモスクワの大学で、勉強でもしている時の表情を覗いた気分で、まったく違う土地で生まれ育った異国の空気を感じる。

「……奢り、のことか？　奢ってくれるってことか？」

「ああッ、それですッ」と金色の髪を跳ね、エレーナは顔を上げた。パールの入った薄いルージュの唇に、一筋の髪がくっついて、それを指先でしきりに払うと、肩に垂れた髪を両手の甲で送り、目の端をそよがせた。腋窩《えきか》が覗いて、エレーナの体臭が開いた気がし、ふと彼女の体を想像する刹那に、順子の顔が過ぎる。途中で切れた電話が、塊になって腹を重くした。

「何だ、エレーナ。……そうか。俺は、また、システム上のサービスかと思ったさ。……まあ、それでも、いいけどな」

思ってもみないことを口にしながら、尻目に悪戯を滲ませると、エレーナがまた唇を丸く開いた。目の奥に醒めた色を秘めさせて、自分の欲望が歪な形を描いているのを冷静に探っているのが分かった。

「ああ、雪彦さん……、私、まだ、それ、できない。私は、ただ、席につくだけです。……でも、他の女のヒトを、つけることも、できます……」

店の利益を考えてか、真顔でいうエレーナを見て、高木は軽く吹き出した。たぶん、ロシアン・マフィアルートで新潟にやってきたのだろう。エレーナや店の女の子達が、マニュアル通りに指導されて、利潤を上げるために動くように教育されているのが、切なくもなる。

「じゃあ、エレーナは、客を取ったことはないのか？」

「ニェット。ノー、です」

まっすぐ見つめていい返してきたが、その言葉も、当然、「ダローガ99」のマニュアル通りだろう。

店内に流れるユーロビートの派手な音楽が、エレーナの声を遠ざける。ひっきりなしに刻むリズムと煽るようなチープなメロディだ。

高木が眉を顰めて、軽く天井を見回すと、エレーナも気づいたのか、軽く膝の上に手を置いてきて、眉根を柔らかく寄せた。羽でものせたような、女の温かな掌の感触が布越しに伝わってくる。

「雪彦さん……うるさい、ですか?」

高木が片目を閉じて頷くと、膝の上の手が赤ん坊でもあやすように静かに叩いてくる。

「……雪彦さん……あなたの、三味線は、ほんとに、素晴らしかったです。……私の中で、ずっと、鳴っていました……」

ロシアの旋律を奏でたエレーナの指が動いて、掌の温かさが伝わってくる。昨夜の特別なセッションと、今、単なる客として応対されている状態が混同されるようで、ふと、自尊心を炙られる気分になる。

エレーナの手を軽く払い流そうとした時、彼女が軽く拳を作って、膝をもう一度そっと叩いた。握った拳のほっそりした甲に、日本人の肌とは違う白さが際立つ。滑らかに磨いた大理石の小さな塊が、結露したり、熱を持つのを想像していると、今度は彼女の唇が自分の耳に近づいてきた。

「……雪彦さん、この店、落ち着けないですか？　私、また、『nest』いきます。ウーン、一時間くらいで、いける、と思います……」

エレーナがじっと見据えてくる眼差しを、高木も受け止める。青い瞳の中にある漆黒の瞳孔を見つめると、目というよりも、感情を持った宝石を凝視している気分になる。エレーナのいったアクアマリン、か……。

「ここ、どうするんだよ」

「……大丈夫です。私、『nest』でも、サービス……違う、奢ります」

「じゃあ、俺が、今度は、奢るさ」と、何気なく高木もエレーナの手に掌を重ねる。エレーナの指先が一瞬戸惑ってから応えるのが分かった。


エレベーターホールの蛍光灯が、薄暗く震えていて、コマ数の少ない映写フィルムを見ているようだ。偏奇な映画ばかり撮っているデイヴィッド・リンチだったら、延々、あの蛍光灯の光を撮り続けるに違いない、と高木は思う。そして、誰もエレベーターから出てこないし、誰も乗り込まない。ただ、古い蛍光灯の光が震えているエレベーターホールの映像が映し出されるだけだ。

坂内《ばんない》小路の方を見ると、何人かの酔客の影が狭い路地を揺れ、そのむこうに新しくできた風俗店の大きな看板が見える。さらに新堀通へと続く路地がまっすぐに延びて、犇く呑み屋の看板のせいで路地全体が帯電しているように見えた。

路地の角に立つキャッチの若い男や、南米の女の子達だろう、ずいぶん前に流行ったボディコンシャスの派手なワンピースを着て、寄り添うように立っているのが見える。

水割りを二杯しか呑んでいないせいで、高木も冷え込んできた夜気に首を竦め、小袋谷ビルにへばりついている長い看板灯を見上げた。黒く潰された三階部分の店名が、中から光のせいで、かすかに透けて見える。「ダンテ」「万代座」「シスター」……後、もう一つ、小さなアルファベットが見えるが、「nest」だろう。

ふと、目を外そうとしたが、瞼の裏に残った文字に、高木はもう一度、その透けた看板のアルファベット文字に目を凝らす。

違う。「nest」じゃない。

路地を歩く者達をよけながら小袋谷ビルに近づき、さらに目を凝らした。アルファベットに覚えがある。アルファベットというよりも、キリル文字……。

「дорога」……と読める。さっきまでエレーナと一緒にいた「ダローガ99」と、まったく同じ文字だった。高木は眉間に力を込めると、唇を尖らせながら視線をゆっくりと降ろす。他の三つの店のどれかが、「nest」という名前に変わったのか。それとも、「nest」が、元々、「ダローガ」という名前だったということか……。あるいは、単なる偶然ということもある。

よく分からない。あの渡辺徳三という老人の気難しい顔が脳裏を過ぎり、高木は一回頭を振ると、エレベーターへと足を進めた。

　三階ホールは相変わらずの暗闇で、高木は百円ライターを手にすると火をつける。手元で揺れるほんのりした炎だが、それでも、ホールの闇から、様々な起伏の背中が照らし出された。置き捨てられたソファには、スパンコールが点々と光った女の服。熱帯の植物を思わせるほど奔放に床をうねり、這う何本ものコード。乱雑に散らばった新聞紙。壁には、ロシア・アヴァンギャルド風のずいぶん古いポスターが貼られ、端がめくれたり、破れたりしている。サクソフォンとピアノのジャズライブ。場所も日時もちょうど破れている部分で分からない。

　高木は静かにライターの火をかざし、ゆっくり足を進める。オレンジ色に灯った小さなガラス窓が見えてきて、ライターをポケットに仕舞うと、窓を覗き込む。曇ったガラスは中の光を滲ませているだけで何も見えない。

　中からピアノの細い音が聞こえるのを感じながら、高木はドアの表面を掌で撫で擦ってみた。古木の乾いたにおいや目の奥を温めてくれるような光に、何処か、体の深い所に眠っていた懐かしい記憶が蘇りそうにもなる。

　幼い頃、寄居浜の実家近くにあった神社の灯明を覗き込んだ時か。それとも、台所にあった古い冷蔵庫の扉についた赤いランプ……。細かい凸凹の入った赤いランプの中を覗き込むと、光が屈折する加減で、何処までも続くような不思議な奥行きを覚え、いつまでも覗き込んでいたのを思い出す。

一体、どういう記憶の連想だろうとぼんやり思いながらも、ふと、痩せて小さくなった祖母の、三味線を抱えているシルエットが浮かび、撥を持った右手首の曲がりが過ぎる。そして、大家の五十嵐が自分の津軽三味線を聴いて、祖母の名前を口にした驚きを思い出して、我に返った。

その間じゅう、「nest」の扉の表面を撫でていた自分は、何をしようとしていたのか。と、「ダローガ99」の扉にもある真鍮製の文字を探そうとしていたのを思い起こし、素早く掌で確かめた。

だが、乾いた木の表面しか感じず、「nest」も「ダローガ」というキリル文字もない。掌をズボンの尻で軽く拭い、ドアのノブを摑もうとすると、小さな四角い窓のむこうで影が揺れるのが見える。フワリと大きな蝙蝠《こうもり》が体を返したようにも思えて、幼稚な連想に高木は唇を歪めた。

新潟にいる自分は、いつも子供に帰っている。

ドアを開くと、ジャズピアノの硬質な音の連なりが耳に入ってきた。

最初、尖った氷を連想させるような音にキース・ジャレットかと思ったが、それほど俗っぽくはない。氷の下を泳ぐ気泡のように、自由にメロディの輪郭が変わるのに、そこには跳ねる光が鋭い感じだ。高木は、「nest」の親父が聴くジャズの趣味に笑みを浮かべる。

無意識のうちに、頭の中の三味線を三下りに調音していて、そのリリカルなピアノに合わせようとしていた。フランス印象主義風の音階が混じったジャズピアノの音……。さらにドアを開けると、渡辺がふかしているパイプの、バニラに似た煙のにおいが鼻先をくすぐった。

「……ポール・ブレイ？　違うかな？」

高木は誰の姿も見えないカウンターへと声をかけてみる。学生時代につき合っていた、同じジャズサークルの女の子が、よく聴いていたミュージシャンの名前だ。アルバムのタイトルは「アローン・アゲイン」だったか。今、流れている曲とは違うが、ピアノの音や曲想が似ている。

「……ああ、ユキヒコさんか？　よくきたな……」

細かい装飾の入った衝立のむこうから、低く、少し掠れた声がする。男の呼ぶ自分の名前は、幸彦なのか、雪彦なのか……。相手がどう疑っているにしても、三味線弾きの雪彦である以外、記号としても知らないはずだ。

「……入るよ……」と、高木も低い声で答えて、衝立やセロームの観葉植物に体を斜めにしながら店の奥へと入った。

やはり、昨日と同じように、カウンターの上の白熱灯スタンドだけが灯っていて、渡辺は革張りのソファに腰掛けたばかりなのか、膝にノートブックパソコンを置いている。目深《まぶか》に被ったニットキャップには眼鏡を上げたままだ。皺を深く刻んだ頬《まば》が白く光っているのは、無精髭だろう。彫りのわりと深い顔立ちに、白い疎らな髭が、雰囲気を醸しているといえばいえる。着ているものも、昨夜と同じ黒のタートルネックのセーターだった。

「……なんだ、疲れている顔だな……。適当に、カウンターの中に入って、酒、作ってくれや……」

エレーナが弾いたスタンドピアノを見ると、細棹の三味線が立てかけたままになっている。だが、確か、駒を外して、三弦に引っかけておいたはずだが、すでに音を立てていかのように弦と皮の間に納まっていた。

開いているのか、閉まっているのか分からない店とはいえ、カウンターの中へ踏み込むことには躊躇《ためら》いを覚える。主人だけが入ることを許されている聖域みたいなものだろう。逡巡していると、渡辺はパソコンのディスプレイを覗き込んだまま、口を開いた。

「ずいぶん、おとなしいじゃないか、雪彦さん……。色々、土足で上がり込むのは、得意だろう？」

高木は、その言葉に反射的に尖った視線を渡辺に向ける。自分を不動産会社の人間と見切っての冗談だろうが、かなり度を超した皮肉だ。渡辺の横顔を睨み続けていると、皺の重なった頰の影が濃くなり、にんまりと悪戯っぽく笑っているのに気づいた。

「……ほんのジョークのつもりだ。気にするなや」

「気の利いたジョークとは思えないな、渡辺さん」

ふと、ディスプレイから顔が上がって、片方の濃い眉が弓なりに開く。眩しそうな目つきをしているが、老人の小馬鹿にしている時の表情なのだろうと思う。

「俺は、あんたが、分からんのだよ」

「……俺も、あんたが、分からない」

喉の奥で低く唸るように笑い声を上げて、目の端で見据えていたが、渡辺がいきなり口にしてきた。

「正解。ポール・ブレイだ。『オープン・トゥ・ラブ』。あんた好みだろう？　ブレイは、付き合った女によって、曲想が変わる。……エレーナのピアノは、良かったか？」

どういう意味だろうかと訝《いぶか》っていると、太い静脈の浮き出た分厚い手で頬を擦る。無精髭の乾いた音がしたと思うと、今度は両手でセーターの胸のあたりを擦り、サイドテーブルのカウンターに視線をうろつかせた。

「……ニットキャップの上だ」

一拍置いて、「ああ」ととぼけた声を出し、渡辺はキャップに引っかかった眼鏡を降ろして、眼鏡レンズにディスプレイの青い光を反射させる。

「……雪彦さん、俺は、あんなに、いいピアノを弾く子を知らんよ。素人でな。……といっても、むこうの音楽院にいる者は、こっちのプロより出来るからな。基礎が違う……」

光を反射した眼鏡の奥で、一瞬放心したように視線が遠くなった。

「雪彦さん……ほんとに、カウンターの中に入って、かまわん。さっきのは、年寄りの悪い冗談だ。許してくれや」

高木は渡辺の静かに目を落とした横顔を確かめて、中に入る。店の中とは違って、シンクや調理台も綺麗に磨かれ、簡素で清潔な感じに保たれていた。棚のボトルの林からオールド・グランダッドを取り、グラスに注ぐ。

ボトルを戻した棚の横に、親指大ほどの小さな朱鷺《とき》の置物が二つと、たぶん、エレーナが持ってきたものだろう、ダルマのような形をしたマトリョーシカという、ロシアの人形が置いてあった。青いスカーフとふっくらとした頬の、ロシアの女の子がちんまりと佇んでいる。

「グランダッド、貰うよ」

「何でもやってくれや……。で、あんたの津軽風の三味線は、エレーナとは違って、基礎はさほどなっちゃいないが、音楽的には、かなりのものと聴いたよ。まあ、聴く者が素人の俺じゃ仕方がないが、それでも、下手なジャズ評論家よりは、マシだ」

高木はカウンターから出ると、スツールに腰掛けて、グランダッドのストレートを一口舐める。舌や歯茎をバーボンの尖った刺激が引き締めるが、柔らかな香りが鼻の中に膨らんで、気持を落ち着かせた。午前中に、西新宿の会社にいたのが嘘のようだ。

と思うと同時に、あの無機質な感じのフロアから自分の机が消えていた風景が見えてきて、高木は奥歯を噛み締めた。清田の馬鹿にしていった「しょっぱい笹団子」という言葉を思い出し、無意識のうちに舌打ちしている。

「……どうした？　東京からきた三味線弾きの先生でも、新潟の土地ではうまくいかんか？」

渡辺は鼻にかけた眼鏡の縁越しに見て、深い皺を刻んだ唇の片端を上げた。サイドテーブルに置いたグラスに手を伸ばすと、目を細めて口に含む。その時に、かなり長い睫毛だと気づいた。ねっとりとグラスの中で揺れる透明のアルコールは日本酒だろう。

「……渡辺さん。ここは、元々、ダローガっていう店だったんだろう？　nest じゃなくて」

「……うん？　誰から、そんなこと聞いた？」と、わずかに表情に空白ができる。

「……まあ、俺は知らんけどな。nest は、nest だからな」

ウイスキーグラスに口をつけたまま、渡辺の横顔を見つめていると、パソコンのディスプレイを閉じる。眼鏡に反射していた青い光が消えて、落ち着いた眼差しで見据えていた顔が、白熱灯スタンドの明かりで起伏の影をはっきりさせた。

「雪彦さん……、あんた、本当に分からん男だな」

「だから、あんたもだ、渡辺さん」

黒のセーターの両肩を一回上げて、老人は低く笑ったが、眼鏡の奥は冷静な色をさらに研いだ感じだった。もはや、互いに地裁の閲覧室にいたことは前提の上で話している。

「店の名前など、どうでも良かろうが？　……俺が、分からんというのは、あんたの三味線な……。何故、あれだけの腕を身につけたか、ということなんだ」

渡辺は日本酒をまた一口やって低く唸ると、立ち上がってパソコンをカウンターの上に置いた。体重で窪んでいるソファに同じように体を沈め、ジーンズの足をゆったりと組む。

「明らかに、我流だが、不動産を扱っている人間が、余興でやれるレベルじゃないだろう？　違うか？」

初めて、渡辺の口が、不動産という自分の仕事をはっきりと示してきた。高木はグラスをカウンターに静かに置いて、渡辺を見つめながら煙草を取り出す。その間も、渡辺の視線はまったく揺るがず、自分を見据えてくる。

「……いや、分からん、というのは、そんなことでもないな、雪彦さん。俺には、あんたの揺れが、どうにも解せないということなんだな。人それぞれといえば、それまでだが……このご時世に、三味線弾きと、今の仕事の不動産業、そうだろう？　この小袋谷ビルを漁りにきた不動産屋の仕事と天秤にかける甘さが、分からんのだよ。エレーナに軽く嘘をついたつもりで、自分から本気になっている所が、俺みたいな年寄りには、分からん。……ただ……」

そういいかけて、渡辺はまた肩を大きく震わせて、笑いを堪えている。目を閉じて俯いたかと思うと、せり上がる笑いにしゃっくりでもするように、体を小さく揺らした。

「ただ……、音楽に本気で……、いいか？　本気で、取り憑かれた奴は、もう駄目だ。世間的には、もう……狂っている……。そういうもんだ」

高木は火のついていない煙草をくわえたまま、目の端で渡辺が見入っている影を牽制してみる。こんなちょっとした一拍の沈黙が、自分の若さや、渡辺がいっている甘さの一つには違いない。何かいい訳めいたものを考えている空白が、隙だらけなのだ。完全に、衝かれた。

「渡辺さん……あんたも、狂っている口ですか？」

百円ライターの炎を翳《かざ》し、渡辺を見ると、また肩を大きく震わせて笑った。立ち退かせにきた不動産屋の男が、「nest」という店でロシアの女と本気でセッションして陶酔した。その様を、たぶん、内心、腹を抱えて見ていたのだろう。ほんの束の間、音を楽しむタイプの人間と、完全にハマり込んでいる人間との違いは、一目瞭然だ。

腹から腸《はらわた》をズルズルと曝《さら》け出したようで、恐ろしいほどの羞恥に襲われ、高木は目を閉じる。しかも、自分が思っているよりは、若くて、青臭い想いがにおい立っているのだ。

「雪彦さん……あんた、元々は、新潟の人間だろう？」

一瞬、煙草の煙に噎《む》せそうになって、目をしばたたかせながら見やると、渡辺が眼鏡の底から睨んでいた。

「言葉……というよりも、におい、がな。こっちの人間のものだ。……なあ、人のことはいえんが、すぐにも成熟するようで、いつまでも、子供でなあ。それでいて、途方もない虚無というのか？　そんな諦めと、もーぞたれの……分かるな？　馬鹿みてえな激しい血を抱えていて、いっつもそれが、合わさって飛沫《しぶ》いている。自分でも、どっちが自分なんか、分からねえんだよなあ、雪彦さん……」

高木は尖らせた唇から細く長い煙を吐く。そして、灰皿に煙草を強く押し付け、揉み消した。

「そんな奴は、何処にでもいるだろう」

「いや、それが表面に出ないから、逆に分かるんだ。あんたの中に、溜まっているもんが、俺には、嫌というほど、見えるわや」

新潟弁を覗かせた渡辺の顔を見ると、目尻に皺が寄っている。その余裕に苛立たしささえ覚え、高木は気持ちをごまかすようにスツールから立ち上がると、静かに手を伸ばした。

ピアノに立てかけてある細棹の三味線を取ると、渡辺もソファから立ち上がり、カウンターへと移る。流れていたポール・ブレイのジャズピアノを止め、何気なく手を差し出してきた。

ふと見ると、渡辺の武骨な手にベッコウの撥《ばち》がのっている。太棹《ふとざお》用の、小ぶりだが重いタイプのものだ。

「何なら、太棹の三味線も用意するよ……」

半ば虚を衝かれ、躊躇っている高木に、渡辺は笑みを浮かべて撥を渡してくる。

「……ピックよりは、マシだな」

高木は撥を取ると、一の糸巻を握り、音を調性していく。さっきまで店にかかっていたブレイのジャズピアノの余韻が、弦を弾くたびに断ち切られていく。一気に、冬の日本海の、腹にくるような風を感じる。かなり使い込まれたベッコウの撥先が、コクのある重い音を弾き出すが、太棹の三味線だったら、さらに体の芯にまで響いてくるはずだ。

高木は目を閉じて、一から二、二から三の糸へと調子をつけて叩く。三本同時に速く叩いてから、一の糸を低く素早くすり上げ、音をうねらせた。

津軽よされ節。

だが、いつも、その低い音のうねりから見えてくるのは、津軽ではなく、幼い頃から見続けた新潟の海の波濤だ。すべて目の前が鉛色に沈んで、水平線が何処にあるのかも区別がつかないのに、荒れ狂う波の白い泡立ちでかろうじて空と海とが分けられる。揉まれ、ぶつかり、重なる海の音。噴き上がる波飛沫《しぶき》の煙が、そのまま灰色に綻び、垂れた雲になる。

……元々は、新潟の人間だろう？　……あんたの中に溜まっているもんが、嫌というほど、見えるわや……か。

茫漠とした地平線や水平線を睨みながら、結局、足元に視線を落とすのか、あるいは、その果てへと想いを漂わせていくのか。

どちらでもいい。冬の日本海のような、激越ともいえる空無を胸のど真ん中に通して、それでも淡々として過ごすことが、この土地の人間の在り様だという記憶だけが染み付いている。何処の誰が好きこのんで、自分の中に溜まっているものを、他人に覗かせるかや……。

「……音は、嘘を、つかんなあ」

渡辺の呟いた言葉が耳を掠め、高木はさらに固く目を閉じる。

三の糸の高い音を、撥先のさらに先端で引っかけ、柔らかな音色の渦を巻かせてみる。感情の水面に表われたかすかな波紋が、いつ荒れたり、消えたりするか、分からない。その不安定な緊張が、人間の気持ちや自然にまた近いとも思う。

「……音は、正直なんだな、雪彦さん……」

その言葉を聞いたと同時に、高木はいきなり三本の弦に撥を叩きつけて、よされ節を途中で止めた。顔を上げると、カウンターに両手をついて聴いていた渡辺の目も静かに開く。

「渡辺さん……あんた、この小袋谷ビルから、出ていってもらえないだろうか？　所有者は、すでにビルを手放しているんだよ……」

三味線の棹を握りながら、渡辺の顔を見ると、結んだ口の両端に力を込めているが、動揺しているような表情は微塵もない。渋い顔の陰翳がそのままただ濃くなって、さらに重いしたたかさを持ったかのようにも見える。

「……やっと、まともな口を利いたねっかや、雪彦さん」

「保証はします。もちろん、代わりの店舗も用意させていただきます……。渡辺さんもさ、地裁にいただろう？　代わりの店を出す場所を探していたんだろう？　違うか？」

渡辺の唇の片端が上がって、頬の皺が深く刻まれた。

「あれは俺の趣味だ。競売にかけられているビルを見て、まだ、大丈夫だな、と安心する俺の趣味ら」

「そんな悠長な趣味があるかや、渡辺さん。……もう、法的にも無理らな」

「新潟弁が出たか。……おまえ、上の店や下の方は、もう交渉したんか？」

「立ち退かせるためのさ、色んな手段があるんさ、この世界は……」

「嫌な顔にもなるな、雪彦さん」

カウンターのウイスキーグラスに手を伸ばすと、抱えていた三味線がかすかに鳴って、歯軋《はぎし》りしたいほどの屈折した気分になる。すでにリストラを準備している会社のために仕事をしている自分がいて、最も、好きな三味線を手にしているもう一人の自分もいた。

「雪彦さん……あんた、名刺あるか？　何処の不動産屋だよ」

三味線を抱えたまま、ジャケットの内ポケットを探って、名刺入れを取り出す。

三国不動産に入ってから、何回買い換えたか分からない、黒い革製の名刺入れだ。渉外課になってからは、絶えず五十枚以上も入れて膨らませていたが、そのゴロリとくる塊を手にするたびに苦いものが込み上げてくる感じだった。少し前まで、一端《いっぱし》のサラリーマンになったということかも知れないと思っていたが、要するに、自分には意味をなさない厚紙の束ということだ。もちろん、清田課長は、三国不動産の名刺がなければ、おまえらは何もできないし、何者でもない、と組織にとって当然のことをいっていた。

渡辺に差し出すと、「三国、不動産……ねえ」と低く呟いて、上目遣いでフレーム越しに視線をうろつかせてきた。

「雪彦さん……、あんた、転がし屋の顔じゃねえけどな」

「ビルから出てってくれよ、渡辺さん……」

「嫌らな。お断りだ」

故意にだろう、渡辺は眉間を複雑に顰《しか》め、だらしなく開いた唇から無愛想な声でいい放つ。ニットキャップを被った額に、奇妙な形の皺が影を作って、まるで虎の額に寄った皺のようだと高木は思う。

「二カ月は猶予があるんだ」

「駄目らな」

渡辺がきっぱりと断言して、目の端で鋭く牽制してきた時、背後で「nest」のドアが開くのを高木は感じた。

エレーナだろう。と、渡辺の表情が一瞬硬くなって、手にしていた名刺をカウンターの縁から滑らせて隠す。

いや、エレーナじゃない。三階のエレベーターホールに、鈍いが乱れた足音が重なっているのを聞いて、高木は振り返る。男の太い咳払いが響き、ホールの床に散らばった新聞紙を蹴る派手な音も聞こえてきた。

セロームの観葉植物と木製のスクリーンから現われたのは、恰幅のいいダブルスーツを着た男で、左手には金の印台の指輪が光っていた。

カミーノ古町前で擦れ違った、西阪観光商事の男だ。

「渡辺はん、また呑みにきたでー」

最初に入ってきた男の下卑た感じの関西弁の声に、高木は目を逸らして、スツールを回す。カウンターの中の渡辺は憮然とした表情のまま、店に入ってくる男達を見据えている。

「おー、今日は、お客さん、いらっしゃるんかい。繁盛やのう。ええこっちゃがな」

「すんませんな。ちょっとお邪魔しますわ」

続いて入ってきた男の少し甲高い声が、高木の背中を刺してくる。外で足に纏《まと》わりついた新聞紙を蹴っていたもう一人が遅れて入ってきた時、渡辺がようやく口を開いて鈍重な感じの声を出した。

「……帰ってくれや。今日はもう店、閉めたすけな」

「今日はやないやろうッ。永久にや。未来永劫、閉めなあかんいうとんじゃッ、ほんまあ」

カウンターに突っかかるように声を上げた男を、後ろから抑える男。たぶん、この二人が古町で会った二人組で、最後に入ってきた男は、まだ気配からして若い感じだ。いかにも、立ち退きを強要しにくる人員構成と役回りだ。男達のつけている整髪料やスーツに染みついたにおいが掠め、高木は短く鼻を鳴らした。

「お客さん、まだいるやんけ。なんで、ワシら、あかんのんや」

何種類かの関西弁を混ぜて、相手を煽ったり脅したりするように使っている。三国不動産のやり方と似たり寄ったりだ。まるで自分らの安っぽい姿を見るようで羞恥に耳の縁が熱くもなった。

「……俺は、客じゃねえっや」

高木がボソリと呟くようにいって、三味線で津軽の一節を軽く爪弾いて回すと、カウンターの渡辺が一瞬体を強張らせるのが分かった。その顔を見ると、一言でも無駄口を利くな、と念を押す威圧的な表情だ。だが、そうはいかない。

「俺は、ここで、商売してんだっや」

「何や、兄ちゃん……おぅ？　……兄ちゃん、この前、会ぅたな。古町で会ぅた兄ちゃんやで、なあ」

腰を屈《かが》め、ゆっくりと顔を近づけてきた男は、確かビルの見取り図のクリップボードを持っていた方だ。「西」と文字の入った銀バッジが襟についている。

鈍く光る銀の社章から、昆虫でも連想させるような男の細い顔に視線を上げる。自分よりも、かなり上かと思っていたが、近くで見る目には、まだ若さが残っていた。目の底に頑迷さとは違う、硬い尖りが覗くが、不意を衝かれると萎《な》えるような脆《もろ》さが見える。

そんなことを同業の年近い男の眼差しから感じていたが、渡辺が自分の目に見たものも同じようなものかも知れないと顔を背けた。

「悪いな。覚えてねえっや」

「何や、感じ悪い兄ちゃんやのぅ」と、一番若い男がドスを利かせた声を背後から投げてきた。体の輪郭に沿って、内側から夥しい楔《くさび》の先が刺してくるのを感じる。無気力と馴染んでいた自分にも、まだ怒りを醸すくらいの熱は残っていたか。

「俺は、このビルで、商売してる。これでも三味線弾きらぜ。流しには、違いねえけどや、一応、ステージを借りてるんさ。この店でもな。分かるか？　客じゃない」

また左手で小馬鹿にした感じで、三味線の弦を弾《はじ》いて音を回した。

「ステージて、何処やねんな。兄ちゃん、この店、ステージて、ないで」

「俺がいる場所が、ステージなんだっや。舞台らて。……ちゃんと、この親父さんに、ステージの賃貸料を払ってる。もちろん、儲かろうが儲かるまいが、払っているんさ」

「何いうとんねん、この兄ちゃんッ」と、後ろに立っている若い男が、自分の後頭部のあたりを、盛んに睨んでは顔を動かしているのを感じた。

「いや、あんたらが、客かと聞くから、いったまでだ」

「待てや」

左手に印台の指輪をつけた男が若い部下を制しながら、自分よりも渡辺の方を見つめる。

「……渡辺はん、どないしはりましたん。あんた、性根の悪い嫌がらせでっせ、これ」。

賃借権、設定しとんのかい？　門付けの三味線弾きに、おぅ？」

渡辺を見やると、意味が分かったのか、チラリと視線が揺れた。高木もしらばくれて、煙草をくわえる。賃借権の設定か、抵当権の設定を重ねて複雑にし、買い手がつかないようにする。競売逃れの手っ取り早いやり方だ。見す見す西阪観光商事の奴らに、小袋谷ビルを掠め取られることだけは、避けなければならない。話はそれからだ。

「なあ、兄ちゃん。悪いことはいわんさけ、邪魔せんといてや」

西阪の男が脂ぎった顔を、渡辺から自分へと向けてきた。目や鼻、口がそれぞれ大振りで頑丈にできているツラだと思う。

「よく、話が見えねえけどや。邪魔してんのは、あんたらじゃねんか？」

「うるさいわい。ほんま、胸糞悪い奴っちゃ」と、後ろの若い男が耳元で声を荒らげる。古町の何処かで焼肉でも食ってきたのか、ニンニク臭い。反射的に、持っていた撥先で男の喉を掻き切ろうとしている自分を想像して、極端な連想の幼さに高木は小さな眩暈を覚えた。

この男達は単なる悪徳不動産屋で、暴力団でも、もちろん真っ当にやっている不動産屋でもない。奴らのアプローチの仕方は自分が一番よく知っている。本気になるまでもない。

「兄ちゃん、河内音頭でも弾いたれや、なあ。ソラヨーイトコサーいうてな、私ゃ未熟で、ちっともうまくも、きっちりじっさい、いうてな、まことにみごとに、読めないけれど、悪声な声のほととぎす、血を吐くまでも、血を吐くまでもつとめましょー、いうてな」

手を叩き、ダミ声を張り上げながら、足を交互に振り上げている。いかにもヤンキー系のサングラス。右手首には水晶玉の数珠をしている。

「おい、あんた。何だ、その金剛山の、楠木正成公が泣くぜ。いいか？　新潟西堀の、三味線弾きを舐めるなや。俺は一曲、百万円だ、なあ、ナベさん」

演技とはいえ、渡辺のことを馴れ親しく「ナベさん」と呼んでいる自分に寒くもなる。

「一日で、一千万円は稼ぐぜ。……で、あんたらは、俺のステージを奪おうという魂胆か。そりゃ、保証金が高くつく、ああ？　出してくれるんなら、すぐに、店から離れるぜ。俺には関係のない話らすけな」

自分のいった途方もない冗談に、恰幅のいい男がじっと見下ろして、顎の筋肉の影を痙攣《けいれん》させている。高木も目を細め、睨み上げていた。男達には客として入ってきたというアリバイはあるが、暴力を振るうことはまずない。ただ、脅しにきているだけだ。

「渡辺はん。上のな、ひとみも、Angelも、店、手放しますわ。利口や、思います。悪いことはいわんさけ、なあ。……ほな、明日、また、きますさけ」

高木は男の凄んで見せた関西弁を挑発するように、三味線の弦を撥で調子づけて二度叩いて見せる。フェイクでいいから、すぐにも賃貸契約書を作成しなければならないが、それはお手のもんだ。

一四　万代カチャーシー

「……nest のステージを借りている三味線奏者か……。雪彦さん、あんた、やっぱり、モーゾタレだ」

　高木は渡辺の言葉に笑いながら、くわえていた煙草に火をつける。西阪観光商事の三人組が去って、店に残った空気の乱れが静まるのを待っているうちに、渡辺が自分のグラスにバーボンを注《つ》ぎ足してくれた。

「俺は、関西の人間は好きな方だが、あいつらだけはな、気に食わん」

「たぶん、元々は浪花《なにわ》ッ子じゃないだろ。うちのやり方も同じようなもんだ」

「で、雪彦さんは、ここのステージを一日、何時間借りるんだ？」

　ニットキャップの下の濃い眉毛が弓なりに上がって、笑みを溜めた目尻から視線を投げてくる。老熟したからかいが滲んだ眼差しに、高木も口元を緩めた。

「あんたこそ、モーゾタレ、ですよ、渡辺さん」

「ナベでいい」

「……あんな話、成り行き上のことだ。冗談だよ」

「本気でもいいんじゃねんか？」と、渡辺は眼鏡の奥の笑みを消して、ウイスキーを舐めた。白い無精髭の下で、意志の強そうながっしりした顎の筋肉が動いている。ふと、男の若い頃の精悍《せいかん》な表情を覗いたようにも思う。

「渡辺……、ナベさんなあ。このビルを西阪の奴らに、渡すわけにはいかないんだよ。俺の仕事だ」

「仕事？　雪に彦の雪彦さんは、名刺の高木幸彦さんの仕事が嫌いじゃねえんか？　誰が見ても、ツラで分かる。あんた……三味線で食えるよ」

「悪い冗談、やめてくれや。ナベさん、本当に、このビルはもう終わりなんだ」

「うーん……。三味線弾きの雪彦さんが、ステージを借りるとして、この店は、あんたが、ちょうど十人目の賃借権を持つことになるな」

高木は渡辺の言葉を聞いたと同時に、思わず吹き出して口につけていたグラスを離した。ジョークのつもりかも知れないが、すでに、渡辺は何人もの人間に又貸ししているということだ。

「ここで、あんたが、三味線を弾かないんなら、俺は西阪の奴らに店を手放すことに決めた。一日、百万円とやらを稼ぐ奏者を、店としては抱えておきたいからな、うん？……雪彦さん、ちょっと付き合わんか。いい店がある……」

そういったと思うと、渡辺はグラスを一気に傾けた。

すでにほとんどの店のシャッターも閉まって、閑散とした古町通のアーケードは、街灯の白さだけが震えている。

照明を消し忘れた長いドームのようで、駐輪の列とラーメン屋やコンビニの疎《まば》らな光、遠くでスケートボードをやっている若い男達の姿が見える。店のシャッターに寄りかかりつつも踏ん張っている泥酔者が、「俺らてー、俺らてー、もーぞ……」と唸っている声を耳にしながら、高木は冷えた夜気に肩を竦めて歩いた。広いアーケードが、ちょうど風の通り道になって、気を緩めると体の芯にくる。

「……エレーナか。岡ちゃんの所にいるからな。雪彦さんも、一緒だから……」

黒のニットキャップの頭をジャンパーの襟に埋め、携帯電話を耳に押し当てている渡辺の後ろ姿をぼんやり見やる。だぶついたジャンパーを着ているとはいえ、六十歳過ぎとは思えないほど骨格がしっかりしている男だ。

西阪観光商事の男達をダシに、自分と駆け引きしてきた渡辺のやり方に、何故か愉快に近い笑いが込み上がってくるのを高木は覚えた。物件がどちらに転ぶかという、店にとっての致命的な事態を、むしろ、楽しんでいるかに見える。いや、それとも、端《はな》から競売を免れると思っているのか。だが、自分からいわせれば、どだい無理な話だ。元のビル所有者に融資していた銀行が、三国不動産と組んでくれる。

と思った時に、また条件反射のように、デスクのなくなったフロアが見えた。清田のむくんだ顔が浮かび、順子との電話のやり取りが擦過《さつか》する。一気に腹の中が捩《よじ》れる気がして、コートのポケットの中で拳を握り締めた。

「……古町も、変わったと思わんか？」

渡辺が振り返り、自分の表情を確かめるように見上げてくる。アーケードの街灯のせいで、頬骨の影が白い無精髭を薄青く見えさせた。

「変わらなきゃ、駄目なんですよ、ナベさん、あんたも……」

「生意気いうんじゃねえや。……どうだ？　古町は変わっただろ？」

「どのくらい前から変わったっていえばいいんだ？」

渡辺は眉根を開いて鼻先で笑うと、何も答えず、またジーンズのポケットに手を突っ込んで前を歩いた。

シャッターが下ろされたままのカミーノ古町のビルに、学生時代によく通った楽器店の看板がまだついている。

タクシーも疎らになった広い柾谷《まさや》小路を渡り、低いビルの犇《ひし》めく新古町版画通から新津屋小路へと出て、信濃川方向に向かった。

時々、クルマがヘッドライトを過ぎらせるくらいで、ほとんど人影もない。夜の水のにおいが濃くなったと頭を上げると、遠く信濃川を挟んだ対岸の闇に、青白い灯りが点々と光っている。

「何処までいくんだ？」

「悪いな、もう少しだ……」

左にライトアップされた万代橋が、黒く膨大な闇を湛《たた》えた信濃川に浮いて見える。六連の滑らかなアーチが並んだ橋を久し振りに見て、一瞬、懐かしさというよりも未知の土地にきているような錯覚にとらわれる。旅先にきている自分が、ふと瞬間的に、新潟生まれで三味線弾きに焦がれている男のそれまでを想像し、生きてしまったかのような錯覚だ。

記憶や想像の間を揺れ惑って、迂回するようにして、信濃川の堤近くにいる自分に戻ってくる。そんな走馬灯にも似たイメージの走りに紛れ込んだ女の、目を伏せた顔があって、すぐにも順子だと分かった。その時、冷たい刃を体の中に斜めに差し込まれた気分になる。

別れるのにちょうどいい時期、というと、いかにも勝手で、後から思ったに過ぎない。理不尽な出張を命じられたことがきっかけで、ギクシャクするような安っぽい感傷に苛立つが、すでに互いの距離は、新潟と東京の間を越えているかも知れないとも思う。

焦点の合わないぼんやりした目つきで、髪を掻き上げる順子の薄青い腋窩や、少し緩んだ乳房の輪郭が揺れて過ぎる。三味線を弾いている時に、背後から華奢だが柔らかな体を押しつけてきて、弦を悪戯するマニキュアの指先……。

だが、まだ何処かに、互いに残っている若さが火遊びを呼び込むのだと知りながらも重ねている甘えは、何かジクジクと進んでいた腐蝕を早めているようにも思える。ただ、それを承知の上で関係しているのだ。

「……別に、何も、求めてないから……」という、順子の呟いた声が聞こえたようで、高木は軽く頭を振ったが、目の前には夥しい光を黒い水面に躍らせている信濃川が流れていて、一気に酔いさえもが醒めていく。

「あれだ、雪彦さん……」

渡辺の声に、我に返って視線を上げると、川岸に停めている屋台の灯りが見えた。ちょうど横の堤が信濃川を滑る風を避けているのか、屋台を覆った透明なビニールシートが湯気で曇って、温かそうな光を籠《こ》もらせている。

渡辺について近づくと、屋台横に置かれた小型発電機のエンジン音に紛れて、ラジオからだろう、カントリー・ウエスタン風の音楽と早口の英語が細く漏れて聞こえてくる。米軍向けの極東放送のAFNかと思ったが、確か、新潟は電波が入りにくいはずだ。なんで、また、屋台にカントリーなんだよ、と渡辺の顔を見れば、「ここの親父も、狂った口だ」と、故意に大きな声でいって、ビニールシートを捲《まく》る。

「悪《わり》ぃかったな、狂った口でや、ナベちゃん……」

シートを開けたと同時に、男のダミ声が聞こえてきて、渡辺が笑う。屋台の中から、湯気と一緒に、おでんのダシ汁のにおいが膨らんできて、高木の顔を柔らかく撫でた。

「相変わらず、客、いねえんか?」

「さっきまで、いたわや」

屋台のシートの中に入ると、煮詰まったようなおでんと一緒に、日本酒や乾き物、親父の吸っていた煙草などのにおいが入り混じっている。

「客らぜ。雪彦さんら」

高木は屋台の庇《ひさし》に頭を屈め、首を軽く突き出して挨拶する。紺色の作業用アノラックを着た親父は、やはり、渡辺と同じ還暦過ぎというところか。角刈りにした白髪頭にタオルで鉢巻をして、前歯が一本抜け落ちた口を開いてみせる。

「どら、へー、短波やめるか。どれもいいの、やってねえすけ。ほら、ナベちゃん、なんでいく? メールスらか、島唄らか?」

そういって、ぶら下げたラジオのスイッチを、節くれ立った指で弾いて消す。と、親父は屈んで下からラジカセを取り出し、同じようにラジオに重ねてぶら下げた。

「ちなみにな、メールスというのは、マイルスのつもりだからな、マイルス・デイヴィス、岡ちゃんにすればや。……ああ、雪彦さん。この親父は、岡田、いう。岡ちゃん、酒な」

「泡盛らか?」と、親父はすでに一升瓶を持ち上げていた。

「雪彦さん、あんた、何にする?」

「日本酒、熱燗で」

「そうらて、新潟のこの季節は、熱燗らこてさ。ナベちゃんは、沖縄出身らすけな。俺達には、泡盛はちぃと痛ぇんさの。夏らば、いいけどや」

沖縄出身?

岡田の言葉に、高木は反射的に片眉を上げる。渡辺は何事もない顔で、おでん鍋の中に疎らに沈んでいる具を見ていた。親父はアルミの燗酒用の器に日本酒を注いで、湯につけると、今度は小ぶりで厚みのあるグラスに泡盛をなみなみと注ぎ、狭いカウンターに置く。前の客達のものだろう、カウンターには、コップの底の輪が幾重にも重なり、大根やじゃがいもなどのかけらが所々落ちて汚している。アルミの灰皿にも、フィルターの違う煙草の吸い殻が犇いていた。

「大城美佐子らか？　林昌《りんしょう》らか？」

「誰でもいいわや」

渡辺が当たり前に新潟弁で答えているのを聞いていたが、この「nest」の店主が沖縄出身だとはまったく考えもしなかった。濃い眉や彫りの深い顔に表われた血が、やっと分かったような気がする。そして、林昌というのは、嘉手苅《かでかる》林昌という、沖縄の唄者《ウタサー》のことだろう。

おまえは、新潟の男らな、においで分かる、と知ったようなことをいった渡辺の言葉を思い出して、高木は苦さとおかしさが入り混じった複雑な気分になる。

「……ナベさんは、沖縄の何処出身なんだ？」

泡盛の注がれたグラスに口を近づけてきた渡辺が、「ああ？」と、今までとは少し違う無愛想な声を出して、視線を投げてきた。

「コザらいな」

そう答えたのは、日本酒を差し出してきた岡田の親父の方だ。

「今は、こんげ、西堀の主みてえな顔してるけどや。元々は、沖縄の暖《あ》ったけ所にいたんだがね。いってみてえわね」

「余計なこと、いうなや。……おめえこそ、津軽、弘前ろろ。新潟モンじゃねえさ。俺の方が、よっぽど、こっちのモンら」

「いいや、俺の方が長《なげ》ぇ」

岡田は棚の上に重ねてあったカセットテープから一本抜き取ると、慣れた手つきでラジカセの中に放り込んだ。

「まあ、どっちでもいいこてさ……」

渡辺が狭いカウンターに肘をつき、手にぶら下げるようにして持っていたグラスの泡盛を、生のまま一口やる。含んだかと思うと、眉間に皺を寄せながら口角を広げ、歯の間からうまそうに息を漏らした。

ラジカセのスピーカーから人の声やざわめきが聞こえてきて、高木が渡辺の横顔から視線を音にやると、すぐに、軽く引っ搔いたような弦楽器の音が鳴り始める。乾いていて、何処か飄逸《ひょういつ》とした感じの音がゆっくり上がっていき、録音の悪い拍手も聞こえてきた。

「岡ちゃん、何だや、やめれや」

「いいこてや、まあ」

渡辺がいって眉間を捩り上げると、岡田が前歯の抜けた口を開けて笑う。そして、アルミの器からコップに熱燗を無造作に注いで、「ほら、鶴の友られ」と酒の名前をいいながら、高木の前に置いた。コップを摑んだ岡田の異様に節くれ立った指に、また目が止まる。何か桜の枝でも思い起こさせるような手だと高木は思う。

「これさ……」と、岡田がラジカセを顎先で示すのを見ているうちにも、音が激しく軽やかに跳ね始めた。

沖縄音階。

蛇皮線《じゃびせん》……いわゆる、三線《さんしん》の音が、テンションを高めて、上へと開放的に抜ける音を奏でた。底の方で、細かい波のリズムと、大きく緩やかな潮の流れのビートが重なって支えている。時々、囃《はや》す指笛の高い音が混じり、賑やかな渦巻きを立ち上げていた。

「雪彦さん、らったかや。これや……」

「島唄でしょう？　三線……、ちょっと、古い感じだけどさ……」

「……感じだけど？」

渡辺が目の端で自分を見てきて、濃い眉の片方を弓なりに上げる。高木はカウンターに置かれたコップ酒を軽く掲げてから、一口呑んだ。

「……ビートが……ある。かなり、深い所の血に、くる気がする……。林昌の演奏かな？」

ゆったりとした三線が、いきなり早弾きに変わって、カチャーシーと呼ばれる熱狂的な泡立ちを立てる。と思うと、また、抑え、なめすような感じでリズムを落とした。揺さぶり、高め、落とし、煽り……泣いて。笑う。

スピーカーが悪いのか、録音が悪いのか、鮮明に音は聴こえないが、リズムを自由に操る三線の巧みな演奏は分かる。

沖縄の何処か波打ち際に、たえず小さく打ち寄せる波の翻《ひるがえ》りにも似た音の粒立ち……。その音が、急に、蒼穹《そうきゆう》のあまりの青さに呆然としてしまう虚しさに変わって、それでも太陽が容赦なく照りつけるのを諦めながら、笑っている者達の声がする。

「ナベちゃん、らわね」

陽炎に揺れている浜辺を思い浮かべ、その中に濡れて泳いでいる沖縄の街の影をぼんやり夢想していた。岡田の声が耳を掠め、ただ無意識のうちに頷いていたが、一瞬後になってようやくその声が届く。

「え？　はい？」

間抜けな声を出して、岡田を見上げた自分の顔が、あまりにも素だと気づき、耳の縁が一気に熱くなる。岡田は作業用アノラックに首を竦め、日本酒の熱燗をコップでやっていたが、何処か目の底に醒めた光を湛えていた。渡辺に視線を投げると、ニットキャップの下で顔を歪め、岡田を睨み上げている。

「……ナベちゃんが、弾いてるんだわね、これ」

「やめれや、岡ちゃん」という渡辺の声を高木は遮って、「もう少し、ボリューム上げてッ」と、思わず声を張り上げていた。

人の手拍手やざわめきなどのノイズまで大きくなったが、三線の音がさっきよりもはっきり聴こえてくる。早弾きの中に、太い脊髄のような芯が通っていて、だが、それはハイテンションな音の攪乱《かくらん》とは逆に、孤高な寂しさに貫かれている感じに聴こえた。

「nest」のマスター・渡辺が、三線を弾いていた？

そう思うと、「nest」を訪れた時に、いやに音楽に関して絡んできた理由が、分かる気がする。自分を不動産屋だと知った上でのからかいというよりも、むしろ、腑に落ちる。音楽は、音楽に嫉妬し、あるいは、軽蔑する。

「ナベさん……あんた、音楽に本気で、取り憑かれた奴は、もう駄目だ、っていってたよな？　もう狂ってるんだ、ってさ……。自分のことじゃねえんか？」

横で泡盛を呑んでいる渡辺を睨むと、「そうら」と渡辺は事もなげに答えた。

「だけどな、あんたよりはマシだよ、雪彦さん……」

と、いきなり岡田が作業用アノラックの肩を揺らして、喘鳴《ぜいめい》のような音を立てて笑った。節くれ立った指を拳固《げんこ》にして、咳き込んでさえいる。

高木が無意識のうちにも尖った視線を向けると、岡田は拳を開いて宙に振り、渡辺を指差した。前歯の一本抜けた顔が陽気に笑ってもいる。

「何だや、岡ちゃん、おめえだって、そうらろ」

渡辺が岡田を睨んで、また一口泡盛を含む。すでに目元が赤らみ、瞬きが少し重くなっていて、長く濃い睫毛の間から酔った瞳がゆっくり自分に動いてくる。

「ナベちゃんに、いわれたくねえわや」

岡田がまだ笑いに顔を歪めつつ、具が疎らになったおでん鍋をしゃもじで静かに回し始めた。左手はコップ酒を持ったままで、しゃもじの手を止めては傾けている。

〽夢《いみ》に見《み》る沖縄《うちなー》
元姿《むとうしがた》やしがー

ラジカセから、間違いなく渡辺の声で唄が流れ始めて、高木は耳を欹《そばだ》てた。今の声よりも掠れがなくて若いが、三線の音の高さに惑わず、地声のトーンを守りながら、想いを絞り上げるように声に乗せている。所々、ビブラートをかけている部分も、意識的というよりも、沖縄の喉が自然に揺れている感じでもあった。

〽音《うとう》に聴《ち》く沖縄《うちなー》
変《か》わらて無《てぃね》らん
行《い》ちぶさや生《ん》まり島《じま》ー

「雪彦さん……こんげ唄、知らんろー。昔のー、昔の唄らねー」

「昔いうても、昭和の初めらて」と、渡辺が口籠もるようにいい添えた。

「ナベちゃんの声は、どうでもいいけどさ。いいねえ、この唄ねえ。……沖縄の、今、流行ってるみての新民謡いうんか、島唄のさ、元祖が、書いた唄らしいんだわ。普久原《ふくはら》朝喜《ちょうき》、いうて、何だや、レコード会社も作った男られやな？」

「ああ？　ああ。マルフクレコード、な」

「ナベさんの、憧れ、いうか、神様みての人らてや。年は全然違うけどや、同じコザの街いうか、村らこて、越来村《ごえくそん》出身で、普久原と同じようにさ、大阪出て、一旗揚げて沖縄戻ろか思うてたてんに、新潟まで上がってきたてや、なあ……」

渡辺の横顔を見ると、酔いが回ってきたのか、目が少し据わり始めていた。被ったニットキャップも阿弥陀になって、カウンターについた両肘に体重をかけ、わずかに上半身を前後に揺すっている。

「……一旗なんて、考えてねえさ。食うのに必死らったぜ。岡ちゃんと、同じらぜや」

「……なあ、雪彦さん、俺は、まあ、あんたと初めて会うすけ、よう分からんけどさ、だけど、これ、やるんだろ、な？」

岡田が節くれ立った右手の指を奇妙に折り曲げ、小指をさらに内側へと折り込んで見せる。そして、手首を軸に、突き出した親指を下へと払った。明らかに、三味線の撥で弦を叩く時の手つきだ。

岡田の手の甲に浮き出た太い静脈の影や、異様なほどせり出した手首の曲げ方に、目を奪われる。桜の技に隆起する瘤《こぶ》を連想させる、手首の折り曲げ方だけで、かなり三味線のキャリアがあると高木には分かった。

「小指、小指。……小指の撥《ばち》ダコで、分かるわね」

キョトンとしている高木に、岡田が顎で示して、コップを持つ自分の手に視線を落としている。確かに、小指の第二関節に、撥の才尻《さいじり》の角でできたわずかなタコがあるが、ほとんどの者は気づかない。ほんの少し膨らんでいるくらいで、癒えた傷痕程度だ。

隣の渡辺はと見ると岡田の言葉に低く唸って、泡盛のグラスを傾けている。

「……このナベちゃんのさ、唄、聴いてるとさ、あんた、俺は、いつも、あいや節を思い出してさ。知ってるかねえ、あいや節……」

「おいおい、岡ちゃん……。雪彦さんは、俺の店で弾いてくれたれや。俺が連れてきたんだ。ただの三味線弾きじゃねえんさ」

高木は目尻で渡辺を牽制する。ただの三味線弾きではなくて、本職はブラックな土地転がし屋だといいたいのだろうと思う。

「我流らけどな。……この街にはさ、他の土地の人間は知らんみてえらけど、津軽三味線の名手がいっぺぇいるすけの。石投げれば当たるくれえにな。だけどや、まだまだ、海とか風とか、雪とかの、自然《じねん》の音がの。単に、自然じゃねえぞ、岡ちゃん。自然《じねん》らぜ……」

岡田は渡辺の話を澄ました顔で聞き流しながら、しゃもじで鍋の中を優しく回し、具をいくつか掬《すく》った。

白いシンプルな皿に、煮詰まり過ぎた大根とはんぺん、卵がのって、高木の前に置かれる。大根が茶色に素朴に染まって、放射状の皺を縮め寄せていた。

ビニールシートの外は、かなり冷えているだろうが、日本酒の柔らかな酔いやおでん鍋の熱で、シャツの下にうっすらと汗をかくほどだ。ラジカセからは、まだ渡辺が早弾きしているカチャーシーが聴こえている。

「あいや節いうてもな、古調の方なんさ。俺は、あいや節、聴いてや、津軽から出てきたみてえなもんら……。ちと、うるせえな、これ、誰が弾いてるや」

岡田が笑いを噛み殺した奇妙な表情をして、ラジカセの音量を絞る。そして、コップ酒を呷《あお》ると、アノラックの右の脇腹あたりを、撥を持った手つきで叩きながら、歌い始めた。

〽あいやーナー
あいやー　新潟の川の真ん中でよ
あやめ咲くとは　それもよいや
しおらしやー
あいやーナー
佐渡の島から　新潟見ればーよー

心新潟で　それもよいや
身は佐渡にー

角刈りの白髪頭に鉢巻という武骨なスタイルとは違って、高い声の、節回しの微妙にうねる古調を、岡田はそれでも淡々と歌った。その事もなげに歌う様が、逆に距離を持たせて、もはや二度と訪れることのできない新潟が浮き上がってくる。たぶん、佐渡から見える新潟も薄紫色をして、この歌を作った人間の想いも、遠く、せつない薄紫色をしている。


「……どうら、夢に見る沖縄、元姿やしが、に、よう似てるろ」

「……岡田さんは、民謡の方ですか、三味線の方ですか？」

「いや、それよりも、想い、らねえ」

「どっちも、移民というか、流れゆく者の歌のような気がする……」

「おっしゃッ、呑めや、雪彦さんッ」

岡田が声を張り上げて、燗ではなく、一升瓶を持ち上げ、片手で乱暴に目の前のコップに注いでくる。屋台の白熱灯に、日本酒が光って躍り、また、沖縄から大阪、新潟へと渡ってきた男の三線が鳴り始めた。

「たげど、この男は、戻ってきたらしいんさなあ」と、渡辺が隣で鈍い声を出した。

渡辺の言葉に、岡田が目元から一瞬笑みを消して、焦点の合わない遠い目つきで自分を見つめてくる。

注いでくれたコップ酒を口にしながらも、高木はじっと下から岡田を見据え、男の目の底にあるものを探った。ぼんやりとした視線で、自分というよりも岡田自身の内にあるものを追っているような目つきでもある。

「……戻ってくる、いうのは、雪彦さん……、二重、三重に、流れゆくようなさ、そんなもんらいな……。まあ、呑めや……」

岡田は呟くようにいうと、ラジカセのボリュームをさらに上げて、コップ酒を傾けた。渡辺の弾く三線の音が狂奔するようにテンションを上げていって、聴覚の芯を麻痺させるほどの早弾きを奏でる。周りで囃し立てる掛け声や指笛なども激しくなってきた。

「……故郷の、音というのはさ。離れた方が、聴こえてくるもんらけど、俺は、もう、コザに帰るなんて考えらんねえさ。ずっと……奥の……」

渡辺は話の途中で黙り込んで、泡盛を一口やり、歯の間から息を漏らす。目が遠くなって、虚ろな視線を宙に彷徨《さまよ》わせた。その眼差しの先にあるものに、とても追いつかない。高木がそう思っていると、渡辺はふと笑みを零して、目をしばたたかせる。

「……何だや。なあ、うまくいえねえけどさ。……胸の、奥底に、小《ち》っこい石みてえな塊があって、ようやく、それで落ち着いたみたいなもんらて……。まあ、今、帰っても、そんが塊は、コザの空気吸うても、何も動かねえだろうけど、ちと前までらったら、暴発して、何だ、俺は自分がさ狂い死にするんじゃねえかと思ってたて……」

岡田は神妙な顔をして、渡辺の話を聞いていたが、「まあ、いいこてッ」と声を上げ、泡盛を渡辺のコップに注ぎ足した。高木はただ黙って、渡辺の横顔を見つめていたが、酔って覗かせた男の風景に妙な安心感さえ覚える。

もちろん、この男をまだ信用できないが、自分も新潟に戻ってきて、いつ噴出してもおかしくはない疼《うず》きを、胸に抱えているのは事実だ。嫌悪や違和感や苛立ちというよりも、むしろ、ほんのちょっとしたスイッチで、郷里にくずおれ、溶け出し、流れ、逆に、今まで抑えていたものが狂い出すのだ。

高木は一気にコップを傾けると、日本酒を呑み干す。腹に染み渡る感じとともに、酔いのせいか、ますます、新潟への重心が低くなるのを感じた。

「どらッ、ちと、小便」と、渡辺が小さく呻いて、椅子から立ち上がる。捲れた背後のビニールシートから、信濃川を渡る冷たい風が滑り込んできて、上気した頬に心地いい。酔いの温みと、刃物のように鋭利な夜気が混じり合って、「ああ、こんな感じもあったのか……」と胸中呟いてもいる。

渡辺の黒い後ろ姿が、信濃川の土手をゆっくり上っていくのを何気なく見ていると、空になったコップに岡田がすかさず酒を注いできた。一升瓶を掴む手の小指に、自分のものとは較べものにならないくらいの撥ダコができている。

「……岡田さんは、三味線は、どれくらい……」

「俺の話はいいさ、雪彦さん……」と、岡田が遮って目尻に皺を寄せ、荒い仕草で一升瓶の蓋を閉める。

「……あの、ナベちゃんらけどな。長い付き合いになるんさねえ。……若い頃は、村で、三線弾かせたら、右に出る者がいねえくらいらったいう話ら。二時間でも三時間でも、村の人間、躍らせたらしいんさなあ。普久原とか林昌の再来とかいわれて、ナベちゃんも、音で食っていこうかと思うたらしいんだわ……」

「……あの渡辺さんに、俺は、もう狂うてるいわれました」

岡田が前歯の抜けた口から、カハッと陽気な笑いを漏らして、鉢巻を締めた頭を振る。

「自分のことがね、それは。……伝説の普久原朝喜になったつもりで、同じように大阪出て、いろんな仕事しながら……相当、やばい商売もやったみてえらけど、それでも三線はさ、弾き続けたみてえらな。ほら、ベトナム戦争のさ、ベース、いうんだか、アメリカ兵相手にジャズとかも演奏してたすけ、まあ、三線じゃねえても、何でも、弾けるて、あの男は……」

「ピアノとか、ギターとかも？」

「ああ、何でも弾けるて。サックスらか、も、吹けるわや」

「nest」にあった古いスタンドピアノで、一人ジャズを弾いている渡辺の背中を想像してみる。それこそ、マル・ウォルドロンの内省的なピアノが似合いそうな気もしてくる。

「……で、また、なんで、新潟にきたんですかねえ」

「うーん、……あやめ、らろうな」

さっき岡田が歌った、古調あいや節の中の「あやめ」……。女……、新潟の女のことだろう。

岡田はまたふと遠い視線を見せたが、手を伸ばすとラジカセのボリュームを少し絞り、煙草をくわえた。

屈み込んで、コンロの火から直接煙草の先につけている岡田の白髪頭から、屋台の後ろに広がる闇に視線を移す。点々と灯った水銀灯や、「りゅーとぴあ」と呼ばれている芸術文化会館の明かりが、冷えた夜気に青く光を放射しているのが見える。

「……まあ、亡くなったみたいらけどねえ、ずいぶん、前にさ……」

「……そうですか……。じゃあ、今は、一人で……」

「……一人が……ひょっとしたら、一番いいかもの。俺もそうらけどや……」

何気なく、闇の中に光る明かりを眺めていて、ビルの黒いシルエットや屋根の連なりに目を細める。初冬の夜のひんやりした沈みと、ラジカセから流れるカチャーシーの温度との違いが、夜景を遠くに隔てる感じがして、高木はかすかに頭を振った。

と、はるかむこうに灯る広告塔の一つが目に入ってくる。ガソリンスタンドと自動車メーカーの広告塔の間、そのさらに奥で緑色に光っている小さな看板……。

高木は息を細く吹き上げて、眉間に力を込めて目を閉じた。瞼の裏に、反転した広告塔の影が斜めに傾いて見える。

「おう、どうした、雪彦さん……?」

起き上がった岡田が声をかけてきて、ラジカセのスイッチを素早く切った。

「ああ、いや、何でもないです……」

「大丈夫らかや」と、くわえていた煙草を手に取り、自分の顔を覗き込んでいる岡田に高木は軽く手を上げた。

——高木整形外科。

緑色の看板に白いゴチック文字の病院名を発見して、動揺している自分がいた。川岸町に移転した病院を信濃川脇から見るのは、明訓高校生の時以来だ。

渡辺のいっていた、胸の奥底にある石の塊が音を立てて爆《は》ぜた感じで、両親や弟や、死んだ祖母の顔が過ぎりもする。まさか、近くの信濃川岸のおでん屋台で、自分が酒を呑んでいるとは、想像もしないだろう。するわけがない。勘当された息子は、東京でヤクザ紛いの土地転がしをやって、食い繋いでいるのだ。

一五　接触

背後のビニールシートが開いて、冷えた空気が背中を撫でる。

渡辺が戻ってきたのだろう、高木は遠く光る緑色の広告塔から白い皿に盛られたおでんの具に視線を落とした。

「おー、きたかや、何日ぶりら」

岡田の声が頭の上でして、何をいってるのかと顔を上げると同時に、オゾンマリンの香水のにおいが膨らんでくる。振り返る前にも、「雪彦さん、遅く、なりました」とエレーナの声が耳元を掠めた。

フェイクファーのコートを着たエレーナが金色の髪を耳にかけながら屋台のビニールシートを潜ってきて、そんな姿に、さらに、今、自分が何処にいるのか分からなくなる。

渡辺のカチャーシーがさっきまで鳴っていて、岡田は郷里・津軽の古調あいや節を歌い、自分は十年振りといってもいいほど見ていなかった、実家の病院の広告塔を偶然目にしている。そして、モスクワからやってきたエレーナは、肩が触れるほどすぐ隣に座っているのだ。

「……nestのパパは、何処ですか？」

「パパか。小便にいったきり、戻ってこねえな。川にでも落ちたかや」

高木もエレーナと一瞬目を合わせ、岡田の顔を見上げると、「エレーナは、何にする？」と笑みを満面に浮かべている。

「たまに、日本酒、呑んでみるか？」

「オー、日本酒だけは、駄目、です」と、眉間に皺を入れて唇を歪ませたエレーナは、大袈裟に頭を振って見せた。ブロンドの髪が踊って、高木の頰を軽く毛先が擦る。

岡田はすでに棚からウイスキーの瓶を取り出していて、グラスに注ぎ始めていた。エレーナの肩越しに、土手の闇に目を凝らしてみたが、渡辺の姿らしき影は見えない。と、岡田がラジカセから渡辺の三線のテープを取り出して、別のものに入れ替えた。

「……ナベちゃんは、気ぃ利かせたんだがね。あれは、すぐに、どっか、プイッといってしもうんだ」

「パパは、帰ったのですか？　……残念ですけど、でも、雪彦さん、いるから、いいのです」

エレーナのまだたどたどしい日本語が、時に稚気を思わせて可愛らしく聞こえるのを、岡田も高木も目を見合わせて笑った。

ラジカセからは、録音の悪いオーネット・コールマンがかかり始める。

nestの渡辺も相当に変わっているが、おでん屋台にコールマンのジャズをかける岡田も、かなりなものだろうと、高木は思う。やはり、渡辺のいう、狂った口に近いのかも知れない。まだ、津軽の民謡を歌う岡田の方が似合っている気がするが、ジャズや音楽はもちろん人を選ぶようなことはしない。

「オカダさん、雪彦さんの、三味線、聴きましたか？」

エレーナが水割りのグラスを、軽く高木のコップ酒にぶつけてきて、目の端をそよがせる。

「いや、聴いてねえ。聴いてねえが、ナベちゃんが連れてきたんだ、それなりの人らろう、と思う。まあ、三味線弾きには、見えねえけどな」

「私、セッション、しました。私のピアノと、雪彦さんの三味線と。とても、素晴らしかったです。本当に、素晴らしかったのです」

「エレーナ、よせよ……」と高木が牽制すると、不思議そうな表情をして見つめ、また岡田を見上げる。不慣れな言葉のせいなのか、それとも、直截《ちょくせつ》に感情を表現するのか、エレーナが隙だらけに思えたが、やはり何処かで、日本人好みの異国の女性を演じているという気もした。いや、相手を信用させて、とにかく、二重三重に騙していく自分の仕事が、そう思わせるだけなのかも知れないが……。

「雪彦さん、ちょっと、左手、見せて貰っていいかや」

岡田が節くれ立った右手を差し出してくる。高木は逡巡したが、眉を顰《ひそ》めながらも岡田に掌を上に向けて見せた。老眼がかなり進んでいるのか、岡田は口角を下げ、眉根を捩り上げると、高木の指先を見つめている。渋い表情で凝視し、軽く頷いてもいた。

「……確かに、我流の指らなあ。雪彦さん、あんた、三味線、いうよりも、ギターの運指に近いわねえ。小指も使うてるし……大体、人差し指の爪に道がねえねっかや」

津軽系にしろ長唄にしろ、小指を使わないのは当然知っていたが、トリルを細かくするために、ギターのように小指を稀《まれ》に使っていたのは事実だ。そして、爪の先の真ん中に溝をつけて、弦をそこに通すように弾くこともやっていない。

「……後、人の首を、絞め過ぎの手らな……」

「はい?」と、思わず高木は顔を上げたが、岡田はじっと見据えるような表情をしてから、歯の抜けた口を開けて大声で笑った。

意味が通じているのかどうか分からないが、エレーナまで顔にかかる金髪を掻き上げては笑い、視線を岡田と自分との間に往復させている。

初心《うぶ》な音楽院生の顔に、茶目っ気というよりも、裏の世界をそれでも覗いてきたしたたかさが、一瞬露わになった気がして、高木もコップ酒に唇をつけながら密かに笑みを浮かべた。

「冗談らて。そういうことができる手らったら、世の中、楽らさなあ、雪彦さん……」

そういって岡田はコップ酒を掲げて見せると、半開きにした口をコップの底に透かせて、その暗い穴に酒を放り込むようにして呑む。白い無精髭の光った喉仏を揺らし、「あーッ」と体の底から呻き声を上げて、至福の溜め息をついていた。

「エレーナも、良かったなあ。音の分かる兄ちゃんと知り合えてや。ナベちゃんみてえな、爺さでは、もう駄目らわや。……まあ、あいつは、人の首、絞めても平気な口らけどの」

狭いカウンターに置かれたアルミの灰皿やラベルの剝げた七味唐辛子の瓶、煙草や鍋からの蒸気で煮しめたような古い屋台や日本酒の甘いにおいの中で、エレーナの青い瞳や金色の髪がすぐ横にあるのが不思議になる。

いや、さらに、エレーナの肉体があること自体に違和感を覚え、むしろ、自分の方がこの信濃川沿いのおでん屋台では異人《まれびと》みたいなものなのかとも思う。

酒がかなり回り始めたせいで、奇妙な妄想を自分は抱いているのだと分かっていながら、モルダウでもサンクト・ペテルブルグの運河でもいい、その岸に何故かおでん屋台があって、知り合ったばかりのロシア女性に連れられてきて呑んでいる。呑んで、酔って、自分は、忘れようとしていた実家の病院の看板をロシアの夜の中に幻視しているのだ……。

そんなこともありうるかも知れないじゃないか……と、酔いの底へとゆっくり降りていきつつ、カウンターの表面についたコップの底の痕を見つめている。

時々、ビニールシートの下から入ってくる夜風に、信濃川の水のにおいを感じて、ふと我に返り、「なんだ、俺は、新潟の風を覚えているねっかや」と胸中、呟きもする。

それでも、モスクワやサンクト・ペテルブルグや津軽やコザという見知らぬ土地を迂回して戻ってくるのだ。

「……俺……ほんのきに、新潟に、帰《け》ぇってきたんだかや……」

「……ああ。……帰ぇってきたんだよ、ほんのきに」

実際に、声に出していったのかも分からないまま、遠いような、あるいは近いような、遠近感のはっきりしない返事を聞いて、高木は焦点の合わない目を上げた。

「……雪彦さん、帰ぇってきたんだよ……」

屋台にぶらさがった白熱灯の光に、岡田の穏やかな顔が浮かんでいる。横のエレーナを見ると、フェイクファーコートの肩を寄せてきて、もう一度ウイスキーグラスを自分のコップ酒に軽く当ててきた。

完全に自分が酩酊し始めたのを、二人で見守る恰好になっている。情けない気分を覚えながらも、酔いに甘えて高木は静かに左手を伸ばした。

自分でも何をするのか分からない。岡田のいった、人の首を絞める手が伸びているのかと思っているうちに、エレーナの頬にかかった髪を指の背で送り、かすかに赤みが差した頬を掌で包んでいた。

一瞬、エレーナが体を強ばらせるのを感じたが、すぐにも柔らかく受け止めるようにパールの入った唇に笑みを湛える。そして、nestでピアノを弾いてくれた白い長い指を自分の手の甲に添えた。

静脈や腱の浮き出た武骨な自分の手に、エレーナの優美ともいっていい手が重なって、ほんの束の間、陶然としている自分に慌て、手を引っ込める。

「……ああ、エレーナ、悪い……。酔ったよ」

「ノー・プロブレム、です、雪彦さん……」

恥ずかしさをごまかして、またコップ酒を勢いよく傾けた。ふと、その刹那に、水平線上に綻んだ金色の雲や紫色に際立った佐渡島の稜線が見え、潮のにおいが開く。どういう連想かも分からないまま、はるか水平線のむこうに膨大な夕焼けが燃えていて、恐ろしいほどの虚しさが、見ている自分を石ころのように凝《こご》らせるのを感じた。

一体、何故、日本海の夕暮れが紛れ込んだのか、と脳裏の風景を追っていると、矩形《くけい》にそそり立つ超高層ビルの影が斜めに擦過する。

「雪彦さん……あんた、ナベちゃんの所で、今度から、ライブ、やるいう話らねっか?」

岡田の声に重く粘った瞼を開けると、鉢巻を巻いた角刈りの顔が二重にも三重にも見えて、高木は頭を振った。ますます酔いが揺れる。

「それは、本当ですかッ。とても、ステキな話です」

意識的になのか、まるで背景の抜け落ちたエレーナの明るい声音に、棘のような苛立ちが頭をもたげてもくる。

「……そんな話、ないよ……。なんで、俺が、nestで、ライブをやるんだよ……」

「ナベちゃんが、いってたわや。喜んでたさ、雪彦さん……」

「……嘘だよ、岡田さん。ナベさんの酔っ払った戯言《ざれごと》だ……。俺は、三味線弾きなんかじゃ……。ああ、俺も、ちょっと、キジを撃ってくるさ……。だけど、そんな話は、ないよ。ない……」

酒がかなり回って、岡田の顔や白熱灯が斜め上へ斜め上へと送られるのを見て、高木はカウンターに手をついて立ち上がった。少しよろけて、エレーナの背中に寄りかかる。

渡辺のやり方だ。既成事実作りか？

ビニールシートを乱暴に捲り、ふらついた足で屋台から離れ、土手を上り始める。冗談じゃない。渡辺がいつ岡田にそんな話をしたのか、まったく気づかなかったが、自分の関知しない外堀から埋めていくつもりだろう。

信濃川の冷たい夜気に少し酔いを覚ますつもりが、膝というよりも腰から完全に力が抜けていて、足元がふらつくばかりだ。

枯れた草を踏んで、ようやく土手の上に出ると、漆黒の信濃川に光が泳いでいて、そこを巡視船なのか、夜釣りのボートなのか、水面を乱して、反射している光をさらに躍らせているのが見える。

「……酔ったな……」

遠く万代橋を走るクルマの音が風の音のようにも聞こえてくるのを耳にしながら、体を前後に揺らし、ズボンのジッパーに覚束ない手をかけた。その時、視野の左にぼんやりと熱を持ったような影が立っているのを感じて、高木は焦点の定まらない目を向ける。

「……誰だ？」

酔った目を無理にも凝らすと、不自然なほど丸い頭のシルエットに、見覚えのあるジャンパー。

渡辺……。ナベさん……、じゃねえか。

ニットキャップの下の顔が堤の水銀灯で浮かび上がったが、土気色の無表情な顔で自分を鈍く見つめている姿があった。

「何処、いってたんだよ、ナベさん。長過ぎる小便だな、唄者《ウタサー》……。あんた、いい加減なこと、いわないでくれよ」

「……高木……幸彦……。おめえ、簀《す》巻《ま》きがいいか？　それとも、ブロック、抱えるか？」

油粘土の塊を思わせる顔が歪んで、口が動く。

何を言っているのかと渡辺の言葉に耳を疑ったが、低く籠もった声は確かにそういっていて、反射的に渡辺との距離と川との距離を目線で測っていた。

本気か？　背後にも気配を感じて、目の端で見やると、鉢巻を外しながら近づいてくる岡田と、フェイクファーのコートのポケットに両手を突っ込んで、ゆっくり歩いてくるエレーナの姿が見えた。

マジかよ。

「……おまえら、やっぱり、グルだったか、ああ？　エレーナもか？」

振り返ってエレーナにも声をかけたが、エレーナは返事をしようともせずに、ただ、目を細めて見据えてくるだけだ。唇の片端だけがわずかに上がっているのが見える。

「……面白いじゃねえか。俺を殺す気かよ、あんたら……。それとも、駆り引きでもするのか？」

「……高木……おまえらに殺された人間が、どれだけいると思うてる？」

渡辺の鈍い声に顔を動かした時、黙って立っていたエレーナの手元に短い閃光が走るのが見えた。

「!?」

ナイフ。エレーナの取り出したジャックナイフから視線を素早く上げると、その顔に息を飲んだ。

「順子ッ……」

間違いなくその顔は順子だと思っているうちにも、女の影が駆け寄ってきて、自分の腹にナイフがグリップまで入っていた。

呻き声を上げ、体を大きく震わせた時、オゾンマリンの香水のにおいが包み込む。柔らかな体の感触や温かさと一緒に、女の湿った吐息が顔にかかるのを感じた。

「雪彦さんッ……雪彦さん……」

女の叫ぶ声にうっすらと目を開ける。と、隣に座るエレーナの肩に顔を伏せて酔い潰れている自分がいて、屋台のカウンターに置いたコップ酒をひっくり返していた。

「雪彦さん、何だや。お疲れらか？」

酩酊の底で揺り動かされて、目を上げれば、焦点の合わない視野の真ん中に、岡田の陽気な顔が笑っている。

何か音を消したスクリーンを前にしているようで、酔いの深みから醒めた今の方が夢ではないかという気がする。屋台の白熱灯に照らし出されたこの男の笑顔は、たぶん、いつか夢に紛れ込んでくるだろう。そんなことを朦朧《もうろう》とした頭の中で考えながら、返事をしたが、声にもならない。ただ、唸っているだけだ。

「雪彦さん……大丈夫ですか？」

夢の中で、エレーナは無表情な顔でナイフを取り出して、刃先を俺に向けたのだ。そう思ったと同時に、テープを高速で巻き戻したように、酔い潰れる直前へと記憶がフラッシュバックして明滅する。

「ナベちゃんの所で、今度から、ライブ、やるいう話らねっか？」といった岡田の言葉も、酔った自分の妄想だったか……？

信濃川沿いの土手の闇に、無音で蠢《うごめ》く透明な人影の余韻がまだ脳裏にある。渡辺の土気色した顔や、鉢巻を外した岡田の白髪頭や、エレーナのクールな眼差しを想像した無意識の底に、自分の本心が隠されているのだとも思う。

「……雪彦、さん……」

顔にエレーナの温かく湿った息がかかって、視線を上げる。幾筋かの金色の髪と、白くきめ細かな肌が、すぐ鼻先にあって、高木は酔いに甘える形でその項《うなじ》に鼻を軽く埋めた。オゾンマリンの香水のにおいと肌の熱が心地よくて、自分の頬をエレーナの髪やフエイクファーの毛がくすぐる。

このロシアの女と寝るということがあっても、何も不思議はないだろう。寝ないということがあっても、また、何の不思議もない。順子が自分から離れて、他の男と通じても、まったく不思議はないようにだ。

「……雪彦さん、……ジュンコ、さんというのは、誰ですか？」

不意を衝かれ、エレーナの言葉に、酔眼を無理に見開くと、岡田が吹き出して笑う。すぐ目の前には、エレーナの形のいい唇が白い歯を覗かせていた。

「……なんだ？　順子って？」

「雪彦さん、さっき、そう、いってました……」

カウンターに零れた日本酒を、布巾で押さえながらも、エレーナは目の端で自分の表情を窺っている。

「……女の肩の上で寝てさ、他の女の名前呼んでるんだすけな、粋な三味線弾きさらわね」

岡田が前歯の抜けた口を大きく開けて笑い、コップ酒を呷る。

「……順子、なんて女、知らないよ。あんた達の、聞き間違えだろう」

高木は空になったコップを掲げ、岡田に示した。

「大丈夫らかや」といいながらも、岡田は片手で一升瓶を摑み、乱暴に注ぎ込む。その時、また岡田の背後の闇に、高木整形外科の看板がホログラムのように光って浮かんでいるのが見えた。

「雪彦さん……、そんなこと、いって、いいんですか？」

見ると、口元には笑みを溜めているが、エレーナが頰杖をついて目を細め、見つめている。かすかに諫《いさ》める感じを込めているのだろう。だが、エレーナの視線が距離を測り、試しているのを見て、高木は女に澱んでいる寂しさや欲望を覗いた気分にもなる。いや、何処かで、順子を見ているのかも知れないとも思う。

「良くないよ……」

低く呟くと、エレーナの表情がふと柔らかくなって、笑みをさらに零す。そして、いきなり自分の左腕に、手を差し込んできた。フェイクファーの上からでも、彼女の乳房の感触が豊かに感じられる。エレーナの肉そのものを覚え、酔いながらも、女の体の輪郭が脳裏を過ぎる。

「いいのぅ。俺も、そんがこと、されてわや」

「エレーナは、ビジネスだろ」

コートの腕に、エレーナの爪が軽く食い込んでくる。白い手の甲に腱の薄い影が浮き出て、それすらもが滑らかに磨き込んだ大理石を思わせた。

「違います。私は、ビジネスは、ダローガの中だけです」

「……エレーナ、じゃあ、俺の彼女になってくれるか？」

「それは、分かりません。雪彦さん……、ジュンコ、さんという女のヒトのにおいが、しますから」

酔いに定まらぬ視線を岡田に向けると、鉢巻の下で眉根を捩り寄せ、エレーナを見ていたが、「ほうッ」と息を強く漏らして頭を振った。いかにビジネスから離れた演技をこなせるかが、エレーナの仕事でもある。それに岡田は感心しているのだろう。

一瞥《いちべつ》する岡田の視線に、高木はコップ酒を呷る。その間も、エレーナは腕をさりげなく組んでいたが、ほんのわずかな隙間ができたようで、フェイクファーのコートの中に本心を隠す気配があった。

女のにおいを感じて、さらに密着してこようとするほど商売気を露わにするタイプではない。初心とビジネスの混じり具合を嗅ぎ分けようとして、エレーナの横顔を見つめたが、そんな面倒な詮索をしていること自体に嫌気が差して、目をそらした。

「岡田さん……じゃあ、俺は、そろそろ、いきます……。勘定……」

「何いうてるや。へえ、ナベちゃんに貰ってるさ」と、岡田は節の目立つ指でタオルの鉢巻を取って、首に巻く。角刈りにした白髪頭と頬骨の高い、日焼けした顔が、おでん屋台の主人や三味線弾きというよりも、古い地元の漁師を思わせる。

「それよりや、今度、雪彦さんの三味線を聴かせてくれや。……ああ、俺が、ナベちゃんの店いって、あんたの三味線を聴いてもいいか……」

「それ、いいですねッ。パパのお店で、みんなで会うのも楽しいです」

またエレーナの手に力が籠もって、胸の柔らかみが圧してくる。だが、子供じみた能天気な言葉やnestで会うという話が引っかかり、高木は眉根を寄せた。

「……なんで、渡辺さんの所で、俺が三味線、弾くんですか……？」

「あやッ」と、よく分からぬ短い声を発して、岡田が口を開く。

「ほんに、酔っ払ってしもうたんだねえ。さっきも、いったねっかや。ライブ、やるいうて」

やはり、夢の一部ではなく、実際にいわれたことなのだと分かって、渡辺の戦略に思わず奥歯を噛み締めた。

「だから、やらないんだよ、岡田さん、そんなもん……」

「いや、何しろ、聴かせて貰わねえとな」

「そうです、岡田さん。聴いてください。雪彦さんの三味線は、他の楽器では、出ない音です。私も、また、セッション、やりたいです」

エレーナがウイスキーグラスを傾けて、白い喉元を揺らす。優美といっていいほどの横顔のラインに、長い睫毛を伏せている。音楽院の学生だった女の表情が一瞬覗いたと高木は思った。

一六　黒い漣《さざなみ》

光が揺れている。

こっちに向かって伸びながら、揺らめき、そよぎ、やがて繊細な先を川面に遊ばせては、滑らかな光の破片を闇に投げている。

夜の信濃川のにおいは冷えているけれども、酔いの回った体の芯に届いて心地良かった。たぶん、振り向けば、遠くに高木整形外科の緑色に発光した看板が見えるのだろう。

「……夜の万代橋を、見ると、ペテルブルグを思い出します。すぐに、ラフマニノフの小品が、流れます……」

寄り添って、自分と腕を組んだまま歩くエレーナの声が、小さなスキャットに変わる。

か細い旋律の中に、やはり、ロシア音楽のメランコリーが帯びている。自分の抱えている哀調とはまったく異質の所から生まれているものだと、高木は思う。だが、ほんのかすかなフレーズなのに、自分を開いて、エレーナの生まれ育った時間を、錯覚ではあるが体験させる。細胞自体の色を変えさせられるというのか、それが歌や音楽の力でもあるだろう。

「……なんで、エレーナと、歩いてるんだろうな……」

「雪彦さん、また、それですか……。運命でです」

「運命、かよ……大袈裟だな」

「アー……、何というのですか、繋がり……初めから、繋がる意味です」

信濃川の水面からエレーナの横顔に視線を移すと、漣に踊っていた光の触手が残像になる。

「縁。縁っていうんだよ、エレーナ。……運命の、一部ではあるけどな」

その時、少し力が加わって、エレーナの体がさらに寄ってきた。男の欲望を刺激するというよりも、幼女のような反応だと思う。幼い子供が目の前の出来事に納得して、世界に対して前のめりになる感じだ。

ライトアップされた万代橋が白く浮かび上がり、橋脚の光がやはり川面に細かく震えている。川岸に繋留されたボートやヨットがその腹に波を受け、水の音を立てながら、黒い影を互い違いに揺らしてもいた。何か、酔った巨人の男達が肩を揺すって笑っているようにも見えて、そんなことを思っているうちにも、さっき岡田の屋台で朧に見た夢が蘇ってくる。あまりに馬鹿げた夢だと高木は思わず苦笑いを浮かべ、小さく吹き出した。

「どうしましたか?」

自分の漏らした笑いに、エレーナが横から見上げてくる。水銀灯や万代橋の光を溜めて濃く灰色がかって見える瞳が、少し寄り目になってもいた。

「……さっき、エレーナに、腹を刺された夢を見た……。ナイフでな」

「オー」と眉間に皺を入れて、視線を自分の顔にうろつかせる。一体、どういう意味でそんなことをいってるのかと怪訝な表情で、ふと一瞬前に見せた幼女のような顔が一気に曇った。

「渡辺さんや、岡田さんまでな……。アホな夢だよ。いつも、そうだ」

「それは……エス、かも知れません、雪彦さん」

古い精神分析でいう、潜在意識のことだろう。確かに、自分は端《はな》から、渡辺も岡田も、そして、エレーナも信用していない。いや、信用してはならないブラックな土地転がし屋だ。特に、渡辺に気を許したら、いつ足を掬われるか分からない。

「……私のことは、特に、そういう風に、雪彦さん、思っているのです。……新潟にいる、若いロシア女、みんな、そういう風に見ているのです」

エレーナの表情から穏やかさが抜け落ちて、張り詰める。自分の目を避けて、口元のあたりを見つめているが、また、抑えつけていた気持ちを撥《は》ねのけるように視線を上げた。

まっすぐに射ってくるエレーナの瞳と、意志を覗かせた唇がすぐ目の前にある。信濃川の水面を這ってくる夜風に、金色の髪が揺れて顔にかかるが、瞬きしながらも見据えてくる眼差しの強さに変わりはない。

nestでピアノを弾いて、時々振り返りながら音を合わせていたエレーナの横顔や鍵盤の上の白い指が過ぎる。セッションの興奮に輝かせた顔や、小袋谷ビルの前でしゃがみ込み、日本語の勉強用のノートに何か一心に書き込んでいた姿……。

と、高木は指をエレーナの頬に添えて、素早く唇を重ねていた。柔らかな唇からエレーナの血の温かみが広がり、伝わってくる。ウイスキーの尖ったにおいとルージュの味。体の底から疼《うず》きに似た切迫感が湧き上がってきて、さらに強く抱きしめようと思った。だが、エレーナはまったく抵抗しようとしない。

目を閉じていたエレーナの薄いアイラインが、ゆっくり開く。長い睫毛の間から、ぼんやりとした瞳が現われ、やがて、焦点が定まってくる。夜の信濃川に反射する光を、ロシアの女の目の中に見ることなど、もちろん想像もしない。いや、自分とはあまりに違う世界で、存在しないも同じことだった。ただ、酔っているとはいえ、間違いなく自然に自分を受け入れた若いエレーナが、すぐ間近に佇んでいる。

「……エレーナは……、俺を、信用できるのか？」

「……私は……雪彦さんの音を聴いたから、……分かるのです。音楽は、弾く人のすべて、出ます……。パパも、そうだと、思います……」

「……俺は、本当は、三味線弾きなんかじゃないんだよ、エレーナ」

わずかにエレーナの目が揺れたが、それでも視線を外さずに覗いて見せている。

「……私は、雪彦さんの、三味線の音で分かるのです。……アー、日本語で、なんていう、ですか……、そう、キレイゴト、ではないのです。それだけでいいのです。……だから、雪彦さんも、私のピアノを聴いてくれたままの、私を、見て欲しいのです……」

高木は口を噤《つぐ》んだまま、じっとエレーナの目を見下ろしていたが、同じようにかすかに頷いて答えた。

エレーナの胸の中に、ロシアン・パブで働く女に対する偏った見方をしないで欲しいという想いがあるのはすぐにも分かる。だが、同時に、何か別のものが挟まっているのも感じた。エレーナと自分との間に薄いけれども、生々しく存在する境界がある。

……順子、か……？

「……雪彦さん、さっき、彼女になるか、といってくれました……。でも、私達は、恋人、できないのです。きまりなのです。ルール。システムのルール……。みんな、ダローガにいる女の子達、本当は真面目。一生懸命、勉強してます。みんな、お金のためなのです……。ボスは、私達が恋人作ったら、その人を攻撃する。大変なことになるのです。だから、仕事で、男の人とセックスしても、彼にしてはいけない。分かりますか？」

「ボス……？　ロシアン・マフィアは、新潟にいるのか？」

「普段はいません。時々、くる。だけど、日本人のマネージャー、見張ってる。門限もうるさいのです……」

エレーナが視線を外して、万代橋の方に顔を向ける。水のにおいの混じった、冷えた夜風に、金色の髪が揺れて、柔らかなヴェールでも被っているようだと高木は思う。時々、濡れていると思えるほどの光沢が髪を滑り、干渉縞のような模様さえ浮き上がっている。

夜の信濃川の光を受け止めたエレーナの目を見つめながら、高木はコートのポケットから煙草を取り出した。エレーナが慌てて、フェイクファーのコートを探ってライターを手にしようとしている。

「……エレーナ……いいよ。ここは、ダローガじゃない」

それでも、風をよけて火を守る高木の掌を、エレーナはさらに上から指の細い掌で覆った。オレンジ色に灯った何本もの指の重なりが、闇に開いた花のようだ。川岸の土手で、まるでB級映画のワンシーンのような構図を取っている自分達に照れを覚えつつも、高木は大きく煙を吹き上げた。水銀灯に青白く煙が膨らみ、投網を打ったように広がったかと思うと、風に掻き消える。そのむこうで万代橋や新潟港付近の光が放射状に瞬き、黒い水面にも柔らかく粘るように躍っていた。

「俺は……エレーナの今の生活が、どんなものか、知らないが……」

「……私も、雪彦さんの、プライベートを、知りません……」

「やっぱり……、あのピアノは信じるか、な」

信濃川から視線が戻ってきて、エレーナが笑みを溜めた目で見上げてくるのが分かる。ただ、自分の喋っていることが面映《おもは》ゆく、煙草の煙を追っているだけだ。

「……ナベさん、何処、いっちまったかな」

「きっと、花町《はなまち》のマンションに、帰ったんだと、思います。nestじゃない」

「エレーナは、何処に住んでるんだ？」

「雪町、です。パパとは、すごく近いです」

万代橋から信濃川に沿ってすぐ北は、花町、月町、雪町へと上っている。ダローガや小袋谷ビルのある西堀から歩いても、十分ほどの距離だ。

「ナベさんの、マンションには、いったことあるのか？」

「オー、それは、ないです。私より、パパの方が嫌がるのです。自分の時間、大切にする人。パパの、プライベートも、私は、分かりません……」

頭上の闇にふわりと揺れるものの気配を感じて、目を上げると、柳の大きな枝が噴煙のように膨らんでいた。ゆっくり萎み、また風を孕んで静かに揺れている。

すぐ後ろには、ライトアップされたホテルオークラの白い建物が聳《そび》え浮かんでいた。点々とついた部屋の明かりに目を細め、一瞬、ダローガの女を買った客を想像もして、高木は俗っぽい考えに小さく鼻を鳴らす。

生き方など、様々。果てしなくあるだろう。自分が、エレーナを強引に買っても何の不思議もない。そして、恋人になって問題を起こし、ロシアン・マフィアに、それこそ簀巻きにされて、信濃川か日本海に投げ込まれるか……。

「だけど、私の、住んでいる所には、きたことあります。……雪町のアパートに、パパ、きたことがあります。……でも、私達は四人で住んでいます。部屋、狭いですが、ターニャ、アイラ、オルガと、私、四人で住んでいるのです。パパ、お茶、飲んで帰りました」

渡辺がアパートに寄った時のことを説明しようとするエレーナに、高木は軽く頭を振った。詮索するつもりはなかったし、むしろ、エレーナが逆に気を回して喋っていること自体が煩わしくも感じる。

万代橋の暗い橋桁の下を、いきなり強い風が港の方から吹いてきた。煙草のフィルターを噛み締めながら、俯いて肩に力を込めると、エレーナも腕にしがみついてくる。少し寄り添うだけでもエレーナの体温を感じ、また肩を引き寄せて強く抱きしめた。覗いた項《うなじ》から、オゾンマリンの香水のにおいが鱗粉のように立ち上ってくる。今度は、かすかに抵抗して、女の体の中を通った芯が揺らいでいた。壊したい気持ちと、幼い子供を抱く時のように優しく包み込みたい気持ちが一緒になって、不意に力が抜けた。

万代橋の上を、パトカーのサイレンが音の角度を変えて通り過ぎていく。抱擁したまま、サイレンを耳にしていて、闇の中に様々な光景が断片的にフラッシュバックしては明滅するのを感じた。エレーナは、それでもまだじっと目を閉じたまま、ルージュで光った唇を半開きにしている。

順子の微笑みながら髪を掻き上げる仕草や、清田が楊枝《ようじ》をくわえてスポーツ新聞を読む姿や、三味線の天神を座椅子の背に寄りかけて弾いている祖母の影……。幼い自分が何時間でも信濃川に石を投げて音を面白がっていたことや、ピアノに背を丸めている渡辺や、死んだ角田がキーボードを弾くために小指にはめていたショートホープの箱や……。

様々な断片が浮かんできて、何の因果だろうと思っているうちにも、サイレンの音の尻尾が何処か街の奥へと消えていた。

「……エレーナ……、アパートまで送るよ」

「でも、とても、古いアパート、あまり良くないです……」

高木は指に挟んでいた煙草を、一口吸うと無造作に信濃川に放り投げた。赤い小さな軌跡がカーブを描いて闇に吹い込まれる。順子が最も嫌がっている自分の癖に、外では吸うまいと決めていたが、灰皿の見つからぬ路上で踏み躙《にじ》ったり、捨てたりするたびに、眉を顰《ひそ》めた順子の顔を思い出す。そして、またやっている。

「オー、雪彦さん……、川は、街の源です、大きな、大きな、血管みたいなもの……。ペテルブルグの運河、みんな、大切にします……」

「……そうだな。悪い」

まるで、順子と同じだと思いながら、エレーナの顔を振り返ったが、胸の奥底で引っかかった自分の言葉に嫌な感触を覚える。順子を思うのではなくて、すでに、順子を思い出している自分がいて、一瞬うろたえた。数カ月も離れているかのような順子を何の気なしに想定していて、「馬鹿な」と思わず頭を振る。コートのポケットを探って、携帯電話の液晶表示を見れば、たぶん、順子からの着信が何件か入っているはずだ。

「ああ、雪彦さん。アパートに寄って、お茶でも飲んでいって欲しいのです。でも、たぶん、みんな、いる。凄い。洋服、ストッキング、部屋にぶら下がっていて……」

「エレーナのパンツも、ぶら下がっているのか？」と高木は笑う。

「オー、それはないです。……ああ、たぶん、マネージャーもいるかも知れません。ダローガのマネージャー、うちのボスにお辞儀ばかりしている人です。私達のご飯作ってくれたり、お茶入れてくれたりもします。悪い人ではないけど、ちょっと、リスペクトできない。パパに対しても、お辞儀ばかりしています……」

闇の底にかすかな黒い漣が立つのを覚えながら、ＮＴＴビル脇を通り、新潟グランドホテル角を左に曲がる。

信濃川の面を滑っていた風が切れて、一瞬、無音の中に放り込まれたように静かになった。

エレーナのロングブーツの靴音が、暗いアスファルト道路やビル壁に響いて、夜の新潟の街をさらに眠らせる。モスクワやペテルブルグの石畳の道を、やはり同じような足取りで歩いていたのだろうか……。いや、きっと新潟の街や男達を呼吸した分、そこには大人の女が立てるヒールの音があるのだろうと高木は思う。

「……エレーナ。……ナベさんの nest という店は、昔から、あの小袋谷ビルにあったのかな？」

不意に口にした言葉に、エレーナが戸惑って自分の顔に視線を泳がせるのが分かった。

「……というか、nest とダローガは……姉妹店、うーん、何ていったらいいのかな、経営者が同じということもあるのかな……？」

「ああ……」と、エレーナは視線をうろつかせている。水銀灯の光に、濡れた白い歯が覗いて、何故か、女の唇なのだと胸の中で言葉にして確かめている自分がいた。

よく分からない。唐突に閃かせた nest とダローガの繋がりを思いながら、すぐ目の前にあるエレーナという女の唇に見入っている。仕事上の駆け引きめいた戦略をたえず何処かに潜ませている男が、パブの女の子であるエレーナの唇に見惚れて、生身の女を感じていた。こんな自分を、たとえば、内藤が見たら、腹を抱えて笑うのだろうと思う。

先輩ッ、何っすか、マジで、惚れたんじゃないっすか？

「……それは、私達には、分かりません……」

エレーナの唇が動いて、我に返り、彼女の瞳を見つめる。エレーナが一番好きだというアクアマリンの宝石が溜めた光のようだと思っていて、「俺はどうかしている……」と深く息を漏らした。

「エレーナが、ナベさんのさ……、nest へいった、きっかけって、何だ？」

「……それは、雪彦さんの、仕事に関して、必要なことなのですか？」と、エレーナの視線がわずかに距離を取った。自分の目の底にある表情を確かめようと見据えているが、何処か、寂しさに似た色を帯びている。

「……ああ、いいのです……。私は、雪彦さんの仕事、知らなくて、いいのです。変なこと、聞きました。すみません……」

エレーナはフェイクファーのコートの肩を軽く上げて見せた。

「私は、さっきもいいました。雪彦さんの、音楽、抱えているもの、三味線の音に、惹かれたのです。ビジネスではなくて、雪彦さんは、私の中で、大きいのです……」

エレーナが目元を伏せ、自分の胸のあたりに視線を彷徨わせている。長い睫毛の影とアイラインが重なって、ぼんやりした小さな闇がそこにもできた。だが、その闇は暗いようでいて、こっちの表情や息遣いを窺って密かに光るもう一つの目があるはずだ。女達が隠し持っている勘と計算……。

「……パパが、お客できただけです。すぐ向かいのビルで、お店やってるから、遊びにきなさい、いってくれました。それからです……」

「その時、マネー……」と、高木はいいかけて口を噤む。尋問めいた自分の畳み掛け方に嫌気が差すというよりも、小袋谷ビルを巡る三国不動産の営業マンとして聞いている自分自体に疲れを覚えるのだ。

その時、マネージャーが渡辺に対してどんな態度を取ったのかと聞きたかったが、そんなことをエレーナが覚えているわけがない。エレーナ自体はまるで無関係で、お金のために、ロシアン・マフィアルートで来港し、働いているに過ぎない。

「どうしたのですか?」

顔を上げたエレーナに高木は小さく頭を振って、鉛色に鈍く光るアスファルト道路を見つめる。硬いヒールの音と自分の靴音が重なって、ビル壁に反響するのを聞いているうち、「ああ、あそこ、です」とエレーナが少し笑いを含んだ声でいった。

光を震わせた水銀灯が二本ほどしか立っていない駐車場があって、その横に、古い木造モルタルの二階建てアパートが見えた。奥には黒いビルの壁が迫っている。八世帯分の部屋の窓があるが、二階にある一つの窓と一階の端の部屋にしか明かりがついていない。

「まだ、みんな、起きてる……。二階です」

サッシ窓に引かれたカーテン越しに、誰かの頭の影が奇妙な形に歪んで、じっと動かずに見える。時々、その奥にぼんやりした大きな影が過ぎって重なった。

「あの頭は、ターニャです。珍しい。いつもは、もっと遅い」

ターニャはすでに店にきた男達を客として取ることもやっているのだろう。確か、ユーロビートの音楽が好きな女の子だ。

窓についた柵に、白いプラスチックの鉢が並んで見えるが、ただ置いてあるだけで、何もなっていない。たぶん、エレーナ達が育てている鉢植えではなくて、前から放置してあるものに違いない。その横に、何が入っているのかは分からないが、白いポリエチレンの袋もぶら下がっていた。

アパートの下までやってきて、錆《さ》びた鉄製の階段が路地から二階へと急勾配で上がっているのを見る。一階の暗がりに、古い自転車や洗濯機が置いてあり、何処から持ってきたのか、道路工事で見かける赤いパイロンも一つ見える。

「雪彦さん、寄っていきますか？」

「……いや、このまま、帰るよ」

「みんな、でも、喜びます。雪彦さんが嫌でなかったら……」

高木は唇の片端をわずかに上げて、手の甲でエレーナの頬にかかった髪を後ろに送る。さりげなく自然にやったようで、すでに恋人めいた仕草で振る舞っている自分に寒気が走った。

順子という女がいながら、エレーナに惹かれつつあって、相手に隙があれば間違いなく関係を持とうとしている男。そいつが、夜風にそよいだ髪を何の邪念もなく払ってやる振りをして見せている。

「エレーナのボスが怖いからな」

「オー、今はハバロフスクだと思います」

「冗談だよ、また明日な」と、高木は差し出した掌でエレーナの頬を包んでみる。たぶん、他の客もやるのだろう、異国の女を一夜の恋人にして錯覚し、エレーナ達も騙しながら甘えて見せる。「楽しかったよ」などと呟いて、ビジネス以外にほんのわずかに芽生えた一縷《いちる》の信頼を妄想し、別れるのだ。

「ああ、雪彦さん、ちょっと、この手、何かエッチな感じ、です」

そういって、エレーナが小さく顔を引く。高木も反射的に手を引いて、エレーナの目を見つめた。見据えるような眼差しで見上げているエレーナの瞳に、本当に信じていいのか、と気持ちが揺らいで、胸の底が波立った。

「じゃあな」と片手を上げて、エレーナに背に向ける。電柱に貼られた黒いラベルが目に入って、「本当に、その通りだよな」と高木は呟いた。

——世界が平和でありますように

だが、そうはいかないのが、世界だ。

一七　古町三下《さが》り

頭の奥に鈍い酔いの塊が残っている。

糸の先につけた分銅を振り回しているようで、その軌道が楕円になったり、小さな輪になったり、また速度を変えながら大きく旋回したりして、二日酔いの眩暈《めまい》に、高木は顔を顰《しか》めた。

朝飯も即席の味噌汁を啜っただけで、後は入りそうにない。薄く開けたガラス窓からは、冷たい朝の空気が敷居や畳を這うようにして入ってくるが、少しも酔いの不快さを紛らせない。ただ胡座《あぐら》をかいた膝を冷たくして、撥を持った右手の甲や棹を握る左手の指先を他人のもののように思わせる。

「……こういう時……」

鼻に籠もった低い声を出して、あまりに低く粘った声に酒の残りを感じて、自嘲の笑いを力なく漏らしている。

「……雪、が、降ってくれればな……」

障子戸にはだいぶ弱まってきたとはいえ、日差しが明るく充ちていて、隣家の庭にある柿の木の枝を映していた。雪など降る気配すらもなくて、季節的にもまだ早過ぎる。

　だが、体の芯までふやけてしまうほど酔いが染みついていると、春でも夏でも、あるいは、秋でも、雪のにおいに焦がれてぼんやりする。ナイフの刃を思わせる金属的な冷気を肺の奥まで吸い込んで、静かに降り続く雪の中に朦々《もうもう》と白い息を吐き続ければ、すぐにも二日酔いなど失せてしまう。新宿にいた時も、接待で深酒した翌日などに同じようなことを思った。

「あなたは、南の方では、暮らせないわねえ……」

　と、順子にいわれ、その時も、確か、ひどい二日酔いにただ唸っていて……そうだ、母校の明訓高校が甲子園に出た夏の頃だ。テレビの高校野球中継を見ながら、「雪が、降ってくれればなあ……」と、突拍子もないことを口にして、順子に笑われたのを思い出す。

　高木は三味線の棹から左手を離し、何度か指を開いては握った。棹での滑りを良くするための、親指と人差し指にかけた小さなサポーターのような指掛けが、伸びては縮む。目を閉じると、断片的に昨夜の光景が混濁して、どちらが現実で、どちらが夢だったかと、記憶の尻尾に息を凝らさないと分からなくなる。闇の信濃川沿いに佇んだ人影や、渡辺の弾いたというカチャーシーの音、エレーナと唇を重ねたことや、岡田のあいや節が、頭の中を回り、瞬く。その瞬間だけが異様なほど鮮明に浮き立った。

　高木は糸巻を握り、撥で弦を叩きながら、音を三下りに合わせていく。

腹の底に音が響いて、緩んでいた体の芯が少しずつ起き上がってくる感じだ。息を深く吸い込んで、一の糸にベッコウの撥先を叩きつけ、二の糸、三の糸とリズミカルに押し撥と掬い撥を繰り返す。

二階の和室が共鳴して、天井の隅にビーンと鋭い音が響いたと思うと、一の糸を左手の薬指でしごくように滑らせ、低い音をうねらせ、すぐに指を戻す。うねった音のカーブの先が宙に放り出されたのを追いかけるように、また低い音で煽り、続けた。

二の糸、一の糸、指先で弾いて音を出し、その中の一つを撥で掬い、虚空に空回りさせるように細かく弾き出す。低く唸った厳しさと、高音の咽《むせ》ぶような哀しさが混じり合った音になり、高木は硬く目を閉じて、津軽三下りを弾き始めた。

昨夜、部屋に戻ってから携帯電話を確かめたが、順子からの着信履歴は一件もなかった。その緑色に発光した液晶表示を見て、自分に非があると分かっていながら、苛立ちの引っ掻き傷がいきなり熱を持ち始め、熾《おこ》るほどに膨れ上がるのを感じたのだ。

「新潟に、くれば、いいだろう」

一の糸を左手の人差し指と中指でトリルのように弾いて、音を回す。

「それとも……笹塚の野郎と、寝たか、よ」

三の糸を、腹に響かせ、叩きつけるように、撥先で鋭く抉《えぐ》る。

たったこれだけの距離だろう……。そう胸中で声を落としながらも、むしろ、新潟に出向させた三国不動産のやり方への怒りや、経巡ることをやめない自分自身の迷いに苛立っているだけだと思う。互いに縛らないやり方で付き合っている順子に、若い男のような執着を見せているのは自分の方だ。

「で、ロシアの女に、惚れそうか……」

と思った時に、叩くべき一の糸に撥先が当たらず、皮に突っ込んで、音が抜けた。皮だけが乾いた音を短く立てて、四連で鳴るはずの音が空白を作り、曲の流れを脱臼させた感じだ。

高木は奥歯を嚙み締めて、撥を三弦一緒に叩いて音を切ると、深呼吸する。闇に浮かび上がったエレーナの顔や、ルージュで濡れた唇が脳裏を過ぎり、彼女の体の熱まで蘇ってくる。撥を持つ右手に目を落とし、酩酊しながらエレーナを妄想して慰めようとした昨夜の自分に高木は頭を振った。

もう一度、息を整えて、一の糸を撥先で叩き、音を唸らせる。

風のような音が弧を描いて宙に放り出され、左手の指をスライドさせた特有の唸りが出るが、撥に力が入り過ぎるのか、音がだぶったり、掠ったりする。弦が自分のすさんだ神経にも思え、それを痛め、嬲《なぶ》っているように引っ掻いている感じだ。

感情が出過ぎている。曲に込められた想いとは、まったく別物に、自分の先走った感情が隆起したり、歪んだりして、邪魔をするのだ。いつもはもっと体自体が共鳴して、音そのものになる。荒涼とした空や地を這う草の靡《なび》きや雪煙を上げる旋風になって、何処かへ連れ去られる錯覚まで覚えるのに、自分の抱えているささくれ立った気持が前面に出て、音を雑なものにした。

「駄目らッ」

撥で三本の弦を叩き、左手で音を切る。一瞬のうちに、静けさが訪れて、高木は視線を古い部屋の中にぼんやりと彷徨わせた。

今日は、問題なく処理できる物件の入札書をいくつか執行官に提出すればいいだろう。清田から催促の電話が入るかも知れないが、良かれ悪しかれ客達に親しまれた小袋谷ビルが、落ちにくいことくらい、清田課長が一番よく知っている。むろん、清田からの電話は嫌がらせに過ぎないのだが……。

ふと、耳を澄ますと、窓の下から箒の乾いた音がかすかに聞こえてきた。中の様子を窺うようにゆっくり箒の先が路面を擦る音がして、大家の五十嵐だろう、自分の三味線の音を聴いていたに違いない。

また、玄関先でも掃除してくれているのか、と、高木は三味線の棹を握り、立ち上がる。書院脇の窓の障子戸を静かに開け、ガラス越しに覗き込むと、やはり、分厚いカーディガンを羽織った五十嵐の姿があった。

上から見ているものだから、旋毛《つむじ》の白髪とヘアダイをしている部分とが、はっきり分かれて見えて、何か五十嵐の孤独を覗いた気分になる。掃くというよりも、コンクリートを撫でているかのようなゆったりした仕草に、これからまた聞こえてくるだろう、三味線の音を待って、耳を凝らしているのだと分かる。

と、いきなり、五十嵐が気配を察したのか、当たり前に顔を上げてきた。眩しげに細めた視線を向けてきて、こっちの窓を見据える。ガラスの反射で自分の顔はよく見えないだろうと、無表情なままじっと見下ろしていたら、五十嵐がニカッと口角を広げ、曲げていた腰を伸ばした。

二階から憮然《ぶぜん》と視線を落としていた表情を、ガラス越しとはいえ完全に見られてしまい、どう繕《つくろ》ったらいいのかと逡巡しているうちにも、五十嵐の方から、「おはようございます」と声をかけてくる。

高木は慌ててガラス戸の鍵を外して、窓から顔を覗かせた。下町の家々の古い瓦屋根が連なるむこうに、日石三菱の煙突が純白の煙を噴き上げているのが見える。朝の光は眩しいが、自分の吐く息も白くなって、ますます季節が冬へと変わり始めているのを感じた。鼻の中を刺すような空気を深く吸い込み、五十嵐に挨拶を返すと、体に澱んでいた二日酔いの酒臭さに改めて気づく。

「高木さん、朝ご飯、食べましたかね」

「ええ、まあ、軽く……」と、間の抜けた返事をしながら、三味線を立てかけると、解放弦が鳴って、五十嵐がわずかに眩しさに寄せていた眉を開いた。

「いつも、掃除をすみません……。私、自分でやりますので」

「何いうてるさ。同じことですわね。ついでですて」

五十嵐は皺ばんだ顔を緩め、また陽気に歯を剝き出して笑う。

「二階からで、すみません。いや、今、ちょっと……」

「聴いてましたわね。あの曲は、津軽三下り……ですわね。……だけど、今日は、ちょっと、撥が、皮に突っ込んでる感じだわねえ」

五十嵐の笑顔は変わらないが、何気なく漏らした言葉に高木は小さく息を飲んだ。皮に突っ込む、という表現が、三味線をやっている者特有の言葉で、五十嵐もやはり芸者だったという話は本当なのだろうと思う。三業会館で祖母から三味線を習ったという話も嘘ではないのだろう。

だが、それよりも、自分の弾く三味線にたえず耳を凝らされているようで、腹の中でも覗かれている気分になり、居心地が悪い。

「大分、朝晩は寒くなってきたすけ、指がね、動きにくいんかもねえ」

「いや、そういうわけじゃなくて……実力ですよ」

そういうと、五十嵐が片手で宙を掻くようにして振り、口を押さえてまた笑う。

「高木さんの、三味線のうまさは、最初から分かってますわね。まあ、ほれ、何か、気持が揃わんと、音も整わんすけねえ。……高木さん、お茶でも飲みませんか……。そっち、持っていきますわ」

高木が断る間もなく、五十嵐は片手を振り、隣の家に入っていった。

三味線の棹を握ったまま小さく溜め息をついたが、二階の書院脇の窓から湊町を見るのは初めてかも知れないと、しばらく視線を彷徨《さまよ》わせる。

目の前の狭い空き地は、奔放に茂った雑草が枯れ、そこだけ稲の刈り取りを忘れられた田圃《たんぼ》のようなカーキ色をしているが、裏にも横にも、こぢんまりした古い家屋が迫って、生活のにおいを醸している。朽ちかけたような杉板の壁や、年季の入った瓦の艶や庇《ひさし》の綻びが、むしろ、体の底に残っている記憶を呼ぶようで、気持を落ち着かせた。

湊町のすぐ近くには、二十階ほどあるマンションがいくつか唐突に建っていて、新しい側壁に朝の光を眩しく撥ね返している。だが、むしろ、湿り、くすんだ感じの下町の家々が寄り添い、昔からの土地のにおいをその下に抱えているのがいい。

そんなことを何気なく考えていた自分に呆然として、頭を振ろうとしたが、拒否しようとすること自体が演技じみていて疲れる。むしろ、本気で、自分は新潟の街に感応し始めているのか、とも思う。

あえて、西新宿に聳《そび》え立っている超高層ビル群や歌舞伎町近くの飲み屋街や、ＪＲのガード下の風景など思い浮かべてみるが、神経に粘り、絡みつくような疲れを覚えて、戻りたいと思っていた気持ちさえ薄らいでいる。

「どうなったんだや、俺……」と、高木は部屋に低い声を漏らしながら、床の間に三味線を立てかけた。

「ほんのきに、戻ってきたか……」

自分の呟いた言葉を誰かもいっていたと、二日酔いで曇った記憶を追って、すぐにも、おでん屋台をやっている岡田だと気づく。

鉢巻をして前歯の一本抜けた口で笑う顔が過ぎり、また、ラジカセから流れていた渡辺のカチャーシーの激しいリズムと音が蘇ってもくる。熱を帯びて、狂奔したように渦巻く三線《さんしん》の音……。今、渡辺が西堀の小袋谷ビルでひっそりと店をやることになった経緯が、漠然とした重い塊になって入り込んでくる。あいや節を歌った岡田にしても同じだ。そして、自分も、か……。

まだ、五、六時間しか経っていないのに、信濃川の堤横で、灯りを一つつけていた昨夜の屋台が、幻影にも思えてくる。闇の中に浮かんだ光を脳裏に描いていると、階下から五十嵐の呼ぶ声が聞こえてきた。

狭い階段を降りると、五十嵐が紺色の布巾で覆った盆を持っていて、小型のポットも框《かまち》に置いていた。

一杯のお茶が二杯になり、三杯になり……延々と話が続くのだろうか。

「ここで、いいですがね。すぐ、引っ込みますから」

と、五十嵐は痩せた腰を上がり框に降ろして、布巾を取った。

「いや、どうぞ、中へ。五十嵐さん」

「ああ、悪いわね。あんた、忙しいのにねえ」

五十嵐はそういいながら、ごく当たり前に入ってきて、勝手を知った一階の和室に入り、小さなテーブルに盆を置いた。まだ、起きた時に飲んだ味噌汁の椀が置きっぱなしで、高木は慌てて流しに持っていく。

「忙しいんですか、高木さん。……あの、どなたでしたか、会社の清田さんでしたか、夜中にも急ぎの連絡とか入ってねえ」

「たいした用事じゃないですよ。こっちが電話したら、酔っ払ってましたわ」

自分のいった言葉に、急須でお茶を注いでいた五十嵐の視線がチラリと動くのが分かった。落ち着いた所作で茶を入れる五十嵐の手を見て、皺ばんだ感じや複雑に浮き出た静脈に祖母を思い出しもする。

「高木さん……、あんた……、やっぱ、新潟の人じゃないですか。言葉がねえ。……ほれ、新潟弁を真似ていってるのとさ、そうじゃないのとさ、分かりますがねえ。あんたの、三味線の音と同じらわねえ……」

「はい？」と、わざとらしく問いながらも、自分の視線が泳いでいるのを感じる。五十嵐は故意にだろうか、目を合わせず、目尻に幾重もの皺を溜めながら、湯呑み茶碗をテーブルの上に差し出してきた。

「あの、津軽三下りは、色んな弾き方があるんですわねえ。高木さんのは、何いうんでしょうか、男の人のさ、咽びみたいなものが、ありますわねえ。いやー、いい音らねえ、いうて、斜向かいの根岸さんとさ、話してたんだわね。ああ、根岸さんいうのは、また、昔、鍋茶屋いう割烹にいた板前さんで、昔はおっかねえ人らったけど、へえ、いい爺ちゃんになってしもてさ……」

鍋茶屋は新潟の人間なら誰でも知っている、東堀通にある老舗の高級割亭だ。行形亭などと一緒に、東京にいる者でも聞いたことのある名の知れた店だ。

「……そんなに、三味線の音、聞こえますか」

「いや、そういう意味じゃねえてさ……私らの耳がさ、あんたの三味線に、近づくんだわね。……三味線の音が聞こえると、どうしても、こう、聞いてしもうんですわ。いい撥らねえ、いい回しらねえ、いうて……」

五十嵐が猫背気味に半身を揺らして、目を細めている。厚手のアイボリーのカーディガンについた毛玉を高木はぼんやり見ていたが、視線を外して、湯呑みに息を吹きかけた。

「でも、まいったな……。あんな下手な三味線を、いつも、聞かれてるなんてな……」

「まあ、今日は、音がちょっと揃ってなかった感じらけどね、高木さん、あんたの三味線は、あれは、相当なもんだ。……何処で、習いなさったね」

「いや、我流ですから……」と、お茶を一口飲んで、高木は唸るような声を上げた。味噌汁しか飲んでいない腹に、お茶の熱さが染みて広がり、思わず奥歯を嚙み締める。

新潟に戻ってから、よその土地へきているよりも、孤独な気分を抱え、さらに、仄暗い静けさの底へと沈み込んでゆく自分を、もう一人の自分が薄笑いを浮かべて傍観していた。そんな青臭いともいえる鬱な気分が、五十嵐の出してくれたお茶の熱さや味や、いや、たぶん、息遣いだろう、ふと、簡単に癒してくれそうな気もして、高木は、「危ない、危ない……」と胸中呟いた。三国不動産のやり方に憤りながらも、まだ仕事にしがみついている自分が何処かにいるのだ。

「我流、とは思えませんけどねえ、高木さん。……そうでなかったら……やっぱり、どなたかの三味を聴いてたんだと思うんですわねえ。……ほれ、普通の長唄みたいなのだったら、教本通りというのはあるでしょうけどねえ、津軽系の三味は、同じ弾き方は、一つもありませんからねえ。みんな、工夫して、その人しか出せない曲弾きになるんですわ。六段だって、それぞれ、違うでしょう……?」

津軽三味線の合奏曲六段は、基本中の基本ともいえる二上りの曲だ。　の糸の最も低い音から、三の糸の最も高い音の早掬いと、太棹の三味線の音が出せる振幅を使い切る曲になっている。最初は楽譜通りに弾いているが、そのうちアレンジして曲を膨らませ、自分だけの六段にするものだ。

「五十嵐さん……、でも、一体、何をおっしゃりたいのか、よく分からんのですが……」

そういうと、五十嵐がじっと見据えてきて、いつもの猛禽《もうきん》類を思わせる顔になった。目を穿《うが》つような五十嵐の強い視線を高木も見返していたが、五十嵐がいきなり皺の寄った口を広げ、笑った。痩せてはいるが、強《したた》かな意志の芯を思わせる笑顔だと高木は思う。

「こんが婆のいうこと、本気で聞くあんたが、おっかしいんですわ。……高木さんの三《しゃ》味《み》、やっぱり、何処かで、聴いたことがあるような気がしただけで、私の気のせいかも知らんけどねえ……」

五十嵐が、祖母のことをいっているのは、すぐにも分かった。古町の元芸者だった祖母の津軽三味線の節回しに、あまりにも似ているといいたいのだ。引退してからも、西堀の三業会館に三味線を教えにいって、五十嵐とも親しくしていたというし、まして、五十嵐の方は父親の病院に通院してもいたのだ。五十嵐の口から、ふと、「幸ちゃん、大きいなったねえ」というようなことが、もしも出たとしたら、素直に返事をしてしまいそうで、内心うろたえ、高木はお茶をまた一口啜って、動揺をごまかした。

「……ああ、そういえば、この前、話した高木整形外科さんの……ほれ、あんたと同じ苗字のさ。まったくの勘違いで、悪いこというてしもたて。年寄りの早とちりらこてさ」

自分が今まさに思っていた親父の病院の名前が出て、胸を強く叩かれ、顔を上げる。五十嵐は目尻に笑みの皺を溜め、目をしばたたかせている。

「……いやぁ、高木なんて名前は、何処にでもありますから……」

「何でもかんでも、自分の知ってる名前やら物やら出てくると、すぐに結びつけてしもて、ほんに、世間が狭《せめ》ぇなってしもて、駄目ですがねえ。あそこのご長男さんは、ほれ、新大の医学部から、アメリカの何処らったろ、どっか留学して、そのまま向こうの方で医者やってんだと……。いや、優秀な一家で、弟さんの方は後継ぎらしさ。凄い家らわねえ、いうて、この前も根岸さんと話してたんさ……」

高木は口の端に笑みを作って頷いていただけだが、その表情自体も、五十嵐の深く窪んだ目の奥が見透かしている気がした。新潟大学からアメリカに留学し、現地の病院に勤めている高木幸彦という男は、どんなツラをしているのだろうと思う。

「イクさんが生きてたら、どんが喜んだろ、いうてさ。……そうら、あそこの奥さん、倒れたいうけど、あれからどうしたろ……」

あそこの奥さん？　倒れた？

五十嵐の言葉に、湯呑みを持った手を思わず止めてしまって、一瞬の動揺に気づかれたか、と高木は短く視線を投げた。五十嵐は湯呑みに口をつけながら、遠い目つきをしていて、テーブルの上にぼんやり焦点を彷徨わせている。

五十嵐がいったのは、オフクロのことに間違いない。母親が倒れたということなど、まったく想像もしていなかったが……。いや、月に一回ほどのペースで、唐突に電話をかけてくる母親の声を、しばらく聞いていないのは事実だ。いきなり目の前にあるものが縮み上がっていくのを感じる。

「……倒れた……んですか。まだ、お若い方なんですかねえ……」

他人を装って喋る自分の声が、上ずって、緊張している。何気ない会話にしなければならないと、過剰に意識しているのを、五十嵐に読まれているようで、さらに強張った。

「いやぁ、おいくつくらいらろねえ。五十五、六らろっかねえ……」

一体、何が原因なのか。関心をにおわさずに聞くにはどうしたらいいのかと思っているうちにも、五十嵐は湯呑みを盆の上に置いた。

「ああ、高木さんには、関係のない話でしたねえ。なんね、この年になると、いつどうなるか分からねんだわ。気をつけねば駄目らわねえ。高木さんも、ほれ、若ぇ《わけ》いうて、無理したら駄目ですて……」

猫背気味の体を少し伸ばして、盆に急須や茶托などをのせ始める。聞くタイミングを逸したまま、高木も持っていた湯呑みを盆の上に静かに戻した。

オフクロが倒れた？　オフクロが……倒れた？　と、何度も頭の中で繰り返して、自然と視線が力なく下に落ちては、うろつく。体の内側を冷たくざらついた掌で撫で上げられている感じで、胸が騒いだ。だが、父親はありえないが、弟の光弘からも連絡が入らないということは、さほど重篤《じゅうとく》なものでもないのか。それとも、自分に密かに憎しみを抱えていた弟にすれば、もはや、兄など他人ということか……。

「高木さん、今度、ほんとに、目の前で三味線、聴かせてくれませんかねえ。あんたの音、直《じか》に聴きてぇんさねえ」

テーブルの縁に皺ばんだ手を添えていってきた五十嵐に、高木は我に返って顔を上げた。

「いや、それは勘弁してください」

無意識のうちにも語気が荒くなっていて、自分の発した声に焦りを覚えた。

五十嵐が帰ってから、高木は荒い手つきでクリーニング屋のビニール袋を引き裂き、ワイシャツを着る。

自分の強くいい放った声にも、五十嵐はまったく動じずに、「ああ、そうらね。まあ、気が向いた時にでも」と笑みを溜めて答えてくれたが、切迫した自分の余裕のなさに、さらに苛立ちが込み上げてもきた。

借家から病院にいる光弘に電話をしようと、何度か携帯電話を握ったが、すぐにも首を振る。硝酸銀が腐蝕した古い鏡を前に、ネクタイを結び、自分の顔の半分に茶褐色の斑《まだら》が重なっているのを見つめれば、こけた頰や無愛想に閉じた唇や、まだ何処かに若さを残している尖った目……。乱暴に髪を掻き上げると、眉間に深い皺が入って、不機嫌な顔がさらに鬱屈したものになる。

アメリカの病院に勤めている高木幸彦は、どんな顔になっているのか……。ふと、新幹線の車中から偶然見かけた中華レストランのウエイターの顔が過ぎり、そうかと思うと、「あんた、転がし屋の顔じゃねえけどな」といったnestの渡辺の声が耳元を掠める。

「人の首を、絞め過ぎの手らな……」

おでん屋台の岡田の声まで蘇ってきて、高木は髪にやっていた両手を、静かに目の前に翳《かざ》した。「大きなタランチュラみたいな指……」。そういったのは、順子だ。蜘蛛《くも》の足の動きを真似ながら、順子の白い下腹部から豊かな乳房へと手を這わせたのを思い出す。

メスを持って人を助けるはずだった指が、人の首を絞めているか……。手を裏返して太い静脈が奇怪に浮き出た甲を見つめると、右手の小指には撥の才尻でできたタコが小さく隆起している。

高木はじっとその膨らみを見つめていたが、いきなり洗面台から離れると、狭く急な階段を駆け上った。ガラス窓が震動して派手な音を立てるのも構わず、部屋に飛び込み、床の間に立てかけた三味線を手に取る。そして、廊下に置いていたハードケースを開き、駒を外した三味線と撥を静かに収めた。

「悪《わり》ぃね、五十嵐さん……」

高木は身支度を整えると、三味線の入ったハードケースのグリップを摑んで、玄関を出る。五十嵐が掃除をしてくれた玄関先に、ナンテンの実が赤く色づいているのに気づいた。

湊町通から上大川前通に抜けて、まっすぐ柾谷小路まで歩く。

三味線のハードケースを持って歩いている自分の姿に、新潟駅前に立った時のことを思い出し、高木は唇を歪め、目を落とした。

歩道のペーブメントがおかしなほど凸凹と歪んでいて、昔、写真集で見た新潟地震時の街のようだと思う。巨大な橋がドミノ倒しのように崩れ、液状化現象で鉄筋のアパートがそのまま転覆し、隆起したアスファルト道路に足を取られた女や、屋根の上に白ペンキで書かれたＳＯＳの文字……そんな風景をモノクロ写真で見た覚えがある。

何処か違う国の写真を見ているようで、幼い自分にはよく分からなかったが、祖母は浜に押し寄せた津波の話をよくしてくれた。地震の前には、寄居浜にリュウグウノツカイという蛇のような深海魚がたくさん上がったとも。もちろん、自分は、それがどんな魚なのか知らなかったが、ずっと竜のような足のある魚をイメージして信じていたことも思い出す。

「ほらッ、もう、ちとらッ。ほらッ、もう、ちとらッ」

我に返って視線を上げると、ドテラを着た老人が腰を屈め、両手を差し出していた。そして、起伏のある歩道を一歩一歩踏み出し歩いている、まだ一歳になったばかりくらいの幼児がいた。小さな両拳を振り上げては、何が面白いのか満面に笑みを浮かべ、ただ歩くことを嬉しがっている姿がある。

「ほらッ、もうちと、頑張れッ」

nest の渡辺と同じくらいの年だろう、両手を差し出しながら後退りしてくる老人に、高木はぶつかりそうになって、慌ててハードケースを持ち上げた。

「おッ、悪ぃの。ほら、ユイキ、おじちゃんに、ごめんなさいって。ほら、ごめんなさいって」

老人の猫撫で声に合わせて、子供が立ち止まり、訳も分からないまま頭を下げる仕草を見せては笑う。むっつりしていた気分の塊を押し留めて笑いながら、「お利口さんだねえ」などと、出したこともないような奇妙な声を発していた。ついでに軽く手まで振っている自分がいる。

おじちゃん、かよ……。

まだ、新潟に戻ってからさほど経っていないはずなのに、膨大な時間が過ぎた気がした。それらをすべて悩みやら不満やら陰鬱な気分に費やして、その徒労の重さに溜め息が出るが、新潟へきてからの問題ではないのだと自分が一番よく知っている。金を貪り取る会社のやり方に善悪もないだろう。俺が、道に迷っているだけだ。

古町十字路近くのドトールコーヒー店に入って、放心したように外を眺めながらエスプレッソを飲む。片側三車線の広い柾谷小路をひっきりなしに、クルマが過ぎていって、ボンネットの反射する光に、高木は目をしばたたかせた。目の奥に灰色のノイズのような残像がいくつもできては散る。

「……この前さあ、何か、映画撮影してたじゃん。ドキュメンタリーっぽい奴……。ミュージシャン？　音楽評論家だっけかの？」

西小針経由内野行きの大型バス、表示灯にマスターの星印をつけた都タクシー、ローソンの銀色の小型トラック、新潟の地酒だろう、一升瓶を何本も積んだ原付自転車……。

「ああ、評論家。新潟出身のね。三十二歳で死んだんだよな。俺、その人の本、読んだことあんだけどさ、何書いてあんのか、分かんねかったさ」

通りを横切るクルマから目を上げれば、新潟中郵便局の灰白色の大きな建物やカメラ屋の看板、炭を思わせるような黒い古町会館、ふるまちモール7のアーケードの鋭い屋根が見えた。高校時代にもよく歩いた十字路界隈だが、昔よりも活気がなくなったといわれつつも、それぞれの店のウインドウは明るくなった気がする。


「超コアな人だったんでしょ？」

ドトールの前を歩く若い女達の姿を何気なく追う。眉を細く整えて、涼しい日をした色白の子ばかりで、東京の女達よりもはるかに綺麗だと思う。何処かに地方のにおいを残しているのは、むしろ、過剰にファッションを意識している女達だ。

「でも、死んだんだよなあ。何か、人生の濃さってさ、みんな、同じらよなあ……」

「何、それ」

背後のテーブル席に座る若いカップルの会話を耳にしながら、高木はまたエスプレッソを一口飲み、コーヒーの苦味に歯を軽く噛み締めた。テーブルの上には、高木整形外科の番号を表示した携帯電話を置きっぱなしで、受話ボタンを押せばすぐにも繋がる。順子からの着信は、あれから一回もなくて、自分を試しているのか、不愉快さを主張しているのかは分からない。だが、胸の中にざわめいている焦りに似たものは、今は順子というよりも、母親に対してのものだ。意識のない状態で病床にあるオフクロのほつれた髪や血の気の失せた顔が見える気がした。

高木はしばらくの間、ウインドウ越しの柾谷小路に視線をうろつかせていたが、日の端で周りの客を確かめると、携帯電話を手に取った。

弟の光弘と喋るのはどれくらいになるのだろう。ひょっとして一年近く話していないかも知れない。受話ボタンを押そうとした時に、隣の席に座ろうとしたサラリーマンがいて、高木は慌てて三味線のハードケースに手を伸ばし、寄せる。男はソーサーを慎重に持ちながらも頭を軽く下げたが、黒いハードケースに視線をやって、また自分の顔にチラリと視線を流してきた。

怪訝そうな色を浮かべた男の顔に、高木はさらにケースを引き寄せ、小さく頷き返す。デミタスカップに残ったエスプレッソの泡を一気に口の中に放り込んで、立ち上がろうとした時、手の中の電話が先に鳴った。

「何だよッ」と、無意識のうちに軽い舌打ちをしていて、見ると、表示には「清田」と出ている。そのままＨＯＬＤボタンを押そうとしている自分がいたが、眉間に力を込めながらも電話に出た。母親への気懸かりが、表示に表われた清田への不快さと混濁して、一気に様々な色が重く粘り混じる。

「小袋谷ビル、どうした？　高木ぃ。俺だ、清田だ」

いきなり、耳元を荒い声が擦り、高木は反射的に電話を離す。横の男に背を向けるようにして声を落とし、答えた。

「おう、何だ。いい音楽がかかってるな。一仕事終えて、喫茶店でコーヒーでも飲んでるのか？　いいなあ、おい」

「今、手順、考えてる所です。……で、どうしました？」

「で？　で、っていったか、高木ちゃん、ああ？　で、って何だ、おまえ、ああ？　どうしました、だ？　……小袋谷ビルを落としたかっていってんだよ。小袋谷ビルに入った店舗一軒一軒回って、脅して、どれくらいが窓から飛び降りてくれそうだと聞いてんだよ、高木ぃ」

もう一度息を吐き出し、髪を掻き上げる。

「……課長、先に他の物件を処理させてくださいよ。その間に、間違いなく進めますし、私にも……」

そういいかけると、何か背中を撫でられた気がして、横に座ったサラリーマンかと、高木は電話を耳に当てたまま振り向いた。重い感触がさらに加わり、気づいた時には、三味線を収めたハードケースが床に派手な音を立てて倒れ、高木は持っていた携帯電話を放り投げていた。

「高木ぃ！　おらッ、高木ぃ！」

同じようにテーブルから床に跳ね落ちた携帯電話が、清田の張り上げるだみ声を漏らしている。ゲルマニウムラジオの小さなスピーカーが、最大音量でコーン紙を引っ搔いているような声だと思う。

だが、それにもかまわず、バウンドして倒れたハードケースに屈み込んで、胸に抱えるようにして起こした。糸巻や天神の縁が衝撃で欠けたかも知れない。あるいは、皮に傷が入ったか。三味線はガラス製品を扱うような慎重さが必要だというのは、奏者の常識だ。

フックを外し、中を確かめようとして、店にいる客の目が集まっているのに気づく。すぐ横にいたサラリーマン風の男の顔を見上げると、少し脅えの混じった目で見下ろしていて、すぐに視線を外された。

「……失礼しました……」と立ち上がって、高木は軽く誰にともなく頭を下げた。新潟駅前に立った時に思い浮かべたおかしな想像が過ぎり、こんな時、ケースの中にドラグノフかモーゼルが本当に入っていたら、タイミング次第で乱射などをしてしまうのだろうかと、一人、胸の奥底でポツンと思ってもみる。そして、最後に自分の頭を撃ち抜くか……？

三十二歳の体の中に触手を伸ばして、怨《うら》みのようなものを支える力を探ってみるが、少しも引っかからない。探ること自体に疲れを覚えて、馬鹿馬鹿しくなるのだ。

この中には、人を殺すものなど入ってないよ、皆さん。人を癒すものが、入っているんだ……。

胸中呟いて、コートのポケットに煙草を滑り込ませると、「あの……」と隣のサラリーマンが細い声で話しかけてきた。

「……電話、も、落ちてます……」

「ああ、すみません……」と、床から携帯電話を取ったが、すでに清田の声は聞こえない。

「……いや、中の物が、暴発するかと思いまして、それに気を取られて……」

軽い冗談のつもりで漏らした言葉に、隣の男は目を剝き、口角を下げたまま頷いた。

自分は間違いなく、清田からの電話を放り投げて、三味線のケースの方を取ったのか……。

何かが音を立てて、胸の底に転がるのを覚えた。

一八　時雨柳《しぐれやなぎ》

二回の呼び出し音で、電話は繋がった。

まだ若い女性職員なのだろう、素っ頓狂ともいえるような高い声が耳に飛び込んでくる。

「……ああ、副院長の高木光弘さんを、お願いしたいのですが……」

ドトールを出てから、古町通から西堀通へと向かう狭い路地に入って、放置された自転車の荷台に腰掛け、勢いで受話ボタンを押した。ふと目を上げれば、街中のビルや店舗に挟まれて、一四、五メートルはある異様な弘法大師像が、憮然とした表情で見下ろし、突っ立っている。電柱に絡みついた電線に取り囲まれている感じだが、幼い頃に、年に一回夜の古町をそぞろ歩くと噂された像だ。

「どういったご用件でございますか？」

大師像の握り締めた錫杖《しやくじよう》から足元の路面に視線を落とすと、キャッシュローンの小さなチラシがアスファルトにこびりついていた。

「……ああ、新大時代の友人で、同じ医学部出身の、角田といいます……」

「はあ……」と、職員の声が急に怪訝そうな低い声に変わり、一拍置いて保留状態のメロディーが流れ始める。何故、自分の口から唐突に、自殺した角田の名前が出たのか分からない。何処かで、自分は高木家からは消え失せた人間だと思い込んでいる表われか……。

電話からはリチャード・クレイダーマンのピアノ音楽が聴こえてくる。そのチープで予定調和的なコード進行に、昔、自分達が「ミューザック」といって馬鹿にしていたのを思い出す。特に、死んだ角田は、「クソ音楽らッ」と唾棄していたが……。

「誰の趣味だよ……」

立てかけた三味線のケースに手をやって、通りに犇《ひしめ》いた店舗の庇《ひさし》やビルを見上げると、白い弘法大師の網代《あじろ》笠の背後に、鉛色の重い雲が海からの風で空を覆い始めているのが見える。さっきまで日が出ていたのに、一気に薄暗くなってきて、空気が湿り気を帯びてくるのも感じた。

路地に入る前に、通りの片隅でケースを開けて三味線を確かめたが、派手な音を立てて倒れたにもかかわらず、天神も糸巻もまったく異常がなかった。自分でも驚くほど動転してケースに屈み込んだのが、情けない。何も変わりのない三味線を見て、ますます、清田課長から連絡の入った携帯電話を反射的に放り投げた自分の本心に、苦さとおかしさの混じった妙な気分が込み上げてくるのだ。

短いノイズが入ったと思うと、クレイダーマンのピアノが切れ、受話器を掌で覆っているのか、ざらついた声が耳を擦る。

「コリフメシン、出しといて……」

くぐもった声が電話の奥から聞こえてきた。光弘の声、だ。

高木は電話を耳に押しつけて、短く唸るような声を上げ、また巨大な網代笠のむこうに目をやる。さらに、鉛色をした分厚い雲が重なってきて、笠の下にある大師の顔の陰翳を濃くさせていた。

「はい……代わりました。高木です」

久し振りに聞く光弘の声は、思っていたよりも低く落ち着いていて、それまでの生活のあり方をすぐにも彷彿《ほうふつ》とさせる。かなり、人もこなれて、自信もついてきたのだろう。何処か苛立った尖りを覗かせていた昔の声音ではない。新大医学部で同期だったという男を探っている息遣いを感じるが、カルテなのかレントゲン写真なのか、ごわついた音がして、忙しく仕事に追われているのが分かった。

「……光弘か……。俺だよ」

そう呟くと、一瞬沈黙があってから、短い息を漏らしている。溜め息なのか、安堵なのか、それとも笑いなのかは分からない。倒れた母親について連絡を取るべきか迷っていた所を、ようやく繋がったという風にも取れて、高木は鼓動が速くなって胸の中が圧迫されるような感じを覚える。

「……何だよ、兄貴かよ……。新大の角田ってのは、何なんだよ」

地の声になって、少し不快な声音が混じったのを聞き、高木は握った拳を動悸の激しくなった胸に当てながらも、むしろ唇を緩めた。光弘が自分に対して何処か煩わしく思い、不機嫌な声を出している方が安心できる。そんな風に感じるのは、自分の脆さかも知れないとも思う。

「……今、大丈夫か？」

「あ、ああ、これから休みに入る所だから、いいよ、別に……。で？」

「仕事は忙しいのか？」

「……まあ、普通、っていうか、変わらねえけどさ」

「いいねっかや。普通が一番、いいさ」

あまりにも当り障《さわ》りのないことを喋っていたが、大家の五十嵐の言葉が蘇ってきて、さらに胸の中が焦りで沸騰して泡立つのを感じていた。

「兄貴は、どうなんだよ？　相変わらず……忙しいんか？」

相変わらず、の後の一拍が引っ掛かる自分もどうかしている。相変わらずブラックな転がし屋をやって稼いでいるのか、と光弘の沈黙の言葉を条件反射的に想像してしまう。

「おまえの兄貴は……アメリカの病院で、外科医として仕事をしてるんだろ？」

「何だ、それ……」

受話器を掌で覆うがさつく音がしたと思うと、光弘が低い声で、看護婦にか、消炎薬の指示を出しているのが聞こえてくる。

「懐かしいな、ケトプロフェンか……。高木整形外科は、第一製薬か、久光のモーラスか？」

医学部時代に覚えた整形外科用の消炎鎮痛剤の名前を口に出していて、一瞬、遠い眩《め》暈《ま》を覚える。ケトプロフェン、フルルビプロフェン、フェルビナク、インドメタシン……。

「……兄貴……、どうしたよ。直截《ちょくせつ》にいってくれよ」

その言葉を聞いて、光弘は自分が金の工面でもしてくれと連絡を入れたと思っているのだと気づいた。冗談じゃない。勘当された家に助けを求める馬鹿が何処にいる。

「おまえ、アホか。……単に、無沙汰の挨拶だよ、光弘。……みんな、変わりはないか？」

そう聞きながらも、目の焦点が合わず、ハードケースの角にできた傷や、アスファルトにへばりついたチラシや煙草の吸い殻、西堀通に揺れる柳の枝に視線を彷徨わせている。オフクロが、倒れたんだろう、光弘？

「ああ、別に、変わりはないけどさ」

「え？」と、思わず口から素の声を漏らしていて、高木は五十嵐の言葉を聞いて遠退いていた風景が、一気に近づくのを感じる。

「あ、そういえば、ちょい前に、オフクロさんが風呂場で倒れてさ」

「光弘ッ、おまえ、何いってんだッ？」

思わず張り上げた声に、路地を寄り添って歩く若いカップルがこっちを見て、高木は慌てて顔を伏せた。また目の前の風景が遠くに縮み上がって、凝り固まって見える。

「いや、そうじゃねえんて。風呂の敷居に躓いて、膝、床にぶつけただりで……皿にヒビが入っただけなんて……」

「それで、どうなんだよ」と、畳み掛けるようにいっている自分の声が他人のもののようだと高木は思う。体を押されたり、引っ張られたりと、揺り動かされている気分で、何が本当の話なのか分からない。遠い目つきをして話していた、五十嵐の猛禽類を連想させる顔が浮かぶ。

「それでって、内出血起こしてるから、血抜いて、一応、ギプスしてさ。……でも、あれらぜ。もう、とっくにギプスなんて取れて、二、三日前に、何だや、川岸町の婦人会で、北海道の富良野らか、いったて……」

光弘の言葉を聞いて、体から一気に力が抜けるのが分かった。芯がグニャリと撓《たわ》むというのか、体が萎れ崩れる感じだ。と、同時に、安堵した気持ちの奥で、五十嵐が奥歯のクラウンまで見せて笑う顔が見える。まさか、敢えて、嘘をいったということもあるか？

「兄貴……どうした？　聞いてるかや？」

いや、そんなわけはない。単に、昔、高木整形外科にかかっていたのと、祖母に三味線を教わっていたというだけで、まったくの他人だ。自分に嘘をいったとしても、五十嵐に何のメリットもない。いつのまにか膨らんだ噂を何の他意もなく漏らしたに過ぎないだろう。人騒がせもいい所だ。

「……兄貴？　どうした？」

「ああ？　いや、オフクロも、もう年だからな。骨折で寝込んだりしたらな……」

「心配ねえて。オフクロの骨密度、怪我した時、調べたらさ、ありゃ、まだ四十代後半らぜ」と、光弘が軽く笑いながら喋るのを聞いて、高木は目を上げて深呼吸した。今にも雨が降りそうな暗さになっていて、湿った空気に噎《む》せそうにもなる。

「それよりさ、兄貴な……。兄貴にはいいにくいけどや、親父な、あれ、年取ったわ……。一気に、何か、萎んだ感じでや。……やっぱ、兄貴のことが、気になってるんねえか？　貰った電話で悪ぃけどさ、ちと、いい加減、顔出したら、どうらろ。別に、親父は、もう、怒ってねえさ……」

光弘の口から親父という言葉を聞いて、ウイスキーの氷ごとかけられた記憶が明滅する。確か、あの時、光弘は持っていたボールやグローブを投げつけて、戸棚のガラスを割ったのだ。親父の激昂した顔よりも、光弘の真っ赤に泣き腫らした顔の方が鮮明に浮かび上がってくる。

「光弘……、おまえ、覚えてるか？　俺が親父と揉み合ってた時にや、おまえ、……グローブとボール、投げつけたんだっや」

そんなことを口にしていて、右の頬の筋肉が攣《つ》れたように震える。照れというよりも、おかしさからだ。

「……グローブっつうか、ミット。ファーストミット……」

戸棚のガラスが割れる音に我に返って力を抜いた時、床から起き上がった親父にでかい拳で顔面を何度も殴られたのだ。目の前に振り回される拳の、ごつくて歪《いびつ》な塊が、何故か砂漠の薔薇といわれる奇妙な結晶石みたいだと思ったのさえ覚えている。その時点で抵抗する気分も失せて、家を出る覚悟が決まったのだ。

「で、おまえは、あの時、誰に向かって投げたんだ？　俺か？　親父らか？」

電話の奥で笑いを漏らす音が聞こえてから、低く唸る声も混じる。

「……みんならさ。何か、全部らこて」

「アホらな」

「兄貴らって、同じらろー」

光弘の喋る新潟弁に苦笑しながらも、不思議なほど二葉町にあった方の実家の空気が蘇ってくる。縁の下にいくつもあった蟻地獄の巣や、子供部屋の古い天井の節穴が勾玉《まがたま》のように見えたことや、いつも灯油のにおいのする納戸にぶらさげられていた二組のミニスキーや……。もう幼い頃の光弘の声など覚えてもいないが、よく寄居浜で一緒に遊んだ何人かの友達の姿までが頭の中で躍った。

「光弘、おまえ、その新潟弁さ。どういんだ？　患者さんにも、そんな話し方してるんか？」

「ちゃんと、喋ってるて。兄貴の方こそ、駄目らな、抜けてねえ」

「馬鹿が。おめえに対してだけら」と笑いながら顔を上げた時、小さく睫毛を弾かれ、今度は頬を弾かれる。低く垂れ込めた雲がすでに空全体を重くしていて、大師像を見あげると、網代笠の暗がりに、降り出した雨の傷が疎《まば》らに過《よ》ぎっていた。

「仕事、どうらんだ、兄貴？」

「関係ねえさ」と、軽く吐き捨てるようにいいながら、高木ははだけたコートをハードケースの角にかけて引き寄せた。

アスファルトの路面に、黒い小さな染みが点々とできては、輪郭をぼかして滲んでいく。

ただ路面全体を眺めていると、雨の作る痕が目の中だけで起きているような、CGで作った不思議な斑模様に思える。危惧していた母親の容態がまったくの勘違いだったと分かって、放心したというのか、脱力してしまい、光弘に対する気持ちの構えまでが、だらしなく抜け落ちてしまった。まるで、新潟に住んでいた幼い頃と同じ息遣いをしている。

「なあ、さっきの話らけどさ、兄貴。……もう、いいんじゃねえか、親父のことはさ……」

「……駄目らさ。一生、駄目ら……」

そういうと、光弘が呆れたように吹き出すのが聞こえて、一瞬、耳の縁が熱くなる。

また、そこにも雨滴が当たって、何か青臭さの残った自分の熱を小馬鹿にされた気分にもなった。

「おまえ、親父にも、同じことをいってるんじゃねえか？」

「いわねえよ、親父にはさ。……だけど、親父自体が、分かってるよ。年、取ったんだて。何か、えらい丸くなった……あ、そのままでいいよ、俺、やっとくから」

途中で看護婦に指示する声に変わったと思うと、奥の方からテレビの音がかすかに聞こえてくる。昼休みに入って待合室のテレビのボリュームが上がったのか。

「じゃあ、光弘。俺、そろそろ、切るさ」

雨脚が少しずつ強くなってきて、路面の染みも濃く広がり始めていた。雨など少しも気にならない性分なのに、無意識のうちにも三味線のケースをさらに引き寄せている。

「で、兄貴、本当は、何の用事らったんだ？」

「ああ？　だから、おまえがどうしてるかと思ってや」

「そんなわけねえこてや、兄貴。どうしたんで？　何か、おかしいろ」

気持ちを簡単に読まれている自分の声に、高木は苦味を覚えて顔を顰める。

「……あのさ、兄貴さ。……婆ちゃんの十三回忌のことらろ？」

十三回忌？　思いもしなかったことをいわれて、高木は顔を上げた。祖母の命日が近いのは分かっていたが、十三回忌、か……。

「もうすぐだっけや。俺、兄貴の声聞いて、すぐ分かったさ……」

　自分が新大に入学したくらいの頃から、祖母は少し痴呆が混じるようになったが、それでも三味線の海老尾《えびお》を座椅子にのせ、心を込めて弾いていたのだ。その婆ちゃんが死んで、十二年か……。

……風の音らすけ。光の音らすけ、幸坊。人の声でもあるんだよう……。

「そうらろ、兄貴。婆ちゃんの十三回忌のことで、電話してきたんだろが。そんがの、すぐ分かるさ、俺らって……」

　光弘は一人で得心したような声を出していたが、高木は静かに目を閉じて、脳裏にある祖母の小さな影を追う。痩せて抉《えぐ》れたような眼窩《がんか》に、いっぱいに寄せた笑い皺が浮かんで、高木はコートで覆った三味線のケースをさらにきつく抱き寄せた。

「……でさ、家の墓さ。三年前に、内野に移したんさ」

「内野？」

「内野霊園……。知らんかったろ、兄貴」

　新潟から越後線というローカル線に乗って、二十分ほどの町だ。明訓高校時代の友人が住んでいて、何度か遊びにいったことがあるが、元々漁師町で、小さな町なのに四つも酒蔵のある所だと友人はいっていた。

「なんで、また、内野に墓なんて移したんだ？」

「……分からん。ほら、家の墓、なんか、もう古くて、それに新しく建ったアミューズメントセンターのビルの陰になってたねっか。それが、嫌らいうて、親父がさ、青山とか小針とか内野とか、色々探してや。大体、あの頃から、親父は爺さんになったて。分かるんさ……」

月に一回ほど電話を入れてくれた母親も、墓を移した話などオクビにも出さなかったが、たぶん、それを聞いて、自分がまた怒り始めると思って、いわなかったのだろう。

「……婆ちゃんも、骨壺揺らされて、たまげたろうな、光弘」

「で、どうする、十三回忌……。長男がいねで、どうするや」

いきなり雨が強くなってきて、高木は首を竦《すく》め、眉根を寄せた。アスファルトの路面が一気に濡れ光って、飛沫《しぶき》を上げ始める。自転車の荷台から立ち上がると、慌ててケースを抱え、軒を探して小走りした。

「光弘、また、電話するさ。雨ら」

「雨？　兄貴、今、何処にいるんで？　関東地方は今日、快晴らいうて。さっきも、江ノ島がテレビに映ったけど、いい天……」

高木は光弘の喋っているのにもかまわず電話を切って、雨の西堀を走った。

婆ちゃんの十三回忌、か……。

三越デパートのエントランスで雨宿りし、少し小降りになった所でまた柾谷小路を通って、古町モールのアーケードに入った。採光のためのガラス張りの天井も、空の暗さを映して鉛色になっている。

ハードケースに入ったこの津軽三味線を、形見として貰って十二年……。

高木は携帯電話を押し当てていた耳の痺れや熱さに触れる。指先の冷たさが耳の縁から滲んできて、もうすぐ冬なのだと思う。軽い咳をしていたと思ったら、すぐに寝込んでしまい、老齢のせいか発熱すらもなく、そのまま肺炎になって呆気なく死んでしまったのだ。

「水が飲みてわね……」と呟いた祖母に、いつもの水道水を出した時、皺ばんで痩せた手の中のコップをじっと見つめていたと思うと、「……ああ、柳があんなに揺れて……、私は、幸せらわねえ」と奇妙なことをいった。そして、一息に飲み干して、「ああ、なんて美味いんだろうねえ……」と体の底から搾り出したような声を上げたのだ。それが、最期の言葉だった。

同じ形の店舗の看板がアーケードに並び、光っているのを見つめながら、高木はぼんやりと歩く。地方裁判所にいくはずが、また逆方向に向かっていて、まったく当て所《あど》ない。駐輪の列や、すでにダウンっぽいジャンパーや厚手のコートを着た人々を見て、高木は口から息をゆっくり吐いてみる。

白く薄い息の塊がすぐにも掻き消えるが、やはり、秋は終わりに近いのだ、と思った。

昼休みのOL達が紺色のカーディガンを羽織り、肩を竦めるようにして急ぎ足で大和デパートに入っていき、男達もズボンのポケットに両手を突っ込み、歩いている。

ハードケースを持ち替えて、濡れた髪を掻き上げると、カミーノ古町の建物のレンガが見える。白い鉄板で閉鎖されているが、よく通った若い頃の自分の姿を思い出させもした。学生服を着た自分がギターのケースを抱え、仲間達と一緒に入っていくのが見えるようだ。確か、不動産評価額が十一億円以下。カミーノのような、街のポイントになるようなビルは、余所《よそ》の人間が手を出すべきではないだろう。三国でも、西阪でもなく、地元が買い取るのがベストだろうと思う。

柳があんなに揺れて……。

婆ちゃんも、そう思うだろ？

一九　鴉《からす》

ひと揺れして止まったエレベーターを降りると、高木は目の前の光景に口元を緩めた。爆撃でも受け、そのまま忘れ去られたような場所に思える。

夜の間は、奥にある非常口を示すライトを頼りにしてもよく見えなかったが、窓に張られた黒いフィルム越しに、狭い三階ホールの様がそれでも見える。端がめくれた窓のフィルムや隙間から、ぼんやりした光が差していて、薄暗がりに紫色の筋を斜めに落としていた。

「ひでえな……」

ビニール張りの安っぽいソファには、やはり蛇皮を思わせるスパンコールのドレスが投げ出されていて、何となく青色だろうと思っていたのが、深紅の色だったのに虚を衝かれる気分だ。

丸めて縛られた古いカーペットは、仄明るさに、よけい人の死体が包まれているように思わせ、端から髪の毛がはみ出ているのではないかと目を凝らす。

床に散らばった新聞紙を軽く靴先で蹴りながら進もうとして、まだ野村阪神がトップを飾るスポーツ紙や、Ｖサインをしながら性毛を曝《さら》け出している女のヌード雑誌や、不動産の広告チラシに混じって、ロシア語の新聞が紛れているのにも気づいた。埃を被った店舗の看板や、枯れたベンジャミンの鉢。投げ出され群がったコードの束、ひしゃげ潰れた段ボール箱の重なり……。その中のいくつかにも赤いロシア文字がプリントされているのが見える。

「ヤーチャイカ、とかな……」

そうひとりごちて、まったくロシア語を読めない自分に薄笑いを浮かべてみる。

「いや、カモメというより、気分は……」

隅に乱雑に積まれた黒いゴミ袋を眺め、簡素なパイプ椅子が並べ重ねられた所に寄ると、高木は三味線のハードケースを床に下ろした。

「……ちょっと、置かせて貰うぜ、ナベさんよ……」

大家の五十嵐に演奏を聴かれるバツの悪さもあって、まるで幼い子供が突然不機嫌になったように三味線を持ち出してきたが、自分の臍《へそ》の曲がりに呆れもする。だが、噂にしろ、母親が倒れたと口にした五十嵐には、油断がならない。過剰に意識し過ぎかも知れないが、何か直感めいたものがあった。

ふとnestのドアを見て、エレベーターに戻ろうとした時、その小さなガフス窓に光が籠もっていて目を見開く。

……ナベさん、いるのか？

フロアの窓からの光を反射しているのか、と目を凝らしたが、扉についた覗き窓自体が光を孕《はら》んでいる。雲母を思わせる厚くて古いガラスが中から柔らかく光っていて、骨董のランプの炎を見ているようだ。

高木は足音を忍ばせ、nest の扉に近づいてみる。埃臭い乾いた木のにおいに軽く鼻を鳴らして、何気なく扉の表面に視線を走らせた。

前に、闇の中で手探りした時と同じで、ドアに店の名前を表わすものは何もない。と、四角い覗き窓の下に、錐《きり》で開けたような小さな痕が、いくつか開いているのに気づいて、高木は屈み込んで目を細めた。自分の影が邪魔をしていてよくは見えないが、そこには昔、店のロゴタイプでも打ち込まれていたのだろう。

高木は左手をそこにやって、釘穴の間隔を一応確かめてみる。別にたいした意味はない、と思いながらも、エレーナのいる「ダローガ99」の扉にある真鍮のロゴタイプを脳裏に散らつかせてもいた。

コートの左袖に点々とまだ雨滴が光っていて、手を扉に差し伸べている自分の姿が、ようやく長い旅路から帰ってきた男のようなステロタイプを連想させて、慌てて手を引っ込める。

「誰も、見てねえこてさ……」

胸の中で呟き、高木はドアの取っ手を摑み、静かに引いた。重い感触とともに、隙間からかすかに漏れてきたのは、タンゴ。アストル・ピアソラのバンドネオンだった。

MILONGA DEL ANGEL……天使の陽炎《かげろう》。

タンゴかよ、ナベさん……。

恐ろしくメローだが、ピアノとチェロ、バンドネオンの音が遠く溶けるように絡まっている。ピアソラの暗い情熱が秘められたフレーズに、茫洋とした地平線のようなものをnestの奥に感じ、一瞬たじろいでいる自分がいた。奥に声をかけようとして開いた口からゆっくりと息を吐き出す。

カチャーシーは、どうしたさ、ナベさんよ。

目の前を遮る木製のスクリーンを見つめながら、静かにドアを閉め、くねったセロームの茎や葉の間から奥に視線をやった。いつものようにニットキャップを被った渡辺が、ピアノ横のソファに腰掛けているのが見えたが、じっと動かない。ただ俯いて、眉間に複雑な皺を浮かべている。

寝ているのか。と、思った時、渡辺が深く息を吸って、天井を仰いだ。手元が瞬く。何かと見やると、小さな写真立てだ。そのガラスが反射していた。

声をかけるタイミングを逸して、高木はそのままスクリーンの裏からドアの取っ手に手をかける。

nestの渡辺をまだよく知らないが、見てはならないものを見た気がした。六十過ぎの男が独り、じっと写真立ての中に見入っている姿と出くわすなど、こっちから願い下げだとも思う。

あまりにも孤独過ぎて、重たいじゃないか……。

「うん？」と低く唸る渡辺の声と同時に、肩に触れたセロームが揺れて、高木は体を強張らせ息を潜めた。

「誰だ？」

セロームの葉のむこうを目の端で捉えると、渡辺が幾分慌てた様子で、持っていた写真とスタンドをカウンターに伏せる。

「……ピアソラか、ナベさん……。MILONGA DEL ANGELだよな」

「……なんだ、あんたか……。ライブの打ち合わせにでもきたか？」

高木が眉根を捩り上げながら、セロームの陰から出ると、渡辺は被っていたニットキャップを取って、伏せたカウンターの写真スタンドの上にさりげなく重ねた。その横に、乱雑に折り畳まれているのは地図だろう。しかも、水色で表わされた河口の形から、新潟の中心図だと分かる。

「外のホールに……俺の三味線を置かせてくれよ」

自分の視線に気づいたのか、渡辺は地図を取り上げて、さらにもう二つに折ると、ソファの下に置いた鞄の中に押し込んだ。

「雨が降っているのか？　コート……」と、顎で示したと思うと、脇に置いてあったタオルを乱暴に放る。宙で広がり、はためくタオルをひったくるようにして取ったが、高木はそのままカウンターに置いて、スツールに腰を下ろした。

「中に入れておけや、雪彦さん。大事な三味線だろう」

「こんな昼から店に出て、熱心だな、ナベさん。……俺も昼から小袋谷ビルに乗り込んできて、熱心な営業マンだろう?」

「嘘こけッ、馬鹿が」

渡辺はサイドテーブルからパイプを取って口の端にくわえると、白い無精髭の頬に深い皺を刻んだ。

「おでん屋台の岡田さんに、人の首を絞め過ぎの手だといわれたさ」

ソファの上で体を少し弾ませるようにして笑う渡辺を一瞥したが、ピアノの横に立てかけてある細棹《ほそざお》の三味線が目に入って、棹についた指痕の年季を無意識のうちにも追っている。最初に抱えた時に感じた白粉《おしろい》のような香りに、女の持ち物だとは思っていたが、かなり弾き込んでいるものだ。

「……あんたの三味線があるんなら、もうこれも必要ねえかな」

「ナベさん……。置いて貰うだけだ」

「雪彦さん、今日は珍しく俺も出てきたが、いつも昼はいない。nest の鍵は開けっ放しだよ。適当に入ってきて構わない。エレーナもよく昼間ここでピアノをな」

くわえていたパイプを口元から離して、吸い口でピアノを示す。短い白髪頭の下で左の眉を大きくカーブさせ、彫りの深い顔の陰翳が微妙に変わる。沖縄生まれの男に、自分の顔は新潟の男のものだといわれたのを思い出し、高木は苦さとおかしさに唇をかすかに歪ませた。

「ナベさんは、もう三線《さんしん》は持たないのか？」

　また冗談混じりの返事が返ってくるのだろうと思ったが、渡辺はいきなり真面目な面持ちになって短く頭を横に振って見せる。

「昔は村の人達を、ナベさんのカチャーシーで何時間でも躍らせたって聞いたよ、岡田さんから」

「ウフゲーナーらさ。単なる落伍者だ。雪彦さん、あんたと同じらさ」

「なんでさ。ナベさんにいわれたくないよ」

「ピアソラも、落伍者ら。……音楽やら芸術にはまり込む奴は、みんな、駄目ら。何処かで大事な人やら物を殺すんだわや」

　さっき見ていた写真には、あんたの大事な人が写っているのか。そう聞こうとして、だが、眉間に皺を刻んで天井を仰いだ渡辺の顔が過《よ》ぎって言葉を飲み込んだ。渡辺の気持というよりも、自分にはまったく無関係なことだと思う。

「ナベさん。いつ、ここを、立ち退いてくれる？」

「笑わせるな。おまえの目は、もう駄目らさ。てめえで一番よく知ってるだろ。西阪の奴らの方が、まだ真っ当な仕事人の目だ」

　高木は渡辺の目を見つめる。

　敵意を露《あら》わにしたら自分の脆《もろ》さが出る。かといって、笑みを浮かべても愚かだ。無表情に視線を返したが、セルフレームの眼鏡越しから睨んでくる渡辺の目は、自分の胸中に潜めたものを全部見通しているかのようだった。「おまえの目は、もう駄目らさ」といいながら、非難するでも脅すでもない眼差しがあって、見開いた目にカウンターの白熱灯の光を柔らかく濡れさせているだけだ。

狭い密室のような店内で、年の離れた男が二人して黙って視線を交えているのが、吐いている息まで交換しているようで気色悪かった。いや、それよりも、さらに自分の気持の底を覗かれる気がし、怯《ひる》んで視線を切る。

「……じゃあ、三味線だけ、置かせて貰うさ」

自分の本心の底……複雑に織り込まれ、夥《おびただ》しい襞《ひだ》を重ねているようで、じつはすでにツルツルに乾いている気もする。渡辺に見入られただけで、体の中にぽっかりとした空白の輪郭を覚えているのだから、情けない。

「雪彦さん……物事は……単純な方がいいさ」

「意味が分からんよ」

「こんなご時世だが……というか、こんなご時世だからこそな、シンプルな方が強い……」

高木は渡辺の言葉を無視して店を出ると、フロアに並べられた埃だらけのスツールの脇から三味線のハードケースを取った。自分でも何をやっているのかと思う。立ち退かせる店に三味線を運び込んでいて、こんな所を清田が見たら、本当にケースの中に乱射用の銃でも入っていると思うかも知れない。少なくとも、三国不動産の仕事よりも大事な三味線が入っているなど、つゆとも考えないだろう。

「ずいぶん、濡れてるねっかや？」

「雨、だからな。……シンプルだろ、ナベさん。だけどさ、単純なことをやるには、なんていうか、勇気がいる。もしくは、アホになるかだ」

「当たり前らこてや。だから、そういうアホなことができる人の目と、できねえ人の目とは違うんだ」

渡辺の声を耳にしたまま、カウンターに置いたタオルを取ろうとして、黒のニットキャップと写真スタンドが消えているのに気づく。

渡辺に短い視線を投げると、すでにいつものように目深にニットキャップを被って、パイプをくわえたまま素知らぬ顔でソファに深々と座っている。独りで見入っていた写真スタンドは、自分が出た隙にカウンターの裏にでも隠したのだろう。

「借りるよ」と、高木はハードケースを開いて三味線を立てると、タオルで、紫檀《したん》の棹をしごくように拭く。駒を外した三味線は弦に触れても、嗄《かす》れたようなかすかな音しかしない。黒檀の糸巻も一応軽くタオルで撫でる。湿気の具合を確かめるために、胴皮を爪で弾いてみたが、張りのいい乾いた音が鼓膜を叩き、撓《たわ》みも鈍さもなかった。

「……いい三味線だなあ、雪彦さん……」

渡辺がソファから立ち上がり、カウンターの裏に回って、かかっていたピアソラの音

楽器自体が、すでに何か光を放っている感じだな」

「皮の色からして、ずいぶん、古いものだとは思うが、手入れがいき届いている。楽器自体が、すでに何か光を放っている感じだな」

「ナベさん、俺は弾かないよ」

「元々は、誰のもんだ？　一の糸、二の糸、三の糸……全部、運指の痕があるねっかや。棹の短い三線でも、そうはいかねえのにな……」

渡辺はカウンターの内側に突っ立ったまま、腕組みをして三味線の棹を睨みつけていた。白い無精髭の中の唇を尖らせてもいる。

津軽三味線にしろ、長唄にしろ、端唄《はうた》にしろ、激しく音の高低を行き来するが、それでも左手で頻繁に押さえる所はある程度は決まっていて、そこだけ指の痕がつくものだ。だが、確かに、祖母から譲り受けた三味線には、ギターでいえばすべてのノレットに指痕がついていて、光の加減では棹の表全体に斑模様《まだら》が浮かび上がる。それだけ、祖母は、同じ高さの音でも、違う質の音を探していたということでもある。

「……ナベさんにいっても何だが、……特別な女から貰ったもんだよ」

「……女？　……じゃあ、その女は、誰からそれを貰ったんだ？」

一体、渡辺は何をいっているのだ、と高木はさわりに触れていた手を止めた。屈んだまま、カウンターの中の渡辺を見上げたが、眉間に皺を入れながらまだじっと三味線に見入っている。

「どういうことだ？」

「いや、どれだけ、その女の人が弾き込んだか分からんが、女の指の力だけでは、そんな痕はつかんよ。棹の縁まで丸くなってるねっかや」

「……俺が力任せに弾いてるからな」

「雪彦さん、あんたの指遣いじゃ、そこまでならんよ。……なあ、指先がもげるほど打ち込んで……、楔《くさび》を打ち込むように、こう、自分の気持ちをさ、三味線に込めて、自分の想い自体に指先を入れ込んでさ……」

渡辺を見ると、眼鏡の中で目を細めて、また棹に見入っている。祖母が三味線の師匠か、あるいは、祖父以外の男から、訳あって譲り受けたとしても、自分の与《あずか》り知らぬ所だ。

だが、渡辺の言葉は三味線に入り込んだ念の強さのことをいっている。まだ自分の弾き方は、念のようなものを入れ込んでいないと。もちろん、弾く時に余計な力を入れないのは基本だが、気持ちが集中している時は、押さえるべき所に面白いほど指が的確に刺す。自然の節やツボのような所に嵌《は》まった感触があるものだ。

「ナベさんの三線を見てみたかったな」

「ああ？　俺のは、全然駄目らさ……」

笑いを零《こぼ》した渡辺の顔を一瞥して、高木は三味線をハードケースの中に寝かせる。

「なんだや、雪彦さん。弾いてくれや」

「嫌らな」

「弾きてえいう顔してるわや、あんたも、三味線もや」

高木は目の端でカウンターの中の渡辺を捉えていたが、蓋を閉めてフックをかける。そして、いきなり立ち上がった。

「ナベさん、何度でもいわせて貰うよ。……悪いが、このビルから立ち退いてくれ。これはもう仕様がないことだ」

「馬鹿らなあ、あんた」

「今から、社の方に連絡して、ゴーのサインを出す。代替店舗はこの西堀に用意する」

渡辺は腕組みをしたまま自分の目の底に見入っていたが、唇には薄笑いを浮かべていた。高木も渡辺の顔を見据えながら、コートの内ポケットを探る。

携帯電話を取り出して、着信履歴から清田課長の番号を繰り出すと、何の躊躇もなく受話ボタンを押した。その間、渡辺は視線をそらそうともせず、落ち着いた表情で見つめている。

立ち退きの現場から会社に電話を入れるなど、まず滅多にない。むしろ、住居人を脅すために会社が抱えている暴力団紛いの事務所には連絡を入れることはあった。どやしつける声を住居人に聞かせるためだ。だが、いつも、電話を耳にしながら顔の色を変えていく相手を見るたび、自分の安っぽさ、いや、自分も含め、会社のやり方の下劣さに呆れて、苦いものが込み上げてくる。ただ感情のスイッチを切って事に当たり続けて、かなりの年月が経ち過ぎた。腹の中にも、どす黒いものが溜まる。

「はい、三国不動産営業部渉外課でございます」

気味の悪いほど誠実そうな声音で出たのは、内藤だ。明らかに一オクターブくらい高い声を出していて、下手をすると声が裏返りそうだ。

「俺だよ」

渡辺が呆れたように眉間を開いて、ようやく視線を外すのが分かった。カウンターから出て、またピアノ横のソファに腰を下ろすと、コーデュロイのパンツの足をゆったりと組んでいる。

「あ、先輩っすか。どうっすか、調子は？」

いきなり野太い声になって、ワイシャツの襟口の余裕がない猪首《いくび》と汗を浮かべた内藤のGIカットの額が浮かんだ。

「調子？　悪いよ。……おまえ、『ジャッカルの日』、調べたかよ、銃の名前」

渡辺はくわえていたパイプに火をつけ、口元から黄色い煙の塊を浮かばせている。ゆっくり形を変えながら、渡辺の顔の前を彷徨った。

「あ、すみませんっす。まだ調べてないっす。すぐ近いうちに……」

「内藤、おまえ、電話切ったら、すぐそのまま調べろよ。ネットですぐだろ。いいか、エドワード・フォックスだ」

「あ、そうそうそうそう」と内藤が頓狂な声を出したかと思うと、受話器を掌で押さえるごわついた音がした。

「今日、先輩の彼女、順子さんから、電話があって、新潟の場所教えてっていってましたよ。大体、居所、教えてないんすか？　駄目じゃないっすか」

渡辺は天井をぼんやり眺め、目の端で自分を捉えている。

「で、内藤。教えたのか？」

「そりゃ、教えますよ。……まずかったっすか？」

「余計なことすんなよ」

自分が交わしている他愛ない会話を聞いていて、渡辺がそのボケた内容をせせら笑っていると、くわえていたパイプを灰皿に置いて、立ち退きを強要する転がし屋の喋りじゃない。

「いや、でも、自分としては、教える以外ないっすよ、そんな……」

ピアノ横に立てかけてある細棹の三味線に手をかけたと思うと、慎重に持ち上げて、懐に抱える。足を組んだラフな体勢なのに、すぐにも三味線が渡辺の体に馴染み落ち着いて、棹を握る手つきも一目で玄人《くろうと》のものだと分かる。

「まあ、いいさ。内藤な、清田課長はいるか？」

三線とは大きさがかなり違うが、楽器はいい奏者を選ぶものだ。黒いニットキャップを被り、無精髭を光らせた初老の男の体に、当たり前のように納まっている。

「えーと、ああ、います。また、奥のソファで、足投げ出して寝てますよ。うわぁ、また、あの靴下っすよ。ほら、女のストッキングみたいな薄い奴。俺、嫌いなんだよな、あれ……」

渡辺が右手の爪で二上りの開放弦を軽く弾いて、一の糸から上がっていく。乾いた素朴な音が鳴っているが、津軽三味線のリズムとは違う、緩い跳ね方を持った鳴らし方だ。

「あれ、何っすか？　なんか、三味線の音しますけど……」

「清田に代わってくれよ」

左手が静かに動き始めた。しっかりした太い指だが、弦を押さえる時の指先がとてもデリケートに思える。一つ一つの音を大切に捉えるような指遣いで、一の糸から二の糸へと爪弾《つまび》きながら、いつのまにか沖縄音階特有の半音を鳴らして、波打ち際のような細かい繰り返しのリズムを守っていた。

「何っすか、何っすか、先輩。沖縄っすか？　なんで、沖縄なんですか？」

「内藤ッ、いいから、早く、清田に代わってくれよ」

「いやぁ、そのBGMは、ちとヤバイんじゃないっすか？　沖縄ですよ、それー。……じゃあ、ひとまず、課長と代わりますけど、でも、先輩、いい音っすよ、島唄っぽいっす」

内藤が電話を保留に変えて、グリーンスリーブスの音楽が流れ始める。

ソファでは渡辺が少しずつリズムを早めていく沖縄音階の三味線が鳴っていて、頭の奥で音が混乱しそうだと思った。だが、不思議と電話の保留音が遠退いて、渡辺の爪弾く三味線だけがくっきりと輪郭を持って入ってくる。

目を閉じて、音を確かめながら細棹の三味線を弾いている渡辺を見ていて、その周りだけ時間軸が異なるようにも感じる。いや、こっちの意識が過剰なせいかも知れない。三線を捨てた男が、細棹とはいえ爪弾く姿に、気を取られている。たぶん、渡辺にすれば、本社に電話をしている自分の邪魔をしようとしているに過ぎないだろう。だが、目を閉じ、眉根を寄せ上げて爪弾く男の音は、素朴だけれども、聴いている者の呼吸の仕方を変えるくらいの力が何処かにある。

「ああッ、代わった」

痰を切るような下卑た咳払いと同時に、清田の粘った声が聞こえて、高木は渡辺に向いていた気持ちを素早く戻した。

「あ、課長。たびたび、すみません」

「高木ぃ、おまえ、なんだ？　さっきの電話は、ああ？　おまえ、電話を床に叩さつけただろ、ああ？」

ドトールで三味線のケースが倒れた時のことをいっているのだろう。自分は確かに、清田からの電話よりも三味線の方を取ったのだ。

「いえ、そういうわけではありませんで……手が滑りましたもので……」

そう答えると、三味線を抱えていた渡辺が短く鼻から息を漏らして笑うのが分かった。手が滑る、という言葉だけで、笑いを漏らす渡辺は何を想像しているのだろうとも思う。

いかにも若い営業マンのがさつな神経をおかしく感じたのか。それとも会社での隠語だと思っているのか。

「今、小袋谷ビルにおりまして……」

「うん？　おまえ、その後ろの、三味線の音、何だ？」

「いや、ビルから飛び降りてくれないオヤジさんがいましてね。その人が弾いてる……」

少しずつピッチを上げて、渡辺の得意とするカチャーシーのリズムに近くなってきた。村の人間を二時間でも三時間でも躍り狂わせた渡辺のカチャーシー。

「高木ぃ。おまえ、何いってんだ。小袋谷ビルにいるんだろ？　そんな三味線なんぞに耳傾けてないで、ガソリン撒いて、火つけろよ。馬鹿野郎ッ！」

がなり立てる清田の声に、高木は顔を顰めて電話を耳元から離した。鼓膜が痺れて、清田の吐く息が耳の奥に染みつく感じだ。

渡辺は相変わらず目を閉じたまま天井を仰いで、細棹の三味線を爪弾き、細かくうねるようなフレーズを繰り返していた。安定したリズムの中に、さらに微妙な揺れを作るトリルのようなものが入っていて、沖縄の浜辺を舐める波の動きを想像させる。

「高木ぃ。いいか？　おまえのいる店は、小袋谷ビルの臍になる店か？」

「まあ、そういうことになりますかねえ」

「だったら、自爆しろ、高木ぃ、ああ？　勝手に、むこうから、窓から飛び降りる。なんだ、あの、大室か、あいつみたいに、自分で首吊るさ。しかし、うるせえな、その三味線ッ。俺は大嫌いなんだよ、三味線のしょっぱい音がよッ」

大室というのは、都立家政に住んでいた男の話だ。リストラを喰らって辞めた同僚から引き継いだ仕事だったが、結局、銀行が代位弁済を請求して、知らぬ間に家を競売にかけられていた。持ち主の大室が首を吊った、というのは、会社での隠語でも何でもない。本当に首吊り自殺してしまったということだろう。

「でな、高木ぃ。残った部屋の腐肉をな、残飯を、綺麗に啄《ついば》んで持ってこいよ。あぁ？」

清田はまだ会社のソファに寝転んだまま、子機で喋っているのかも知れない。携帯電話の電波の加減というよりも、子機の向きで時々ノイズが混じって、清田の声が粒状になって放散する。

「……鴉、みたいですねえ」

「そうだよ、おまえ、何だと思ってるんだよ、高木ぃ。鴉、だよ。……まあ、いいやッ、そこに、店主、いるんだろ。代われ」

高木は渡辺に背を向ける。セロームの長い茎が何本もよく伸びているが、葉はひっそりと静まってまったく動かない。

「ゴー、して下さいよ、課長」

高木は渡辺の耳に届くように、語気を荒らげていった。

「ゴー？　ゴーって、何だ、高木？　俺はそいつと代われといってんだよッ」

「それは、困りますよ、課長。ゴーして下さい」

電話の奥で、清田の舌打ちが聞こえたと思うと、荒っぽく唸る声が耳にざらついた。

「……高木ぃ。……ねえ、高木君……。高木ちゃん、……おまえ、ふざけてんなよッ。俺が、店主に代われといってんだよッ、ド阿呆ッ！」

次第に声に怒りを膨らませていく、いつもの清田の怒鳴り方だ。気持ちの悪いほどの猫撫で声で始まって、最後に爆発するように噴出させる。それでも、奴なりの感情の制御の仕方なのだろう。

「駄目ですよ。そんな、みっともない」

渡辺が自分の言葉をどう解釈しているかなど知ったことではない。とにかく、立ち退かせるための本格的な手段を講じていることを知らせるだけでいい。そのためにかけた電話だ。会社の上司が直々に、渡辺と話すなどというのはあまりに恰好がつかない。もちろん、それは、清田に対してではなくて、渡辺に対してだ。

「……高木……、おまえ、何と、駆け引きしている？」

「別に、他意はありませんが……」

清田の声が不穏なほど落ち着いたのが分かった。下卑て、嫌らしい上司を演じる余裕が消えたということだ。低い声の中に、刃を思わせる金属的な冷たさが鈍く光っている。

「それで、そんな言葉が出てくると思うか？」

「私の仕事ですから」

「おまえの……仕事の訳がないだろう。分かるよな、高木？　おまえの仕事じゃない。だから、代われ」

清田の言葉に、自分で自分の薄暗い後ろ姿を見ている気分になる。いつものことだが。だが、その黒いシルエットの輪郭が崩れ始めるのを感じもした。

頭や肩の線が不規則にざわめき、所々に奇妙な形の突起が現われたと思うと、それが一つ二つと羽ばたき出す。と、自分の影が蠢き、いきなり一斉に羽ばたいて、宙へと飛散していくのが見えるのだ。後には、ただ、ざわめいた気配だけが残って、自分の姿など何処にもない。清田のいう、腐肉や残飯は、この自分自身なのだ。

携帯電話の小さな送話口を親指の腹で押さえると、高木はゆっくり振り返った。三味線を抱える渡辺の姿を見ていて、一体、この因果は何だと思う。

誠実な取引であれ、残酷で理不尽な取引であれ、東京で淡々と仕事を進めていた自分が、この男一人に狂わされている。いや、故郷という奴に、狂わされているのか。

だが、ソファに腰掛ける渡辺の姿に、笑うでも、溜め息をつくでも、嘆くでもない。奇妙にも、無表情で静かな気持ちが、胸の底に横たわってもいる。

「……ナベさん、出るか？」

「うん？」と、爪弾く手が止まって、渡辺の閉じていた瞼が上がった。

「俺の上司が、直接、話したいんだとさ……、むろん、話したくないよなあ？」

高木はすぐにも電話を耳に当てがうと、「話したくないそうですよ、課長」と短くい い添える。

「俺は、おまえと話したくないよ、高木。代われ」

清田の声を耳にしているうちにも、視野の隅に渡辺の手が宙にかざされるのが分かった。目の端で見やると、渡辺は三味線を膝の上に立てて、電話を渡せと示している。眉根を上げて、渡辺の表情を確かめる。口角を下げた苦い顔をしていたが、小さく頷き、代わりに三味線の方を自分に渡してきた。

「ああ、代わったよ……」

渡辺の声を聞きながら、手渡された三味線の棹を摑む。鶴の細い首のようだ。渡辺の手の温もりが残っていて、高木はカウンター前のスツールに腰掛けながら、慎重に立てかけた。

「名前は？　清田さん、か。……で？」

渡辺の分厚い手に抓《つま》まれた携帯電話から、かすかに清田の声が漏れ聞こえてくる。

「……それは、無理な注文だな。清田さん。あんた、商売というのを考えているか？　西阪は……あんたも知ってるだろう？　西阪観光商事は、どれだけ出すと思う？　そんな子供騙しの額じゃ、地元のマトモな不動産屋に預けた方が、よほどいいだろう？」

渡辺の眼鏡フレームの中で目尻の皺が深くなって、無精髭の光る口元にも笑みが滲んでいた。

「……あんたの部下の高木さんも若いが、あんたも、この世界、まだまだ若いな。高木さんの名刺で見たが、免許番号もまだ新しいじゃねえか。だから、無理をする。そして、抱え込んで、いずれは破綻する。このビルよりも、お宅らの方が先に、白蟻に食われるぞ。新潟の白蟻は、しぶといぞ、清田さん」

　高木は渡辺のまったく揺るぎのない喋りに、顔を背けて死角を作ると、半面だけ笑みを浮かべ目尻を煙らせる。何か腹の中をくすぐられるような感じでもあった。

　ずいぶん、いうねっかや、ナベさん。

「銀行があんたの所に融資するといっても、たかが知れている。ここは、銀行にとっちゃ、自腹を切るような物件じゃないんだ。このビルの融資銀行を登記簿から調べたか？　おまえ、俺のことを調べたか、清田さん？　他の入居者についてなら、銀行も話すかも知れないが、俺については、絶対に漏らさんよ。絶対にな」

　コーデュロイパンツの足を組み、リラックスして携帯電話を耳に当てている渡辺の姿……。また思わず唇が引き攣《つ》って笑いに変わる。渡辺も自分の視線に気づいたのか、わざと口角を大袈裟に下げて、白っぽい舌を出して見せた。

　冗談じゃねえよ、ナベさん。俺はあんたの仲間じゃない。

「ほう……転がし屋のヒヨッコが、あんまり首を突っ込むと、ロクなことにはならんぞ。うちの店のシャッターは、でかい鎌みたいに研いであるんだ。そいつを下ろして、ちょん切るろ、清田さんとやら、あんたの首をな」

高木は頭を軽く横に振って、煙草をくわえる。いくら清田の方が若いとはいえ、からかい過ぎだ。これで間違いなく、三国不動産が組んでいるチンピラ組織の何人かが、小袋谷ビルに送り込まれてくるだろう。その時点で、渡辺はケツを捲って逃げるつもりか。

「おう、そうだよ。あんたらがさっき話していただろう? 鴉な。鴉のヒヨコらな。そのまた、孵《かえ》ったばっかりのもう一羽のヒヨコは、ここでな、俺の店で、三味線を弾くことになってる。津軽三味線だよ、いい腕らぜ」

高木は渡辺の言葉に噎《む》せて、煙草の煙を吹き出した。喉の中をヤスリ紙で擦《こす》られたような痛みに、涙まで滲んでくる。

「ナベさんッ、あんた、何いってんだよッ」

「ほら、なあ、清田さん。もう一羽のヒヨコが何かいってるよ。いい部下、持ったなあ、あんた。その部下がこの店を西阪に渡さねえために、どういうことだか分からないが、三味線のライブをやるんだと。そうだよ、信じられねえだろう? 馬鹿な話だろう? だが、そういう男が、あんたの部下だよ……」

高木が慌てて携帯電話を取ろうとスツールから立ち上がると、渡辺は事もなげに電話を切ってしまった。

目の前がグラリと揺れるというのか、怒りが一気に沸騰して、ソファに座る渡辺を前に、高木はただ途方に暮れて固まっていた。何をやっていいのか分からない。自分でも興奮し過ぎて顔が震えているのが分かる。声を発しようにも、そんなもので済む怒りではなく、かといって、老いた男に殴りかかるような馬鹿な真似もできない。

……どういうことだか分からないが、三味線のライブをやるんだと、だ？

高木は思い切り唾棄するように息を吐くと、またスツールに腰を下ろす。と、「ほらよ」と、ソファから渡辺が携帯電話を放ってくる。

無造作に放られた電話を片手に、高木はじっと渡辺の目を睨んでいるだけだ。この男の胸中にあるものを乱暴に引き摺り出して、嫌というほど踏み躙《にじ》りたい。老獪《ろうかい》、老練、老熟……床の上に広げられたどす黒く、魚類の腸《はらわた》のようなものを想像し、苦い感じに高木は奥歯を噛み締めた。

「……あの、清田というのは、ずいぶん、礼儀正しい、丁寧な男だが……」

清田が丁寧な男、という言葉に眉根を上げたが、その反応自体を渡辺は確かめているのかも知れないと思う。

「明らかに、実というのか、誠実さの欠片《かけら》もない男だな。あいつは、すでに、あんたを見切ってるよ。……声は……人が出るんだ、全部な」

「あんたもだろ。あること、ないこと、勝手に喋って、どういう人だよ、あんたッ」

収まらない怒りに声が震える。それでも、渡辺は眼鏡の奥から悪戯《いたずら》っぽい視線を投げてくると、「フォッ、フォッ」と奇妙な高い声を上げて笑った。

「清田はチンピラを送り込んでくるよ、すぐにも」

「いいねえ。西阪の奴らと対決させればいいさ。こっちは高見の見物ら」

「大体、法的に、あんた、負けてるんだよ」

「いや、法的にはいくらでも抜け道がある。清田という奴は、あれは、まだ素人に毛が生えたようなもんだ。問題外だ。あんたもな、ユキヒコさん」

携帯電話をスーツの内ポケットに入れながら渡辺を見据えると、「ああ」と渡辺はいい添える。

「ユキヒコというのは三国の方の幸彦さんで、三味線弾きの雪彦の方は、俺は一目置いてるよ。本気でな……」

二〇　悪酔い

市松模様の襖戸を開くと、座椅子に寄りかかった中年男が慌てて煙草を陶器の灰皿に押し付けた。

「ああッ、高木さんッ。お忙しいところ、お呼び立てして、申し訳ありません」と、正座をしてネクタイのノットを軽く抓みながら声をかけてくる。大手銀行の新潟上大川支店、融資担当の長谷川という男だ。電話で聞いた声の感じよりは年がいっているが、それでも四十五、六歳だろう。

nestを出てから小袋谷ビルに融資している銀行に連絡を入れたが、その間も、渡辺の声や清田の不機嫌な声が頭の中を回る。どうってことはない。たかが立ち退きを拒む居住者と横柄な上司だ。そう自分にいい聞かせながら、担当者と打ち合わせの約束をしたが、それでも渡辺の言葉が引っ掛かったのは事実だ。そして、清田の方も、黒岩事務所の若い奴らを送り込んでくるに違いない。

「どうぞこちらへ。資料はすべて用意してまいりましたが、まあ、とにかく一杯」

床の間に、日に焼けて茶色っぽく見える南画風の達磨絵図がかかっていて、本物の象牙なのか、一メートルはありそうな乳白色の牙が飾ってある。西堀でも古い割烹だとは聞いていたが、長谷川の方からセッティングしてきた。店の者達が酒などを運び込んでくる衣擦れの音を耳にしながら、高木も向かい合った。

「ま、まあ、足を崩して、高木さん。話は清田課長さんからも伺っておりまして……」

ソフトな感じに髪を自然に流しているが、銀のメタルフレームをかけて、何処となく昆虫を思わせる顔をしている。地味なチャコールグレーのスーツに、地が紺色のペイズリー模様のネクタイを締めていて、何処にでもいる堅そうな銀行マンだとは思う。名刺交換しながらも、相手の息遣いをそれとなく探る。

「清田は……どのくらい前に連絡を？」

「まあ、とにかく、一杯。新潟の地酒ですよ」と、長谷川は徳利を傾けてきた。

「二週間ほど前ですかねえ。こちらも三国不動産は、東京の方でもお世話になっておりますから、出来うるかぎりのことはさせて頂きたいと……」

甘い香りのする燗酒を口の中に放り込むように呑む。

「高木さんも、東京から出向でしょう。いや、どうです、新潟は？」

長谷川は、まだ自分が新潟出身だとは清田からも聞いていないのだろう。メタルフレームの眼鏡の奥から柔らかな眼差しを向けてきたが、小さくて冷たい凝《こご》りが潜んでいるのを感じて、高木は目を伏せて頷いた。

「まあ、捉え所のない、というか……まだ、日が浅いもので、よく摑めない感じですよ。

確かに、これは、旨いですけどね」と、当り障《さわ》りのないことを口にして、徳利を差し出す。三国不動産本社にいた自分と同様、長谷川も丸の内でロクなことをやってなかった奴だろう。そして、同じように左遷されたというわけだ。

「……私は、今年で、新潟は二年目になりますが……。いや、元々、やっぱり、東京の丸の内におりまして、企画部っつうか、いわゆるMOF担の下っ端ですよ。前の大蔵省担当の使い走りみたいなことをやっていて、それから検査部……と、まあ、いかにもな坂道をコロコロと……」

そういって肩を竦め、痩せた頬に縦皺を何本も作って笑った。手に持った猪口《ちょこ》が揺れて、酒に反射した光が眼鏡レンズに踊る。何気なく煙草を取り出して、テーブルの上に置くと、「いや、良かった」と長谷川は大袈裟に反応して、灰皿を差し出してきた。

「煙草、やめられなくてですねえ。もう、きついですわ。全フロア、禁煙でしょう。肩身が狭くってですねえ。相手が煙草を吸う人だと思うと、安心するんだ、うん」

そうかよ、そいつは良かったな。と、胸中、恐ろしく冷たい声で呟いてみる。早いところ、小袋谷ビルの周辺調査と賃貸状況を教えてもらって、エレーナのいる「ダローガ」にでもいきたかった。結局、nest に置くつもりだった三味線も持って出てきて、割烹の受付に預けてある。あんな馬鹿な会話を渡辺として、自分の三味線を置かせてもらうことなどできるわけがない。

「検査部でリスケばかり扱って……ああ、リスケジュールですね。倒産間際の企業の返済計画を見直すというか、あるいは、早めに倒産させるというか、疲れることばかりやって、今度は、新潟に飛ばされて、融資の方ですわ。……この年になると、田舎は、まあ、嫌いじゃないですけど、やっぱりね……」

眉尻を下げて、あえて疲れを覗かせた表情に、高木も口元を緩めて見せた。

「やっぱり、というのは？」

「うーん、なんていうか、分かるでしょう、あなたも、好きで新潟にやってきたわけじゃないでしょう。いや、むしろ、だからこそ、この仕事はやりやすいとかね」と、長谷川はいきなり喘鳴《ぜんめい》のような音を立てて笑った。

情を絡ませないのは、銀行も不動産屋も同じだ。まったく歴史も風土も知らない土地でやるからこそ、いい仕事ができる。いや、人がどうなろうがかまいやしない悪い仕事という奴が、思い切りできるか、長谷川さん。

「……だけどねえ、新潟の人間は、これ、なかなか、一筋縄ではいかないというのがねえ、最近になって分かりましてね。ほら、新潟に面白い諺《ことわざ》みたいなものがあって、杉と男は育たない、とか何とかいうんですよ」

「……杉と男は育たない、ですか？　何ですか、それは？」と、高木は猪口の手を止めて、眼鏡の奥で細めた長谷川の目を見つめた。

よく知っている言葉だ。自分よりも年上の者達がさんざんいっていた。新潟の男は主張しない、前に出ない、何か大きな仕事を達成するということがない。そんな意味だったように思う。新潟の人間がいい出したのか、他の県の人間がいったのかは分からないが、自分達はそれを聞いて、まるでこの土地を知らないのだと薄笑いを浮かべた覚えがある。

「いやねえ、新潟生まれの男達というのは、伸びないというのですよ。色んな面でね。確かに、自分の意見をあまり出さないですし、恥ずかしがって、ポジティブな、何ていうんですか、熱というか、表現を持たないというか、よく摑めないんですわ。だけど……どうも、そうでもないんだなあ。二重、三重に折り込まれた矜持《きょうじ》がねえ、ある。それが、とても面倒なんです」

「……矜持、ですか？　だけど、何処の土地の人間もそれなりにプライドみたいなもんはあるでしょう」

高木が徳利を差し出すと、「いや、面倒なんで、手酌でやりましょう」と長谷川は片手を開いた。いかにも、東京の人間の所作だと思う。

「あのですねえ、高木さん。新潟っつうのは、恐ろしく実学主義の土地なんですわ。本当に必要なものを求める。まあ、それは厳格ですわ。金にしても、土地にしても、教育にしても……。だから、レジャーというか、あるいは芸術とか文化とかね、流行らない、と余所《よそ》の土地には思われているが、そうじゃないというのがね、最近分かった気がするんですわ」

一体、この男は初対面の自分に何がいいたいのか、と、猪口を口に当てながら長谷川の目の底を確かめた。少し斜視気味のぼんやりした眼差しに、また焦点が戻ってくる。わずかに口の両端に力を込めて、鼻から荒く息を漏らすと、自ら徳利を傾けて、嚙み締めるように酒を含んでいる。

「あのねえ、高木さん、新潟の人間には注意した方がいいですよ。こっちが何か提示しても、ニヤニヤ笑うばっかりで……。反応が鈍いな、こいつは騙せるなと思っていたんだけど、逆なんですよ。あいつらは根っからの実学主義だから、我々の提示するものなどまるで屁とも思っていない。おまえらはレベルが低い、とさえ思われているんですよ、これ。それを分からせては相手に失礼だからって、何もいわないで笑っているんです。おまえ、そんなもんで、俺達を動かせると思うのか、って感じなんですわ。穏やかな顔してねえ」

痩せた喉仏を上下させたと思うと、長谷川は小さく舌打ちして、また猪口に尖らせた唇を近づける。

「よく東京の芸人でもミュージシャンでも、何でもいいですけど、こっちにきて仕事すると、イマイチ反応が悪いとかいうんですわ。芸事に慣れてないとかいってですねえ。私もそう思っていたんですけど、でもねえ、それは、本当にいいステージじゃなかったんですよ。自分にとって必要なものに途轍《とてつ》もなく厳しいから、それさえも凌《しの》ぐものでないと、新潟の人間は拍手しない。心底いいと思って、ようやくです。だから、逆に不要なものに対しては鷹揚《おうよう》なんですよ。いいがね、いいがね、とか、いいましてね。ああ、いい金、じゃないですよ。別に構わないからどうぞ好きにやってくれ、という意味です」

長谷川の話を聞きながら、腹の底で細かい笑いの泡粒が浮かんでくるのを感じる。そんなことは、新潟の人間だったら誰でも当たり前に思っていることだ。病院の院長の親父が、音楽の道に進むという自分の夢をまったく認めなかったのは、要するに、おまえの音楽じゃ話にならないといっただけのことだ。素人に毛の生えたようなもんをやっているより、真っ当な外科医になれと。だが、実学を求めるよりも、さらに強く音楽を必要とした若い自分がいたのだ。むしろ、それが自分の実学といっても良かった。

「だからねえ、芸人さんとかアーティストとか、新潟にきてやってみればいいんですよ。自分の才能なんぞ一発で分かる。見破られるか、それとも、気持ちを動かせられるか、ねえ。……ああ、何か、いきなり、奇妙な話をしてしまって……」

音を立てて猪口をテーブルの上に置くと、長谷川が手元にあった黒いファイルケースを取り出した。そして、かけていた眼鏡を取ると、眉間に皺を入れて中の資料を確かめ始める。

細かくワープロで打たれた文字や表のレジュメに、手書きでメモも添えてある。競売物件だろう、建物の見取り図が挟まっているのも覗いていた。

「つまり、高木さん」と、長谷川がいきなり顔を上げ、目を細める。凝り固まった黒目に、何か誘いかけるような微妙な光が宿っていた。

「……競売にかけるのは簡単ですが、居住者を動かすのは、大変ですよ、ということです。よほどの悪さ、脅しをするか、よほどの金を積むか、しないと無理です。他の東堀や上大川前の物件と違って、特に、この小袋谷ビルですか……ここは、居住者がなかなか動かない。一応、周辺調査はね、やりましたが……」

長谷川が眼鏡をかけ直して、資料をテーブルの上に滑らせる。もちろん、銀行は融資している物件の入居者の諸事情については守秘義務があるが、金儲けのためなら、いくらでも提供してくれる。立ち退きを迫られた者にすれば、理不尽な話には違いない。

「……要するに、今の、杉と男は育たないという話は、ここに繋がるわけですか、長谷川さん。商売上手だな」

資料を受け取りながらいうと、長谷川はまた喘鳴に似た声を上げて笑い、肩を揺さぶった。

「奴らの頑固なほどの、矜持をですね、こっちは金で崩してやりたいんだ。ねえ、高木さん。融資させてくださいよ、ドーンと。協力させていただきますから」

競売のために三国不動産側が負担する費用を、全部持つといっている。競落する額はさほどにならないだろうが、立ち退き料をいくらに算定するか。nest の渡辺の顔が浮かんできて、高木は唇を歪めた。

……ユキヒコというのは三国の方の幸彦さんで、三味線弾きの雪彦の方は、俺は一目置いてるよ、本気でな……。

沖縄生まれとはいえ、元々三線の名手。しかも新潟に長く住んで、この土地の空気を吸い続けてきた者が、不動産屋の提示する金額よりも三味線弾きの方を取ったか。もちろん、渡辺の詐術だろうが、エレーナやおでん屋台の岡田に会わせた渡辺の真意は、意外にもシンプルなものかとも思う。音楽に取り憑かれて、何処までも世間から離れていく愚か者……。

「その、名前と住所しかない人ねえ。……渡辺、徳三、さんですか……。その人に関してはちょっと分からないんですよ。他の方はすぐに資料が揃ったんですが、うちの調査でもよく見えない……」

渡辺のことを脳裏に過ぎらせていた時、まさにその名前を耳にして高木は反射的に顔を上げた。

「渡辺、さん……ですか」

「……その、ダローガという店のオーナーですけどね、身元が……」

長谷川の口にした「ダローガ」という店の名前に、一瞬ぼんやりする。

渡辺の nest から、エレーナへと気持ちが滑り、雪町にある古いアパートが闇に浮かんだと思うと、また小袋谷ビルの暗い三階フロアが現われる。何か迂回して、ダローガという陽炎《かげろう》のような店の影に入り込んだ感じだった。

「あのビルの三階にあるダローガという店は、かなり長いんですかねえ」と、しらばくれて聞いて、少なからず騒ぎ始めた胸を抑えるように酒を傾ける。

いや、別におかしい話ではない。うすうす感づいてはいたが、まったく当てにならないと思っていた自分の勘が、抵抗もなくはまった感触にうろたえているだけだ。それとも、渡辺をパパと呼ぶエレーナの存在に、自分でも想像している以上に引っかかっているのだろうか。

「えーと、小袋谷ビルができてから、一番、長い店じゃないかと思うのですが……何年くらいかな？　最初からテナントで入っている珍しい店ですわ。二十年にはなるでしょう？　竣工から」

長谷川がテーブルに前屈みになり、眼鏡を額に上げながら資料に目を凝らしている。こめかみに浮き出た静脈の陰に、生きている意味ではあんたも俺も同じだな、と妙なことを思う。

「ところが、一番、長い店の資料が揃わない。ここは、面倒ですよ、高木さん。積むとです、金をね」

「金、ねえ。……西阪は……、ご存知でしょう？　西阪観光商事、は、いくら提示するといってます？」

そういうと、いきなり長谷川が体を起こして、座椅子に背中を寄りかける。眉間に皺を捩り入れ、複雑な笑みを浮かべて見せた。

「いや、それは、なかなか。難しい問題で。うーん、いえませんよねえ、高木さん、お互い、商売で……」

すでに西阪とも商談をこなして、まったく同じ資料のコピーを渡しているのかも知れない。

「長谷川さん、銀行の方達は信用なりませんね」

「お互い様だよねえ、高木さん」

しばらくの間、柔らかく牽制し合って互いの顔を見ていたが、高木の方から目を逸らした。

長谷川ははるかに自分よりも世慣れていて、粘りを持った視線の奥に、あえて邪心のようなものを光らせる。儲けるためだったら、私は何でもやりますよ、だから、応えてくださいい、という面《つら》だ。

「……小袋谷ビル近辺の調査は、どんな感じですか、長谷川さん」

「一応は、あの近隣はね」

「ダローガ99という店があるはずですが、あれは、小袋谷ビルの、その渡辺さんの店と姉妹店か何か……」

胡座《あぐら》をかいた片膝に手を置いて、細い肩を怒らせる。ぼんやり考えを追うように視線を斜めに落としていたが、長谷川は低く唸るだけだ。

「あの店ねえ……あれは、ロシアン・マフィアが、資金稼ぎに送り込んでくる女の子達の店で……、別物なのかなあ。まあ、名義だけ借りているということもあるけれども、オーナーは誰だったかな、後ろの方に名前、出ていると思うけど、いや、そんな不健全な店ではないはずですよ。といっても、ブラックの中ではという意味ですけどねえ」

高木は長谷川の少し酔いの回り始めた目を一瞥して、資料を素早く捲《めく》る。住所、家主、借主、家賃、保証金、地代などの他に、備考欄がついていて、そこに現オーナー、あるいは借主などのプライベートなプロフィールまで控えてある。あまりにも瑣末《さまつ》なことに思えるが、その人の大体の性格にまで触れてあるのだ。

「しかし、よく調べるなあ、ここまで……」と、高木は半ば呆れながらもページを繰る。

「本当は、そういう備考の部分が、一番金に繋がるんですわ」

寿司量、ピンクオアシス・オリオン、ラウンジ司、割烹五千石……、そして、「ダローガ99」の欄があった。当然、家主や借主の氏名欄にはまったく覚えのない名前、神野清と岡田登と印字されていて、賃貸状況以外は備考欄も空白になっていた。

「何も書かれていないというのも、おかしなものですね、長谷川さん。銀行の調査でも分からないというのは、政治絡みかヤクザ絡みだけですよ」

「マフィア、だからね。ロシアン・マフィア。……なんてね、半ば冗談ですが、半ば本気ですよ」

ふと、その時、借主の岡田登という名前が頭の中で明滅して、おでん屋台の男の影が反転して膨らんだ。

……まさか、な。

ネガのように反転した男の輪郭を脳裏に思い描きながら、高木は他の店の備考欄に目を通す。だが、また、「ダローガ99」の欄に目が戻ってしまうのだ。

「……このダローガにいる人達というのは、どういう方達……」

「だから分からないといったじゃないですか」と、長谷川が少し語気を荒くしていってきた。瞬きが緩くなって、凝り固まった目も、何か葡萄の果肉でも思わせるどろりとした光になっている。もう酔いが回ったのか。

「そっちの店は関係ないんです、高木さん。小袋谷ビルですよ、問題は。他の、私達が扱っている物件は何も問題なく明渡合意書が取れるけれども、この小袋谷ビルがね。とにかく、おたくの清田さんにも、もう話はつけてあるんですから、ご融資させてくださいい。もう私は、この新潟の人間の、表面穏やかで、じつは鋼《はがね》のようなしぶとい意固地さが、嫌なんだ。たかが、ビルじゃないか。たかが、土地じゃないですか、高木さん。死ぬわけじゃない。金くれてやるから、何処にでもいけよ、だよ、まったくなッ」

　長谷川が手酌で注ぐ酒が猪口から漏れて、テーブルを濡らしている。歪んだ溜まりの横に猪口の底の痕がついて、おでん屋台のカウンターについたグラス痕を思い出し、鉢巻をした岡田の陽気な顔が過ぎった。

「高木さん、早く決めてくれないと、西阪の奴らと手を打ちますよ」

「脅しか、長谷川さん。ずいぶん、礼儀正しいやり方じゃないか」

「あんた、何か、引っかかるなあ」

「……とりあえず、この資料を清田の方にファックスして、それから……」

そういっているうちにも、長谷川が小さく舌打ちして、横に流している髪をうるさそうに掻き上げた。

「もうとっくに送ってますよぅ、高木さん」

「うん？」と顔を上げると、長谷川は眉を顰《ひそ》めている。がさつな手つきでネクタイのノットを緩め、息を大きく吹き上げた。

「人のこといえないけどねえ、やっぱ、左遷組なんだぁ。トロいよ、高木さん。……こんな新潟西堀のビルなんぞ、金でぶっ潰してしまえばいいんだよう。あんた、地上げ屋だろう、転がし屋だろう？　ねえ、悪いことはいいません。いわないから、やりましょうよ」

徳利を摘んで、珍しく酌をしてきた長谷川の顔を見据え、高木は口を開いた。

「……長谷川さん。……俺は、新潟の男だよ。この土地に生まれた男なんだよ」

長谷川の顔が一気に強張ったが、すぐにもまた喘鳴のような声を上げて、「嘘だよ、あんた。冗談でしょう、そんな」と大笑いした。

二一　波濤

夜の寄居浜に打ち寄せる波が、闇の中で白く細く生まれては際立ち、消え入る。何匹もの巨大な白蛇が闇を横切っているようにも見える。

遠くに目をやれば、漁船のアークライトの光がいくつか瞬き、薄雲の残った空を灯台の末広がりの明かりが掃いていた。他よりも闇色の濃い佐渡島と、水平線を光で縫うような漁船の明かりに、高木は目を細める。

海風の湿気が、三味線の胴皮に悪いことは分かっている。だが、棹を握らずにいられなかった。悪酔いした酒のにおいを体から吐き切るように、何度も深呼吸する。そのたびに、冬の近い海の清冽《せいれつ》なにおいがして、時々、女を思わせる潮のにおいが紛れ込む。懐かしい夜の海の風だと思う。

「俺は、新潟の男だよ。この土地に生まれた男なんだよ」

長谷川にたまりかねて、思わず口から迸《ほとばし》り出た言葉に自ら苦笑しようとしても、すでにその気分さえも嘘だと感じる。好悪にかかわらず、体の中に恐ろしい速度で蘇ってくるこの土地の呼吸の仕方に、もはや、戻ることができないと覚悟している自分がいた。

胸中で音を立て、ギリギリと軋み上げるような感触を覚えるのは、たぶん、三国不動産のあくどい仕事や、それに翻弄されていた自分の迷いや、夢を諦めることで世間並みの大人になったとごまかしていた凡俗さ……東京で沈み込ませ続けたそんな澱《おり》が、搾り出されていくものかとも思う。

一の糸をまず思い切り叩く。さわり山に触れた音が倍音の唸りを上げるのを耳にしながら、さらに波の音と共鳴するまで調性し、叩く。海風に音が紛れて消え入るよりも、風の方を三味線に呼び込むつもりで、撥を糸にぶつけていった。

長谷川が素っ頓狂な顔をして、「嘘だよ、あんた」と茶化し笑う声が、耳の奥に粘りついているが、それを削ぎ落とすように、二の糸、三の糸と上がっていく。

「……もう、あんたらとも、関係ない。……清田、おまえともだ」

頭も体も空っぽにして、夜の日本海の闇と同化させるように、高木は気持ちを澄ませていく。肩書も男であることも、新潟に左遷されたことも、年齢も、一つ一つ脱ぎ捨てていって、剝き身になるまで、自分を落としてしまうことだ。

波が打ち寄せる。

腹に響く。

糸が鳴る。

闇の海に現われては消える白い波頭に目を凝らし、そこに泡立ち、ちぎれ飛ぶ飛沫《しぶき》になり切ろうと思う。

俺の一番深い所にある新潟の海の音……溜めに溜めた力が盛り上がり、膨張した刹那、鋭い刃のような稜線が生まれ、さらにそこへと波は隆起し、せり上がってくる。激しく音を立てているにもかかわらず、ギリギリの均衡が奇跡的なほどの静謐《せいひつ》を見せて、世界が止まるのだ。

傾《なだ》れる。

爆《は》ぜる。

溜め込んだ膨大な力を、薄いエッジすべてに集中させて、波は貪婪《どんらん》とも獰猛《どうもう》ともいえる夥《おびただ》しい触手で虚空を摑み、白く泡立つ奔流となって砕け散る。巻き込むもの、弾けるもの、絡まるものが、一緒になって轟音を立てながら、細かな飛沫をはためかせて、向かってくるのだ。

一の糸の低い音を素早く叩いて、左手の指で糸を打ち、さらに、撥先を掠めさせる。波が倒れて回転しては、またその先を宙へと撥《は》ね返し、暴れ、放れ散るのを、三本の糸を同時に搔き鳴らして受け止めた。

自らの輪郭が闇に溶け出し、海の音になっていくのを高木は感じ始める。三味線を弾く音が波の音になり、波の音が糸を弾《はじ》いてくれて、一気に闇の海に自分が広がったような、あるいは、逆に、飛沫の一粒となって、自由に彷徨《さまよ》い、空気そのものになるような不思議な一体感――。

「……この感じ……」

新宿の不動産屋に勤めるとも、病院を継いで整形外科医になるとも、また、ミュージシャンになるとも考えていなかった頃の、さらに昔の自分に戻っている。ひょっとして、まだ、言葉も覚えていない幼児の頃の感触か……。

祖母の背中におんぶされて、午睡《ごすい》から覚めた時に世界を感じたような瞬間……。

風の音らすけ。光の音らすけ、幸坊。人の声でもあるんだよう。

波と三味線の音になり切ったまま、目を閉じていて、仄白《ほのじろ》く見えてくるものがある。静かに降り続く雪の風景が茫洋と広がってきて、自分はすでに白い息を吐いている。雪の美しさに心を奪われ、放心したように、ただ立ち尽くしている少年に戻る。

雪と海……。

物心がついた頃には、冬は雪の中で戯れて、夏は砂浜に寝転んでいた。

息を吸うと鼻に痛いくらいの清い雪のにおいに、幼い体を澄ましてきたのだ。そして、海の波の激しさに目を見開き、風の強さに踏ん張って浜辺に立っては、一歩、後退《あとずさ》りした子供の頃の自分も見えてくる。

波のうねりの音から、海風の音へと、三の糸を細かく弾いては左手の指先でトリルを繰り返す。無限の種類がある風の表情を、一つでも音にできればと思いながら、いや、思っていること自体が邪魔になる、と高木はさらに体じゅうの細胞を開くように、身を風に委ねた。

思えば、何処を見ても白く覆われた雪の風景に、自分は考えるということを覚えたように思う。たぶん、この土地で生まれ育った他の者達も同じだろう。時に薄青く、時に銀色に光る雪を見ながら、視線や想いが自らの中へと入り込んできて、内省することを学んだ。

「婆ちゃん、なーして、自分ってここにいるんだろっか。不思議な気がするろー」

風が渦を巻き、一気に空へと駆け上る軌跡を追って、三の糸の限界まで音を高く唸らせる。かすかな擦り指で音を微妙に揺らしながらも、上空で遊び、また、一気に降下して、地べたを這うような旋風になった。

「幸坊、雪見てると、いっぺこと、自分の中にあるもんが映るんだよう。雪を静かーに見てれば、自分が分かってくるんだよう。不思議らねえ……」

そして、逆に、胸に蟠《わだかま》ったよけいな想いは、冬の恐ろしいほどの波や風を前にして、削り飛ばされていたのだ。

涙や唾や洟《はなみず》が水平に自分の後ろへと飛んでいくほど強い風を真正面から体に受けて、怒ったように渦を巻いた鉛色の雲を睨みつけていた。

「面白くないことがあったら、海にいって、ボーッとしてればいいんだよう。波の音が洗ってくれるわや……」

砂鉄混じりの黒い砂を、ダクダクと音を立てて白い泡波が食《は》んで、防波堤のあたりまで獰猛な噴煙を運んできた。その音が自分の体の中にあるものを揉み込み、それを今度は、北風が有無をいわさず後ろへと飛ばしてしまう。

雪と海、が、自分を育ててくれた。

目を開けると、同じように闇の中を、白い蛇が横切っては消えている。まだ冬ほど風も波も強くないが、激しさを秘め始めた低い唸りに似た音が腹の底に響いて、三味線の一の糸と共鳴する感じだ。右の方に黒く濡れ光り、時々、白い牙を見せて笑うのは、沖に並べた消波ブロックだろう。

ようやく、長谷川と呑んだ酒が抜けてきたようで、夜の海に出ている漁船の明かりが、青白くはっきりと見えてくる。昔、天文図鑑で見たすばる星団のような瞬きで、黒い水平線を縫っている。

三の糸に柔らかく撥先を引っかけ、細かくビブラートで揺らしながら、擦り指をして音を滑らせた。夜の日本海をエレーナならば、どう表現するのだろうと高木は思う。

彼女のスラブの血を経由してピアノの音になる新潟の海は、まったく自分がイメージする音とは違うだろうが、その交わった部分に間違いなく同じ想いが音になっているはずだ。

ふと、信濃川沿いの土手で抱き合った感触を思い出し、三味線の音が乱れる。かなり酔っていたとはいえ、まだ知り合ったばかりのエレーナに唇を触れたのは、やはり単なる男の欲望からか。腹の奥に小さく熾《おこ》った塊が、また呼吸し始めるように熱を持ち始めるのを感じる。こんな闇の海を前にして、赤く点った想いに、羞恥心を覚えるけれども、何処か、エレーナの胸中も同じ音を奏でているのではないか。

「……馬鹿な……」

まるで若い男のような妄想を抱えている。

二の糸を強く弾くと、胸を妙に騒がせた部分を捉えるように左手の指先で押さえ込んだ。今までとは、まったく違う、重い雫《しずく》が落ちたような音が出て、その波紋の広がりを三の糸へと繋いでいく。静謐な中にも、胸に浮かんだ漣《さざなみ》には、今、目の前にしている、冬を間近にした海の兆しが混じり合ってもいるだろう。

何処か、考えもしなかった地平線が仄見えた気がして、そこに向かっていく自分の後ろ姿が浮かんでくる。ネガのように反転した後ろ姿は、傾いて悄然とした感じで歩いているが、それはたぶん導かれるようにしていく足取りだと思う。

……何に？

今まで自分の前に夥しく分岐した道をできる限り思い描いていたようで、だが、そんな未来など当てにならない。突然、思いもしない方向から異なる道の入口が開いて、すでに入り込んでいるものだ。

と思った時、コートの中の携帯電話が鳴って、高木は撥の手を止めた。

エレーナだという予感が過《よ》ぎる。

時刻はすでに夜中の一時を回っている頃だろう。エレーナの砂金が流れ落ちるような髪を思い出して、若い男が勝手に奇妙なジンクスを設けるのにも似た気持ちになる。エレーナの声を聞いたら、たぶん、何らかの形で、俺達は関係を持つのかも知れない、と。

「一体、俺は、どうなっちまったんだ……?」

コートの内ポケットに手を忍ばせて携帯電話を握ると、液晶表示の眩しさに目を細めた。

ジュンコ。

表示画面に現われたカタカナの名前と番号に、ほんの一瞬、空白を感じて、頭の奥から記憶を手繰り寄せようとしている自分がいた。もちろん、すぐにも我に返り、エレーナを思い描いて湧き起こった小さな興奮を折り畳む。また、目の前の闇に、長い波頭が白く隆起して、音を立てながら浜へと近づいてくるのが見える。

受話ボタンを押して、高木はしばらく黙っていた。互いに牽制し合って、電話をかけずにいた意固地に対する照れもある。そして、順子を少しでも忘れ、エレーナや新潟の呼吸をし始めた後ろめたさに似たものも感じていた。いや、敢えて忘れようとしていたのかも知れない。

電話の奥からは、むしろ、紛れ込む波と風の音が耳を擦る。

「……はい」と、沈黙の意味自体が重たくなって、自分から鈍い声を出してみた。

「…………」

「……新潟に、着いたのか?」

そういうと、ようやく順子が笑う息の音が聞こえた。

「……なんで、私が、新潟へ、いくんですか? あんな電話の後で……」

声に冗談っぽさを含ませているけれども、何処か退いた感じがある。硬い気持ちの凝《こご》りというのか、声の奥に、頑《かたく》なさと、すでに子を持った大人の、諦めにも似た落ち着きがある。

「今、何処ですか？」

「海だよ。寄居浜という所」

「こんな時間に？　……でも……、今度は、嘘じゃないみたいね。聞こえる……」

腕時計に目を凝らすと、やはり、午前の一時半を過ぎていて、夜の新潟からもはぐれている気分になる。むしろ、それでいいと高木は思う。

「波の音が……聞こえる」

電話の奥で息を潜めた順子の気配があって、高木は送話口を少し夜の海へと向けてみる。潮の濃いにおいが鼻先を掠めて、順子の髪を掻き上げる仕草が過ぎった。

「……でも、こんな時間に、何してるの？」

「……三味線、弾いてた」

耳に息を吹きかけられたような音がして、高木は眉根を上げる。また、とんでもない時間に酔狂なことをしていると思っているのだろう。その時点で、仕事人失格だ。

「ああ、幸彦……あなた、やっぱり、駄目ね。もう、こっちの人じゃないって声出してる」

こっち、か……？

そうだろう。東京の夜はまだ眠っていなくて、順子とよく待ち合わせした京王プラザホテルのロビーには、曰くありげな男女やコールガールがふらつき、清田は新宿三丁目の「ぶい」というオカマバーで泥酔し、内藤はまた六本木あたりで合コンなんかをやって騒いでいるのだろう。割増の表示灯をつけたタクシーの列や、呑み屋の女達のきつい香水のにおいや、酔い潰れて地下鉄の階段で眠るサラリーマンや……。

黒く広がった闇の海を前にして、高木は大きく深呼吸してみる。新宿あたりの喧噪《けんそう》を思い出してみても、何か、スクリーンに映し出された、まったく自分とは関係のない映像を見ているようにも思えた。

「……順子も、声に距離があるな。……田村か？　方南地所のさ」

「……ちょっと、あったわ」

「良かったな」

また電話の奥が沈黙して、送話口から入った海風の音だけが聞こえてくる。順子の喋っている場所は、たぶん中目黒のマンションなのだろうが、想定しにくくて、さらに遠い果てにある気がした。いや、むしろ、世界の果てにあるのは自分の方に違いない。まったく、考えもしなかった道の入口が仄見えて、そこにすでに足を踏み入れているのだ。

高木は持っていた撥の先で、ゆっくり一の糸から二、三の糸へと弾いていく。

「……本当に弾いていたんだ……」

「もう、嘘は、なしだからな、俺は……」

電話から、喉の奥で笑いを噛み殺している順子の声が聞こえる。

「……幸彦は、元々、嘘をつかない人だったわよ。……ただ、新潟にいって、ううん、戻って、嘘をつくようになった。何かは分からないけど、無意識に、私と……天秤にかけているから、嘘をつこうとする……。分かるわよ。だから、結局は、嘘が、下手……。ああ、でも、やっぱり、新潟の波の音って、凄いわねえ……」

紛れ込む海風の音かと思っていたが、順子が長い溜め息を漏らしている音だと知り、高木も黙り込んだ。順子の白い首筋に浮き上がった静脈や、鎖骨の影が浮かんでは闇に溶ける。

「……ああ、さっき、大家さんの方に、ファックスしたわ。それを連絡しようと思って……」と、唐突に順子が醒めたようにいって、高木も闇に彷徨わせていた視線を戻した。

「ファックス？　何だよ、それ」

闇の中に仄見えた順子の裸体が、まだ頭の奥に残っていて、そこだけ熱を持った煙の塊のように感じる。新潟の波の音を聞いている順子の胸中に、何が去来しているのか分からないが、彼女の溜め息から自分達の交わりを連想するのもどうかしていると思う。

「……うーん、こんな夜中に、海で三味線を弾いている人だから、もうしようがないんだけど……。あなた自身が、すでに、分かっていること……」

急に黒い噴煙のようなものが渦を巻いて、脳裏にある順子の体を覆い隠していく。方南地所の田村と本当に寝たのか、とまた考えて、それがファックスとどう関係あるのだろうと探っている。そう思った瞬間にも、順子は自分の手から滑り逃れて、こっちが束縛することでもないと諦念が過ぎった。

「回りくどいな。何だよ」

「幸彦……、あなた、会社に……三国不動産に切られるわ」

「ああ？　……順子、おまえ、とぼけたことといってるなよ」

「本当なのよ。……私、今日、広告の打ち合わせにいって、リストラ案件のリストを偶然見つけてしまったの。しかも、女子トイレの中に忘れられたファイルから……」

高木は思わず吹き出していて、眉根を開く。ざらりとした感触で順子の話していることが入ってきたが、トイレで神妙な顔をしてファイルを捲っている順子の姿や、それを忘れた間抜けな人事部の女を想像し、いやでも笑いが込み上げてくる。

「だから、とぼけたことをいうなって、いってるのさ」

「え？　何？」と、順子が不意を衝かれたような声を出して、いい淀《よど》んでいるのが分かった。

高木は口元を歪ませながらも、確実に形として表わされているリストに、少なからず動揺を覚える。勘や推測とは違う、紛れもない事実として、自分がリストラ対象として会社に挙がっていたのだ。腹の底から怒りが噴き上がってくるはずなのに、むしろ、奇妙な清々しささえ覚える。

「順子……。俺は新潟に出向を命じられた時点で、リストラされる予定だったんだよ。

とんでもなく難しい物件を任されてな。しかも、生まれ故郷だぜ。生まれ故郷をズタズタに引き裂いてこいっつうのは、どういう意味だと思う？　いやでもしがらみのある土地で、何も考えず奔放にビルをぶっ潰して、転がして、それで、しょっぱい笹団子とやらを土産に持って戻るわけか？……」

「……幸彦……」

順子の声が掠れ気味になって囁きに変わった。薄雲の切れ間からオリオン座の三ツ星が覗いて、北斗七星まで瞬いている。自分が新潟市中心部の白地図にマークしたポイントが重なり、一気に疲れが覆い被さってくる。

「……何人、今回のリストラに挙がっていた？」

「幸彦……あなた、プロじゃない。この仕事のプロじゃない……」

「何人、挙がってたと聞いてるんだよ、順子」

「でも、そういう所が……好きだった……」

「内藤や、俺と同期の若槻や太田は？」

「いつも、何かの拍子に遠い目をしてたけど……」

高木は耳にしていた携帯電話を砂浜に投げつけて、また三味線を搔き鳴らしたい衝動に駆られた。

順子ははるかに自分よりも大人で、世間での男の力を見抜くことなど本能的にできるはずだ。慰撫《いぶ》されるのと、クールに距離を置かれるのとを一緒にされる苛立ちに、自分でも喋っていいのか分からなかった。まるで、ガキのようだ。なんで、目の前の海が、冬のように、もっと獰猛に自分に襲いかかって削り飛ばしてくれないのか、とも思う。

「……ということは、今回は、俺一人ということか……」

順子がはっきりいわないのが何よりの証拠だ。

清田や下川部長がいつくらいから、自分をクビにしようとしていたかは分からないが、出向の辞令が出た時にフロアが奇妙なほど緊張したのを覚えている。あの内藤さえもが下手な慰めをいってきて強張った表情をしていたのだ。

「ファックスを見てくれれば、分かるわ」

「順子……大家の家にまで送ることはないだろ。どうかしている」

「もちろん、誰が見ても分からないようにしてあるけど、あなたが三国のために消耗しているのを見ていられないもの。私がいったって、幸彦、信じないでしょう?」

「いや、いわなくても、その件なら信じるさ」

高木は抱えていた三味線を肘と膝で挟み込みながら、コートの内ポケットに折り畳んで入れていた書類を取り出した。古町の割烹で、無理にも長谷川が渡してきた周辺調査の資料だ。「私が困ります。あなたがそれをどうされようと構わないが、とにかくいったんは受け取って貰わないと、清田さんに説明がつかない。私は、あんたに、渡した。それだけでいいのです」と、長谷川が凝り固まったような顔でいった。自分が新潟出身の男だと知って、下卑た笑い顔を蒼白にし、それから、たぶん素の顔なのだろう、おそろしく無表情になって、それがますます昆虫の顔を連想させた。

「今、さっき、古町で、ビルの融資先の銀行担当者と呑んでな。競売費用の融資を白紙にしてきた……」

「……幸彦……」

順子の長い溜め息を吐く音が聞こえる。

「……もう、好きにしたら。どちらにしろ、三国の人達は、あなたを必要としていない」

「順子、おまえもだろ?」

一瞬、切迫して、順子の名前を叫ぼうとしているのに、その声が出ない。たぶん、今が、瀬戸際なのだと思う。自分が順子を呼ぶのか呼ばないのかで決まる。そう分かっていて声が出ない。

高木はしばらく黙って俯いていたが、いきなり闇の中に書類の束を投げ捨てた。資料が闇に乱れ散り、巨大な蛾の羽が舞っているように見える。

二二　捨て身

俺は……ガキだ。

白い封筒に筆ペンで書いた二文字を確かめ、さらに、少し大きめの封筒に入れる。後は速達、親展扱いで、清田課長宛に送ればいい。

薄曇りの光を透かした障子窓が、朝だというのに二階の床の間を暗くして、すでに夕方のようだ。もうすぐ、雲が鉛色になって雪兎が空を舞い、湿った粉雪が降り始める季節になる。

小さな卓袱台《ちゃぶだい》の上に丸めて捨ててあるのは、昨夜、大家の五十嵐が玄関戸に貼り付けていてくれた茶封筒に入ったファックス用紙だ。

順子が勤めている編集プロダクションから送ってくれたもので、流れるような順子の手書きの字で「高木様」とだけ添えられていた。太い黒マジックで項目は消してあったが、シンプルで小さなフォントの文字で印字された自分の名前や、入社年月日、配属履歴などを見て、野垂れ死にでもした兵士の墓碑銘のように感じる。確か、渉外課ではないが同じ営業部の四十過ぎの男が過労自殺した時、「名誉の戦死」だと清田は朝礼の時に挨拶し、外部にもそういっていたのだ。世の中に、名誉の戦死などというものがあるわけがない。名誉など、死んだ人間には関係がない。

携帯電話の液晶表示を見ると、着信履歴が九件となっていて、すべて清田からだった。昨夜、融資の契約を破棄してしまったことについて、長谷川が早速連絡を入れたのだろう。新宿三丁目のオカマバー「ぶい」での二日酔いに、油粘土をこねたような顔をして、何度も自分に電話しては会社のフロアで大声を上げていたに違いない。

「……清田ぁ。高木幸彦は、後、一カ月でクビだったんだなあ。一カ月も猶予をくれたのを、感謝するわや」

携帯電話の電源を切って、畳の上に放り投げる。そして、廊下に置いた三味線のハードケースを開けて、新しい糸に張り替え始めた。いつも音緒《ねお》に糸を結びつける時、気持ちが引き締まる想いがする。糸巻に通し、さらに糸を緊張させていく。

「婆ちゃん……。ちょっと早いが、会いにいくさ」


新潟中郵便局で清田宛てに辞表を郵送し、そのまま越後線というローカル線に乗った。

硬いボックスシートに座ると、昔、幼い頃、祖母に連れていって貰った弥彦・角田山を思い出す。確か、吉田駅までいって、弥彦線という一輌しかない電車の線で鄙《ひな》びた田《たん》圃《ぼ》の中をゆっくり走るのだ。

コートの下に着た黒のタートルネックに、ブラックジーンズ。考えてみれば、新潟に戻って初めてカジュアルな恰好をしたと思う。横には太棹の三味線が入ったケースを立てかけて……。よほど、こっちの方がスナイパーに見えるだろうか、と高木は口元を緩めた。

車内を見渡すと、いかにも健康そうな女子高生達が、互いの携帯電話の液晶画面を覗き込んでは笑っている。ドア付近でわざとかったるそうに立って、茶色に染めた髪をいじっている若い男や、すでに定年退職したのだろう、菓子屋の紙袋を抱えて眠る初老の男、年季の入ったアノラックを着て金歯を剝き出し、陽気に笑っている行商のおばちゃんまでいる。

後ろのボックスから、まだ幼児に近いのだろう、小さな子供がはしゃいでは高い声を上げて、シートを揺らしてきた。高木はその震動を背中に感じながら、車窓を過ぎる風景にぼんやり視線を流す。

「ほら、アーちゃん。そんなに、さわぐと、うるさいって。ほら、アーちゃん」

不思議なものだと思う。東京の中央線や山手線に乗っている時に、同じ車内の赤ん坊が少しグズっただけで眉を顰めていた自分が、まったく後ろの子供の声に苛立たない。ただ、明るい子供の声があって、女の子達の笑い声があって、方言の残った言葉を早口で喋るおばちゃんの声があった。

人の声……。条件反射のように、人の顔や姿を見ては、どの程度の住居に住んでいるのかを推測していた癖も奇妙なほど抜け落ちて、逆に、自分をたった一枚覆っていた会社の肩書を捨てただけで、風景がこんなにも変わるものかと思う。

黒いハードケースに手をやって、静かに撫でる。大家の五十嵐に音を聴かれるバツの悪さに、弾いてはこなかったが、張り替えたばかりの糸が落ち着けば新しい音が立ち上がる。母親が倒れたと、おそらくカマをかけたのだろう五十嵐に対しても、不快さが和らぐ気がした。あの嘘がなかったら、祖母の十三回忌が近いことも、すっかり忘れていたはずだ。

越後線の車窓から、遠く南の方に山脈の白い稜線がくっきりと見える。すでに冠雪した越後山脈の、なだらかな白と山裾の紫色のコントラストに、高木は静かに深呼吸してみる。

あの山脈を冴え渡らせる清澄で冷たい空気を、暖房の効き始めた車内で感じられるわけもないが、自分の頭の芯がふと浮遊して、一気に山のあたりへとワープしていくようだ。

新潟大学前の駅を過ぎ、枯れたススキの群れが車窓を擦《こす》る。その合い間からも、家々の屋根とはるかむこうに控える山脈の紫色が覗いた。その風景に何か自分が硬いボックスシートへと体を沈み込ませようとしているのに気づく。幼い頃に見た時と同じ風景に、無意識のうちにも子供の目の高さになろうとしているのか……。

墓を移したという内野町には、高校時代に何度か訪れたことがある。そこに住んでいた友人が、「四つも酒蔵があるんだぜ」と自慢していた町だったが、確か、荒っぽい男達が住んでいる漁師町で、割烹の多い町という印象があった。そして、茫漠と広がった田圃から幾筋も立ちのぼる藁焼きの煙……。

　電車は内野駅のホームに入って、ゆっくりとブレーキをかける。高校生達がドアへと向かう後について、高木もハードケースを抱えてホームへと降り立った。改札口を出ると、低い家並みと広く白っぽい空があって、静かに長い時間をかけて澱が沈んでいるような土地だと思う。南西の方に、弥彦と角田山が濃い茶色に蹲《うずくま》っているのも見える。

　駅前に駐車していたタクシーに乗り込むと、気の好さそうな運転手が笑いながら、

「おう、三味線らか。どら、松野屋さんらか、加賀屋さんらか？」と聞いてきた。たぶん、町で古くからやっている割烹なのだろう。

「いや、花屋経由で、内野霊園にいってください」

「おう、三味線持って、墓参りらか。粋らねっかや」と、運転手は流れるような仕草でサイドブレーキを降ろし、ローにギアを入れる。

「でも、運転手さん、よう、これが、三味線らと分かったねえ」

「分かるこてや。ここは、芸者、いっぺえいたすけの。どら、近くの花屋寄って、新川沿いにいくか」

　左へと緩く湾曲した新川は、ミルクコーヒー色をしている。

　田圃から流れ込んでくる水が土も運んでくるのだろう。だが、小さな町に、幅五十メートルくらいの川は、落ち着いた光を揺らしていて、すぐ近くの河口や海や膨大な空へ

と消尽点を作っていた。車窓を少し開けると、すでに潮のにおいがして、小型の漁船もいくつか川縁に停泊して揺れている。

まるで、想像もしなかった風景……。遠く河口付近にある焼却場にひっそり立っている煙突や、排水機場や、漁船が停められた新川漁港や、日本海のむこうに横たわっている佐渡島や……。

西新宿の超高層ビルにいる時には、考えもしない、いや、まったく存在すら知らなかった風景が、確実に目の前にあって、人の姿はほとんど見かけないが、間違いなく生活がそこにあるのだ。

つい、この前まで三国不動産のフロアにいた自分が、まったく別の人間のような気がして、想像するだけでも、その男の輪郭が破線状になって切れ切れに消えていく。頭の奥を引っ掻くような残像を覚えながらも、他人の感触があった。三国不動産の高木幸彦は、もう、いない……。

「ほら、着いたれ。内野霊園」

運転手の声に我に返り、高木は防砂林の松林から視線を戻した。鉄の門扉が開かれた霊園は、広大で、奥には展望台がある。一体、どれほどの数があるのか分からないが、薄曇りの空の下で黒く夥しい墓石が並んでいた。

守衛室に墓の位置を聞いて、奥へと歩いていくうちにも、墓地の上で海風の音が唸っているのが響く。周りを松林が遮っていたが、曇った空全体が低くどよめいているようで、もう冬がすぐそこなのだと知れた。

松林のざわめきや浜で砕ける波や風の巻く音に耳を澄ましながら、奥の、さらに西側にいった所に、まだ新しくて角が際立った御影石を見つける。高木家之墓と、野太い明朝体で彫られた黒い文字。馴れ親しんだ昔の、シンプルで細く刻まれた文字を想像していたから、よその家の墓石にも思えた。

近づいて、横に彫られた文字を見れば、確かに高木イクという名前がある。その時、ふと、祖母の持っていた匂い袋の香りがした気がして、高木は宙に視線を彷徨《さまよ》わせてみたが、自分の抱えていた花のせいかとも思う。だが、温かい掌で、瞼を柔らかく覆われたような優しさがあった。

「……婆ちゃん、きたよ。幸彦らよ。久し振りらね」

……ああ、幸坊らか。よう、きたねえ……。

光沢のある御影石の墓にしゃがみ込み、花屋で見繕って貰った仏花を供える。祖母の声を自ら思い出して胸中言葉にしているけれども、体の小さな祖母が背を丸め、目尻にたくさんの皺を寄せて見つめているように思う。すぐそこに祖母の体がぼんやりと浮かび、柔らかな声を発している感じだ。こんな幻影を願うことが自分の脆《もろ》さなのかも知れないが、不思議にいつものような嫌悪感がない。

「婆ちゃん。ユキ坊は、ユキ坊らけど、雪彦の雪坊になったれや、俺……」

思わず、幼い頃に祖母に話していた口調になっている。そんな自分の呟きに一瞬寒気に似たものを覚えたが、線香の香りに微笑んでいる祖母の表情を感じて、自分の恥などどうでも良くなった。

そうけ……。あの仕事は辞めたけ……。雪坊には、合わんかったんだわね……。

墓石に浮かぶ祖母の顔を想像しているうちに、よく自分にやってくれた仕草を思い出す。自分の手を取って両手で包み込み、いつまでもリズミカルに振っているのだ。皺ばんだ乾いた手の感触まで蘇ってくる。おんぶをされた時に、調子を取って尻を軽く叩いてくれたリズムと同じだと思う。

「今日、辞表、郵送してきた……」

自分が反抗期になって親と口を利かなかった時も、祖母に対して少し苛立った時でも、同じように手を握って、ゆっくりと振っていた。祖母の掌の温かみが染みてきて、胸の中の歪に尖った結晶を溶かされるようだった。

……よそ様の人を不幸にするより、いいこてさ。どんがに、いいか、雪坊……。

「俺、もう、体が、人の恨みで、臭《く》っせなって、真っ黒に煤《すす》けてしもて、戻らんねかも知らんけどさ……」

どうやって、食ってく？　この新潟で？

「……何とか……なる、こて」

三味《しゃみ》の音は、捨て身にならんと、いい音にならんすけ。全部、脱いでしもえばいい。何も考えねで、楽になってしもえばいい。新潟は、そういう人に対して、優しい土地らすけ。雪坊が、一番知ってるはずらよ……。

　墓に向かって合掌すると、頭のあたりをふわりと覆われた気がして目を上げる。鼻の奥がツンとくるような金属的な冷たい空気に、高木は空を覆い始めた鉛色の雲を見つめた。

　上空の冷気が斜めに静かに降りてくるというのか、体の中に鋭い刃を差し込まれるような感じがある。

　周りを見渡せば、松林や展望台や夥しい数の墓石の輪郭が、くっきりと際立って、何処に視線をやってもピントが合った。もうすぐ、雪が降る。雪国出身の人間なら誰でも分かる空気の変化だ。

「婆ちゃん……。雪が降らん前に、三味線、弾こか……」

　高木はハードケースのフックを外して、三味線を取り出した。誰か他に墓参にきている者がいるかも知れないが、物好きが静かな霊園で練習でもしていると思うくらいだろう。

　棹《さお》を抱えて、左手の指に指掛けをはめる。撥《ばち》で糸を叩くと、新しく張り替えたばかりで音が狂っていたが、糸巻を素早く回して、音を二上りに整えていった。糸を弾《はじ》くたびにエコーがかかって、霊園自体に反響して戻ってくる。

「婆ちゃん……。雪彦になって、初めて弾くさ……」

　高木は目を閉じて、撥先で二の糸を柔らかく叩き、左手で擦り指しながら、音を滑らせた。津軽三味線の「十三《とさ》の砂山」という静かな曲を、アドリブでアレンジしながら、新潟の音に近づける。砂丘に揺れるハマボウフウの先や、群れで飛び立つ雀の広がっては縮み、また形を変える影や、川面に揺れる光をイメージする。

そして、いきなり強く撥で叩き、一の糸で低い唸りを編み込んだ。激しく左手を動かして、太い綾を織りながら、時々、三の糸を掻いて、高い繊細な音を取り混ぜた。

もうすぐ、雪が降り出す……。

海からの風が腹の底に響いて、瞼を閉じていても空が暗くなり出すのが分かる。さらに冷たい空気が空から降りてくるようで、高木は思い切り息を吸い込んだ。薄目を開けると、線香の煙が朦々《もうもう》と立ち迷って、祖母の入った墓を取り巻いている。

「……婆ちゃん、俺はこれから、あの小袋谷ビルにいって、けじめをつけねえとな。勝負を懸ける」

墓石に浮かぶ祖母がそんなことをいっているかは分からないが、自分には聞こえてくるのだ。

……見てるすけ、雪坊。見てるすけね……。

小さな雪の片が疎《まば》らに降りてくる。長い間、嗅いでいなかった新潟の雪のにおいだ。わずかに湿っているのか、雪は緩い白い軌跡を描いて、あちらこちらへと落ちてくる。

清廉な雪のにおいと線香の白檀のにおいが混じって、肺炎で呆気なく死んでしまった時の祖母の葬儀が鮮明に蘇ってくる。それでも、自分は斎場を出てから、雪のにおいを胸深くまで吸い込み、「婆ちゃんは、雪になってしもたか」と呟き、そして、積もっていた新雪を摑んで顔を洗ったのだ。

少し疎らに降っていた雪が斜めに傾き出し、仰ぐと、灰白色の空から細かい塵がたくさん舞い降りてくるように見える。幼い頃は、「虫ら、虫ら」と騒いでは、口を大きく開けて雪を受け止めた。ずっと見上げていると、雪の降る速度と同じ速さで、自分の体が宙へと上っていく錯覚を覚え、何十分でもうっとりしていたのだ。

三の糸を細かく弾きながら、さらに、その一音一音の間を左手の指先でトリルをかける。雪の軌跡の先端が短くカールして、ふわりと宙に浮き、また風に動かされる音。そして、静かな初雪の幽《かそけ》き音……。

ふと、エレーナの睫毛を伏せた横顔が浮かんできて、「雪……」とひとりごちてみる。今頃、モスクワ生まれのエレーナも、同じ雪を見ていて、目の中に光を溜めているのか。青い湖面に吸い込まれては消えていく雪をイメージして、一つ一つの音にビブラートをかけてみる。

バイカル・ブルー……。青い色に、しだいに黒が混じり合ってきてミッドナイトブルーのような色彩に変わってくる。

茶色の虹彩の中に凝り固まった黒い瞳孔……順子は、やはり、新潟の雪を見ることはないのか。いや、すでに、自分の声から、もはや東京に戻らないだろう何かを感じ取って、敢えて距離のある声を出していた女の気持ちを、自分は踏み躙《にじ》ったのだと高木は思う。

少し撥が乱れて、皮に突っ込みそうになる。

……雪坊、全部、脱ぎ捨てれ。それからら。全部、安心して、脱ぎ捨てればいい……。

高木はまた目を閉じて、眉間に力を込めながら、雪の音や海風の音に耳を澄ました。その音と同化するように三味線を弾いては、糸の音を練り上げていく。まだ、音を追っている自分がいるが、もう少しだ。もう少しで、音に追いつき、音の先をいって、世界を奏でる……。


「おう、雪彦さんか、何だや、それ？」

カウンターに、まだ粉雪の光っているポリエチレンの袋を置くと、渡辺がノートブックパソコンのディスプレイを閉じてソファから立ち上がった。

「ああ？　酒か？　朗じゃねえか、内野の酒らな」

「土産だよ、ナベさん」

高木はコートの雪を掌で払い落とす。そして、カウンターに置いてある布巾を無造作に取って、三味線のハードケースを拭いた。

「そうはいかねえよ、雪彦さん。そんなもんで、俺は動かされないんだよ」

渡辺の声を無視して、カウンターのスツールに腰掛け、冷えた手を口にやって息を吹きかける。まだ路面を濡らす程度にしか降っていない雪だったが、ケースの重さに指がかじかんだ。血の抜けた指先の白さと、赤みのある掌の部分が斑のようになっている。

「……単なる土産らさ。他意はない」

「雪彦さん、あんた、気色悪いほどマニュアル通りだ。飴と鞭に騙されるほど、小袋谷ビルの人間はアホじゃねえさ。まだ、今までみてえな不遜な態度の方が、よっぽど落ち着くってもんだわや」

そういいながらも、眼鏡を額にやり目を細めて、傾けた一升瓶のラベルを見つめている。高木は渡辺から視線をそらし、nest の店内に彷徨わせる。東南アジア製のスクリーン、観葉植物のセローム……。隅に積み上げられているいくつかの段ボール箱も邪魔だ。何より、何が置かれているのか分からない、エレベーター前の三階フロアを整理しなければ駄目だ。

「ナベさん、ここ、もうちょっと、片付けた方がいいぜ」

「おまえに、いわれたくねえわや」

「大体、俺は、一体、何処で、弾けばいいんだよ、ナベさん」

そういった時、渡辺が反射的に顔を上げる。目の端で見やると、一升瓶を握ったまま目を見開いて自分の表情を確かめていた。

「雪彦さん、あんた、今、何いうた？　ああ？」

「だすけや。俺は何処で、三味線を弾けばいいんだって、いったんだ」

一拍の沈黙があり、渡辺の放心したように開いた口が無音の息を吐く。そして、いきなり、一升瓶に纏わりついていた袋を剝ぎ取ると、カウンターからグラスを二つ取り出した。

慌てた手つきで、一升瓶のキャップについた金属箔を剝いている。

切り口をまさぐる渡辺の武骨な親指の動きに、高木はふと口元を緩めた。自分が渡辺に対して、何故そんな表情を浮かべてしまうのか分からない。黙って見つめていると、二つ並べたグラスに渡辺は勢いよく酒を注いだ。

カウンターの白熱灯スタンドの光が、グラスの中に躍る。わずかに零れた日本酒も気にせず、渡辺はぶっきらぼうな感じでグラスを渡してきた。

「三国不動産の高木さんが、いよいよ、本気になったかや」

渡辺は口角に力を入れてはいるが、片方の眉を緩く上げながら、目尻に皺を寄せて、乱暴にグラスの縁をぶつけてくる。

「……ナベさんは、ワンステージで、いくら俺に払ってくれるんだ？」

「西阪観光商事なら、あんたを追い立てるのに、いくら払うか……」

「あんたのことを聞いているんだよ、ナベさん」

「立ち退き料と相殺させるつもりらか？　また、ずいぶん、時間のかかる話られっか」

渡辺はさらに目尻に皺を重ね、笑いながらグラスに口をつけた。無精髭がうっすらと覆っている顎が、スタンドの光で白く見える。音に取り憑かれた男、か……。上下に動いた大きな喉仏に、高木も軽くグラスを宙に掲げて、冷えた日本酒を含んだ。五味が揃って、気分を落ち着かせる酒だ。

「仕事のことなど、考えねえさ。弾いている時は……」

「当たり前らこてや」

渡辺には、自分が辞表を郵送したことなどもちろんいう必要もない。まだ、小袋谷ビルを西阪の手から遠ざけるために、三味線を弾くという条件を飲んだと思っている。それで、かまわない。

「……時々は、エレーナともセッションさせてくれよ、ナベさん。俺は、あのピアノは……本物の気がする」

「あれは……本物らよ。テクニックも、一流だろうが、そんなもんはな。それより、ここがな。ここの、ずっと奥がな……、音が、音になる前いうんか、向こう側に通じている」

渡辺はグラスを握った手の親指を立てて、セーターの胸を指していた。グラスの中で薄黄色い光が揺れる。高木もグラスを口につけたまま、短く頷き、日本酒を揺らした。柔らかく立ち上る香りに目を細め、また一口呑む。

「……だけど、エレーナのゲスト料は、自分で払ってくれや。その方がいいだろう。雪彦さん、あんたのライブだからや」

渡辺はカウンターに片肘をつき、眼鏡の底からじっと見据えてくる。だが、目にはまだ笑みを溜めていた。

「高くつくな」と、高木も冗談をいって唇の片端を上げてみせた。渡辺の頬に刻まれた皺がさらに深くなって、抉《えぐ》れたような影を作っている。

沖縄のコザから大阪、そして、新潟に流れてきて、nest、いや、ダローガという店を開いた男。あの長谷川という男の持っていた資料には、確かに、「ダローガ」となっていて、店の扉にあった釘痕には、今、エレーナがいる店の真鍮《しんちゆう》のロゴが入っていたはずだ。

「ナベさん……あんた、色々、秘密が多いな」

渡辺の片眉がさらにカーブを描いたと思うと、笑みの浮かんでいた目に少し冷めた光が宿る。

「……雪彦さん、あんたもな」

渡辺がグラスに口をつけながら、視線を自分の顔に短く彷徨わせるのが分かった。だが、渡辺に秘密があろうがなかろうが、今の自分には関係がない。三国を辞めて、三味線弾きの雪彦になるのに、渡辺が何をしているかなど無用というものだ。渡辺も、たぶん、三国不動産や西阪観光商事と駆け引きするつもりで、自分に三味線を弾けといったのではないだろう。この男は、音に飢えている。音楽に取り憑かれ、狂恋した人間は、世間など見えなくなる。

「……だけど……、何か、あんた、すっきりした顔になったな。ああ？　何か、悪いもん落としたかや？」

渡辺は無精髭の光る喉元を露わにして、グラスを大きく傾け、広げた口の端から満足そうに息を強く漏らした。

「転がし屋から、悪いもん取ったら、何も残らねえさ、ナベさん」

「おまえには、三味線があるだろが」

高木も一気にグラスを呷《あお》って、酒を呑み干す。

「じゃ、ここを、ちと整理するかや。立ち退きのための」

渡辺を見ると、悪戯っぽい笑みで潰れた、まるで子供のような顔があった。

「その気もねえくせにや、ナベさん。よう、いうぜ」


その日から、nestの店内を整理し始めたが、それでもスペースが狭過ぎて、余計な物を動かしてもほとんど変わらない。エレベーター前のホールに物を移動すれば、さらにそこを乱雑にしていくだけだったが、ふと、渡辺が「そうら」と漏らした。

「このホールで、やったらどうらや、雪彦さん」

渡辺を見ると、腰に手をやって、雑多な物が積み重ねられた薄暗がりの中に視線を彷徨わせている。

「ナベさん、こんな広い所で弾くのは、嫌だよ。冗談じゃねえ。それに……」

「いいこてやな。こっちを片付けた方が早いて」

「何処に片付けるさ」

「おう」と、渡辺はズボンのポケットから無造作に鍵束を取り出した。何をするのかと高木が見ていると、当たり前のように隣の店のドアに鍵を差し込んでいる。

「ここに入れれば、いいさ。どうせ、使ぅてねすけな」

硬化プラスチックの黒いドアを勢いよく開けて、中の暗がりを示す。わずかにカウンターの縁が光って見えるだけで、後は何も見えない。だが、高木は戸口に立っている渡辺の後ろ姿を見つめて、眉根を上げた。

「……なんで、他の店の鍵なんて、持ってるんだよ、ナベさん……」

「……ああ？　これか？」と、渡辺はたくさんの鍵がぶらさがるキーホルダーをさりげなくかざして見せたが、眼鏡の奥で視線が落ち着きなく散っている。

「いや、俺は、ここの、管理人みてなもんらすけな」

「管理人は他にいるだろう？　そのくらいは知ってる」

「そんなことは知らんわや。みんな、店畳んで、出ていく時にな、俺にスペアキーを渡していったさ」

ニットキャップの下の眉間が捩り上がって、面倒そうな表情を装っていたが、明らかに焦りが過ぎっていた。高木は敢えて視線を逸らして、足元に散らかっているスポーツ新聞や床の上にうねったコードに目を落とす。

「……まあ、いいさ」と呟いたものの、渡辺の抱えている秘密がさらに膨らんでくるのを覚える。立ち退きを最後まで拒否するだろう、nest の店主というだけではない。小袋谷ビルの主というのか、実権のようなものを握っているのが、隙を見せた時に覗いた。

ナベさん、あんた、本当に、何者なんだ？

「……それにな、ナベさん。ホールなんか使う権利は、ないんだよ。このホールは、あんたの所有じゃないだろ。あんたは、nestという店だけに固執して、守らないと、法的にも不利だよ」

眼鏡の中で渡辺が目を細めて、じっと見据えてくる。表情ははっきりとは分からないが、濃い睫毛の間に角膜が鈍く光っていた。

「……雪彦さん、あんた、俺にそんが助言して、どうする？　馬鹿か？」

「……おれは、西阪の奴らに、小袋谷ビルを渡したくないだけらさ」

「じゃあ、勝手にさせればいいねっかや」

「嫌らな。俺は、店の中じゃねえと、弾かねえ。弾きたくもねえ」

「……あんた、アホらなあ」

「あんたの方こそ、アホら」

互いの真意を牽制し合いながら、黙って睨み合っていると、エレベーターのモーター音が低く唸り始めた。高木は、薄暗がりの中、オレンジ色に灯るエレベーターの階数表示のランプに目をやる。渡辺は隣の店のドアをまた閉めて、鍵穴にキーを差し込んでいた。

たぶん、上の階の者だろう、高木が床の新聞紙を蹴りながらnestに入ろうとすると、モーター音が低くなって、エレベーターが三階フロアで止まるのが分かった。

いきなり、蛍光灯の緑っぽい光が斜めに漏れてきて、眩しさに目を細める。渡辺も顰め面をして、エレベーターからの光を眼鏡レンズに反射させていた。

「ああ、パパ、雪彦さんッ。二人して、何してるのですか？」

逆光になったスリムなシルエットを見るより先、エレーナの声がホールに響いて、高木も渡辺も目を合わせる。

「おう、エレーナか？　また、仕事、サボってるのか？」

「ああ、パパ、まだ、仕事の時間じゃないです。後三十分あります」

着ていたフェイクファーのコートに、点々とビーズのように光っているのは、粉雪が溶けかかったものだろう。暗さのせいで飴色に見える髪にも、小さな水滴が光っている。

エレーナのつけている香水が膨らんできて、彼女の唇を感じた夜の信濃川沿いが、色濃く脳裏に浮かんできた。

「まだ、雪降っているのか？」

エレーナが髪を搔き上げると、陶磁器のような耳や頰の産毛が光を朧《おぼろ》に集める。頰に窪んだエクボが、小さな蟻地獄のようだと高木は思う。

「少し、雨が混じっています。とても冷たくて、濡れた、泣いているような雪……」

「エレーナ。霙っていうんだ。ミ、ゾ、レ」

腕を動かしたと思ったら、コートのポケットに丸められた、いつものノートを引っ張り出そうとする。

「エレーナ。この雪彦さんがな、本気で、ここで、三味線のライブやるぞ」

「What?」と、渡辺の言葉に、ノートにやったエレーナの手が止まって、見上げてくる。髪の端が顔の横で踊って光を散らした。

高木がエレーナと渡辺に背を向けて、nestの中へと一人入ろうとすると、背後で、エレーナのはしゃいだ声がホールに響いているのが聞こえる。ロシア語で喋っているせいで、何をいっているのかは分からない。だが、エレーナに答えて、渡辺も朴訥《ぼくとつ》な感じのロシア語で返していた。そして、笑い声も聞こえる。

「雪彦さんッ、それは、本当に、ステキなことです。素晴らしいこと」

声を上げて店に入ってきたエレーナを無視したまま、高木は店内を見回して配置を確かめる。自分が思い切り三味線を弾けるスペース……。

「……だけど、他の意味があるライブなんだよ、エレーナ。ナベさんに、聞けば分かる」

「ああッ、それ、雪彦さんの三味線入っているんですねッ」

エレーナはまるで話など聞いていないかのように、カウンターに立てかけていたハードケースに寄った。

「……エレーナ。それは、銃が入っているんだよ。ドラグノフ。知ってるだろ？　旧ソ連製だよ」

「雪彦さん、あんた、SVDは、そんなケースには入らんさ。分解したとしても、もっと幅広のケースになる。なあ、エレーナ」

店に戻ってきた渡辺が、ニットキャップを取った白髪頭を掻きながら、笑いの混じった声でいった。

ナベさん、あんたは、ロシアの狙撃小銃についても詳しいってわけか？

「なんてな。どんな銃か知らんが、よっぽど、三味線の方が、おっかねわや。人を殺しも、救いもする……」

カウンターに戻った渡辺が、また一升瓶の蓋を開けて、グラスに酒を注いでくる。そして、渡辺のグラスにも注いだと思うと、いきなり、エレーナに差し出した。

「オゥ、私、あまり、日本酒、合わないから……」

「エレーナ、雪彦さんの土産らて。ライブを始める前の祝い酒らてや」

エレーナの眉根が開いたと思うと、渡辺と自分を交互に見て、グラスを手に取る。高木が渡辺のしらばくれた顔を一瞥しているうちにも、エレーナがグラスを軽くぶつけてきて、一気に呷ってみせた。

初心な感じの眉が切なげに振り上がって、悲痛なほどに顔を顰めている。その子供じみた表情がおかしくて、高木も口にやったグラスの酒を息で揺らした。「ワォッ」と素っ頓狂な声を出して、コートの胸のあたりを擦ってもいる。

「雪彦さん、あんたも、一気にやらんば駄目ら。ロシア流ら」

高木も一気にグラスを傾けて、口の中に酒を放り込んだ。頭の隅に、渡辺のポケットに入っている鍵束のことがずっと引っ掛かっているのを感じながらも、酒を呑み込む。

「ほら、雪彦さんは、新潟流らな、エレーナ」

高木は強くグラスをカウンターに置くと、黙ったままグラスに酒をなみなみと注いで、渡辺の手元へと滑らせた。

「ナベさん。あんたもだよ」

「おうよ」と、渡辺は野太い声を発して、武骨な指でグラスを摘むと呷る。

「いやーッ、うんめッ」

呻《うめ》くようなそんな声を聞いて、鍵を取り出し、思わず隣の店の扉を開けてしまったのは、本当につい覗かせてしまった彼の隙だったのかとも高木は思う。

「ナベさん。それは、沖縄流か？　大阪か？　それとも、やっぱり、新潟流らか？」

「分からんわや。うんめば、いいさ。音も同じらわや、なあ、エレーナ」

三味線のハードケースに触れていたエレーナが、目を細めて青い瞳をそよがせた。

二三　擬《もどき》

「いやー、あの、清田さんいう人は、まあ、よっぽど急いでたんだろっか。なんせね、何十回と電話かけてきて、高木さん、出せ、高木さん、出せ、いうて……そんがことい われてもねえ、私は分からんものねえ。ほんに、会社いうのは、大変な所らんだわねえ。仕事は、何でもそうらけどさ……」

　小雪のちらつく朝の路地を玄関に佇んで眺めていた時、大家の五十嵐がそう声をかけてきたのだ。

　東堀通を歩いていて、さっき話したばかりの五十嵐の顔を思い出し、高木は目を伏せた。濡れたペーブメントのモザイク模様が足元を流れ、奇妙な形で連なる波のようにも見える。

「……それで、いいにくい話らけど、お家賃の方、もう会社から払わないとか何とか、あの清田さんいう人がいうて、いや、私は、その辺のことは分からないから、高木さんと話し合ってください、いうたんですけど、何だか、こう一方的に興奮してらっしゃるんだわねえ」

興奮も、激昂もするだろう。クビを切る予定日まで決めていたにしても、唐突に送られてきた部下の辞表を見て、腹を立てるのは当たり前だ。だが、清田にとっては、俺は小袋谷ビルの資産価値を下げるためのカードに過ぎない。すでにシナリオ通りなのかも知れないとも思う。ただ、本人が考えていたよりも、自分の方が先にキレた予定外のことに腹を立てているのだ。

新潟生まれの俺に、「しょっぱい笹団子を土産に持ってこい」といい放ったのは、致命的だったな、清田、ああ?

ケースの重さに、寒さでかじかんだ指が痛む。左の手に持ち替えて、空いた右手を見ると、血の抜けた黄色い指が死体のもののように見える。だが、揆さえ持てば、息を吹き返す指だ。他人の首を絞めて金儲けする手よりは、まだ自分の首を絞めるための手の力を残していた方がいい。それが、真っ当ってもんだろう。なあ、婆ちゃん……?

東堀通を歩く人々も、厚手のコートやダウンを着込んで、粉雪のちらつく鉛色の沈んだ街を俯いて足早にいく。高木は丸めた右手の拳に口をつけ、息を吹き込む。温かく湿った息が、指の隙間に入り込んで、くすぐった。

nest では、誰一人聴いてないとしても、俺は全力で弾いてみせるさ。そうでなければ、辞表を出した意味がない。

小袋谷ビルの前まできて、側壁についた店の看板灯を見上げる。

三階の黒く塗り潰された店舗のロゴがかすかに透けて見えたが、高木はすぐにもエレベーターホールへと足を進めた。相変わらず備え付けの灰皿に、ティッシュの塊やピンクチラシ、潰れた空き缶などが置き捨てられている。

上から降りてくるエレベーターを待ちながら、靴先で落ちていた吸い殻を隅に蹴っていると、派手な音を立てて扉が開いた。波を打った床のゴムマットが見えて、足を踏み入れようとした時、黒いエナメルの靴を履いた足が中で動く。

目を上げると、緑色っぽい蛍光灯に照らされた二人の男の姿があった。

「なんや、兄ちゃんかい」

くわえようとしていたのか、指に挟んだ煙草をかざしたまま、恰幅のいい方の男がいってきた。西阪観光商事の奴らだ。また、nestか上の階を脅しにいってきたのだろう。

「あんたらかよ……」

そういうと、後ろに立つ若い方の男が、いきなり体を乗り出してきて、舐め回すような目つきで威嚇してきた。また気色の悪いほどどぎつい紫色のネクタイを締めている。細かく入っている模様は薔薇の花弁を模したものだ。

「口の利き方、気ぃつけや。あんたらて、なんや、こらッ」

「……おめえもな、口の利き方、気ぃつけれや」

「兄ちゃん、そこ、どかんかい。出れへんがな」

年配の方の声に高木がわずかに足を引くと、故意に肩をぶつけるようにしてエレベーターから出てくる。男達のつけたポマードのにおいに、腹の中がむかついて硬くなるのを感じた。

「まだ降っとんのかい。寒ぅてたまらんわい」と、眉を振り上げ、脂ぎった顔を顰めながら、くわえた煙草に火をつけている。

「のう、兄ちゃん。三味線やか、琴だか、知らんけどな、立ち退うて貰うからな。ああ？　上の階の人間は、ほとんどが落ちたんや。あの、ひとみ、いう店くらいやな、後は……」

「生憎《あいにく》らな。俺はそこでも弾くことに、なってる」

「アホかい。そんなんライブやるいうてもな、なんも立ち退かせの邪魔にもならんわ。その三味線の皮、破れるのも、時間の問題やがな」

高木は無表情なまま二人の男を見つめていたが、ゆっくりとエレベーターに乗り込んだ。

「nest の親父を落とすのは、ちと無理だと思うぜ」

高木の言葉に若い男の方が一回肩を揺すって笑う。それを年配の男が制して、億劫《おっくう》そうに伸ばした小指の爪で髪を掻いた。若い男の笑いはどういう意味なのか。すでに渡辺は店を西阪に譲り渡すことに決めたということか……？

「あんたらな。小袋谷ビルを落とそうとしてるのは、あんたらだけじゃねえよ。高くつくよ」

「ああ、新宿の三国不動産やろ。なんや、新潟にきとるっちゅう話は、聞いとるがな。

えらい、チンピラ紛いの若いモンが、うろついているいう話や。まあ、三国なんぞ、相手にしてへんがな」

「まあ、せいぜい、頑張れや」

エレベーターの扉が閉まりかける時に、そう声を投げると、若い奴が舌打ちして歯を剝き出してくる。高木はその表情に唇の片端を上げて笑ってみせた。

三国不動産と同じで、金融の方もやっている西阪観光商事も、若い奴らの採用には二種類あるのだろう。一つはそれなりの大学を出た奴と、もう一つは、暴走族や渋谷のセンター街にでも屯《たむろ》しているチーマーのような奴と。ヤクザの世界でいえば鉄砲玉みたいな血の濃い奴らは、即戦力で使えて根性だけで勝負する。西阪の若い奴はたぶんその類の男だろうと思う。あからさまに敵意を剝き出してくるストレートさが、むしろ、おかしくなって、エレベーターの中で独り低い声で笑った。

「……チンピラ紛いの若いモンらか、俺は……」

西堀や東堀を歩く自分の影を想像してみて、高木は静かに目を閉じる。コートの襟を立てて、少し俯き加減に歩く横顔が見えてきて、陰鬱な寂《さ》びれを帯びている。自分がそんな表情になったのは、いつくらいからだろうか。

ふと足元を見ると、西阪の奴らが吐いたものだろう、白濁した唾がゴムマットに点々とついていて、高木は靴底で踏み躙《にじ》った。

「おめえらに、ライブの邪魔は、絶対、させねえさ」

三階でエレベーターの扉が開いて、暗くて乱雑な、いつものフロアが広がっているのを想像していたが、いきなり白熱灯の光が目に飛び込んできた。

nest、いや、ダローガの扉の斜め上に、小さなレフランプが灯っていて、古くて頑丈そうな木製のドアを照らしている。年季は入っているが、堅牢そうな木目の影を浮き立たせてもいる。

そのレフランプの明かりのせいで、フロアに積み重ねられた段ボール箱やソファや床の上を這うコードなどの輪郭や影が濃くなって、エレベーターホールというよりも、むしろ、何処か名も知らぬ異国の路地のようにも見えてくる。

「……悪く……ねえねっかや」

店から持ち出したセロームの鉢までが、路地の隅に生えている不思議な植物のようだと高木は思う。

雪でも降らせれば、ロシアにでもなるか……。胸の中で独りごちながら、フロアを歩き、店の扉の前に立つ。今までとは違う空気が取り囲んでいるのを感じるのは、自分が三国不動産を辞めたせいか、それとも、何処かまったく違う道へと入り込んで、後戻りできないものを覚悟し始めたせいか。

何か巻貝の螺層《らそう》の中を静かに入っていって、だんだん狭まっていく道の空気の薄さに朦朧とする気配もある。だが、まったく違う呼吸の仕方を覚えなければならない。あるいは、むしろ、逆に、外に出るための道を歩いているのかも知れないとも思う。

一回深呼吸して、高木は扉の取っ手を摑んだ。いつもよりも明るい照明が目を刺してくる。東南アジア製のスクリーンも観葉植物もなくなり、店の中が開けて、かなりすっきりしたように見えた。ピアノ横の革張りのソファは同じように置いてあって、やはりパイプをふかしている渡辺の姿があった。

「おう、きたか。三味線の名手」

また膝の上にのせていたパソコンを閉じて、渡辺はゆっくり立ち上がる。

「どうら。綺麗になったろ」

「これで、店の主人が立ち退いてくれたら、最高にすっきりするな」

「馬鹿いえや。……ちと呑むか？」と、渡辺がカウンターの中に入って、棚から日本酒を取り出した。高木は店の中を見回して、ピアノの前に置かれた簡素な椅子を見つめる。

「まだ、外、雪、ちらついてるか？」

渡辺がグラスに注いだ日本酒をカウンターに滑らせてくる。

「ああ。まだ少し。……なあ、ナベさん。今さっき、西阪の奴らがきただろう？　エレベーターで会ったよ」

渡辺の片方の眉尻が上がって、渋い顔をして軽く頷いてみせる。

「まさか、ナベさん、あんた、西阪にこの店、渡すなんて決めてないよな？」

渡辺は目尻に笑みを燻らせて、目の端で自分の表情を確かめてきた。

「うーん、まあ、駆け引き中という所らな。といったら、雪彦さん、あんたはどうすな」

「即、このビルを壊すさ。なんだ、上の階は、ひとみ以外は、みんな、落ちたいう話らる?」

渡辺はグラスの中の酒を揺らしてにやついている。

「俺は、ひとみはすぐに落とせると見ているさ。だけど、nest、いや、ダローガにいる爺さんがな。厄介だ」

高木もカウンターからグラスを受け取って、口に含んだ。鼻に抜ける甘い香りと同時に、胃に染みて、温かさが一気に体の中に膨らんでくる。寒さに硬くなっていた筋肉が解《ほど》けていくようだ。

「なんで、エレーナの店が、俺に関係してるんだ?」

グラスに口をつけたまま渡辺の顔に視線をやると、眉間に皺を捩り入れて自分を見据えている。老獪《ろうかい》な表情だと思う。本気だとしても、演技だとしても、どちらに取られてもアリバイのようなものが滲み出ている。深く頰に刻まれた皺の重なりや、眼鏡の奥から直視してくる力のある目つき。その奥にある、自分には想像もできないような半生の濃い陰翳に、腹の中を鷲摑みされるような気分にもなった。

高木は軽い笑いを漏らして、グラスの日本酒を揺らす。何がおかしいというわけじゃない。渡辺の老いているが故の粘りや強さに、体の芯の部分が感応したといえばいいか。だが、まだ自分には、渡辺が醸している苦い闇のようなものは、種粒ほどもない。

「エレーナの方の店は、ダローガ99だよ。ここが、元々のダローガだろ。小袋谷ビルに融資していた銀行屋が、調べていたさ」

そう高木がいった時、店の扉が勢いよく開いて、前歯の抜けた男が顔を覗かせた。

紺色の作業用アノラックを着た、おでん屋台の岡田が、「いや、寒《さめ》ぇッ」と声を上げて入ってくる。

アノラックに点々と粉雪を光らせ、角刈りの白髪頭を掌で乱暴に扱《しご》くように払ってもいる。岡田の体から煙草と冷たい雪のにおいが漏れてきて、さらに外の冷えが強くなってきたのが分かった。

「岡ちゃん、ほら、ちょうど、酒入れてた所ら」

「おう、悪《わり》ぃの。……どら、雪彦さん、調子は?」と、慣れた仕草でカウンターのスツールを回し、座り込んでくる。そして、一回、二回と肘で腕を小突いてきた。

この男も目尻に皺を溜めて瓢軽《ひょうきん》ともいえるような笑顔を絶やさないが、目の底は異様なほど醒めている。酒呑み特有の少し茶色っぽい目の奥に、茫漠とした摑み所のない虚無のようなものが広がっているのを感じるのだ。

と、思った時、古町の料亭で長谷川と目を通した資料の中にあった名前が脳裏に瞬いた。

岡田……。岡田登……。

確か、資料の中にあった家主や借主の名義欄にあったはずだ。岡田……登……。そうだ。こっちのダローガの方ではなく、エレーナの勤めているダローガ99の資料頁に、神野という男の名前と一緒に、岡田の名前があったはずだ。その岡田という人物と、おでん屋台をやっているこの男は、同一人物ということか？

「……登さん？」

「ああ？」と、節くれ立った指にグラスを摘んで、岡田がごく当たり前な顔で振り返る。

間違いない。

岡田の後ろに立っている渡辺を見やると、わずかに目を伏せてグラスの中の酒を見つめていた。

「今日は、屋台の方はいいんですか？」

「どうして、おめえ。あんたの三味線、聴きにきたこてや。……おう、こん中に、雪彦さんの三味線が入《へ》ぇってるか。どんが、音らやら、楽しみらな」

少し体を屈ませて、ハードケースを眺めている岡田の日に焼けた首筋を見つめる。細かい菱形の皺が犇《ひしめ》いたような肌は、老いた漁師のもののようだが、この男も渡辺と同じように背後に秘密を抱えているのだ。

もちろん、三国不動産に辞表を叩きつけた自分には、もはや無関係な話かも知れない。だが、信濃川沿いの土手に、一台だけぽつんと明かりを灯していたおでん屋台があるというのも不自然だ。新宿で当たり前に屋台が並ぶのを見てきたせいでまるで気にも留めなかったが、新潟市は確か保健所が屋台を出すことを禁じているというのを聞いたことがある。

屋台のカウンターで酔い潰れ、寝入ってしまった時に見た黒い夢が蘇ってきて、高木は横に並ぶ二人の男達の横顔を目の端で確かめた。

「ほんに、民謡酒場でさ、津軽三味線、弾いたり、歌《うと》うたりしたの思い出すて……」

「岡ちゃんは、三味線から離れて、何年になる？」

「いやー、ナベちゃんよりは、まだ新しいさ」

二人してそんな話をしているが、互いに背景を覆っている約束事のような気配が、嫌でも感じられる。そして、あのおでん屋台で見た夢の時は、エレーナまでが、異様なほどクールな眼差しで自分を見つめ、ナイフを突き立ててきたのだ。

まるで、子供が抱えるような妄想に入り込んでいる。酔っ払って見た夢にまで左右されている自分を愚かしく思うけれども、信濃川の黒い水面でねっとりと揺れていた光が脳裏から消えない。

「雪彦さん、今日の演奏は、調音は二上りらか、三下りらか？」

妄想の尻尾を追って、いつのまにかぼんやりしている所に、岡田が声をかけてきた。

「……いや、まだ、決めてないです……」

「決めてねえわけねえさ。三味線弾きは、もう、この時から音が鳴ってるすけな。今日は、小雪がちらついて、寒《さみ》いすけな。雪彦さん。海も飛沫《しぶき》上げて、荒れ狂うてるさ。新潟の音らろ。いいか？　津軽じゃねえて、新潟の音らこてや」

グラスに残った酒を揺らして、高木のグラスに乱暴にぶつけてくる。笑みの消えた目が、じっと睨むように見上げていた。高木は岡田の視線を切って屈み込むと、ハードケースのフックを外し始める。

と、店のドアが静かに開いて、白いコートが覗いた。

袖に粉雪が光っているのが見えたと思うと、ドア口でストレートの金髪が揺れる。袖から覗いた華奢な手首には細い腱が浮き出て、影ができていた。フロアの闇に、鳥の羽毛を思わせるような白く細い手だけが浮いて、あの手がナイフを握ったのだと高木は思う。

夢に出てきた三人が揃った……。そう胸中に言葉を落とした時、エレーナが顔を覗かせた。大理石の塑像《そぞう》……。目が合った瞬間に、エレーナは長い睫毛を煙らせる。黒い睫毛の間に店の明かりを溜めた青い瞳がそよいで、やはり、綺麗な女だと感じながら、高木は黙ったまま目を伏せた。

「パパ、岡田さんッ。ここ、とても、良くなりました。フロア。不思議な感じ」

エレーナが声を上げて、店に入ってくる。そして、店の中を見渡すと、意味の分からない短いロシア語を漏らして目を丸くした。

「そうらか？　エレーナ。俺には、あんまり変わらん気がするけどなあ」

岡田が前歯の抜けた口を開いているうちにも、エレーナのつけているオゾンマリンの香水のにおいが冷たい空気と一緒に膨らんできた。

「雪彦さんッ、それ、雪彦さんの三味線ですねッ。早く見せてください」

「まあ、待てや、エレーナ。一杯、祝い酒をやらんば駄目だ」

「オー、また日本酒。ウオッカ、ないですか？」

エレーナがそういうのもかまわず、渡辺はグラスに日本酒を注いでいて、カウンターの上に滑らせていた。エレーナがフェイクファーのコートを脱いで、スツールにかける。真っ赤なタートルネックのセーターに、ぴったりした黒い革のパンツ。カウンターの前に集まる三人の足元を視野の隅に感じながら、高木はケースを開けて、慎重に人棹の三味線を取り出した。

「今日は、誰がくるや」

「店からも何人かきます」

「ひとみのママもくる、いうてた」

頭上で聞こえる三人の声を耳にしながらも、項《うなじ》のあたりに強い視線を感じる。三人とも当り障りのない話をしながらも、狙いをつけた冷ややかな視線でじっと見下ろしている気がした。

過剰に考え過ぎか？　馬鹿な話だと思いながらも、撥《ばち》の柄を握り、ベッコウの鋭い撥先でエレーナの白い首を掻き切っているのを一瞬想像し、高木は慌てて頭を振った。

「Ｗｏｗ！　雪彦さんの三味線ですねッ」

エレーナが素っ頓狂ともいえるはしゃぎ声を上げて、しゃがみ込んでくる。砂が流れるような滑らかさで、金色の髪が自分の視野を遮った。視線を上げると、垂れた髪を細い手の甲で後ろに跳ねのけるエレーナの横顔が見える。

一瞬でも妙なことを脳裏に過ぎらせた自分を愚かだと思いつつ、この美しいロシアの女にも、渡辺や岡田同様、仄暗い秘密があるのだろうと感じる。

日本人にはない横顔のラインを、カウンターの明かりがくっきりと浮き立たせ、その顔を朧に覆うように金色の髪が光を放っている。高木は棹を握り、三味線をケースから起こして、「古いもんだよ」とエレーナに示した。

「おらッ、エレーナ、濡れた手で触るなよ。三味線は、湿気が一番駄目らすけな」と、岡田が反射的に口にしていて、岡田の長い三味線歴のようなものが覗いた気がする。

「大丈夫ですよ、岡田さん。そんなヤワな三味線じゃない」

触れようとして伸ばしたエレーナの指先が宙で戸惑う。パールの入った爪がそれぞれ光を溜め、片手で綾取りでもするような指遣いが、不思議な意味を表わす印の結びを思わせた。

モスクワ生まれの女が何の因果でか分からないが、バーのホステスをやりながら新潟西堀の小さな店でピアノを弾いている。その指がすぐ目の前にあって、一体、人間の渡りゆく道というのは何なのか、とも思う。そして、女にとって、ついこの前まで存在すら知らなかった男が、こうして目の前で三味線を手にしているのだ。ほんのちょっとした接点だが、世界のすべてにもなる。

「エレーナも、今日、ピアノ、弾いてくれよ」

「オゥ……駄目です。今日は、雪彦さんのライブ、初めてのライブですから、私は邪魔なのです」

「気分が乗ったら、セッションだよ。スラブの血が新潟を弾くんだ……」

「そうらさな。エレーナも弾いてみれ。どんが音になるやらな」と、岡田がグラスに酒を注ぎ足して、渡辺のグラスにも一升瓶を傾けている。

高木は素早く駒を三本の糸の下に通し、音緒《ねお》の方へと滑らせた。低くざわめいたような不協和音が、凜と締まっていく。駒の溝に糸をそれぞれ収めると、三味線自体の肚《はら》が据わった感じで、冴え返る。

左手の人差し指と親指に指掛けをして、撥の才尻《さいじり》を摑むと、高木は演奏用の椅子へと向かった。

岡田や渡辺が、何か一言からかうのだろうと思っていたが、まったく喋らない。張り詰めた空気があって、今までの二人の息遣いとは違うものを感じた。

「……何だよ、みんな。呑んでくれよ……」

音楽に取り憑かれた者の耳がそばだって、音を待っている。どんなどす黒いものを腹の底に抱えていようが、音に狂った人間はそのすべてと引き換えにしてもいいと、いつも覚悟しているような気がする。いや、覚悟以前に本能といってもいいだろう。新しい音、新しい響き、新しい色……。自分自身が紛れもなくその一人だ。

「練習だっけな。音合わせだ」

カウンターに肘をついてグラスを持っているエレーナまで、目を伏せ、静かに気配を窺っていて、獣のにおいを発しているようにさえ見える。それぞれが何を考えているのか分からない奴らだが、今はまったく同じ顔つきをして、体の輪郭を硬くして待っていた。

高木は黒檀《こくたん》の糸巻を握りながら、一の糸をゆっくり撥先で叩いてシの音に合わせていく。次は二の糸。音をうねらせて糸を巻き上げる。ファのシャープ。

「エレーナ……外は、まだ、雪、ちらついてたか？」

岡田が真面目な顔をして囁き声で聞いている。一瞬視線をこっちによこして、エレーナが頷いた。渡辺が壁のスイッチに手を伸ばして空調を弱くしていたが、たぶん調音の妨げになると思ったのだろう。別に構わない。

「ちと、低いみてらな。二の糸や」と、岡田がスツールの上から前屈みになっていう。高木はほんのもう少しだけ糸巻を捩ってみる。わずかに一ミリも動かしていないが、音は敏感に唸って上がった。

「ああッ、いい音ら。雪彦さん。いい三味線らて」

「岡ちゃんのよりは、よっぽどいい三味線らな」

「いうねっかや、ナベちゃん。あんたの、ニシキヘビの皮がバサバサになった三線《さんしん》よりは、どれだけいいやら。でもや、ナベちゃんも、家から持ってこいや。……もう、俺達は、どんが頑張っても、ここまでら。唄が好きで、三味線が好きで、ジャズが好きで、それで、いいこてや。このビルもさ、もう、人の手に渡しても、何も問題ねえて、ナベちゃん……」

高木は岡田の言葉を聞きながら、三の糸を一オクターブ高いシに合わせていく。一の糸に触れたサワリがエフェクターをかけたように音をうねらせ、震動させる。それに共鳴して、すべての弦が震え、店の中にも反響した。いい感じだ。リバースはかからないが、音がしっかりと隅にまで届く手応えがある。

「あいや、おいッ。バチッ、いうて、鼓膜にくるて。今度は、腹に、頼むて、雪彦さん。二上りら」

岡田が履いていた片方の長靴を脱いで、スツールの上で胡座《あぐら》をかき始めた。

「いや、まだ、弾かないですよ。ちょっと試しら、岡田さん」

三本の糸を二回ずつ叩いていって、音の響きを確かめる。微妙に音の乱れが生じるたび、糸巻を握って調性した。と、エレーナが小首を傾げて、店の中を見渡しては目を細め、耳を凝らしているのが分かった。

「……どうした、エレーナ？」

渡辺の声にエレーナは頭を軽く振ったが、それでもまだ何かを気にしているようだった。高木が一の糸から二の糸を叩くと、またボトルの棚の方に耳を凝らしている。

「……何か、音が響いて、震えている……。ノイズ……。雪彦さん、音、邪魔じゃないですか?」

ようやくエレーナの仕草の意味が分かって、もう一度、二の糸を故意に強めに叩いてみる。ファのシャープの音程に共鳴して、確かにボトル棚のあたりが震動して音を立てていた。

「別に構わないよ、俺は」

たぶん、ペテルブルグ音楽院時代に身につけた神経の使い方なのだろう。ピアニストはステージの上に立つと、手を叩いて、響きを確かめたり、ピアノを設置する時に、脚の接した床の共鳴度を確かめると聞いたことがある。

「何だ、どれだ?」と、渡辺がカウンターの中に入って、ボトルの林に隙間を作っていく。もう一度、二の糸を弾《はじ》くと、まだガラスの板が震えるような音をかすかに立てた。

「たぶん……それ」

エレーナが髪を耳の縁にかけながら、耳殻《じかく》の後ろに手を添え、指差した。ボトルではなくて、棚に伏せた写真立てだ。いつか、ソファに深く腰掛けて、渡辺がじっと見入っていたフォトフレームだった。

「これか?」と渡辺が手に取った時、高木はもう一回、二の糸を叩いてみた。今度はまったくノイズが立たず、天神近くにあるさわり山から三味線の胴全体に共鳴した音だけになる。エレーナの耳の良さに感心して頷いていると、岡田が眉を顰《ひそ》めて零《こぼ》した。

「……ナベちゃん……、まだ、そんなもん、持ってたんか?」

岡田の言葉に、渡辺は被っていたニットキャップを取って、それでフォトフレームを包む。

「おまえには関係ねえだろう」

「関係はねえが……どうら、雪彦さんの三味線の音に、写真立てのガラスが泣いて、何か、妙な気分になるわや。……俺だってな、あやめの一人くらいはいたが……忘れてしもた……」

「寝惚けたことというてるなよ、岡ちゃん……」

「どっちがらや」

軽口を叩いているようで、声の芯に本気が混じって、老いた男の体についた肉というのか、渋く筋張った粘りを感じる。黒くて、苦い。だが、何処かに激しさとも、あるいは、老い遅れた若さともいえるものが覗いている気がした。

ニットキャップにくるんだ物をカウンターの下に入れ、また出てくる渡辺を、エレーナが澄まして無視している。そのわずかに片方の眉だけ上げた表情に、何か含みがあるようで、ある種の嫉妬なのかとも高木は思う。「パパ」と呼んで親しんでいる男の、昔の女に羨望のようなものを抱いているのか、エレーナ？

「また古調あいや節でも、唄いてなってきたな」

岡田がボソリと呟いた言葉に、高木は一の糸を叩くと同時に、左の人差し指で押さえ、二の糸をリズミカルに弾く。

「おいおいおいー。いいて、雪彦さん。自分の曲、弾けや」

岡田が節くれ立った指を振るのを見て、高木はさらに二の糸を練り上げた。岡田は宙を切るようにして手を振ると、スツールを回し、カウンターのグラスを両の掌で包む。渡辺は渡辺で、岡田にいわれたことに少し燻《くすぶ》った様子で、憮然《ぶぜん》としたままグラスの日本酒を舐め、エレーナの方はただじっと自分の三味線を見つめていた。

まったく、やりにくい聴衆だ。

二四　闖《ちん》入《にゅう》

高木は目を閉じて古調あいや節をアレンジしながら、古町に降り始めた雪をイメージする。

街角の輪郭や影が濃くなる中を、音もなく粉雪が疎《まば》らに落ちてきては、空気を冷やしていく。肺の奥まで染み入るような雪のにおいと、鉛色に沈む路地が凝《こご》っていく気配を体の細胞自体で感じるのだ。

自分に染みついた新潟の冬のにおいは、二の糸で醸し出し、風に敏感な雪が舞っては靡《なび》き、路面に降りる感触を、三の糸でできる限り繊細に撥先を引っかけた。軒下に擦過《さっか》する白くて軽い軌跡とともに、黒く俯いた人影が路地をゆく姿を重ね、古町のひっそりと静まった冬の始まりに想いを込める。

ドアの開く音がして、薄目を開けると、上の「ひとみ」のママさんが花束を抱えて入ってくるのが見えた。花を包んだセロハンのがさつく音がしたが、気にもならない。

「……何、もう始まったの？」という潜めたママさんの声が聞こえる。新潟の女の、明るくて、だが、芯のある強さ……。祖母も、母親も、同じような想いの核を抱えていて、信じたものに対しては絶対に裏切らない女の念を、それでも笑顔でごまかしながらも譲らない。新潟の女の目に映る雪の光を、音にしなければならないと、高木は眉間に力を込めて固く目を閉じた。

「……いや、まだらけどな。……もう、入り込んだ。新潟の音ら……」

岡田の低い声がして、グラスに注ぐ日本酒の音がかすかにする。

瞼の裏に、雪に煙る万代橋が見えてきて、いつ見た風景だろうと思う。河口付近は完全に雪に霞んで、空も川も朧《おぼろ》に灰色に溶け込み、うっすらと水の色だけが宙に浮いたように見えていた。首に巻いたマフラーに顔まで埋めて、肩を竦めながら歩いた雪の万代橋……。睫毛にまでついた雪の片の白さや、それが溶けて滲んで見える信濃川の風景に、自分は訳もなく泣いているのかと錯誤したのも断片的に蘇ってきた。

「何だや、おめえまで、きたかや……」

岡田の声に目を上げると、ダローガ99のマネージャーが、尖った口元の髭を恥ずかしそうに歪めて、ドア口に立っている。やはり、岡田は、ダローガに絡んでいるのだと確信しながらも、一の糸を思い切り唸らせる擦り指の方に神経がいった。

「酒ぐれえ、持ってくるもんだわや」

岡田の言葉に、ダローガのマネージャーが首を突き出しているのが見える。

音を調整するつもりで即興で弾いていているうちにも、店に何人か続いて入ってくる。

高木は三の糸の高い所から降りてきて、古町の雪を静かに消え入らせるように、ジャズコードに似た半音階にして一の糸まで下がった。雪の片がわずかに揺れて、落ちて、また揺れる感じを持たせて、音を締める。

と、同時に、カウンターから拍手が聞こえてきて、見ると、エレーナがスツールから立ち上がっていた。赤いタートルネックに、金色の髪を揺らした外国の女が自分に向けて拍手をしていて、一瞬、ここは何処なのだと小さな眩暈《めまい》のようなものを覚える。

他の者達もエレーナに続いて、手を叩いては小さなステージに見入っていた。

「……いや、まだ、練習です……拍手は……」

高木が照れて撥を持った手を振ると、さらに、拍手が強くなって胸を押してきた。

まったく忘れていた感覚。いや、学生時代や東京に出たばかりの頃にやったライブは、まだ自己満足の域で、身を削るとか、何の支えもない崖っぷちに立って足を震わせるほどの怖さなど、考えもしなかった。もはや、食い扶持《ぶち》さえ失って、下手をすれば浮浪の身に堕ちてもおかしくはない状態での、初めての演奏には違いない。そこで、義理か情けかは分からないが、拍手を貰ったことの嬉しさに、本心から、胸の中が沸き立つ気持だった。

カウンターの渡辺を見ると、ただ黙って、一回深く頷き、またグラスの酒を傾けている。

「……雪彦さん、いい音らねっかや」と、岡田が声を張り上げてきて、持っていたグラスを掲げてみせた。エレーナまで、「ブラボー！」と、はしゃいだような声を上げて、笑っている。

「雪彦さん、続けていけや。もう、ほとんど集まってる」

渡辺の声に店の中を見回すと、エレーナと一緒にダローガ99で働いているターニャの顔や、ひとみの常連なのだろう、ほろ酔いで相好を崩した年配の男やその連れの女もいる。カウンターにいる岡田に笑いながら仕草で合図している、やはり初老の男の顔もあった。

高木は一回深呼吸すると、目を閉じて、一の糸を強く叩き始めた。聴衆の胸倉を摑むように引きつける津軽じょんがら節の新節曲弾きだ。

一の糸を撥先で叩くと同時に、左手のハジキ、ウラハジキで音を回してから、また撥で叩いて響かせる。

店にいる者達の腹の底を共鳴させることができるかが、この新節イントロの勝負だ。正確に勘所を押さえることができて、一気に一の糸に指をスリアゲしていって、音を唸らせた。強風の空に凧を舞い上げ、その糸が伝える風の手応えのようなものを、三味線で表現するのだ。

高木が固く目を閉じて、左手を糸の上で滑らせ、音に唸りを持たせるたびに、カウンターにいる岡田の「ホイヤッ。ソヤッ」という気合の籠もった掛け声が聞こえた。エレーナのいるダローガ99の所有に関わる人物には違いないが、太棹の三味線や民謡に狂い続けてきた男でもあるのだ。

薄目を開けると、岡田は節くれ立った人差し指を、リズムに合わせては自らの下唇になすりつけ、突き出した親指で撥の動きを示す奇妙なことをやっていた。左手は架空の棹の上でビブラートをかけるように動かしている。

横でエレーナが面白がっては岡田の顔を覗き込み、また、こっちにも視線を注いでくる。壁に寄りかかって無表情ではあるけれども、ダローガ99の口髭のマネージャーが、じっと聴き入っている姿もあった。

三国不動産の渉外課の人間として小袋谷ビルに乗り込んできて、まさか三味線のライブをやることになるとは考えもしなかった。もちろん、曲弾きを聴きつつも、表情を凝り固めている渡辺は、まだ、自分が小袋谷ビルを落とすつもりで弾いていると思っている。

だが、そうじゃないんだ、ナベさんよ。俺は、本気で、狂い嵌《は》まってしまった三味線と一緒に、生まれ故郷の新潟で生き直すことに決めたんさ。あんたが、三味を捨てて、呑み屋経営に切り替えた覚悟も分かるが、音に取り憑かれた狂気を見せてやるわや。

何故か、楔形《くさびがた》の結晶の雪が斜めに寒空を降りしきるイメージが湧いてきて、プリズムのように虹色の光をそれぞれが放散しているのが見えてくる。いつのまにか、はるか上空から、曇った鏡の反射を思わせる信濃川の蛇行を目掛けて自分が降りていて、視野の隅には青黒い日本海が、巨大な飛沫を上げて荒れ狂っているのを感じた。

雪になり切る。

新潟の街を静かに覆う雪になり切って、冬の風の音を聴くのだ。

じょんがら新節に、清廉な雪の気配を醸そうとして、目を閉じたまま天井を仰いだ時、店のドアがいきなり開く音が聞こえる。

同時にエレベーターホールで男の低い声が荒っぽく響くのも届いた。

高木が三の糸の高い所から戻ってこようと、撥先をできるだけ繊細に掠めようとすると、エレーナかターニャが上げる悲鳴が店内を裂いて、目を開いた。抱き合うようにして店の奥に寄ってくるエレーナ達が見えた瞬間、ドスを利かせた男の声が上がる。

「おらッ。どかんかいッ」

「何だや、おまえらッ」と、岡田が間髪を入れず声を張り上げるのを聞いて、高木も三本の糸に撥を叩きつけて演奏を切った。

西阪観光商事の奴らが、自分の初ライブの邪魔をしにきたのだ、とすぐにも分かった。自分に向けられたレフライトの光をよけて目を凝らすと、エレベーターで擦れ違ったいつもの男達とは違うように見える。

「誰の許可を得て、ライブなんぞ、やっとんねん。どアホッ」

毒づいた関西弁が店内に響くと、カウンターから渡辺が飛び出してきて、入ってきた男達に近づこうとした。

「何じゃ、おらッ、おっさんッ、おうッ？」

渡辺の前に立ちはだかった、身長が一八〇センチ以上ある巨軀《きょく》に見覚えがあって、高木は三味線をピアノに立てかける。

「おまえら、何者だ？　人の店に勝手に入り込んできて。何だと思ってるッ」

渡辺の言葉に、巨漢の男がふんぞり返って下目で見下ろした。肩幅の異様に広いストライプの入ったスーツを着て、角刈り頭の後頭部に盛り上がった肉が、ワイシャツの襟にまで垂れている。

後から入ってきた二人はどちらも細いが、いかにもガラの悪そうな風体をして、周りの客を舐めるように見回して威圧していた。

高木が撥をピアノの上に置いて、椅子から立ち上がると、渡辺の前にいた男が細い視線をゆっくり投げてくる。そして、鈍そうな分厚い唇の片端を上げた時、年に似合わず金で縁取りされた前歯が剝き出された。

「……おまえ……」

そう口にしたと同時に店の中に入ってくる若い男がいて、高木は思わず舌打ちした。内藤、だ。

クルーカットの頭に、サンダーバードの薄めのサングラスをかけた内藤が突っ立っていた。

黒のだぶついたトレンチコートを着て、ズボンの両ポケットに手を突っ込んでいる内藤を睨みつけると、まったく表情も変えないままサングラスを取り外す。店にいる他の客達へのポーズだろう、無愛想に唇を結び、故意に目から力を抜いて、鈍い光を反射させていた。

……内藤、いいツラだな。

ここで、内藤の名前を口にしたら、自分が三国不動産の人間だったことなど、すべてが明かされてしまう。渡辺の前に立ちはだかる男と内藤と、交互に視線をやって牽制しながら、高木はゆっくり前に出た。

内藤……俺の初めてのライブを、邪魔しにきたかよ。

「おまえら、誰だ?」

ずんぐりとした硬い肉をスーツに押し込めたような巨体の男に、高木はいってみる。

確か、清水という男だ。立ち退きの折衝が難航した時、三国不動産が最終手段に使う暴力団組織の一員で、老けては見えるが一番若い鉄砲玉のような男だ。

清水が目の端で見下ろし、ニヤリと口を開いて、さらに前歯に嵌め込んだ金を光らせる。その笑みがどういう意味なのかは分からない。小袋谷ビルを落としにきました、と仲間への合図のつもりなのか、それとも、立ち退かせるはずのビルで三味線を奏でていた自分の愚かさを笑っているのか。

「雪彦さん、あんたは、黙ってれや。あんたは、関係ねえからな」

渡辺がそういって自分の前に手を翳してきた時、ドア近くにいた内藤がいきなり野太い声を張り上げた。

「突然、失礼致しましてッ。東京新宿の三国不動産の者でございます。立ち退きの相談に上がりましたが……」

三国不動産の名前を耳にし、渡辺が翳していた手を返して、一瞬高木の着ていたセーターの胸倉を摑み、またすぐに離す。高木はただ内藤の目を見据えるだけだ。

内藤はいったん口を噤《つぐ》むと、店の中を落ち着いた眼差しで見回して、一回唇を尖らせて息を吐き出す。大学を出たばかりの男で、ナンパと合コンとウインドサーフィンにしか興味のない奴が、中々の演技だと高木は内心呟いて、苦い笑いを零《こぼ》した。

「それにしても、これは、何ですか？　ライブ、ですか？　ああ？」

清田課長の口真似でもしているつもりなのか、内藤は「ああ？」と尻上がりの声を出して、目だけ動かして自分の方を見る。

故意に半眼気味にした視線が、ピアノに立てかけた三味線を彷徨《さまよ》い、それから、舐めるように自分の足元から胸、顔へと上がってきた。高木は内藤の目の底を射るように見つめる。と、内藤の目が一瞬戸惑いを覗かせるのが分かった。

演技に徹しろ、内藤。そうだろ、ああ？

「俺の三味線ライブだ。おまえら、転がし屋か何か知らねえが、ここは、俺の稼ぎ場だ。邪魔するなや」

高木が内藤に向かって声を放つと、渡辺が太い片眉を振り上げて、ゆっくりと振り向く。引き締めた唇が憮然としているのか、それとも笑みを溜めているのか、よく分からない表情だ。

「……雪彦さん……あんた、俺を、ナメてるんか？」

ボソリと低く呟いた声だが、他の者達の耳にも届くよく響く声だった。

「ナベさん……、あんたには分からんだろうが、二重三重の駆け引きなんだ。今日は、俺は、ここで、三味線を弾く」

「そうはいかねえなッ」

店を震わせるような大きな声を出したのは、内藤だった。見ると、まったく知らない若い男が本気で喧嘩を売っているような錯覚を起こしそうだ。

上等だ、内藤。少しは、追い立ての現場を踏んできたかよ。

「……若いの。おまえ、今、なんていった？　ああ？」

今度は自分が清田の口調を真似ていってみる。自分と内藤だけに通じる冗談のつもりでいってみたが、ふと、ポケットに両手を突っ込んだ内藤のズボンを見て、息を飲んだ。

仁王立ちして踏ん張っている足が小刻みに震えていたからだ。プレッサーをかけたズボンの折り目が、貧乏揺すりというのではない、明らかに震えてブレている。反射的に内藤の顔に目を凝らすと、クルーカットの額や頰に、雪が溶けたものとは違う光がびっしりと覆っていて、悪い水疱のように反射していた。

こいつは、演技じゃない。

そう思った瞬間、内藤の口が少し痙攣したように動いて、言葉を発した。

「清水さん……その三味線、ぶっ壊してやれよ」

内藤の無表情だった目が片方だけチック症を起こしたように瞬いて、汗を光らせた頬の肉が震える。

「おまえ、本気か？」

高木はそういいながらも、思わず薄笑いを浮かべている自分に気づいた。

もちろん、内藤の口にした言葉を冗談と受け取っての笑いではない。たぶん、怒りを準備するための笑みだと自分で思う。十年近く勤めていた三国不動産に対して、腹の底に鬱積《うっせき》し続け、無理にも折り畳んでいたものが暴発する、その寸前の圧力を溜めている感じだった。

「もう一度、いってみろよ、若いの」

感情の表面の箔が剝がれるように出ていた薄笑いが、自分の顔から一気に消えていくのが分かる。

清田課長に命令されて、やってきたのか、内藤？　それで、おまえは、むこうに付いたわけか？　ああ？

「その薄汚い三味線は、資財にもならねえよ」

内藤のその言葉に、体じゅうの血が逆流して音を立てるかのようだった。耳鳴りが塞ぎ、店の中がネガのように反転して、一、二度わななないた感じに見える。

無意識のうちにも渡辺の手を払って身を乗り出したが、いきなり強い力で胸倉を摑まれた。渡辺ではなく、清水のごつい手が自分のセーターを鷲摑みにして、胸を荒っぽく押していた。顔を見ると、にやけて金歯を光らせていた口を結んで、子供が駄々をこねたように尖らせている。

「おい……おまえ、こういうことして、いいのか？　分かってんだろ？」

「いいんだッ、清水さん」という内藤の声を聞いたと同時に、高木は清水の腕を払おうとしながら、「何やッ」と声を張り上げていた。

と、引っ張られたと思っている間もなく、胸を硬い拳《こぶし》が抉《えぐ》る感触がきて、巨軀の清水が自分を押しのけていた。フワリと体が浮いたかのようで、次の瞬間、店の壁に背中を叩きつけられ、息が止まるような衝撃に高木は顔を歪めた。

「何や、って何ですか？　新潟弁ですか？」

内藤の小馬鹿にしたような声を聞いているうちにも、渡辺が清水の体を押さえ込もうとして、カウンターの方へと払われている。岡田も背後から飛びつき、ダローガ99のマネージャーも、痩せたチンピラと小競り合いを始めていた。

それまで固まっていたひとみのママが金切り声を上げて、近寄っていたチンピラから逃れようとし、エレーナとターニャは短いロシア語を張り上げながらも顔を寄せている。

「出てけやッ。おめえらッ」

「あんた達こそ出ていけよ」

「三国だか何だか知らねえけどや、ふざけんじゃねえぞッ」

ひとみの客まで罵声を上げては、内藤の引き連れてきたチンピラに絡み、逆に脅されているのも見えた。

「警察、呼ぶろッ。こんが者ら、不法侵入らこてやッ」と、客の一人がチンピラに小突かれ体を揺らしながらも、ジャケットのポケットから携帯電話を取り出した。

「警察は呼ぶなッ」

そう叫んだのは渡辺だ。カウンターの縁に肋《あばら》を打ちつけたのか、痛みに顔を歪め、歯を剥き出している。その表情を見て、高木は叩きつけられた壁から体勢を取り戻すと、巨漢の清水の横を抜けて、傍観して突っ立っていた内藤の顔面をいきなり殴りつけた。

「雪彦さんッ。駄目らッ」

渡辺の声より早く手が出てしまっていて、内藤はもんどり打つように周りの客の間に倒れ込む。黒いトレンチコートがはだけ、無様なほど両足を広げて床に倒れ込んだ内藤を見下ろしているうちにも、耳の後ろに衝撃を受けて、見ると清水が拳を振り下ろしていた。また、渡辺が清水に喰らいついては、弾き飛ばされる。

「内藤ッ。ぶっ殺すぞ、てめえはッ」

そう高木が叫んだ時、一瞬、店の中が凝り固まったように止まった感じがあった。そうだろう。nestでライブをやる三味線弾きが、何故、三国不動産の男を知っているのか。だが、怒りに体の底が沸騰していて、知ったことかと、口元を押さえている内藤に摑みかかろうとした。

「清水さん、三味線、ぶっ壊せよッ」

内藤は下から自分を睨みつけながらも叫んで、赤黒く濡れ光る鼻血も拭わないまま、ニヤリと唇を捻じ曲げた。

「内藤……おまえは、一体、何なんだ?」

「……あんたこそ、一体、何なんだよ……」

短い嗚咽のような声を上げて、ゆっくりと起き上がってきた内藤は、高木の正面に立って、ようやくハンカチで鼻血を拭う。痛みからか、目にうっすらと涙を溜めていたが、今度は惑いもなくまっすぐ見据え返していた。

「内藤……おめえも、俺が、切られることは知ってたな」

「……何にですか?」

「しらばくれるなよ、内藤」

もう一度、張り倒したい衝動に駆られ、拳を握り締めたが、高木は内藤の潤んだ目の底を射るように見つめる。このまだ若い男が抱え持っている駆け引きなど、高が知れている。高が知れているが、同じ部署で仕事をしてきた仲間を取るよりも、会社で生き残ることに汲々《きゅうきゅう》としている者達と同類であることを、恥ずかしげもなく晒す神経に胸糞が悪くなる。清田にいわれた通りに自分の前に現われ、見得を切って、そして、小袋谷ビルを落とすために最も下劣な手段を携えてきたのだろう。

「知らねえよ」

「悩みもしないで、ここにきたか、内藤?」

「関係ねえな、俺には。俺は、三国不動産の渉外課の人間として、ここにきたまでで……、あんたなんか知らねえよ」

「……どういう意味だ？」

「知らねえから、知らねえって、いってるんすよッ。勝手に、くたばれよッ」

また内藤の右の頰が痙攣したかと思うと、目をしばたたかせる。顔に表われた動揺をただ凝視していると、背後でエレーナの小さく叫ぶロシア語が聞こえて、高木は振り返った。

清水がピアノに立てかけた三味線に近づこうとするのを、エレーナが先に三味線に飛びついて庇おうとしているところだった。

高木が声を上げているうちにも、エレーナは太棹の三味線を手に取ると、抱えるようにして床にしゃがみ込んだ。それを見て、渡辺がカウンターの中に入り込み、携帯電話を手に焦ってボタンを押している。その間にも、清水の巨体が左右に揺れながら、エレーナの背後に近づいていた。

「エレーナ！」

高木は何も考えないまま、清水の壁のような背中を目掛けて突進した。

ずんぐりと硬い感触はサンドバッグを思わせたが、それでも清水は低く籠もった唸り声を上げて、ピアノの脇の壁によろける。すかさずそのまま、高木は、屈み込んでいるエレーナを体で覆った。

「エレーナッ。早く逃げろッ」

耳元で囁いても、エレーナは頭を振って硬く体を震わせるだけだ。恐怖からなのか、萎縮しているエレーナの体は、自分の胸の中に小さく感じて、まるで少女のようだと思っていると、後頭部に激しい衝撃がきた。

清水がでかい革靴の裏で蹴っているのだろう。今度は背中にきて、息ができなくなる。次は脇腹。首。また、背中と、靴やら拳やらが抉ってきた。骨が軋み、衝撃のたびに頭の中で奇妙な光が大きくフラッシュする。鼻の奥で錆臭い金属のにおいがして、何故か、幼い頃見た弥彦と角田山が蹲《うずくま》っているのが見える。

何故なんだろう、何故なんだろう、と思っているうちにも、後頭部を蹴られ、意識の輪郭が二重、三重にダブってくるのを感じた。ドアのあたりでは、男達の罵声や怒鳴り声の入り乱れるのが聞こえ、激しく壁にぶつかる音も聞こえる。

「おう、いいのぅッ。ロシアの姉ちゃんとバックでやって、気持ちええかいッ。おらッ。のぅッ。おらッ」

そういいながら、清水がまだ蹴り続けていた。意識が朦朧としてきて、自分はこのまま骨を砕かれて、死んでしまうのかとも思う。エレーナの金色の髪を頰や唇に感じ、柔らかくて華奢な肩が自分の胸の中で震えているのを、高木はさらにしっかり抱き締めた。

エレーナ……。おまえも馬鹿だな。何のために、人の三味線を守ろうとしてるんだよ……。馬鹿らぜ……。

気が遠くなってきて、エレーナの髪や、抱えている三味線の黒檀の糸巻や、赤いニットが断片的に目に入ってくるが、踊り散るようにすぐにも弾け飛んだ。

「……エレーナ……、ありがとな……」

店のドアから何人か、大声を上げてなだれ込んでくるのを感じる。誰かは分からない。高木はエレーナを強く抱き締めながら、横を向き、渾身の力を込めて内藤に叫んだ。

「内藤ッ、てめえッ。……エドワードッ、フォックスのッ、銃……、調べたのかよッ、ド阿呆ッ」

二五　ボーダー

斜めに激しく降りしきる雪を見ながらも、頬や首筋や背中に熱い火の塊を感じていた。

「俺は、あんたなんか、最初から、大嫌いだったよッ」

最後に唾棄していた内藤の言葉が、痛む頭の中で回る。

高木は太棹の三味線を抱えて、雪から胴皮を守ろうとするのだが、すでに皮は引き裂かれ、三本の糸も切れて天神にぶら下がっている。何故か、破れた胴を覗き込むと、むこうに荒れ狂い、雪を吸い込み続ける冬の日本海が見えて、内藤の引き連れていた奴らに、寄居浜の崖からでも下に投げ込まれたのだろう、と高木は思う。

このまま、死ぬのか……。

そんなことを胸中、力なく呟いてみるが、熾《おこ》りにも似た熱をまた体のあちこちに感じ、低く唸る。右手を見ると、血の滲んだ薄汚れた包帯で、ベッコウの撥を握ったまま巻きつけられていた。気を失った後にも右手を革靴の底で踏み躙られたのか、と、慌てて糸の勘所を押さえる左手を宙に翳す。

左手の重さを感じて目を動かした時、白い女の手を握っていて、綺麗に伸びた爪が光っているのが見えた。朧に光る竹の幹のような艶だと思っているうちにも、砂金を流れ落とした緩やかな光の軌跡が見えて、エレーナの髪だと知る。

エレーナが自分の手をしっかりと握り締めているが、たぶん、脳震盪《のうしんとう》でも起こして朦朧としている自分の錯覚だろうと思う。顔を横に向けてエレーナに視線をやると、奇妙な柄の迷彩服を着て、狙撃銃を抱えている。

「エレーナ……。おまえは……、やっぱり、ロシアン・マフィアだったのかよ！……」

エドワード・フォックスが「ジャッカルの日」で構えていた銃と同じだと、ぼんやり符合を確かめているうちに、エレーナは自分に覆い被さってきて、髪や額や頰に唇を触れさせてきた。

「……死ぬ前に、愛してくれるのか、エレーナ？」

柔らかな胸の感触を服の上から感じながら、エレーナの香水のにおいを深く吸い込んで、思わず背中の痛みに激しく咳き込む。

「……雪彦さん……大丈夫ですか？　雪彦さん？」

エレーナの唇が耳元で動いて、湿った音を立てる。吐息の熱が染みてきて、また後頭部に鈍い痛みを覚えると、高木はぼんやりした目の前に青い瞳を見た。

「……エレーナ……」

夢の残滓《ざんし》なのか、と思っているうちにも、迷彩服ではない赤いタートルネックを着たエレーナが屈み込んで、自分を抱き締めるようにしている。熾ったような熱は、エレーナが額や頬や首に触れていた手からだとようやく分かってきた。

「……ここ、何処……だ？」

少し体を起こそうとすると、後頭部や背中や腕に鋭い痛みが走って、無意識のうちにも呻き声が漏れる。二重、三重にダブっていた視野がだんだんはっきりしてきて、鴨居にかけられた女もののジャケットやワンピースが目に入った。

シンプルな八畳ほどの和室に寝かされていて、覗き込んでいるエレーナの頭の後ろに、古い天井が見える。何処かのアパートの一室かと思って、すぐにもエレーナやダローガ99にいる女の子達の住んでいる部屋だと気づいた。

「……誰が、俺を、ここまで？」

「岡田さんと、マネージャー……」

「三味線は？」

「大丈夫です」と、エレーナは古い壁下に置いてあるハードケースを示す。

下から見上げていると、エレーナの表情は少し頬がふっくらして見えた。じっと心配そうに目を凝らしていることもあってか、まだ十代の学生のようだと高木は思う。片肘をついて半身起き上がる。枕元にアイスキューブを入れた小さなビニール袋が転がっていて、それから目を上げると、またエレーナの瞳とまっすぐ出合った。

「……あいつらは、何処へいった？」

薄暗い蛍光灯の光を溜めているエレーナの目に、自分の歪んだ影が映っている。綺麗に整えた眉根がわずかに上がったと思うと、自分の目の底を直接見入るような眼差しを静かに向けてきた。

「……途中で、大阪の……人達が入ってきて、みんな、外に出ました」

「西阪の奴らか……」

エレーナの視線が戸惑いながらも自分の唇に下り、また、ゆっくりと目を見据えてくる。形のいい唇が半開きになって、瞬きが気怠《けだる》くなり、高木が長い睫毛の影に見惚れているうちにも、柔らかく湿った感触が訪れた。

一体、この感触は何かと、朦朧としている頭で考えているうちにも、エレーノが優しく体を覆ってくる。

流れ落ちる髪が自分の頬を滑り、柔らかな胸がニットの上からも熱を持って感じる。

エレーナの半眼でじっと見入る落ち着いた眼差しに、高木は目を閉じた。

体の奥に熾りが生まれて静かに呼吸し始める。たぶん、清水の奴に後頭部や首を蹴られたせいで起きている錯覚だと思う。エレーナの唇を感じながらも、部屋がかすかに揺れ出して、これも頭の中での出来事かと、また薄目を開けた。すでにエレーナは目を閉じていて、高木は金色の髪の靄《もや》に染まるのを覚えつつ、彼女の背中に腕を回した。

ニットの上から感じる女の体に、熾りが一気に熱を持ったようで、きつく抱き締めると、エレーナが重なった唇の中で小さな声を上げる。雪の中の小さな炎……。そんな心象が脳裏に明滅するのを覚えながら、高木は両手で貪るようにエレーナの背中や髪をまさぐった。

と、その時、いきなり部屋の襖戸《ふすまど》が勢いよく開く音がして、高木は目を見開いた。エレーナも反射的に自分の体から飛び退き、張り詰めた顔をして戸口の方を見やる。

開いた襖戸に立っていたのは、ニットキャップに雪を光らせた渡辺だった。部屋の中の温気で曇った眼鏡の奥で、目を剝いているのが分かる。

「違うのですッ。パパッ。違うのですッ」と、エレーナが切迫した声を上げて、顔に乱れかかっている髪をしきりに耳にかけている。さっき、部屋の中が揺れたように思ったのは、アパートの古い鉄製の階段を渡辺が上がってきたせいか。高木がまた片肘で半身起きかけると、エレーナが脅えて凝り固まった表情でいった。

「私も……驚いて……。いきなり……雪彦さんが……求めて……きて、私も、よく、分からないのです……」

エレーナは、曇った眼鏡を静かに外している渡辺の顔を見上げ、畳の上にトンボ座りのようにしてへたり込んでいる。赤いニットの肩を小刻みに震わせ、初心《うぶ》な感じの唇が半開きになっているが、硬く緊張しているのが分かった。

部屋にゆっくりと入ってくる渡辺の顔を、じっと見上げて追っているエレーナの視線の動きに、高木も目を凝らす。まるで、幼女だ。

「……ナベさんよ……。こんな、部屋にさ……、エレーナみたいな綺麗な女と、二人きりで……」

半身を起こし、布団の上に胡座《あぐら》をかこうとした時、鋭い痛みが背中にあって思わず呻き声を漏らした。一回、また大きな眩暈もきて、軽く頭を振る。鈍い痛みの塊が後頭部にへばりついている感じだ。

「……急に、やりたくなってな。ついな……」

そういってエレーナの顔に視線を走らせると、垂れてきた髪の間に隠れるように、強張った表情で俯いていた。

「……何をいってるんだや、雪彦さん……。おめえが、エレーナとできようが、俺の知ったこっちゃねえわや……」

明らかに素知らぬ風を装った声音《こわね》で、いつもの落ち着いた低い声とは違う。声の奥にわずかに泡立つものが潜んでいる。

「それより、どうら？　体は？」

畳の上の雑誌を爪先で軽く払うように蹴って、渡辺は座る。この部屋に慣れた仕草だと思いながら、畳の上を滑ったロシア語文字の雑誌に目をやっていると、エレーナがおずおずと手を伸ばして脇に置いている。

「バラバラさ。もう三味線も弾けねえかもな」

「馬鹿が。何処も折れてねえ。あいつらは、それでも、加減してたわや」

内藤の最後に口走った「俺は、あんたなんか、最初から、大嫌いだったよッ」という罵声にも似た言葉が蘇ってきて、高木は口元を歪めて笑った。

「……エレーナ……。悪いんだけど、三味線、ケースから出してくれよ」

そういうと、エレーナは渡辺の表情を窺うように確かめる。燻《くすぶ》ったような、粘ったような渡辺と若いエレーナとの間の空気に、高木は息を潜めた。渡辺がかすかに頷くと、エレーナが壁近くに置いたケースに寄る。古いアラジンの石油ストーブの炎が、エレーナの赤いニットの輪郭をオレンジ色に染めては揺れている。

「ナベさん……。あれから、西阪観光商事の奴らが、店に入ってきたんだろう？　俺がノビる間際にさ……」

撥を動かす時のように右手首を曲げて痛みを試しながら、高木は渡辺の目を見つめた。ティッシュペーパーを粗い手つきで抜き、渡辺は口角に力を込めながら憮然とした顔で眼鏡レンズを拭いている。

「あんたが、電話、したんだろう？」

鼻を一回鳴らして渡辺は眼鏡をかけると、今度は逆に自分の目の底を射るような視線を投げてきた。雲母の窓から漏れた石油ストーブの炎の揺らめきが、角膜にどろりと反射している。その奥で鈍く蠢《うごめ》くものを、高木は見極めようとまっすぐ見つめ返した。

沖縄のコザ生まれの三線弾きが、大阪に出て、それから新潟へと流れてきて、nestという店を持っている。すでに老いているといってもいい男だが、何処かにいつも仄暗く、しかも強《したた》かな欲望を秘めていて、枯れていく肉体を炙っている気がした。

「そうだ……。あいつらと、対峙させれば、一石二鳥だからな……。エレーナ、三味線、出したら、茶、入れてくれや」

渡辺はそういいながらも目を逸らさない。

「ナベさん……嘘、こけよ。……あの西阪って奴らは、本当は、あんたの仲間みたいなもんじゃねえのか？」

地方裁判所の二階にある閲覧室で、最初に見かけた渡辺の姿がぼんやりと浮かんでくる。そして、店の奥のソファでノートブックのパソコンを前にしながら、新潟市の中心地図を広げていた姿も……。

「雪彦さんッ、何、モーゾ、こいてるやッ。なんで、俺が、あいつらと仲間にならんば駄目らんだ」と、渡辺は初めて視線を逸らして笑みを浮かべ、深い何重もの皺を頰に刻んだ。

エレーナが三味線をケースから取り出して、慎重に抱えている。エレーナが体を張って守ってくれた三味線だったが、糸巻に切れた糸が二本ぶら下がっているのが見えた。かろうじて、一番太い一の糸だけは切れずに、胴皮に傾いた駒を押さえつけている。痛みにうなされて見ていた夢のように、皮は破れてはいない。灰汁《あく》色の皮が石油ストーブの炎の明かりで、ぼんやりと光を孕んだ行灯《あんどん》のようにも見えた。

「ケースの中に、糸の入った袋がある。それも……」

高木はエレーナが差し出してくれた三味線の棹を握る。太棹の重さに力を込めると、また背中や首筋に痛みが走ったが、骨折やヒビが入ったような痛みではない。内藤も清水も、渡辺がいったように本当に加減してくれたのか？

音緒に糸を通し、きつく結びつけると、糸巻の方へと張って巻きつけていく。黒檀の糸巻が軋んで回るたびに、糸が命を持ったように低い唸りを上げ、駒を押さえつけた。

「ナベさん……あんた、一体、何者なんだよ」

高木は糸巻を強く握りながらも、かすかに笑みを滲ませた渡辺の目元を見つめた。老いているわりには、がっしりとしたその体軀の中に、夥《おびただ》しい黒い渦が蠢くのを感じる。幾重もの苦い闇を抱え、だが、底光りする熱のようなものも秘めている男……。

エレーナが流しに向かう姿に、渡辺の視線が少し揺らいだが、目元から薄笑いが静かに消えていくのが分かった。冷ややかさとも違う、異様なほど表情のない眼差しは、むしろ、渡辺自身の中へと向けられているものだ。黒い鏡を凝視しているような顔だとも思う。

「……雪彦さん……。あんたが、三国不動産に辞表を出していたとはな……。馬鹿な男らな……」

低い声を体に籠もらせて、渡辺が見据えてくる。だが、同じように、視線の焦点は渡辺自身の胸の中に向かっている感じだった。

「よけいなお世話だよ、ナベさん」

「でも、馬鹿らな」

「馬鹿でもいいいさ」

「……てめえの抱える、青臭い夢のために、仕事を捨てるなんていう馬鹿な男が、こんなご時世にいるかや。俺にいわせりゃ、狂ってるとしかいいようがねえわや」

渡辺がようやく自分の方に視線を戻してきたのを見つめながら、高木は三の糸を音緒に括りつける。

「……俺は、他人を苦しめてまで、生きようとは思わねえさ。一人食うためなら、何とかなる。他の不動産会社にだって、転職も可能だろ」

「三国不動産の……あくどさは、仁義も、情けも、あったもんじゃねえからな。この世界じゃ、誰もがな、知ってる……」

この世界？

渡辺の目を睨みつけると、すでに何もいわなくても了解済みの色を帯びていた。つまり、渡辺は呑み屋のマスターだけではなく、不動産関係にも絡んでいるということだ。

「だが、雪彦さん……、あんたが、辞めたのは、他人様のためじゃねえだろうが。ごまかしても、分かる。だから、馬鹿らいうてる」

高木は三の糸を結びつけた糸巻を締め上げ、糸を張る。左手に指掛けをつけて、棹の背に上下に滑らせた。左腕の痛みはそれでもどうということはない。

「小袋谷ビルのエレベーターでな、西阪の奴らと出くわしたんだよ、ナベさん。……あの鉄砲玉みたいな若いの、あいつが俺の顔を見て、奇妙な笑い方をしやがった。それで気づいたのさ。奴らと、あんたは、元々グルなんじゃないかと……」

渡辺にそういっても、今度はかすかな笑みさえも浮かべなかった。ただ、薄暗い蛍光灯の下で、眼窩や頬を濃い影で抉らせた顔を凝り固めている。

「そうだろう、ナベさん？」

前に、nestにいた時に、西阪の奴らがやってきてゴロを巻いてきたのを高木は思い出す。あの時は、まったく気づかなかったが、渡辺がカウンターの中から、素早く男達に指図して演技させたのだろう。自分を騙し、駆け引きにのせるために、西阪の奴らに因縁をつけさせ、自分は自分で「俺は、このビルで、商売してる。これでも三味線弾きらぜ」などと演技のつもりで口走ったのだ。愚鈍で、間抜けもいいところだ。

「あんたが、俺に、三味線を弾けといったのは、三国不動産の、その馬鹿な出向社員に……」

「それは違うッ」と、渡辺がいきなり声を張り上げて遮った。

「……それは、か、ナベさん。じゃあ、後は俺の思った通りだろう？」

高木は撥を手に取って、宙をゆっくりと掻いてみる。少し首筋や背中に響いたが、三味線を弾くのには支障がないようだ。

「……雪彦さん……あんたに、三味線を弾いて貰おうと思ったのは、単純に俺の……気持ちらわや。俺の、どうしようもない、業みてえなもんらわや。あんたと……同じことらさ。いや……ガキのあんたには、まだ分からんだろうがな」

高木は撥先で軽く糸を弾きながら、音を調整していく。新しい糸はすぐにも伸びて、音が狂いやすい。何度もこまめに糸巻を握りながら、目を閉じて二上りに音を落ち着ける。

　流しの方からお茶を入れる音がしてきて、ふと、急須の蓋を押さえる手つきが浮かんできた。エレーナではなく、小指がわずかに反った順子の手つきが過ぎって、高木は頭を軽く振った。

　エレーナが大きさの違う二つの湯呑みを盆にのせて、部屋に入ってくる。

　真っ赤なニットを着て、金色の髪をしたロシアの若い女が、古い朱塗りの盆を丁寧に運んでくる姿が奇異に思えるけれども、そんな姿もこの部屋には馴染んでいるのだろうと思う。

　エレーナがどういう理由かは分からないが、渡辺の若い情人だというのは、渡辺が現われた時の反応ですぐにも分かった。今も、男から少し離れてひっそりと横座りしているが、その静けさがやけに外国人離れしていて、渡辺の人や癖が染みついているのだと思い知らせる。エレーナが自分を求めてきたのは、単なる気紛れか、それとも奸計《かんけい》をめぐらせたのか……。

「ちょっと、悪いけど、窓、開けるぜ」

　高木は渡辺とエレーナが微妙に離れて座るその距離に生臭さを覚えて、いい放った。

　エレーナは目を細めて、小首を傾げるようにして頷いたが、渡辺は大きい方の湯呑みを両手で包んで唇を結んだままだ。寿司屋で出すような大きな湯呑みは、渡辺がアパートにきた時にいつも使うものなのだろう。

薄手のカーテンを開けて、サッシ窓に手を伸ばす。水滴のびっしりとついた窓ガラスのむこうが、夜だというのに仄明るくて、雪が本格的に降り出したのだと分かった。ほんの少し窓を開けただけで、雪のにおいのする冷え切った空気が畳へと滑ってくる。

薄闇の中を、部屋の蛍光灯の明かりを受けた雪が、降っては消え、また思い出したように柔らかく窓の外に降る。高木はさらに窓ガラスを大きく開けて、深呼吸した。鼻から肺の奥まで染みるような冷気が体の中を澄ましていく。駐車場に立つ水銀灯の青白い明かりに、しきりに雪が過ぎって光を膨らませているのを見て、撥をそのリズムに合わせてみた。

雪の降る間隔、リズム、静けさ……。

窓の柵に置かれた白いプラスチックの鉢にも、ぶら下げられたポリの袋にも、駐車場のクルマのボンネットにも、屋根にも、ビルにも、信号にも、人にも、雪は降っていて、音を吸い込んでいた。久しく見ていなかった新潟の雪が、自分の中にも静かに降り始める。細い電線にまでのった雪が、やがて雪紐になり、篩《ふるい》にかけたような肌理《きめ》細かな雪は、冠雪となってこんもりと街の至る所に膨らんでくるのだ。

降れよ。

すべてを覆い尽くしてしまうほど、降ってしまえ。

高木がそう念じながら、撥を下ろそうとした時、渡辺が低く掠れたような声で呟いた。

「……エレーナ……。俺のな……、三線を、出してくれや……」

渡辺の言葉に、高木は撥の手を止めて窓の雪景色から視線を外した。

少し俯き加減だが、口角に力を込め、深く撓《たわ》んだ皺を刻み入れている。

「……ガキの俺には、まだ分からんことか、ナベさん？」

「分からんさ」

「小袋谷ビルを落として、新潟で事業を拡大することと、音に取り憑かれた手前《てめ》ぇ自身を我慢していることと、何の関係もないだろう？　俺はただ、結局は、自分の好きな方にいくだけだ。あんたとは違う。西阪観光商事のあんたとは違う」

高木は、エレーナが押し入れを開けて、上の棚から紫色の布で包まれた物を取り出しているのを見やった。エレーナに自分の三線を預かって貰う渡辺の神経が、いやに色を匂わせ、男の演技じみた熱というのか、不埒《ふらち》さを覚えさせる。あるいは、本当に何処か純なものを抱えているのか。もはや、棹を握らないという覚悟を、情人に託す大袈裟な身振りに、高木は唾棄したい気分にもなった。いや、むしろ、自分は渡辺に嫉妬しているのかも知れないとも思う。自分にはそんな女はもういない。

「雪彦さん……勝手に、俺を、西阪観光商事の人間にするなや」

「だが、そうだろう？」

「どうらかな……」と、渡辺は低く呟いて、エレーナから包みを受け取り、結びを解き始める。胡座をかいた上に置かれた包みを見入っていると、よく磨かれた濃い焦げ茶色の細い棹に、ニシキヘビの皮のダイヤ柄が目に入ってくる。岡田がいっていたように、皮は毛羽立っているが、一目で大事に弾き込んでいた楽器だと分かった。楽器は持ち主の想いがすぐにも表われる。

「……それで、二時間でも三時間でも村の人達を踊らせたというカチャーシーを奏でたのか、ナベさん？」

「……二時間や三時間じゃねえさ。半日ら。半日、俺も、仲間も、入り込んでしもた」

「……ナベさん、あんたの新潟弁は……何か、嘘っぽいな」

「雪彦さん、おめえの新潟弁よりは、マシらわや。俺は、へー、どうやっても、新潟の人間ら……」

渡辺は三線を抱え込むと、螺鈿《らでん》の埋め込まれた細い糸巻を握りながら、窓の外に降りしきる雪に目を細めた。

「一の糸の音、くれや」

右手の人差し指に嵌めているのは、三線用の爪だろう。渡辺の視線が急に遠くなっていくのを感じた。

高木は一の糸を強く撥で叩く。それに続いて、渡辺が目を閉じながら、糸巻を握って爪で弦を引っ掻いた。

太棹の三味線とはまったく違う、軽く乾いた音だが、やはり、喉というのか、人の声を確実に持っている音だと思う。浜辺に打ち寄せる静かな波や、すべてが太陽に噎《む》せ返っているいきれや豊かさ、あるいは、倦《う》んで気怠い空気の穏やかさを、垂直に高く立ち上げる音だ。

窓の外を見ると、さらに雪の降りが強くなっていて、水銀灯の光の中を激しく斜めに過ぎっている。渡辺が、この新潟の雪を三線でどう表現するのか。いや、すでに、音には今がすべて入り込む。弾いたと同時に、今そのものを醸すものだ。

「……雪彦さん……、あんたの三味線は、我流には違いねえが、魂《まぶい》がある……。あんたの……声がある……。久し振りらわや……」

渡辺はそういいながら、三線独特の沖縄音階に音を合わせていった。しばらく、三線を握っていないとはいえ、音が体自体に染みついているのだろう、慣れた手つきで糸巻を握り、素早く調性していく。

「西阪の人間に、そんなこと、いわれたくねえさ」

「馬鹿らな、あんたは……」

エレーナも、ひょっとしたら、初めて渡辺の三線を抱える姿を見るのかも知れない。流れた金色の髪に顔を隠すようにして俯いているが、渡辺の調性する音に耳を澄ましているのが強張った体の輪郭から分かる。

「……エレーナ、さっきは、悪かったな」

自分の声に頭を振るエレーナの仕草も、何か日本人めいた感じを覚えて、そこまでにした渡辺との深さが匂ってくる。だが、誘いをかけてきたのは、明らかに、エレーナの方からだ。もしも、渡辺が部屋にやってこなかったら……。

高木は、いきなり左手の薬指を一の糸に滑らせながら、音を唸らせた。と、同時に、渡辺が高く華奢とも思える音を奏で、揺らす。遠く目を細めて、窓の外の雪景色を見やっている渡辺を一瞥して、高木は撥を思い切り叩きつけた。腕や背中に痛みが走ったが、雪を降らせる仄明るい薄墨色の空全体に響けとばかりに叩く。

「雪起こしらか……」

渡辺が続いて、雪の片の、舞い、踊り、風に流れる軌跡を描き始めた。

時折、風の加減で、雪が部屋の中に入ってきて、畳の上に軽い音を立てる。雪に研ぎ澄まされた冷たい空気が、三味線の音に合わせて深呼吸するたびに、体の中を洗っていく感じだ。

nestでの騒動で、体のあちこちに痛みの塊が熱を持っているが、赤らんだ火照りを冷たく清浄な掌で撫でられているかのようでもある。幼い頃の雪とまったく変わらない匂いと冷たさと静けさが、降り積んでいく。家々の屋根やクルマなどを覆っていく雪のボリュームが、さらにこんもりと丸みを帯びていき、篩雪《しせつ》というのか、まっさらに新しい雪の肌を薄暗い水銀灯に光らせていくのだ。

渡辺の三線が細かく降る雪の表情を描き出せば、高木は深々《しんしん》と降りしきる新潟の雪を重ねる。三線が奏でる音には、まったく異邦の者が雪を前にして放心し、溜め息をつくような息遣いがあって、その白い息の動きさえも醸している。高木はさらに沖縄から大阪、新潟へと流れてきた渡辺の息を白くさせるような雪模様を描こうと、三の糸を撥先でトレモロに近いやり方で細かく震わせた。

じっと聴き入っているエレーナの生まれ育ったモスクワやペテルブルグに降る雪……自分はそれを知らないけれども、ダイヤモンドダストのように輝いて氷結する夜気や、新潟の雪よりも結晶の形が鋭く放射しているのは分かる。新潟がそうであるように、家々の窓ガラスには銀色の羊歯《しだ》植物のような模様で氷紋が描かれるに違いない。

子供の頃に見た窓ガラスに咲く氷の花を思い出し、ふざけて舌先で舐めた冷たい感触まで蘇ってくる。夜だというのに、外が異様なほど白く靄がかかったように明るくなって、遠くに視線を投げれば、雪がさらに激しくなって、夜全体に飽和しているかのようだ。

高木は渡辺の奏で始めた速いカチャーシーのリズムに口元を緩める。渡辺が見る新潟の雪……。俺が見る新潟の雪。渡辺が想いを馳せる沖縄の海……。荒れ狂って轟音を響かせる俺の新潟の海。波濤が重なり合い、音を立て、銀色の飛沫《しぶき》を上げて、降りしきる雪と絡まり合う。

エレーナという女も分からない。渡辺という男も分からない。そして、自分自身すらも分からない。

ただ外で雪が激しく降りしきっている――。

二六　光

エレーナの目を伏せた横顔のむこうに、雪で白くなった枯木が枝をひっそりと伸ばしている。

「高木さーん、高木さーん」と呼ぶエレーナの声が、モスクワからなのか、ペテルブルグからなのかと思っているうちにも声がはっきりしてきて、階下の玄関からだと気づいた。

大家の五十嵐が自分を呼ぶ声だ。

ぼんやりと薄目を開けると、いつもよりもはるかに明るい障子戸の光があって、街が完全に雪で覆われたのだと分かる。布団の中から声を張り上げ、体を起こそうとして、背中や首に打撲の痛みが走って、小さく呻いた。それでも、昨夜まで残っていた鈍い頭の痛みは消えていて、軽い脳震盪《のうしんとう》程度で治まったようだ。

「高木さーん、いなさるかねえ」

空気の冷え切り方に肩を竦め、高木は毛布で体を覆って布団の外に出る。畳まで冷たさが染みて、体の芯が寒さに大きく震えた。

「はいッ。どうしましたッ」と、毛布に包んだ体を斜めにして階段を降りながら、玄関の五十嵐に声をかける。古く黒光りした廊下に白っぽい明るい光が入っていて、外に積もった新しい雪の深さが想像できた。

眩しさに目を細めて、玄関口に立った五十嵐の黒いアノラック姿を見やる。開け放った玄関戸から入る冷気に、自分の息が朦々と渦を巻いては後ろに流れ、肺の奥まで雪に研ぎ澄まされた空気が刺してくる感じだ。

「すみませんねえ。お休みのところねえ。……いや、訪ねてきた人がいなさるんだわ。若い人らんだろもねえ」

五十嵐の背後に、誰か人の影の端が動いて覗くのが見える。高木が眉根を寄せて目を凝らすと、だぶついたトレンチコートを着た内藤が、ポケットに手を突っ込んだまま俯いて立っている姿があった。

「何だ、おまえ？」と、高木は睨み据えて、短くいい放つ。

「……あ、私は、いいでしょうかねえ。それとも、お茶でも持ってきましょうかねえ」

五十嵐の言葉に高木は軽く頭を振って制すると、後ろの内藤にもう一度声をかけた。

「内藤……俺はな、もう、三国不動産渉外課の人間じゃねえんだよ。もうおまえとも関係のない人間らさ。そうらろ？」

雪掻きもされていない玄関先で、内藤はただじっと俯いて立ち竦んでいる。

スーツのパンツの膝まで雪に埋もらせ、たぶん、靴も昨夜 nest に乗り込んできた時のものだろう。五十嵐がそれでもゴム長靴で何度も踏みしめたのか、わずかな道がついているが、一晩中降り続いた雪の多さに足跡程度でしかない。

「……高木さん……体の方……大丈夫ですか?」

視線が泳いだと思うと、内藤はそう呟いて白い息を吐く。nestで見せた態度や表情が過ぎり、「三味線をぶっ壊せ」と叫んだ声が耳の中で蘇ってきて、いきなりまた腹の底から怒りの塊が噴出しそうになった。

高木は奥歯を噛み締めながら羽織っていた毛布の前をさらにきつく閉じ合わせて、内藤の顔を見やる。まだ少しちらついているが小雪をクルーカットの髪に光らせ、自分が殴ったせいか、それとも西阪観光商事の奴らにやられたせいか、唇の左端を赤黒く腫らしている。あれから深酒でもしたのだろう、むくんだ顔で目をしばたたかせてもいた。

「清水は、少しは加減してくれたんだろ? おかげで打撲に、骨折に、脳震盪だよ」

「マジっすか?」と内藤が素の顔になって視線を上げ、自分と目が合うと慌てたように逸らして雪の上を見つめる。nestで見せた、無表情で横柄な態度は何処にもなくて、いつも会社で接していた後輩の内藤の顔だった。

五十嵐が戻っていくのを確かめてから、高木は小さく舌打ちして、息を吹き上げる。

「……嘘だよ。たいしたことはない……。だけど、おまえ、何だよ、エドワード・フォックスの銃の名前が分かったのかよ?」

「……また、それですか、高木さん……」と、内藤は傷のついた唇を歪めて笑って、痛みに顔を顰めていたが、すぐにも真顔に戻そうとしている。

内藤……おまえのことも、分からないよ。人は……、分からない。渡辺も、エレーナも、内藤も、そして、自分も、何をしでかすのか予想もつかない。唐突に不動産屋の仕事を辞めて、三味線弾きになろうとしている自分こそが、最も、分からない奴だろうとも思う。

「……治療代、三国からふんだくって下さいよ」

「おまえにいわれなくても、そうするさ……」

トレンチコートをだらしなく着て佇んでいる内藤を見やって、高木は溜め息を吐いた。

「……内藤ッ、おまえ、しょうがねえ、上がれよ」

高木はぞんざいな感じを装って吐き捨てるようにいうと、部屋に入り、古い石油ストーブに火をつけた。廊下に置きっ放しの三味線のハードケースを部屋の中に入れ、流しのガスコンロにヤカンをかける。ためらっているのか、内藤は中々敷居を跨がなかったが、「寒いよ、戸、閉めれや」と声をかけると、ようやく框《かまち》に上がり込んできた。

「……何か……年季の入った……風情のある家、ですね、高木さん……」

「内藤……ここは、競売物件じゃねえぞ。……元置屋だよ」

畳の上に畏《かしこ》まって正座する内藤を見て、高木はもう一度、わざと舌打ちしてみせる。

反射的に内藤の体が強張るのが分かった。

「……高木さん、お茶なんて、いいっすよ」

「俺が飲むんだよ」

「……順子さんは……ここに、きたことあるんですか?」

「ない」

まだ完全には沸いていない湯を急須に注ぎ、二つの湯呑みを持って、内藤の前に座る。肩に掛けた毛布を乱暴にたくし上げると、内藤の目が怯えたように動いた。ストーブから炎の舌が伸びているのを、ただ黙って見ていた内藤の、まだ学生っぽい顔を見て、高木は一回大きく深呼吸する。演技なのか、本気なのか分からないが、nestで見せた不遜さが嘘のように抜けていて、むしろ、胸中に秘めているものがまったく読めない。

「……順子さん、新潟、きたはずなんですけど……ここには寄らなかったんっすか」

順子と聞いて、ふと胸の奥をノックされる感触に高木は小さく息を飲んだが、そんな動揺を抱えること自体が今の自分には不似合いだと思う。むしろ、脳裏に浮かんだ女の輪郭は、エレーナだと錯誤しようとしている自分がいた。

「きてないだろ。連絡もない」

「……いや、きたはずですけど……」

内藤の目を見据えながら、ぬるい茶を啜り、さりげなく真意を探ろうとしたが、順子がきたかこないかを執拗に聞くこと自体が躊躇われる。何か、自分の脆さを覗かれる気分だった。

「内藤……おまえ、昨日、最後にいった言葉……。あれ、本心だろう?」

卓袱台《ちゃぶだい》に落としていた内藤の視線が揺れ動いて、定まらない。傷で腫れた唇も口籠もる感じで鈍く結ばれている。

「……いいんだよ、内藤。俺は、もう、おまえとは、同僚でも、先輩でもない。むしろ、敵対同士ということになるからな」

内藤は俯いて、正座した太腿の上に両拳を置いていたが、ゆっくりと頭を上げる。頬に光っているのは小雪が溶けた水滴かと思ったが、昨夜の店でと同じように脂汗をかいていた。

「……俺は……俺は……分からないです。高木さんのことが。……一体、何なんっすか？　三味線って何っすか？　ライブって、一体どういうことですか？　仕事じゃないっすか？　そんな、いきなり辞表を送ってきて、残っている渉外課の人間のこと考えてくださいよ。会社のこと、何だと思っているんすか？　自分の仕事捨てて、何かガキみたいな夢追って、それって、単なる我儘じゃないっすか？」

真摯《しんし》に見据えてくる内藤の眼差しに出会ったが、まるで響いてこない。何かが完全に自分の中で切れてしまったのか、不思議なくらいだった。

「我儘？　……それでいいじゃないか、内藤。おまえ、清田のやり方、真っ当だと思うか？　……まあ、俺に子供でもいたら、食うために何かしらの我慢はするだろうけどな、おまえみたいな若い奴が、どの気持ちから、会社のことなんて考えてるんだよ。会社のためって何だ？　内藤、本気で教えてくれよ。教えて欲しいんだよ。銀行と組んで、家も金も取り上げて、人を自殺に追い込んで、その仕事のためって何だよ？　おまえの単に勇気のなさだろう？　決断するのが怖くて、億劫《おっくう》で、アリバイにしてるだけだろう？」

「……そんなことといってたら、食えないですよ、この時代に……」

「食えないよ。だけどな、俺を食えなくさせたのは、三国だからな。分かっているだろう？　いや、それすらも、もういいさ。会社のためやらな、この腐れ切った国のためやらな、そんなもんのために食ってくなんてのは、俺は勘弁してもらうということだ」

まるで未熟な学生が酒に酔って声高に喋っているような話だと思いつつも、自分の気持ちに微塵も嘘はなかった。ただ、あまりにシンプルで直情的なことを口にしている自分の、何か煩雑なものが抜け落ちた空白にたじろぐ。そのドームのような空白を、雪靄というのか、白い虚無めいたものが占めているが、ふと祖母の弾く三味線の音が耳を掠めた気がして、朧に光る道が仄見えると高木は思う。

「……羨ましいです、高木さん……」

内藤がポツリと呟いて、卓袱台の上の湯呑みに手を静かに伸ばしてくる。アメフト部出身の大きなごつい手をして、この男が本気で自分に摑みかかってきたら、かなわないだろうとも思う。まだ、二十四、五歳の、いくらでも生きる道を選択できる若さが余っていて、むしろ、それが肉欲にも似たにおいを、知らずに発している不憫《ふびん》さを覚えた。

だが、悩めるうちがいいに決まっている。

「駄目だぜ、内藤。羨ましいなんて思ったら。おまえは、会社組織にも向いている人間だ。俺はそれが向いてない。それだけだ」

　そう高木がいうと、「ぬるくて、まずいお茶っすね」と、湯呑みを口にして内藤が目をしばたたかせながら、ようやくいつもの顔で笑った。

「内藤、やっと、おまえの顔らねっかや」

「らねっかや……ですか？　いいっすよね、新潟弁。しかし、こんな所、清田課長に見られたら、一発でクビっすよ、俺」

「ほんとにまずいお茶だな、これ」と高木も顔を顰めて茶を含み、息を漏らす。

「内藤……、俺は、今日も、小袋谷ビルのあの店で、三味線弾くからな」

「あ、私も、また乗り込みにいきますよ。清水達、連れて」

　しばらくの間、内藤と視線で牽制し合う感じになったが、内藤の方が先に、持っていた湯呑みに目を落とす。

「……あの綺麗な外人さん、金髪の……、高木さんの三味線、マジでかばってましたね」

「え？　ああ……」と、自分の視線が思わず泳ぐのを感じて、高木は飲みたくもないのにまた湯呑みを傾けた。

「……元々、ロシアのピアニストだからな。音楽に取り憑かれた奴は、みんな、ああなんだよ。おかしいのさ」

「高木さん……あの nest の渡辺という老人ですけど……」

今、まさに自分が喋った言葉が、渡辺の口から出たものだと思っていたところに、その名前を耳にして高木は目を見開いた。内藤に表情の変化を読み取られたかと素早く視線を投げたが、まだ手にしている湯呑みを見ている。

「清田課長は、とっくに調査済みだったようです。ほら、店から、高木さん、電話してきた時、あったじゃないですか。清田は、すでに渡辺が西阪観光商事のフィクサーみたいな奴だと知ってたんですよ」

高木は内藤の言葉に目元を緩めて見せる。

精一杯の冷静さを装ったつもりだったが、頭の中を大きな眩暈が揺り動かして、同時に自分の周りが硬く縮み上がっていくのを感じた。まるで十代のガキのような反応だと思い、それを飲み込むように頷く。

「何となくな、渡辺の受け答えを聞いていて、分かったさ。……あの渡辺の店は、元々、ダローガという名前だよな?」

「……そう、みたいです」と、内藤は短い上目遣いの視線をよこした。

「……西阪観光商事が西日本でやっている国際結婚斡旋所、といっても、ほぼ詐欺みたいなもんですけど、その発信元みたいなものだそうです。たぶん、ロシアン・マフィアも、当然、絡んでいるんでしょうね」

「あいつら、一体、何、やってるんだよ。不動産やら、パチンコ屋やら、今度は国際結婚だ？」

「それに附随して、うまい汁を吸えるんですよ」

東京の赤坂あたりにも、多くの国際結婚斡旋所の看板が出ていたのを思い出す。いかにも正当な感じの紹介システムを掲げ、気色悪いほど明朗なロシア観光ツアーなども謳っていたが、要は売春のようなものだ。

「といっても、渡辺の方は、もうそっちの方からは足を洗って、不動産と呑み屋経営の方だけやってるみたいですけど……だけど、新潟を基盤にして、さらにロシアとの闇取引を広げたいという狙いは、抱えているんじゃないんですかね」

「……馬鹿らな」

ふと、おでん屋台の岡田が渡辺に漏らした、「ナベさん、もう、いいねっかや」という言葉が過ぎって、高木は溜め息をついた。

昨夜、渡辺の三線と自分の三味線で、雪の街を眺めながらセッションをした音がまだはっきりと耳に残っている。渡辺が少し体を傾けながら、眉根を切なげに上げ、音に陶酔している表情を浮かべていた姿がすぐ目の前にあるようで、すでにもう一度音を重ねたい想いに駆られる。

老いた体に残っている男の熱の音を、惜しげもなく弾き出してくれた渡辺の三線に、ブラックな駆け引きなど微塵もなかったはずだ。それだけは分かる。音は嘘をつかない。

「内藤……おまえ、俺の三味線、少しは聴いたか？」

溶けた小雪を光らせたクルーカットの頭が上がる。まるで子供のような素の眼差しがあった。

「……はい、少しは聴きました。……いや、凄かったっす。何か、高木さんじゃないみたいで」

「どういう意味だよ」と声を投げると、内藤も羽織っていたトレンチコートの肩を一回竦《すく》めて笑う。

「……でも、あれっす。高木さんの三味線……あれは津軽三味線ってやつですか、何か、この人は、いいとか、悪いとかじゃなくて、俺達の業界とは全然違う所で、生きていくっつうっか、生きてる人なんだと思いました」

そういって、内藤はまた冷めた茶を含んで、あごを突き出すようにして飲む。

「新潟の雪、は、どうら？」

「どうら……ですか？　俺は岐阜の出身っすけど、やっぱ、全然、雪の質が違うと思います。まして、東京に降る雪とは問題にならないくらい、凄まじい感じで……。でも、静かっす。……あ、そういえば、今朝、雪があんなに積もってんのに、お爺さんが当たり前な顔して、自転車に乗ってました。俺、カルチャーショックっすよ」

目を丸くした内藤の顔を見て、高木も思わず吹き出し、相好を崩した。東京では雪が五センチ積もっても、タクシーが出ないこともあるから、自転車が雪の中を走るなど考えもしないのだろう。

「でも、高木さん……新潟、いい所じゃないっすか？」

「まだ一日しかいねえ人間が、分かるかよ」

「何か、高木さん、いってましたよね。新潟は、夢のない所だ、とか。……そんなことはないんですよね。……俺も岐阜なんてさ、まったく夢のない所だと思うんですけど、高木さんがきたら、違う風に見えるんだろうな。時々、ガキの頃のこと、思い出しますよ……」

真顔で喋っている内藤を見ていて、ふと、会社に挟み込まれているこの男の切なさが伝わってくる。惰性か、食うためかは分からないが、サラリーマンの宿命だろう、自分も同じように苦いものを腹の底に沈めて何とかこなしてきたが、そこから逸れる、逸れてしまう人間もいる。金よりも、他のものを取る人間がいることを、清田課長や下川部長には、まず分からないだろう。

阿呆な男で、結構だ。

「内藤……俺な、今は、高木幸彦じゃないんだよ」

「え？」と少し放心したような間抜けな顔をして、内藤は見つめてくる。閉めた障子戸越しの光に視線をやって、高木は一回深呼吸する。積もった雪の白さ独特の明るさに、古い元置屋の部屋が煤けた感じを濃くして、むしろ、懐かしい想いがせり上がってくる。

「ユキヒコは、ユキヒコだが……降る雪の、雪彦なんだよ」

「雪の彦、ですか……。そうですか……」

内藤は神妙な顔をして、軽く頷いて見せた。

「なあ、内藤……。俺が新潟にくる前に、都立家政に住んでる大室さんの家の件があったろ？　銀行が代位弁済を請求して、清田がすぐにも競売するといってただろ？」

内藤の左の眉尻が動いて、体を少し強張らせたのが分かった。その反応だけで、大室という、二人の小さな娘のいる男が、どうなったか見えたような気がした。清田課長が口に楊枝《ようじ》をくわえながら、スポーツ新聞片手に下卑た笑みを浮かべている顔が浮かぶ。

「あれ、どうなった？」

「……いや、別に、大丈夫です」

「大丈夫なわけねえだろ？　大室さんは、やっぱり、死んだのか？　一家心中か？」

内藤が目を伏せ、傷のついた唇に力を込めているのを見て、これ以上聞いてもどうなるものではないと高木は視線を逸らした。清田にも下川にも、三国不動産にとっても、一人の平凡に生きる者の命など、痛くも痒くもないのだろう。

「内藤……、おまえ達は、取り敢えずは、いつまで新潟にいるつもりなんだ？」

内藤の眉が奇妙な痙攣を起こしたように動いて、また口籠もるように唇を動かした。

「……いや、小袋谷ビル、から……渡辺が手を引くまで、と、なります……」

「……そうかよ。ナベさん、というか、西阪の奴らが引いたとしても、俺が引くかどうかが、分からないからな」

「ですよね……」と、内藤は目を細め、わずかに尖らせた唇から息を静かに漏らしていいる。

「三味線弾きの雪彦さんも、あの店では権利を持つというわけですよね」

「……俺は、仕事を辞めても、ナベさんと戦わなくちゃならない。おまえらともな。変に捩れた駆け引きになってしまったよな……」


内藤が帰ると、高木はハードケースから三味線を取り出して、紫檀の棹をネルの布で磨いた。

渡辺の年季の入った三線にはかなわないが、祖母から譲り受けた太棹の三味線も、自分の指の癖痕が夥しくついている。ギターのヘッドにあたる海老尾《えびお》や糸倉、黒檀の糸巻も丁寧に拭いて、また棹へと下がり、緩やかなカーブを描いて胴へと繋がる鳩胸まで布を走らせた。

エレーナが体を張って守ってくれた三味線か……。

アパートで横になっている自分に覆い被さってきたエレーナの髪の感触が蘇ってきて、ふと鼻の奥に彼女のつけているオゾンマリンの香水が開く。一体、どんな意味があっての接近だったのか。

それこそ、国際結婚詐欺ではないが、関係を持って、いい金蔓にしようと企んだとも考えられるし、単純に寂しくなったのかも知れない。だが、渡辺が現われてから、異常に怯え、硬くなって、ロシアン・マフィアとも繋がりがあるのだろう渡辺の情人という立場へと戻った顔が切なげだった。

「……そんなもん、誰にも、縛られるもんじゃねえさ」

高木は左手に指掛けをつけて、右手に撥を持つ。才尻《さいじり》に薬指と小指を跨がせて、手首を振ってみると、やはり、肘や背中のあたりに痛みが走る。

「人は……縛られるものじゃないッ」

一の糸を撥先で叩く。糸巻を握って、音を合わせながら、リズミカルに撥先を駒側の方と撥皮に交互に動かした。硬い音と柔らかな音を繰り返し、撥皮に触れた音がチッチッと空気を刻むような歯切れのいい音を立てる。

二の糸、三の糸へと上がって、高木は目を閉じると、津軽よされ節を弾き始めた。昨日、激しく降り続いた雪の残像を脳裏の闇に追いながら弾き込んでいるうちに、何処か茫洋とした鉛色の風景が現われてきて、瞼の裏に広がってくる。雪が斜めに降りしきり、目の前を白い霧のように見えさせるけれども、遠く雪の地平線のむこうだけ、異様なほどの光を孕んでいるのが見えてきた。

「……一体、あれは、何だ……」

声に出しているのか、胸中呟いているだけか、自分でも分からない。だが、その光に向かってゆっくりと歩み始める自分がいた。雪の深みに足を取られるわけでもなく、むしろ、雪面に浮いた感じで地平線へと近づくのを感じる。

「……野垂れ死ぬ、かも知んねえな、俺……」

金色に近い光を膨大に孕んだ地平線に向かうたび、すぐ後ろに崖の迫る気配を覚える。もう戻れない、ということだろう。もう戻れない……ということだ。

二七　修羅道《しゅらどう》

「あんたも、酔狂な人らねえ。こんが寒《さめ》ぇ日にねえ」

　初老のタクシー運転手がルームミラー越しに視線をよこすのを見て、高木は軽く笑みを返し、水道町の通りを眺めた。護国神社の松林の幹にも、北側だけエッジのように雪が尖って白い刃を向けている。

　雪の日本海を少し見たいとタクシーを待たせて、マリンピアから浜に出たのだ。灰色がかった紺青の海は、やはり大荒れで、飛び散る飛沫《しぶき》さえが時化《しけ》ているかのように、目の前を曇らせていた。

　消波ブロックに砕けては、一〇メートルも高さのある波飛沫を迸《ほとばし》らせ、横へと走っていく波の獰猛さ……。腸《はらわた》を揺さぶる低い轟音に、歯を食いしばって立っていても、暴風にも近い北風に体が思わず飛ばされそうになる。

　何でも削り飛ばしてしまう風は、雪すらも満足に積もらせない。流木や消波ブロックの北側だけに鋭い刃のような形に雪を吹きつけ、砂鉄混じりの黒い砂を剝き出しにする。浜全体を覆っているかのように見える雪も、街に較べれば風に吹き飛ばされて、靴先で蹴ればすぐにも黒く湿った砂が現われた。

「ま、それでも、私も、時々、冬の海、見にいきますろもね」

鉛色の空に、さらに色の濃い雲が綻《ほころ》んで幾重にも重なり、海の色を染め、また海が空の色を染める。水平線の区別すらも曖昧になった沖に目を細めていれば、次々に猛《たけ》り狂って襲いかかるような白い獣が腹を見せては砕け、吠え声を上げるのだ。

夥しい潮の泡をダクダクとしぶかせている浜辺で立ち竦み、ただ、荒れた日本海そのものになろうとして、凍てついた北風に晒されたまま三十分も茫然としていた。

「そいで、お客さん、私なんか、ただ、いやっや、いやっや、いうて、海、見てるだけですけどもねえ」

新潟の男も女も、年に関係なく、何故、荒れた日本海をわざわざ見にくるのか。新潟大学時代に、よその土地出身の仲間にそう聞かれたことがあったが、確か、あの時は、「激しい気性なんさ」と簡単に答えた覚えがある。ルームミラーの中で目尻に皺を寄せている運転手の顔を見て、高木も頷いた。

静かに降り積もる雪を見て、内省することを覚え、激しい海の波風に、雑念を削り飛ばす。それが、新潟という生き方だ。

西堀のホテルイタリア軒前でタクシーを降り、雪掻きされた歩道を歩く。

人の靴が運んできた雪が粗目《ざらめ》状になって、油断すると三味線のハードケースを持ったまま転んでしまいそうだ。昔はもっと雪道をうまく歩けたと高木は思う。妙な力が膝や腰にやたら入って、店の騒動で受けた打撲痛にも響いた。

色々な土地からきた新大の医学部生が雪道に足を取られて、派手に転倒し、「おまえが、救急車で運ばれてどうするや」などと冗談をいっては笑ったのを思い出す。他の土地の人間は、雪に滑らないようにと体に力を入れるから転ぶ。だが、雪国の人間はむしろ微妙に足を滑らせて、靴裏を雪に馴染ませるのだ。そんなことを考えながら、西堀通を渡り、自分の体に入った余分な力は、東京から持ち帰ったコリだとも思う。

「……全部、捨ててやるわや……」

横付けしているタクシーの列から、排気ガスに混じった水蒸気が宙に濛々《もうもう》と上がっていた。雪掻きされていない雪面に傷のように入った痕は、電線から落ちた雪のせいだろう。軒下の氷柱《つらら》や、下水溝から漏れる湯気や、雪帽子を被った信号の燃えるような赤い光や、雪の中の風景すべてが懐かしく体に染みてくる。

小路を曲がろうとした時、ふと自分を呼ぶ声が聞こえた気がして、高木は視線を足元から上げた。スタジアムコートを着た若い女の子や、黒いアノラックを羽織った中年の男、暖簾を出し始めた法被《はっぴ》姿の男……見ると、薬局の前を白いフェイクファーコートを着た女が歩いていて、落ち着いた足取りで近づいてくる。コートのポケットに手を突っ込み、金色の髪を靡《なび》かせながらも、まっすぐに視線をよこしているエレーナがいた。

「……早いな。これからか？」

雪の反射する光を灰色がかったブルーの目に溜めて、微笑んでいるように見えるが、何処かクールな、距離を持った眼差しだ。

「……傷の方は……、大丈夫、ですか？」

雪の白さを吸い込んだような肌が、ますます白磁を思い起こさせる。ルージュの光った形のいい唇がわずかに開いて、濡れた歯先を覗かせてもいた。昨夜、自分の頰や首筋を辿った唇の温かな感触が蘇り、小さな熱が呼吸し始める。と、エレーナの目に強い光が宿り、見据えてきた感じだが、すぐにも遠く淡い視線になる。

「……エレーナ……おまえこそ、大丈夫か？」

路地に入って、雪搔きされた細い道を縦に並んで歩き始めると、エレーナがまた後ろから呟くように名前を呼んだ。

「……雪彦さん……、私……、ロシアに……戻らなければ、ならないかも、知れません……」

「え？」と高木が振り返ると、エレーナは歩みを緩めて、垂れた金髪に顔を隠すように俯いている。すぐにも渡辺との間で何かあったのだと思ったが、高木はそのままエレーナに背を向けて、またゆっくりと雪道を踏みしめた。

昨夜のアパートの件が問題になったのかも知れない。老いているとはいえ、いや、だからこその渡辺自身の嫉妬ということもあるだろうし、あるいは、風俗という商売上の暗黙のルールに反したからかも知れない。

「……ビザが切れるのか、エレーナ？」

背後でエレーナのブーツが雪に音を立てるのが聞こえてきて、高木は前を向いたまま声をかける。だが、返事はない。

「……エレーナ……。エレーナは、ナベさんの愛人……恋人だったんだな。あの男が、昨日のことで、何かいったたか？」

「いわないです」

いやにはっきりした口調の言葉が返ってきた。少し振り返って、目の端でエレーナを確かめると、自分の後頭部を見据えていたのか、強い視線と出食わして一瞬うろたえる。

「じゃあ、むこう……モスクワの方で、何か、あったのか？」

頭を横に振って、乱れた髪の何本かが唇についたのを、払おうともしない。顔が少し蒼ざめ、表情が褪せた感じにも見える。ふと、順子が覗かせた疲れというのか、気持ちの果てで吐いた溜め息を思い出し、高木はエレーナから目を逸らした。

「……私が……自分で、お店、辞めるのです。パパのせいでは、ありません」

「店、辞める、ってのは、どういうわけでさ」

見ると、また、エレーナは頭を振って髪を乱している。エレーナの唇についた髪に思わず手を伸ばそうとしていて、高木は手を止めた。

「……エレーナ、今日、セッション、頼むさ。ピアノ、弾いてくれよ」

エレーナの顔が反射的に上がったが、怯えたような視線をうろつかせている。自分の表情や目の底を確かめようとしているのだろう。

「……でも、パパは、nestも、終わりにするかも知れません」

「……俺のライブは、始まったばかりなんだよ、エレーナ」

小袋谷ビルの前まで行くと、エレーナは何もいわないままダローガ99の扉を開けて入っていった。

後ろ姿が悄然としていて、むしろ、オーナーでもある渡辺との愛人関係に疲れたという理由の方が救われるような気もする。単純に、男と女の問題。あるいは、ビジネスの問題……。それではっきり分けられるものなら、まだ楽だと高木は思う。抱かなくてもいい欲望が幾筋も絡み、後悔やら望みやら絶望やら、そして、夢やら、何が人を動かすのかなど本人にさえ分からないのだ。

エレーナの残像を切るように、小袋谷ビルのエレベーターを見据える。まったく雪掻きされていない雪面に、足跡がいくつか薄青い穴を穿《うが》っていて、その中のどれかは渡辺のものなのだろう。

「……何が、nest、終わりだよッ。冗談じゃねえッ」

高木は三味線のハードケースを持ち直し、雪を踏みしめてエレベーターホールに向かった。相変わらず、エレベーター前の床にはひしゃげたコンビニの袋や吸い殻や空き缶などが散らばっていて、荒《すさ》んだ感じに見せていた。

高木は唇を捻じ曲げて床を見下ろしていたが、壁にケースを立てかけると、落ちていたポリ袋に吸い殻を摘んで入れる。自分でこんなことをやるとはつゆとも思っていなかったが、小袋谷ビルが競落するためのビルではなくて、まったく逆の意味を持った場所になってしまったのに否が応でも気づかされる。

「……俺は、本当に、馬鹿らな」

内藤のような若い奴の方がまだマトモで、渡辺も、西阪の奴らも、あるいは三国不動産も、世間から見れば、遥かに自分より真っ当なのかも知れない。しゃがみ込んで、濡れて葉が散らばった煙草の吸い殻を拾っている姿を、もう一人の自分が見つめている。

「……いい姿だな、高木ー、ああ？　しょっぱい笹団子、踏みつけてやるよ、ああ？か……」

清田の口調を真似て、故意に下卑た声を出してみる。だが、自嘲の笑みさえ浮かんでこない。高木は爪の間に入り込んだ煙草の葉をコートで拭って、立ち上がった。一瞬、背中の痛みと同時に、三味線をかばったエレーナを後ろから抱きしめた時のにおいが開く。頭の中でか、鼻の奥でかは分からないが、エレーナの肌のにおいに、胸中疼《うず》きに似た塊を覚えて、ようやく唇に嘲りの笑みを引き攣《つ》らせる。だが、本気であるならば、女を好きになることに愚かなことは何一つないはずだ。

いつものように、揺れるエレベーターに乗って、三階フロアに出る。

昨夜とは違ってレフランプをつけてないせいか、また薄暗く埃臭い倉庫の中に入った感じだ。黒いシールを貼った窓から漏れてくる光に、雑多な物の影が濃く重なって、最初にnestを訪れた時のことをいやでも思い出した。

三国不動産渉外課の高木幸彦が陰鬱な顔をして、ビルを落としにきたのだ。テナントに入っている奴がどうなろうが、構いはしない。立ち退かないのならば、こっちから突き落とすくらいの非情さを抱えて……いや、むしろ、心の麻痺だと、今なら思う。

ふと、上の階の「ひとみ」という店で口にしてしまった嘘が、遠いことのようにも感じられる。三味線弾きという嘘に、自らはまり込んでしまった運命を、すでに自分は覚悟していたのかも知れないし、あるいは、成り行きという奴かも知れない。今、三味線のハードケースを持っていることだけが事実だと、何か独り、凝り固まった意志そのものになって突っ立っているのだ。

「ナベさん、何時からステージだ？」

そう声をかけて、高木は nest の扉を勢いよく開けた。ピアノ横の古い革張りのソファに座り、ノートブックパソコンを開いている渡辺の姿を想像していたが、渡辺はカウンターのスツールに座ってウイスキーをやっていた。小さなショットグラスに、ねっとりとした琥珀《こはく》色の酒が仄暗く光っているのが見える。そして、床には新しい段ボール箱が二つ放り出してあった。

「……雪彦さんか……。どうら、体の方は？」

すでに何杯かやっていたのか、眼鏡の奥で赤らんだ鈍い目つきをして、口元を歪めている。笑っているのか、むっつりとしているのか、よく分からない表情だ。

「……ナベさん、あんた、これ、何だよ。段ボール箱……」

わや」
「ああ？　ああ……。昨日、おまえと、三線を弾いて、もう俺も、どうでも良うなった

ようやく口元に皺を寄せて笑ってみせたが、もちろん本心からの笑みではない。カウンターの白熱灯スタンドの光に、南方出身の浅黒く逞しい顔が影を濃く作っていて、「ナベさん、これからだろうッ」と声を張り上げたくなっている自分がいた。

「……三国不動産と、手を打ったのかよ、あんた」

「雪彦さん……あんたの、最初の望みだったろう？」と、渡辺はショットグラスを摘んでカウンターに目を落とした。

高木はせり上がってくる怒りに目を見開いて、カウンターの渡辺を睨みつける。年が近かったら、衝動的に摑みかかってもおかしくはなかった。思わず、ハードケースの取っ手を握っていた手に力が入る。

「俺のステージはどうなるッ？　なあ、ナベさんッ。……あんた、この店、手放すわけにはいかないんだろッ。一体、何、ぬかしてんだよッ」

自分が興奮して発した声にも渡辺はまったく動じず、カウンターに片肘をついて、ゆっくりスツールの上で半身を回してくる。そして、さらに相好を崩して、笑い皺を重ねて見せた。

「おまえ、本当に、阿呆らなあ……。三国不動産渉外課の高木幸彦さんに、このビルを落とされたんだ、それでいいこてや」

「ナベさん……あんたの方が阿呆らさ。モーゾたれらッ」

高木は唾棄するようにいって、カウンターや床の上の段ボール箱に視線を彷徨わせる。何か滅茶苦茶に店の中の断片が目に入ってきて、眩暈を起こしている感じだった。

「エレーナの件も、どうかしてるぜ。責任、取ってやれよッ」

何か突拍子もない話だと自分で思いながら、口走っていて、そんな自分白身にさらに腹が立ってくる。渡辺の濃い眉がわずかに上がったが、それでも落ち着いた笑みを浮かべているのに変わりはない。ニットキャップの下の額に微妙に寄せた皺の影を作っているくらいだ。

「……雪彦さん……あんた、三国不動産に戻れ。……こんなご時世に、何が、三味線弾きら。食えねえわや。いいか？　……それにな、昨日、一緒に弾いたな。……俺の三線と、あんたの三味線とな、新潟の夜の雪、見ながらな。そこそこに弾きこなしてはいるようだが、あんたの腕じゃ、プロとしてやっていけねえ。俺がいうんだから、間違いねえさ……」

ショットグラスに揺れるウイスキーを一気に呷ると、渡辺はまた武骨な手でボトルを摑んで、静かに注いだ。奥歯を噛み締めているのか、顎の筋肉の影が小さく痙攣したように動いているのが分かる。

高木は店の中に進むと、空のボトルやクッションや雑誌などが入っている段ボール箱をいきなり蹴り上げた。派手な音を立てて、ボトルがぶつかり合い、中で割れる。それでも、何度も段ボール箱を蹴って、店の奥へと押しやった。自分でもガキのような恥ずかしいことをしていると分かっていたが、歯噛みする想いに体が勝手に動いてしまうのだ。

持っていた三味線のハードケースを床の上に置いて、粗い手つきでフックを外していく。

渡辺がそんな自分を背中で感じているのに気づいていたが、黙ってウイスキーを呑み続ける静けさに、よけい怒りを高木は覚えた。だが、今は、何をいっても無駄だとも思う。自分も喋りたくない。ただ、三味線で新潟の音を奏でるだけだ。俺のステージで、俺の演奏をするだけだと、高木は三味線の棹を強く握り、取り出した。

「雪彦さん……。俺は……島に戻るさ……」

今日見た日本海のあの冬景色を音にしてやる。

「……新潟は、今まで、住んだ中で、一番好きらったっや……」

鉛色に猛り狂った空と海と、砂浜をうっすらと覆った純白の雪と。

「……やっぱ、俺が出せるのは、沖縄の光しかねえんだっや、なあ、雪彦さん……」

高木は渡辺には答えないまま、ピアノの前に置いてある簡素な椅子に腰掛けて、左手に指掛けをつけた。駒を胴皮と糸の間に挟み、滑らせると、店の中の空気が張り詰めたように共鳴して締まっていく。がっちりと抱えるように構えるのも我流で、撥の振り方も我流、左手の運指も我流。だが、最も自分の中に充満したイメージを音にできるやり方で、弾いて、叩いて、唸らせるだけだ。

一の糸を叩いて、天神から突き出た糸巻を握る。さわり山に触れた糸が倍音となって、粘った波を作るのを確かめながら、さらに音を絞った。ひび割れたノイズのように聴こえる一の糸の音は、自然の音だと高木は思う。風や波や人の声や、あるいは雪が降る幽《かそけ》き音さえも含んでいて、人の心を癒し、万物と同化させる。

二の糸……。人の感情の音。胸の底に秘めた、想いの綾さえ繰り出せる糸。婆ちゃんが最も好んで使っていた二の糸の音……。高木は目を固く閉じて、音を逃さないように気持ちを澄ませて調音していく。

そして、三の糸。天上の風や水の流れを表現できる音。激しく強く訴える音も、消え入るような繊細な音も、撥先と左手の指のビブラートで再現できる。そう信じて、弾き込むだけだ。そうだろ、婆ちゃん……？

……風の音らすけ。光の音らすけ、幸坊。人の声でもあるんだよう。

そうだよな、婆ちゃん？

高木は気持ちを澄ましていって、日本海を渡ってくる風の一粒子になってみようと試みる。

まったく未知の、まず自分には想像もつかない果てにある空気……それが一陣の風となって、煌《きらめ》きながら鉛色の雲の腹を抉るように入り込み、沸き立たせる。金色の光を膨大に孕み、冷たい潮のにおいを吸い込んで、光の夥しい楔《くさび》を雪の結晶へと変えていくのだ。

曲想の予定調和的な強弱も無視して、高木は撥を糸に触れさせ、叩き、返す。ただ、自分の頭にある風の動きのイメージに添って、音を奏でようとして、風の粒子から雪の結晶の尖端が生まれる刹那に、音は新潟の色を帯び始めた。

浜に吹きつける雪や街に降りしきる雪……万代橋が灰色に霞むほどに吹雪いている信濃川を想像していて、高木は昔から柳都と呼ばれた街の季節のにおいを心に巡らせる。

信濃川の広大さを撫でる柔らかな風の季節もあり、今、雪に覆われている砂浜が、優しい風紋を描く季節もある。土からくゆってくるような春のにおいがあって、川面に反射する光の踊りに目を細めれば、陽炎のマーブル模様が酒蔵の白壁に揺れてもいる。藁焼きの霞んだ風景……。幼い頃、祭りで山車《だし》を引っ張った後に頬張った握り飯の味までが蘇ってきた。

瞼の裏に次々と現われる風景の断片を、高木は風の流れで縫い合わせていく。何か新潟の空気になりきり、季節を泳いでいくような気分になって、自分自身が散り散りに消え去り、遠くに連なる越後山脈の紫色になっていく。深呼吸するたびに、体が故郷の色に染まって同化していくのだ。

うっすらと目を開けると、渡辺はカンウターに蹲《うずくま》るようにしてウイスキーを呑み続けている。じっとカウンターの表面に目を凝らしている後ろ姿を見つめながら、高木は撥で叩き、左手の指を滑らせた。

プロとして、やっていけないにしても、もはや、後戻りできねえんさ、ナベさん。俺は、ここで弾いていく。俺はここから、動かない……。

店の扉が静かに開いて、中に入ってくるのが、すぐにも髪の反射する光からエレーナだと分かった。もう一人、入ってきたのは、おでん屋台の岡田だ。二人とも無言で中に入ってきて、エレーナだけが、自分に近づいてくる。

そして、スタンドピアノの前に座ったと思うと、いきなり、柔らかく不協和音を奏でて、微細な氷がいくつも転がるような音を鍵盤に繰り出し始めた。

ジャズコードの進行に似ているが、旋律にやはりスラブの音が混じっていて不思議なリリシズムを醸している。

だが、いつもより、エレーナの音は何か想いの核が強い、音の中の脈が迫り出した感じの演奏だった。高木の降らせる雪を風で煽らせたと思うと、今度は断ち切るような単音で氷の楔を打ち込み、ラフマニノフを想起させるスラブ音階がくる。

高木はエレーナの奏でるロシアの夜に、新潟の雪を重ねようとして、左手でビブラートをかけた。モスクワの夜の光と、新潟の信濃川に揺れる光が混じり合い、不思議な形の紋様を描きながら昇り詰めていく。

ふと、ピアノを弾くエレーナの背中を見やって、視線を戻そうとした時、カウンターの岡田が渡辺に縒《よ》れたハンカチを渡しているのが見えた。渡辺は乱暴に岡田の手を払って、ズボンのポケットからハンカチを取り出し、眼鏡を外している。そして、目頭を拭っているのが後ろからでも分かった。

高木は目を閉じ、さらに気持ちを集中して三味線を奏でる。エレーナのピアノが追ってきて、受け止め、わずかに追い越し、それを今度は高木が追うようにして音を絡めた。昇り詰め、もはや、緊張の限界で音が硬く結ばれる所までいって、また静かに降りて、緩やかな流れに浸るように音を逃す。

張った氷の裏側で泳いでいる水の動きのようで、滑らかに形を変える気泡の揺らめきを想像しながら、柔らかく糸を左手の指先で震わせる。エレーナのピアノの単音が高く鳴り、音階を上下にいきつ、戻りつして、高木の旋律をしっかり受け止めるコードを持ってきた。

クラシックとジャズの溶け合ったコードの中で、高木はたゆたい、低い一の糸を唸らせ、コードとの共鳴で店の中全体を満たそうとする。と、いきなり、強く三の糸を叩いて、天空に届かせるように突き上げた。

一気に冬空へと抜ける音と同時に、エレーナが螺旋状に取り巻くように和音と旋律を絡めてくる。ピアノと三味線の音が高みに昇って、煌く結晶の光を散乱させて、解き放った。

古町は……また雪が降り始めているのだろう。凍てついた鉛色の空から、銀色の雪を深々と降らせ、すべてを白く覆っていく。すべての言葉を消していってくれる。音も消してくれる。そして、自分も……。

俺が生まれ育った土地……。

静かにフェードアウトしていくと、店の戸口の方から大きいが緩い拍手が起きた。

目を上げると、黒いトレンチコートを着た内藤が、清水達を後ろに従えて、だるそうに手を叩いているのが見える。朝、訪ねてきた時とはまったく違う表情で、三国不動産渉外課の人間の顔になっていた。立ち退きのためなら、どんな非情な手も尽くす三国の顔だ。

クルーカットの髪やコートの肩に雪が光っていて、彼らの運んできた外の空気の冷たさが忍び寄ってくる。

「ブラボー、ですねえ、雪彦さん。……だけど、ステージは、もう終わりにして貰わないとな」

雪彦さん……？　内藤の言葉に、完全に自分との関係を切ったのだと思った。上等だ、内藤。それで、いい。

内藤を睨みつけていると、視野の隅に、振り返ったエレーナの髪の光が膨らむのを感じる。演奏で上気した頰の色もあるが、睫毛の間に泳いでいるブルーの瞳が少し酔った感じで、まるで内藤達が入ってきたことなど眼中にないかのようだった。

「また、おまえらか？　西阪の奴ら、呼ぶか？」と、岡田がカウンターのスツールを回し、内藤に向かって唾を飛ばしながら怒鳴り声を上げる。後ろから、「いいんさ、岡ちゃん……」と、渡辺が岡田の羽織っていた作業アノラックを摑むのが見えた。そして、ゆっくりと立ち上がると、渡辺はカウンターの中に入っていって、四つ折りにした紙を手にして出てくる。

「何でしょうか、渡辺さん？」

内藤がトレンチコートのポケットに突っ込んでいた手を出した時、高木はすかさず三味線をエレーナに託して、カウンターに向かった。

「雪彦さんッ」と低く、腹から搾り出したような渡辺の野太い声が上がる。

「よけいなこと、するなッ。雪彦さんッ」

「その通りですね、雪彦さん。古町の……しょぼい店の、三味線弾きには、関係ないことですよ」

内藤が緩い脱力した視線を向けてきて、一回、シャツの襟元の喉仏を動かした。唾が固いか、内藤？　ビビるなよ。

渡辺が指先に摘んだ四つ折りの書類は、たぶん、すでに用意していた明渡合意書に違いない。

小袋谷ビルテナントnest、元ダローガの明渡合意書。

その一枚を取るために、自分は新潟に出向を命じられ、戻ってきたのだ。それが今は逆になって、むしろ、店を守る側になっている。いや、もっと、正確にいえば、自分自身を守るためかも知れない。

渡辺の手にある一枚の紙を見つめているうちにも、内藤がすかさず宙に手を振って取り上げた。と同時に、コートの内ポケットから、分厚い白い封筒を覗かせている。建替金の一部として用意した前金だ。三国のいつものやり方。手にゴロッとくる包みに、たいていの住居人は落ちてしまう。

「内藤ッ。おまえに渡すわけにはいかないッ」

高木が声を張り上げると、内藤は目の端で牽制して、封筒をまた内ポケットにしまい、四つ折りの紙を開いた。

「おい……内藤さんとやら。……あんたと、明渡契約をしたわけじゃない」

渡辺の言葉に内藤の眉根が上がって、チックを起こしたように片目だけ小さく痙攣させるのが見える。

「内藤、それを、俺に渡せ」

高木が内藤から紙をもぎ取ろうとすると、渡辺が落ち着いた声で続けてきた。

「内藤さんな。その三国不動産の担当者名、よけいなお世話だが、俺が書かせてもろたさ。……高木幸彦、さんだ。いいか？　そこに、雪彦さんの印を捺せば、めでたしだ。意味、分かるな？　……早く、清田課長とやらのヒヨコに連絡しろ」

渡辺が喋るのを聞きながら合意書を見つめる内藤の顎が、不快さに震えるのが分かった。渡辺は一回大きく息を吐くと、スツールに腰掛け、背中を向ける。

「……早く、清田課長にな。雪彦さんの解雇を、撤回させれや」

背中に籠もる渡辺の低い声に、内藤が素の表情になって自分に視線を投げてくるのを高木は感じた。内藤、おまえは馬鹿か？　いくらもやり方はあるだろ。

「……この合意書、法的に無効なんですよ。駄目だよ、これじゃ。なんで、高木幸彦なんだよ。……それとも、高木さん、任せていいですか？」

「内藤、おまえ、何、考えてる？」

三国不動産は、小袋谷ビルを競落できるのであれば、まず間違いなく自分の解雇など簡単に取り消すに違いない。掌を返したように待遇も変えるだろう。それが三国のやり方だということを内藤はいっているのだ。

「高木さん……、戻ってくださいッ。頼みますよ、高木さんッ。俺、駄目っすよ、もう、こんなの。嫌っすよッ」

内藤がいきなり表情を崩して、締めていたネクタイのノットを荒っぽく引っ張った。悲痛に歪めた内藤の顔を一瞥して、高木は四つ折りの紙を手に取る。間違いなく、明渡合意書だ。三国不動産の書類形式とは違うタイプのものだが、法的には問題ない。たぶん、渡辺の属する西阪観光商事が使用しているものだろう。確かに、仲介人の欄に、自分の名前が渡辺の筆跡で署名してある。自分の印と社印を捺せば、契約成立。あるいは、二重の訂正のラインと自分の訂正印を捺して、内藤の署名印でも成立、か。

「何処まで、面倒かけるビルなんだよ、小袋谷ビルはさ……」

高木が漏らした言葉に、内藤が目を見開いて顔を上げる。会社にいた時と同じ屈託のない顔があって、間抜けなほど口を開いていた。それを見て、高木も思わず笑みを浮かべる。だが、静かに書類を畳むと、高木はおもむろに両手の指に力を込めて左右に引き裂いた。

「アッ、高木さんッ、何やってッ……」

内藤が目を剝いて、高木の手を思い切り摑んできたが、すでに、合意書は半分にちぎられている。さらに、高木は内藤の手を払って、また引き裂いた。そして、力を込めて、掌の中に丸め、カウンターの中に投げ込んだ。

「高木さんッ、一体、何やってんすかッ。ようやく、手に入れた……」

内藤が声を萎ませ、クルーカットの頭を振ってうな垂れる。その間も、渡辺はただ黙って、内藤とのやり取りを見つめているだけだった。まだ少し涙の滲んだ眼を据わらせ、口角に皺を刻み入れている。低く唸り、息を歯の間から漏らしたと思うと、静かにカウンターのスツールに座った。

「ナベさん、あんた、一体、何の真似だよ、これは。俺を馬鹿にしてんのかよ？　こんなことするんだったら、最初から、おとなしく渡してくれればいいじゃねえか……」

高木がつい口に出した言葉に、岡田が短い視線を投げてきた。

「……雪彦さん、あんた、それは違うっや。この男が、三国の高木幸彦にビルを明け渡すわけ、ねえねっかや。西阪の黒幕みてえな男が、どうして、三国不動産のヒヨコに、このビルを渡すかや。……なあ、雪彦さん、人間ってのは、面倒臭《くせ》えな」

前歯の抜けた口を歪め、角刈りの白髪頭を粗い手つきで擦って、岡田は高木と渡辺を交互に見つめた。

「岡田登さん……あなたも、面倒な男だと、俺は思いますよ」

「……雪彦さん、おめえが、一番、分からん、面倒臭ぇ男らわや……」

二八　果て

その夜、四階の「ひとみ」や他の店からも三味線の演奏を頼まれたが、高木はそのまま小袋谷ビルを後にした。

確かにな……、と胸中呟いて、靄《もや》のように浮かんだ、複雑で苦い想いの塊を嚙み締める。「おめえが、一番、分からん、面倒臭ぇ男らわや」といった岡田の言葉が耳の奥に残って、嘲笑しているようにも、あるいは逆に、馬鹿な男同士の慰撫《いぶ》のようにも思える。たかが青臭い夢、されど、という奴だ。音に取り憑かれた物狂いを全うしようとして、食うことを捨て、しかも、その三味線ではプロになれないとまで断言された男が、この自分だ。

また雪が降り始めた路地を、高木は肩を竦めて歩く。口から朦々と白い息が上がり、雪の間を昇っていく。肺が痛くなるほどの冷たく清澄な空気に噎《む》せそうになって、高木は握った拳の中に咳を一つした。岡田には及ばないが、小指にできた撥ダコが、乾いて光ってもいる。

「面倒臭ぇ男……、か。だけどな……」

降りしきる雪の中に独りごちて、拳を開いて大きな掌を見つめる。意地でも、nestを三国不動産や渡辺の気紛れから守らなければならない。小袋谷ビルに融資し、三国と組んだ大手銀行新潟上大川支店の長谷川がいっていた言葉を思い出し、高木はもう一度、拳を握り締めた。

……新潟の人間には注意した方がいいですよ。……二重、三重に折り込まれた矜持《きょうじ》がねえ、ある。それが、とても面倒なんです……。

昆虫を連想させる長谷川の顔や喘鳴《ぜいめい》のような笑い声まで思い出されて、高木は溜め息を漏らして視線を上げた。犇く小さな呑み屋のネオンに、雪が様々な色になって降りしきっていて、茫洋とした光のトンネルのように見えた。

新潟古町の胎蔵界《たいぞうかい》かよ、と奇妙な想いを胸にして、それでも地を這ってでも経巡るしかないのだろうと思う。体じゅうに古町の澱みを染み込ませて、三本の糸に自らの想いや人々の声を託すのだ。

そんなことを思いながら、雪の路地を歩いていると、後ろから雪を踏みしだくような速い足音が追ってくるのに気づいた。内藤達かと背後の気配を探ったが、一人。しかも、女の軽い雪音に、すぐにもエレーナだと分かった。酔客達の靴痕がついた雪面に、三味線のケースを持った自分の影がいくつものネオンでダブって、そこにエレーナのほっそりした影が重なってくる。

「……待ってください、雪彦さん。あなたは、たぶん……、間違っています……」

少し息を切らしているが、しっかりとした声が背中を押してきた。

高木はエレーナの声に立ち止まり、目の端で背後を見やった。

すぐにも傘を差したエレーナが近づいてきて、温かな白い息の塊とオゾンマリンの香水のにおいが顔を撫でてくる。差し伸べてきた傘の中に入ると、一層、女のにおいが濃くなる気がした。

「……間違ってる……ってのは何だ、エレーナ？　俺は nest で、三味線を弾くだけだよ」

傘の柄を持つ指や、うっすらと腱の浮き出た甲がすぐ間近にあって、その華奢な美しさに、高木は胸の奥に疼きに似たものを覚える。自分の体に触れてきたエレーナの指が蘇り、その痕筋に燐《りん》のような熱が呼吸し始めるのを感じた。

「……パパも、間違っています。男の人は、みんな、変です。嘘をつきます」

「……エレーナ……おまえだって、嘘をつくじゃないか？」

「……女の嘘と、男の嘘は、違います。男の人は、もっと、弱いです。女よりも、もっと崩れやすいです……」

エレーナは、自分が知る限り、何も嘘などいっていないはずなのに、否定もしない。それも、男の脆さとは違うということなのだろうか。

「……パパは……雪彦さんに、幸せになって、欲しいのです。私には、分かります。パパの楽器……サンシン？　聴いたの、初めてです。だけど、それよりも、あんなに嬉しそうなパパの顔、初めて見ました。雪彦さんの三味線と一緒で、エキサイティング、本当のパパの顔、です」

「エレーナから見ると、そういうの、すぐにも分かるってわけか……」

「私は……」と一瞬口籠もったが、すぐにも顔を上げて、毅然《きぜん》とした眼差しを向けてくる。渡辺の愛人であることを責めようとしているわけではなかったが、何処かで嫉妬に近い感情を抱いて、妙なことを口走ってしまった。

「……私には、雪彦さん、……モスクワに、夫がいるのです。まだ、若い人ですが、エンジニアの夫、います。パパはもちろん知っていて、その上での関係、ノー・プロブレム。でも、パパのことは、分かっているつもりです」

夫？　エレーナに？　軽い眩暈が起きたと同時に、何か底に下り切った想いが滲んでくる。

「……ノー・プロブレム……か。モスクワでの生活は、厳しいのか？」

「仕方ないです……でも、私には、夢、ありますね。大丈夫。雪彦さんと同じ、音楽ですね。……羨ましいのは、パパは、私のピアノ、聴いても微笑んでいるだけ。雪彦さんの三味線の時は、違います。パパ、本気になった。今までに聴いたことない音、ソウル、といって、ずっと雪彦さんのこと、話してました。ただ、どれだけポピュラリティを得るかは、分からないと、いってました。雪彦さんのこと、パパ、好きなのです……」

エレーナの口から、さりげなく漏らされた真実に、腹の底が硬くなるような、逆に、だらしなく澱むような、奇妙な気分になる。十歳ほども下の若い女に少しでも動揺している自分をどうかとも思うが、いや、それが、エレーナのいう男の脆さというものか。

「パパは……何処か、体、悪いみたいです。もう、ずいぶん前から、あのお店、辞めるといってました……」

高木はエレーナの言葉に顔を上げる。路地を抜けた繁華街の明かりを、まっすぐに見つめている青い瞳に出会って、しばらく黙ったままその横顔に見入っていた。小袋谷ビルの前でしゃがみ込み、一心に、日本語用のノートを繰っていたエレーリの姿が蘇る。あの頃は、確か、古町の路地にも藁焼きのにおいを感じていたのだ。今は、雪が降りしきり、凛冽《りんれつ》とした夜が、自分の息を白く巻き上げ、体の奥底まで澄ませていくようだ。新潟に戻ってきた時のような欲得など何処にもない。

「……エレーナ……。昨日の夜は……、どういうつもりだった……?」

野暮なことを口にしていると自分でも分かっている。エレーナの視線がわずかに揺れて、目に溜めた繁華街の光を睫毛の間に震わせた。ルージュを塗っているとはいえ、寒さで少し血の気の抜けた唇がかすかに動いた。だが、この女は、喋らないだろう、と思う。

長い睫毛を伏せて、唇をかすかに半開きにすると、何か考え込んでいるのか、しきりに瞬きして、また顔を毅然と上げる。金色の髪の間から雪肌が現われ、クールともいえる澄んだ眼差しが、遠くを見据えた。

「……雪彦さん……、あなたは、本気で、nestで、三味線を、弾き続けるつもりですか？」

「……弾くよ。ナベさんが手放すとしても、俺は小袋谷ビルを守る」

「小袋谷……、ノー、……新潟が、そんなに、大事ですか？」

「新潟……？　いや、俺個人の問題だ」

そういうと、エレーナがフェイクファーのコートの肩を竦めて、小さく笑いを漏らした。鼻に悪戯っぽく縦皺を寄せてもいる。

「新潟の男の人達、みんな、そういいます。パパのいったとおり……。私は、やっぱり、モスクワ、戻ります。……雪彦さん……、あの夢に出てきた女の人……ジュンコさん、ですか？　雪彦さんを分かってる人なら、絶対に裏切りません」

そういうと、エレーナはいきなり自分の頬に唇を触れてきて、また雪の路地をダローガの方へ駆けていった。

雪はさらに激しくなって、目の前が朦朧と白く煙るほどに降りしきる。

街路樹の細い枯枝の先にまで雪が纏《まと》わりついて、その白く繊細な木々が道に沿って続いているのが見えた。靄のように霞んだ夜の古町が、何かまったく未知の深海の底と化したかのような、あるいは、頭の中にひっそりと沈んでいた風景のようにも思える。

水銀灯の光の中を夥しい雪片が過ぎり、うっすらと光を孕んだ雪空を見上げれば、途方もなく白い囁きが舞い降りてくる。睫毛や頬に触れては溶ける雪の冷たさが、逆に自分の体に籠もった熱を知らせもした。まだ青臭くて、歪《いびつ》に尖った結晶の塊を胸の中に秘めている男……。だが、生活することの疲れも身につけて、腸《はらわた》のにおいのする息を吐いてもいる男……。

渡辺が自分に対していった言葉が断片的に浮かんできては、胸の中にそれぞれ大きさの違う染みをつけていくようだ。高木は歩いてきた雪の路地を振り返り、雪の上の足跡を見つめる。外に開いた不恰好な足跡が雪に食い込んでいて、途中までエレーナの足跡も寄り添っていた。

「……エレーナも、歩き続ける、か……」

金のために新潟にやってきて、渡辺の愛人になり、客を取り、そして、何度も男達を騙したかも知れないが、エレーナの弾いてくれたピアノの音には、嘘がない気がする。そんなことをいったのは、確か、エレーナ本人だった。

「……エレーナ……、おまえは、綺麗なままだ……」

呟いた声が白い息となって、顔の前に膨らみ、雪の間を立ち昇っていく。きっと、そんな呟きに自ら寒気を覚えて、鳥肌でも立てるのだろうと思っていたが、不思議と呑み屋のネオンが滲んで見えたくらいだった。青い光の染みが黄色の光に混じり、揺れる間を、やはり、雪が降りしきる。

「……寒《さめ》ぇねっかや……」

コートの肩を竦め、頭を振ると、いつのまにか降り積もった雪が落ちる。三味線のハードケースにも、うっすらと牡丹《ぼたん》雪の雪片が重なって覆っていた。まさか、こんな雪の中を自分が三味線を抱えて歩いているなど、母親も親父も弟も、そして、順子も、想像もしないだろう。

「……いいこてさ……」

そう独りごちて、自分の声なのか、祖母の声なのか、判然としないが、生まれ育った新潟の雪にまみれて、白く吹雪いていくのでいいと思う。

「ほんのきに、雪彦になってしもたさ、俺……」

雪の古町通を抜けて、柾谷小路を歩く。ただ、雪の中を彷徨って、白く染まりたいと思った。自分の名前も、肩書も、雪に覆われて、まっさらになっていく。

アーケード下を黙々と歩く人々の影や、バスを待って並ぶ人の列から上がる息の白さが、体の中に染み込むようで、高木も大きく深呼吸した。噎せるほどの冷気が、肺の隅まで洗ってくれる。視線を通りに投げれば、クルマの排気筒が巻き上げる蒸気に赤く燃えるテールランプの光が滲み、路肩に寄せられた雪にヘッドライトが走っている。

また明日も小袋谷ビルにやってくる内藤達と揉めて、次の日も同じようなことになるのだろう。だが、俺はただ三味線を弾き続けるだけだ。渡辺の抱えている病気が何かは分からないが、俺の音でナベさんを動かすしかないのだと思う。音楽に取り憑かれた愚か者、狂い者同士だ。

「けやき通りの……ほら、イルミネーション？　凄い綺麗らったよ」

「アールってクラブ、あるじゃん。あそこ、今度、何だっけ、ナオっていうDJ入るんだあ。渋谷のクラブでやってた人。超ビジュアル系……」

擦れ違う若い女達の声が耳元を掠める。

雪に籠もったクラクションの音……。交通信号の盲人誘導用のメロディが流れ、雪を荷台に積もらせた原付のバイクが尻を振り、大型バスのタイヤが粗目《ざらめ》状になった雪を食《は》んでいく。チラシを配る風俗のキャッチの男達、通りの角ではスタジアムコートを着た台湾マッサージの女の子達が客を物色し、ほろ酔いの足取りでいくサラリーマン達や、泥酔して肩を組んで歩く初老の男達の声、雪に霞んで茫洋と雪空に光っている地酒の広告塔などが、目に入り、耳に入ってくる。

「明日、あれ達、ハワイらてや。こっちは、こんげ、雪らてんにのー」

「いいこてや。新婚さんらっけ、暑っちぇとこで」

結婚式の引き出物の袋を持った男達が白ネクタイを緩め、赤らんだ顔で歩いていく。

高木は三味線のハードケースを持ち替えて、冷え切ってかじかんだ手に息を吐きかけた。エドワード・フォックスが構えていた狙撃銃……そんなことを想像して新潟駅前に立った自分が、まるで他人のように思える。誰を恨むでも、誰に恨まれるでもない。ただの、一人の三味線弾きが郷里の雪の中を歩いているだけだ。

「……果てしねえ……。果てしねえけど……これで、いいろ……たぶん……」

夜に吹雪く万代橋のライトがかすかに見えてきて、胸の中に新しい音が生まれそうな予感を覚える。だが、それも、また雪に掻き消えてもかまわない。雪が降り積むごとに、澄んでいく。

澄んで、消え去って、それでかまわない。

解説　現前された音楽の力

保坂和志

藤沢周の主人公たちはいつも「なぜこうまで」と言いたくなるほど疲れているのだが、この『雪闇《ゆきやみ》』の主人公・高木幸彦は一見同じように登場しながらも充実している、というか力が漲《みなぎ》っている。

人間はとりあえず〝個〟として社会生活を送ることを余儀なくされる。特に現代では〝個〟は分断され孤立させられるようにできているとしか思えないのだが、私たちは本当は遠い何ものかによって根拠を与えられているのだし、〝個〟という一見これ以上分解できないかのように思っている単位を解体したうえで繋がってもいる。

私は神秘主義やオカルトやユングの集合無意識のような話をしようとしているのではない。そんな超自然的な力や概念にまったく頼らずに、人は音楽ないし音そのものに注意深く耳を傾けることによって、この社会が都合よく押しつけてきた〝個〟という幻想の殻を打ち破って、もっと遠くにあるものに向かって自分を解体することができる。この小説は、言葉によって音楽（ないし音そのもの）を鳴らすことに成功し、それによって遠くにあるものを読者に予感させるという、困難でひじょうにスケールの大きなことを成し遂げている。

同業者である私から見て藤沢周という小説家は、主人公の職業の設定の仕方が前から不思議だったのだ。ペットの業界誌の編集者であったり予備校の数学教師であったりタクシーの運転手であったり、主人公はそのつどガラリと職業を替えているのにもかかわらず、どれも借り物でなくその職業の経験者としか思えない正確さで書かれている。読者は作品の設定をそのまま受け入れることになっているから、舞台なり人物なり空間なりが自然に描かれていればいるほどそこを素通りしてしまうのだが、同じ書き手としてこれは驚くべきことであって、一年も二年もその環境にいなければ見えないであろう細部までどうしてこの人は再現できてしまうのか、といつも思っていた。

藤沢周はどうやら身体や感覚の性能が高いらしいのだ。小説家というのは一般にそのような性能はたいしたことがない。会話を再現するにしても風景を再現するにしても、それらは言葉を媒介にした作業であって、視覚や聴覚それ自体の性能はじつは問われていない。しかし藤沢周の場合、社会生活を営む意味での〝個〟としてでなく動物に繋がる意味での〝個体〟として、視覚聴覚……などの感覚や身体の性能にすぐれている。このことは「文藝」二〇〇三年秋号の藤沢周特集のインタビュー＋対話を読むとすごくよくわかる（だから「文藝」の個人特集の中で藤沢周特集がダントツに面白い）のだが、彼は他の小説ではその性能の高さを職業の細部を描くのに使う以外には隠してきた。

それは小説家としていわば当然の選択であって、主人公の性能を高くしてしまったら、中国映画のその名もまさしく『英雄／ＨＥＲＯ』と名づけられたヒーロー物のようになってしまう。そう思うと彼の小説の主人公たちがひどく疲れている理由が想像がつく。自分に本来備わっている性能の高さを作者が主人公に投影することを抑圧していたために、主人公たちは疲れざるをえなかったのだ。

しかし『雪闇』ではその抑圧から解放される。小説の場を新潟という作者自身の郷里に設定したことが、その理由のひとつではあるが、もっとずっと大きな理由は音楽だ。郷里とか故郷とか出身地とかはただそれだけでは何ものでもない。いや、この言い方は正しくない。郷里とは本人にとってはひじょうに大きなものではあるが、それを読者に結びつける媒介がなければ、書き手にとっての郷里など何ものでもない。

そこに音楽が導入される。

音楽と土地の関係は何重にも入り組んでいる。その土地の気候風土、つまりその土地固有の光や風や海や川や植生があるから固有の音楽が生まれてくるのだが、しかし同時に人は音楽によってその土地固有の光や風を発見し、それを自分の身体に取り込むことが可能になる。

それは他の土地では、方言の響きであるかもしれないし、祭であるかもしれないし、食べ物であるかもしれないが、いまはそのように無際限に話を広げるのはやめておこう。

そんなことをしたら、エコロジー讃美がやって来て、次に神秘主義や集合無意識という普遍性を持っているかに見えてそのじつ空疎な概念に掠め取られてしまうことになる。小説というのは一般化されることを頑強に拒絶する個別の出来事なのだから。

144ページにこういう会話がある。

「で？　どう聴く？」

「……色彩が……、浮かぶ感じだな。単なるリリシズムよりは、ずっと複雑だ」

「シキサイ？　色のことか？」

「おかしいか、な。……青色の中に……黒い筋が混じっている……。青が恐ろしく深くて、溺死《できし》しそうなんだけど……とても、甘美な音、だと思う……。明日を、忘れたくなる……」

個々の感覚の性能がすぐれているだけでなく、藤沢周は共感覚者でもあるのではないか？

共感覚というのは、視覚・聴覚・味覚などの感覚が完全に独立しないで響き合ってしまう一種の症例のことで、「Aは黒、Eは白、Iは赤、Uは緑、Oは青」と書いた詩人のランボーはその代表とされている。ふつうの人でも「黄色い喚声」とか「丸みのある味」とか言って通じるが、それはあながち慣用表現として定着しているという理由からだけでなく、共感覚の残滓に訴えるからなのではないか。研究によると乳児は感覚が未分化で全員が共感覚らしいのだ。奇数が突んがっていて偶数が四角っぽかったり、誰にでも共感覚的なイメージが一〇や二〇はあるだろう。

音と色彩つまり視覚をここで結びつけたことで、この小説は独自の世界を獲得することになる。

蛇皮線《じゃびせん》……いわゆる、三線《さんしん》の音が、テンションを高めて、上へと開放的に抜ける音を奏でた。底の方で、細かい波のリズムと、大きく緩やかな潮の流れのビートが重なって支えている。時々、囃《はや》す指笛の高い音が混じり、賑やかな渦巻きを立ち上げていた。

（略）

沖縄の何処か波打ち際に、たえず小さく打ち寄せる波の翻《ひるがえ》りにも似た音の粒立ち……。その音が、急に、蒼穹《そうきゅう》のあまりの青さに呆然としてしまう虚しさに変わって、それでも太陽が容赦なく照りつけるのを諦めながら、笑っている者達の声がする。

（233〜234ページ）

ここからは紛れもなく音楽が聞こえてくる。読みながら私は陶然としてしまった。文字によって、ただ文字だけによって書かれた文章を読んで、音楽（ないし音そのもの）

を聴いているような気持ちになったのは、他にはドビュッシー（！）が書いた文章しかない。

*

解説と銘打ったこの文章で、私はただこのことだけを書きたかった。解説以前の感想文と言われようと、これさえ言えれば私にはもう他に何も言うことはない。他のことはすべて付け足しか助走だと思ってもらってかまわない。ただ文字だけで書かれた文章から音楽が聞こえてくる、こんな経験ができるなんて！

主人公・高木の好きなドビュッシーとオーネット・コールマンは藤沢周本人が愛する音楽でもあり、私もまたこの二人が大好きだ（あいにく三味線はまだちゃんと聴いたことがないが）。しかし、ここで読者に知っていてほしいのだが、私自身はどれだけ好きな音楽を聴いても、この小説に書かれているような風景を思い浮かべられるわけではない。しかし、音楽を聴いてこのような風景が浮かんできたらなんと素晴らしいことかという思いは強烈にある。というか、この小説によってそういう思いを目覚めさせられてしまった。この小説は読者がその作品を読むまで感じることのなかった願望を読者の中に作り出してしまったのだ。

風呂敷を広げてもっともらしいことを言うのが好きな雑な人たちによってこの小説が誤解されないように、野暮を承知で繰り返すが、この小説は人に見えない存在が見えてしまう超自然的なものとは何の関わりもない。

私が何度も書いた「遠くにあるもの」というのは実体はない。概念化もされないし、もちろん名前もない。それは音楽が音楽以上のものになるその状態のことなのだ（しかし、音楽以上のものになるものこそが本当の音楽ではないか）。

ここには見えないものは何も書かれていない。ひたすら見えるもの聞こえるものだけしか書かれていない。思えば藤沢周の小説くらい見えるもの聞こえるものに徹している小説はないのではないか？　ただ彼は見えすぎ聞こえすぎてしまうのだ。ふつうの社会生活を送るにはそんなに見えたり聞こえたりしない方がいい。

評論みたいに、幸彦＝社会・土地の簒奪《さんだつ》、雪彦＝音楽・自然・土地の力というような図式などここでは問題にもならない。図式とはそもそも領域の中に人や物を固定したい社会の側のものではないか？　この小説は世界を領域化し固定化する思考を音楽によって乗り超えた。

つまり、音楽の力を文字によって現前させた。それは藤沢周によってだけ可能だった。

本書は二〇〇三年八月、単行本として株式会社新潟日報事業社より刊行されました『ダローガ』を改題したものです。
初　出……「新潟日報」二〇〇二年三月二十七日〜二〇〇三年一月十四日所収分。単行本化、文庫化にあたり、一部加筆・修正。

雪闇《ゆきやみ》

二〇〇七年 二 月一〇日 初版印刷
二〇〇七年 二 月二〇日 初版発行

著 者 藤沢《ふじさわ》周《しゅう》
発行者 若森繁男
発行所 株式会社河出書房新社
〒一五一－〇〇五一
東京都渋谷区千駄ヶ谷二－三二－二
電話〇三－三四〇四－八六一一（編集）
〇三－三四〇四－一二〇一（営業）
http://www.kawade.co.jp/

ロゴ・表紙デザイン 粟津潔
本文フォーマット 佐々木暁
印刷・製本 凸版印刷株式会社

Printed in Japan ISBN978-4-309-40831-6

青春デンデケデケデケ

芦原すなお　40352-6

1965年の夏休み、ラジオから流れるベンチャーズのギターがぼくを変えた。“やーっぱりロックでなけらいかん”——誰もが通過する青春の輝かしい季節を描いた痛快小説。文藝賞・直木賞受賞。映画化原作。

A感覚とV感覚

稲垣足穂　40568-1

永遠なる“少年”へのはかないノスタルジーと、はるかな天上へとかよう晴朗なA感覚——タルホ美学の原基をなす表題作のほか、みずみずしい初期短篇から後期の典雅な論考まで、全14篇を収録した代表作。

オアシス

生田紗代　40812-5

私が〈出会った〉青い自転車が盗まれた。呆然自失の中、私の自転車を探す日々が始まる。家事放棄の母と、その母にパラサイトされている姉、そして私。女三人、奇妙な家族の行方は？　文藝賞受賞作。

助手席にて、グルグル・ダンスを踊って

伊藤たかみ　40818-7

高三の夏、赤いコンバーチブルにのって青春をグルグル回りつづけたぼくと彼女のミオ。はじけるようなみずみずしさと懐かしく甘酸っぱい感傷が交差する、芥川賞作家の鮮烈なデビュー作。第32回文藝賞受賞。

ロスト・ストーリー

伊藤たかみ　40824-8

ある朝彼女は出て行った。自らの「失くした物語」をとり戻すために——。僕と兄アニーとアニーのかつての恋人ナオミの３人暮らしに変化が訪れた。過去と現実が交錯する、芥川賞作家による初長篇にして代表作。

狐狸庵交遊録

遠藤周作　40811-8

遠藤周作没後十年。類い希なる好奇心とユーモアで人々を笑いの渦に巻き込んだ狐狸庵先生。文壇関係のみならず、多彩な友人達とのエピソードを記した抱腹絶倒のエッセイ。阿川弘之氏との未発表往復書簡収録。

肌ざわり

尾辻克彦　40744-9

これは私小説？　それとも哲学？　父子家庭の日常を軽やかに描きながら、その視線はいつしか世界の裏側へ回りこむ……。赤瀬川原平が尾辻克彦の名で執筆した処女短篇集、ついに復活！　解説・坪内祐三

父が消えた

尾辻克彦　40745-6

父の遺骨を納める墓地を見に出かけた「私」の目に映るもの、頭をよぎることどもの間に、父の思い出が滑り込む……。芥川賞受賞作「父が消えた」など、初期作品５篇を収録した傑作短篇集。解説・夏石鈴子

東京ゲスト・ハウス

角田光代　40760-9

半年のアジア放浪から帰った僕は、あてもなく、旅で知り合った女性の一軒家を間借りする。そこはまるで旅の続きのゲスト・ハウスのような場所だった。旅の終りを探す、直木賞作家の青春小説。解説＝中上紀

ぼくとネモ号と彼女たち

角田光代　40780-7

中古で買った愛車「ネモ号」に乗って、当てもなく道を走るぼく。とりあえず、遠くへ行きたい。行き先は、乗せた女しだい――直木賞作家による青春ロード・ノベル。解説＝豊田道倫

ホームドラマ

新堂冬樹　40815-6

一見、幸せな家庭に潜む静かな狂気……。あの新堂冬樹が描き出す“最悪のホームドラマ”がついに文庫化。文庫版特別書き下ろし短篇「賢母」を収録！　解説＝永江朗

母の発達

笙野頼子　40577-3

娘の怨念によって殺されたお母さんは〈新種の母〉として、解体しながら、発達した。五十音の母として。空前絶後の着想で抱腹絶倒の世界をつくる、芥川賞作家の話題の超力作長篇小説。

きょうのできごと

柴崎友香　40711-1

この小さな惑星で、あなたはきょう、誰を想っていますか……。京都の夜に集まった男女が、ある一日に経験した、いくつかの小さな物語。行定勲監督による映画原作、ベストセラー!!

青空感傷ツアー

柴崎友香　40766-1

超美人でゴーマンな女ともだちと、彼女に言いなりな私。大阪→トルコ→四国→石垣島。抱腹絶倒、やがてせつない女二人の感傷旅行の行方は？映画「きょうのできごと」原作者の話題作。解説＝長嶋有

次の町まで、きみはどんな歌をうたうの?

柴崎友香　40786-9

幻の初期作品が待望の文庫化！　大阪発東京行。友人カップルのドライブに男二人がむりやり便乗。四人それぞれの思いを乗せた旅の行方は？ 切なく、歯痒い、心に残るロード・ラブ・ストーリー。解説＝綿矢りさ

ユルスナールの靴

須賀敦子　40552-0

デビュー後十年を待たずに惜しまれつつ逝った筆者の最後の著作。20世紀フランスを代表する文学者ユルスナールの軌跡に、自らを重ねて、文学と人生の光と影を鮮やかに綴る長編作品。

ラジオ　デイズ

鈴木清剛　40617-6

追い払うことも仲良くすることもできない男が、オレの六畳で暮らしている……。二人の男の短い共同生活を奇跡的なまでのみずみずしさで描き、たちまちベストセラーとなった第34回文藝賞受賞作！

サラダ記念日

俵万智　40249-9

〈「この味がいいね」と君が言ったから七月六日はサラダ記念日〉——日常の何げない一瞬を、新鮮な感覚と溢れる感性で綴った短歌集。生きることがうたうこと。従来の短歌のイメージを見事に一変させた傑作！